KB247315

조선 시민극의 구상과 탈계몽의 미학

수산 김우진의 생애와 문학

서 남 동 양 학 술 총 서

조선 시민극의 구상과 탈계몽의 미학

수산 김우진의 생애와 문학

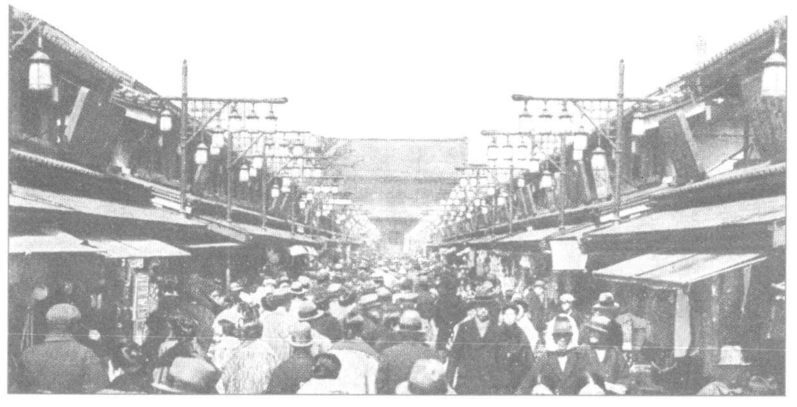

윤 진 현 지음

창비

21세기에 다시 쓴 간행사

서남동양학술총서 30호 돌파를 계기로 우리는 2005년, 기왕의 편집위원회를 서남포럼으로 개편했다. 학술사업 10년의 성과를 바탕으로 이제 새로운 토론, 새로운 실천이 요구되는 시점이라고 판단했기 때문이다.

알다시피 우리의 동아시아론은 동아시아의 발칸, 한반도에 평화체제를 구축하고자 하는 비원(悲願)에 기초한다. 4강의 이해가 한반도의 분단선을 따라 날카롭게 교착하는 이 아슬한 상황을 근본적으로 해결하는 방책은 그 분쟁의 근원, 분단을 평화적으로 해소하는 데 있다. 민족 내부의 문제이면서 동시에 국제적 문제이기도 한 한반도 분단체제의 극복이라는 이 난제를 제대로 해결하기 위해서는 우선 서구주의와 민족주의, 이 두 경사 속에서 침묵하는 동아시아를 호출하는 일, 즉 동아시아를 하나의 사유단위로 설정하는 사고의 변혁이 중요롭다. 동양학술총서는 바로 이 염원에 기초하여 기획되었다.

10년의 축적 속에 동아시아론은 이제 담론의 차원을 넘어 하나의 학(學)으로 이동할 거점을 확보했다. 우리의 충정적 발신에 호응한 나라 안팎의 지식인들에게 깊은 감사를 표하는 한편, 이 돈독한 토의의 발전이 또한 동아시아 각 나라 또는 민족들 사이의 상호 연관성의 심화가 생활세계의 차원으로까지 진전된 덕에 크게 힘입고 있음에 괄목한다. 그리고 이러한 변화가 6·15남북합의(2000)로 상징되듯이 남북관계의 결정적 이정표 건설을 추동했음을 겸허히 수용한다. 바야흐로 우리는 분쟁과 갈등으로 얼룩진 20세기의 동아시아로부터 탈각하여 21세기, 평화와 공치(共治)의 동아시아를 꿈꿀 그 입구에 도착한 것이다. 아직도 길은 멀다. 하강하는 제국들의 초조와 부활하는 제국들의 미망이 교착하는 동아시아, 그곳에는 발칸적 요소들이 곳곳에 숨어 있다. 남과 북이 통일시대의 진전 과정에서 함께 새로워질 수 있다면, 그리고 그 바탕에서 주변 4강을 성심으로 달랠 수 있다면 무서운 희망이 비관을 무찌를 것이다.

동양학술총서사업은 새로운 토론공동체 서남포럼의 든든한 학적 기반이다. 총서사업의 새 돛을 올리면서 대륙과 바다 사이에 지중해의 사상과 꿈이 문명의 새벽처럼 동트기를 희망한다. 우리의 오랜 꿈이 실현될 길을 찾는 이 공동의 작업에 뜻있는 분들의 동참과 편달을 바라 마지않는 바이다.

서남포럼 운영위원회
www.seonamforum.net

다시 수산문학의 현재성을 생각하며

이제 수산을 놓아야 할 때가 되었다는 사실을 인정해야겠다. 1995년 갓 박사 과정에 입학해서 박사논문으로 수산 김우진을 해보는 것이 어떻겠냐고 하시던 지도교수 최원식 선생님의 권유에 그래야겠다고 마음을 먹었고, 졸업을 해야겠다고 본격적으로 논문 준비를 시작한 것이 2000년이었으니 벌써 10년이다. 2002년 학위논문을 제출하고 서남재단의 출판지원을 받게 된 것이 2003년, 그때는 박사논문의 출간이 이토록 늦어지게 될 줄은 몰랐다. 이제야 진짜 박사논문을 제출하는 기분이다.

아주 여러번 수산을 꿈속에서 만났다. 가끔 격려를 해주기도 했고 인정을 해주기도 했으며 때로는 뭔가 석연치 않다는 듯 쌀쌀하기도 했다. 그의 죽음을 비겁하다 비난하기도 했고, 그가 조금만 더 살아주었더라면 한국 연극사가 달라졌을 거라고 원망을 하기도 했다. 출가로도 자유로워질 수 없던 그의 현실은 신싸었고 그의 질망과 환멸에 공감하였다. 그래서 앞으로 어떻게 할 것인가는 더욱이나 중요했다. 그와 함께하는 동안 그는 단순한 연구대상을 넘어선 하나의 실체였다. 그는 나의 선생이었고 선배였으며 친구였고 애인이었다.

그러나 아직도 수산이 보여주는 세계를 충분히 기술했다고는 말할 수 없다. 사실 나에게는 여전히 충분하지 않다. 한 인간이 보여주는 세계를 논문의 영역에서 충분히 드러낸다는 것도 쉬운 일은 아닌 듯하다. 어쩌면 한 인간의 열정과 구상과 냉소와 좌절을 다 옮긴다는 것 자체가 불가능한 일인지도 모르겠다.

그래서 몇가지 모험을 감수할 수밖에 없었다. 대표적인 것이 표제이다. 표제 '조선 시민극의 구상과 탈계몽의 미학'은 사실 수산의 문학세계를 보여주는 딱 적절한 제목은 아니다. 물론 수산이 그의 삶과 문학세계 전반에 걸쳐 구상했던 인간이 '자유로운 개인'이면서 동시에 '공적 인격체'였다는 사실, 곧 '시민'이라는 상에 근접하고 있음은 의심의 여지가 없다. 그리고 이것은 단순한 민족적 차원, 조선 독립의 과제를 넘어 세계시민권을 향하고 있음도 분명하다. 물론 그의 이른 죽음 때문에 이는 단지 '구상'이었다. 물론 이러한 '구상'이 단지 수산만의 한계는 아니다. 루소조차도 '각인(各人)'을 그의 모든 권리와 함께 전체 공동체로 완전히 양도함으로써 주권 전체를 응축하는 공적 인격이 그 속에서 구성되는 것으로 설명하였고, 이러한 인격이란 곧 시민들의 통일체였지만 이를 전제하는 '모두에게 적용되기 위해 모두로부터 와야 하는 일반의지'의 순환논리를 근본적으로 넘어서지는 못하였다. 결국 서남재단 심사위원님의 말씀대로 우리나라에는 '시민극'이 없고 또 시민문학이 탈계몽성과 수월하게 접속되지도 않기에 이 책의 표제는 그 자체로 의구심을 불러일으키는 면마저 없지 않다. 그럼에도 수산의 구상은 당시는 물론 현재로도 중요한 문제제기이다.

한국에서 시민문학은 여전히 계몽주의의 일부로 받아들여지고 있지만 일반적 의미의 시민문학, 시민주체의 자기표현이 탈계몽의 미적 양상을 띠는 것은 어쩌면 당연한 논리적 전개이다. 다만 한국 문학사에서 이같은 탈계몽의 미학 또는 탈계몽의 담론이 어느 수준에 머물러 있는가를 질문할 때 시민문학을 설명하기 위해서는 좀더 심층적인 논의가 필요하다. 이는 한국현대문학사 전반을 포함하는 것일 텐데 능력으로나 시간으로나 접수하기 어려워 비약하고 말았다. 특히 한국 현대연극 영역에서 '시민성'이란 문제제기는 사실상 전혀 이루어지지 않은 상태라 '시민극'이란 용어 자체를 사용하는 것도 시기상조라고도 할 수 있다.

그럼에도 구태여 '시민문학' '시민극'이란 단어를 고집하는 것은 수산이 나에게 현재형이기 때문이다. 좀더 정확하게는 수산이 구상했던 인간이 나에게도 현재형이기 때문이라고 하겠다. 수산이 제기하는 자유로운 개인, 그러면서 민중과 일체가 된 개인은 곧 나의 이상이며 할 일을 해내는 창조자이며 실천자라는 지식인의 상은 나의 목표이며 과거의 계급과 사회에 대하여 전투하고 일반 민중의 복리를 위해서 선도자가 되고 프롬프터가 되는 비평가는 이를 제대로 성취해내는가와는 별개로 나의 의무이다. 따라서 수산이 이러한 인간을 매개로 상상했던/만들고자 했던 세계, 계몽대상을 넘어 주체로서의 인간을 호명하는 그의 미학을 지적하고 표현하는 것이 이 논문의 결과여야 한다고 판단했고, 따라서 이를 지칭하는 단어를 모색해야만 했다.

사실 한국에 'People'의 정치적 역어는 존재하지 않는다는 생각이 든다. 주권자이면서 동시에 피지배자를 의미하는 동아시아 역어는 '인민(人民)'이었지만 이 단어를 사용할 수 없게 되면서 대체된 '국민(國民)'이란 단어는 시민들이 상호적으로 인정하는 권리들, 그들이 함께 달성하는 해방의 행위에 의해 통일된 시민들의 집단이라는 고전적인 의미를 지시하기보다는 축자적으로 피지배자로서의 정체성만을 함의하고 있다. 이는 한반도의 정치체제가 파시즘 또는 독재형태를, 아니 크게는 자본주의 이식을 통해 근대를 맞이한 동아시아 제국가가 대체로 권위주의적이었던 점이 주권자이면서 동시에 피지배를 승인한 자유로운 시민주체의 양성을 제약하고 있었다는 역사적 현실과도 유관한 듯하다. 그런 의미에서 보면 민중(民衆)이란 단어 또한 다르지 않다. 한국사회의 이념적 경향을 고려할 때 '인민'이란 단어가 복권되기는 쉽지 않을 것이고, 따라서 대안 개념이 필요하였다. 주권자이면서 동시에 공공에 의한 피지배를 승인한 존재, '시(市)'라는 자율적 공간을 전제로 장소의 창조자이면서 동시에 구성원으로서 '시민'이란 개념의 효용은 여전히 현재적이다. 그러나 이 중요한 단어조차도 행정단위 시(市)의 주민쯤으로 안이하게 유통되고 있어 이 '시민'이란 단어의 사용을 더 서두르게 되었다. 앞으로 이 조급함을 감당할 수 있기를 바랄 뿐이다.

아울러 실세 양반계급이란 출신성분에 대한 논의에도 비약이 존재한다. 한 작가의 성취를 출신성분으로 환원하는 경향은 작가 연구를 하다 보면 흔히 저지르기 쉬운 오류지만 한 인간의 출발점을 이해하는 일은 매우 중요하다. 수산문학의 파탄은 그의 도저한 관념성에서 야기되었다. 화족(華族) 출신들이던 일본 시라까바(白樺)파의 관념성과 그들 문학의 한계가 보여주는 바와 같이 고귀한 양반계급과 관념성, 그리고 근대문학의 장 안에서 발생하는 이들의 파탄이 어떤 역학관계가 있는 것일까? 이 논문에는 이에 대한 해명은 빠진 채로 전제되어 있다. 그러나 가지 않은 길, 발생하지 않은 일을 예상하는 지식인의 예언자적 지성이 한국 문학사에서 작가들에게 요구되어 왔던 상황을 염두에 두면 관념적 상상 안에서 오히려 비극적인 미래를 예견하고 안타깝게도 극단적인 결단으로 나아간 그의 행로가 지니는 전형성 또한 새로운 시선으로 고찰되어야 한다. 뿐만 아니라 한국사회는 국권을 상실하면서 전대로부터 지배계급의 심성과 형식 또는 세계관을 제대로 물려받지 못했다. 오해로는 극복할 수 없다. 특히 재현된 바 없는 식민지 조선의 대부르주아의 내면을 제대로 추상해내기 위해서는 개별작가의 세계관과 그 출신성분의 연관이 한국 문학사 전체를 대상으로 질문되어야 할 것이다. 이 또한 이후의 과제가 될 것이다.

워낙 오랜 시간 잡고 있던 논문이다 보니 부분마다 문체도 균일하지 않고 논의의 깊이랄지 수준도 제각각이다. 요컨대 여전히 미숙하다. 늘 출발점에서 어정대고 있는 느낌을 지울 수 없다. 달팽이처럼 가고자 한다.

이 책이 있기까지 정말 많은 분의 은혜를 입었다. 인하대학교 대학원의 여러 교수님의 은혜는 잊을 수 없다. 지도교수 최원식 선생님, 김만수 선생님, 홍정선 선생님, 벌써 정년퇴임하신 김용성 선생님, 전통극의 세계를 열

10

어주셨던 최인학 선생님, 늘 가까이에서 공부하는 자의 모범이 되어주신 김명인 선생님께 감사의 말씀을 올린다. 늘 자애로 격려해주셨던 윤영천 선생님, 김영 선생님, 정학성 선생님, 박혜숙 선생님께도 고개 숙여 인사를 올린다. 학위논문 심사를 맡아주신 단국대학교의 유민영 선생님과 서울대학교의 양승국 선생님께도 깊이 감사드린다.

쉽지 않은 공부길을 함께하고 있는 민족문학사연구소 희곡분과의 여러 동학께도 진심으로 감사드린다. 함께 생각하고 토론해주셨기에 이 논문이 더 나은 것이 되었다고 감히 말씀을 드린다. 아울러 오랜 시간 함께해오면서 사랑과 격려를 베풀어주는 인하대학교의 여러 선후배께도 감사의 마음을 전한다. 그리고 어려운 시절 인천민예총에서 함께하고 있는 선후배들, 문화연구 모임 일우의 소중한 친구들에게도 감사 말씀을 드린다.

그리고 아버지…. 세상을 떠나신 지 벌써 5년이나 되었다. 생각해보니 아버지 생전에 아버지를 기쁘게 해드린 것이 박사학위를 받은 일뿐이었던 것 같다. 아버지는 이 부족한 막내딸이 박사가 되었다고 친구분들께 묻지도 않은 자랑을 내놓으셨다. 아버지 영전에 이 책을 올린다. 다시 기뻐해주시리라 믿는다. 그리고 점점 더 아버지 같아지는 오라버니, 오랜 세월 엄마보다도 더 엄마 같았던 올케언니, 늘 믿어주고 격려해주는 언니들, 조카들, 손주들, 그리고 어머니…. 우리 가족 모두에게 깊은 감사의 뜻을 전한다.

정말 오랜 시간을 기다려주고 보살펴주시면서 이 책이 출간될 수 있도록 지원해주신 서남재단에도 감사드린다. 서남재단이 아니었다면 이 게으르고 모자란 연구자는 분명 이만큼도 오지 못하고 중간에 어영무영 타협하고 말았을 것이다. 연구자의 시간을 존중하는 이같은 방식이 학술지원에 전범이 되었으면 좋겠다.

2009년 12월

윤진현

차
례

제1장

왜 김수산인가

1. 문제적 위치

수산(水山) 김우진(金祐鎭)은 한국 문학사상 단절과 연속을 숙명으로 지닌 하나의 섬[島]이다. 일본 와세다(早稻田)대학 영문학사, 1920년 토오꾜오 극예술협회의 좌장, 1920년대 전반기 연극사의 주도적 흐름을 만들어냈던 1921년 동우회 순회연극단의 예술감독, 「낙동강」의 작가 포석(抱石) 조명희(趙明熙)와 1930년대 극예술연구회와 동양극장의 중심이었던 홍해성(洪海星)의 지기(知己)로 그 재능과 실력에서 당대인의 기대를 한 몸에 받았던 김수산. 그러나 그의 삶이 육지와 이어지기에는 너무 짧았고, 그의 죽음 또한 너무 큰 충격이었기에 해무(海霧) 같은 풍문 속에서 그의 족적을 찾아내는 데만도 아주 긴 시간이 필요했다. 1980년대에 들어서 적지 않은 그의 유고가 소개되고 1982년과 2000년, 두 차례에 걸쳐 전집이 발간되면서 그에 대한 관심과 이해도 상당한 수준에 도달했지만 여전히 그는 섬 안에 갇혀 한국 문학사 및 한국 희곡사와 입체적인 연속성을 갖지 못하고 있다. 그러나 물 위에 떠 있는 것처럼 보인다고 해서 섬이 육지와 무관한 것은 아니다. 섬은 결국 대륙에 이어져 있으며 보이지 않는 해저를 더듬어 그 연속을 찾아내는 것이 수산을 제대로 이해하기 위한 오늘의 과제라 할 것이다.

현재 도달해 있는 수산에 대한 이해를 단적으로 요약하자면 내용의 리얼리티와 형식적 실험성 사이에서 끊임없이 방황하는 형국이다. 이는 한편으로는 그의 작품이 보여주는 내용의 리얼리티가 다소 미흡하다고 생각되는 동시에, 다른 한편으로는 그 형식적 파격성이 얼마간은 어설픈 모더니즘적 실험으로 보이기 때문인데 물론 이는 역설적으로 근대문학을 바라보는 두 가지 기준, 리얼리즘과 모더니즘이란 두 가지 문학적 경향이 수산의 작품세계에 모두 적용될 수 있음을 의미하는 바이기도 하다.

이같은 양대 경향이 그의 작품해석에서 조화로운 통합점을 찾지 못하는 것은 무엇보다도 수산에 대한 연구가 그의 작품과 그에게 국한되고 있어 사적인 통합의 지점이 제대로 사유되고 있지 못한 까닭이지만 그렇다고 이것이 개개인 연구자의 방법론적 한계에만 연유하는 것도 아니다. 이는 한국 근현대문학사에서 모던(modern)이란 단어를 사용하는 방식과 연관되어 있다. 한국 근현대문학사에서 모던은 근대와 현대를 동시에 지칭하는 용어로 사용되어왔다. 이 혼용은 단순한 혼동을 의미하지 않는다. 자본주의 발생에서 국민국가의 형성 시기를 근대라 지칭한다면 자본주의의 철폐와 몰락 이후를 상징하는 러시아혁명의 성공(1917) 이후를 현대라고 지칭하는 것이 일반적이다. 이러한 구분은 자본주의 이후의 대안 체제로 사회주의를 지향하는 정치적 입장에 기초하고 있다. 그러나 러시아 사회주의 혁명 이후 자본주의 내부에서 일어난 균열과 단층 또한 중요한 분기점이 된다. 대공황(1929) 이후 이론적으로는 사멸해가던 자본주의가 공황이라는 위기를 기회로 바꾸어 무서운 위력을 지닌 체제로 부활하였고, 이후 자본주의는 공황 이전과 변별점이 뚜렷해졌다. 그리고 이것이 그후로 사회주의적 현대를 대신하여 탈근대 또는 근대 이후의 뉘앙스를 지닌 자본주의적 현대를 함의하게 되었으니 한국의 근현대사는 바로 이러한 두 가지 현대론의 결과로 구성되었다. 그리고 이로부터 두 가지 현대문학론이 비롯되었으니 좌파에게는 부르주아 리얼리즘을 비판적으로 계승한 프롤레타리아 문학, 사회주의 리얼리즘이 그 '현대'의 내용을 구성하고 있었다면, 우파에게는 근대 부르주아 리얼리즘을 해체한 모더니즘의 등장이 중요한 지표가 되었던 것이다.

그러나 실재 한국 문학사의 돌아본다면 이러한 양분법적 구상은 그다지 현실적이지 않다. 1920년대 3·1운동 이후 열광적으로 수용된 마르크스주의는 카프의 결성과 계급문학운동으로 나아갔지만 실지로 여기에서 어떤 문학적 성취를 이룩했는가를 묻는 것은 참담한 일이다. 또한 모더니즘의 절정으로 꼽히는 작가들 또한 순수한 모더니즘의 영역에서 해석되지 않는다는 것은 주지의 사실이다. 수산 김우진은 1920년대 이미 카프의 문학적 성과에 주목하여 이를 비판했으며 오히려 계급문학을 부인하는 작가 중에 작품으로서 가편(佳篇)이 많다는 통찰을 보여주는 한편, 정치적 입장과 이론을 내세우는 계급문학운동의 한계와 여기에서 벗어난 순수문학론적인 예술주의의 입장 또한 비판하였던 것이다. 아울러 그의 작품세계 또한 근대성의 증후를 풍부하게 담지하고 있을 뿐만 아니라 선구적인 실험성을 보여주었다는 점에서 같은 장르에서는 비교대상이 여의치 않을 만큼 독창적이다. 이는 문학사 속에서 그가 지니는 비연속적 위치를 더욱 강화하는 방향으로 움직여왔다.

수산은 그런 의미에서 참으로 특이한 작품세계를 가진 작가라 할 것이다. 계급문학에 대한 높은 인식 수준을 보여주면서도 그가 그려내는 작품세계는 그저 속된 일상 속에서의 좌절과 환멸, 냉소와 조롱에 그치는 것처럼 보인다. 이 때문에 보는 각도에 따라 그의 작품은 어설픈 실험에 지나지 않는 것으로 파악되기도 하며 그 성취의 수준을 고려하면 이같은 견해에 일견 타당한 점이 없지도 않다. 그러나 그의 좌절과 환멸이란 바로 대공황 이후 전지구적 지배를 도모하는 자본주의적 현대에 직면한 모더니즘의 근대 비판 의식에 접속되어 있다. 그의 작품세계를 꼼꼼히 들여다볼수록 당대 자본주의 현실에 대한 탁월한 식견과 치열한 현실 비판의식, 더불어 이를 넘어서려는 내외적인 투쟁의 자취가 드러나며, 이는 그의 문학적 실천이 리얼리즘과 모더니즘의 경계를 넘나드는 회통의 지점에 놓여 있는 것임을 알려준다.[1] 1930년대 정지용과 이상의 등장, 본격적인 모더니즘의 출현 이후로 상정되어왔던 리얼리즘과 모더니즘의 경계는 수산의 문학 속에서 이미 포괄점을 모색하고 있었던 것이다.

이같은 문학이 어떻게 가능할 수 있는가. 이것은 사실 간단하다면 간단한 질문으로부터 그 해명이 시작될 수 있다. 리얼리즘과 모더니즘의 시작은 일단 '부르주아 리얼리즘'의 해체로부터 시작한다. 그런데 이 부르주아 리얼리즘의 영역은 민족문학의 성립, 민족어와 국민국가의 형성 과정 속에서 이해

---

1) 최원식 「리얼리즘과 모더니즘의 회통(會通)」, 『문학의 귀환』(창비 2001) 42~59면.

하는 것이 일반적이다. 그렇다면 우리의 부르주아 리얼리즘의 영역은 어떻게 산정될 수 있는가. 훈민정음이 국문으로 격상된 것이 고종 말년 1894년이다. 그러나 1910년 일제의 강점을 계기로 국문이던 조선어는 '일개 지방으로서의 조선'에 한정되는 변방어로 추락하였고, 민족어로서의 조선어는 지배언어의 지위를 확보하지 못한 채 제한적인 상황에서 문자언어의 지위를 구축하였다. 주체적이고 자립적인 근대적 개인의 공공태로서의 시민은 성장하지 못하였고, 조선의 부르주아 문학은 "봉건제도와 가족주의 생활의 공기가 그대로 사라지지 않고 그대로 남아 있는 동시에 근대적인 독연기가 다시 밀쳐오는"[2] 가운데 싹 트다 만 씨앗처럼 성장을 멈추고 있었던 것이다. 아니 더 정확하게는 민족독립의 과제를 포섭해간 계급운동의 전개 과정에서 과학적인 조명과 분석을 받지 못하고 방치되어 있었다고 하는 것이 더 적절하다. 여기에서 '시민문학'이라는 새로운 범주가 고려되어야 할 필요가 발생한다.

여기에서 '시민'이란 자신을 한 사회의 일부로 자발적으로 승인한 존재, 즉 자유로운 개인의 공공태를 의미한다. 여기에서 이루어지는 공적 인격은 수동적으로 보면 국가이고 능동적으로 보면 주권자가 된다. 그리고 그 구성원은 집합적으로 '인민(人民)', 전통적인 주자학의 용어를 사용한다면 능동적 주권자로서의 '인(人)'과 피지배자로서의 '민(民)'이 통일된 존재이다. 자발적인 통제와 규율의 내면화를 전제로 자유로운 임노동자와 이를 움직이는 자본을 근간으로 하여 성립하는 근대 자본주의 국가에서 제도를 구성하는 이같은 구성원의 이념은 반드시 필요한 것이었다. 그리고 이들의 문학적 표현인 '시민문학'은 '시민'이란 이념의 성장·발전과 같은 역사를 지닌다.

'시민문학'의 서구적 기원은 몽테스키외, 볼테르, 루소, 디드로 등 18세기 프랑스 계몽주의 철학자들의 문학으로부터 시작된다. 일각에서는 이 때문에 계몽주의 문학과 시민문학을 동일시하기도 하지만 시민문학을 시민의 문학

---

2) 김우진 「아관 계급문학과 비평가」, 『김우진 전집 Ⅱ』(연극과인간 2000) 281면.

적 표현으로 규정할 때 이는 특정 사조, 특정 시기의 산물이기보다는 하나의 원리에 가깝다. 즉 이성은 고정된 합리성이 아니며 오히려 기존의 합리성에 대한 끊임없는 도전을 의미하는 것으로 정의되어야 한다. 물론 계몽주의 문학은 시민혁명을 준비하던 시기의 문학으로 완성된 시민사회의 문학은 아니었지만 이들의 인간중심주의로부터 자율적이고 주체적인, 자신이 노예가 되지도, 남을 노예로 삼지도 않는 자유로운 시민이 탄생하였다. 이들의 주체의식은 역사적으로는 프랑스혁명을 겪으면서 오히려 귀족층과 결탁한 상층 부르주아지의 이탈과 보수화로 추상화되고, 독일에서는 고전주의에 기반을 둔 반혁명의 경향을 보이며 낭만주의적 반동화, 심지어 중세의 봉건적 이데올로기를 부활시키려는 시도로마저 나타나기도 하고, 때로는 고도의 개인적 경향과 데카당적 경향을 드러내기도 하였다. 그렇게 보면 계몽주의에 대한 비판의식이 뚜렷했던 질풍노도 시대의 젊은 괴테나 실러조차도 반계몽주의적 낭만주의의 선구자라기보다 계몽주의의 발전적 계승자로 해석되어야 하며 그들의 고전주의 역시 계몽주의 전통의 연장선상에서 재평가되어야 한다. 사실 괴테도 자신의 성장을 당시 독일 시민계급의 자기 각성의 일부로 묘사하였다.3) 즉 계몽주의와 고전주의에서 낭만주의까지 이 대립적인 사조들은 동일한 시민문학의 토대 위에 세워져 있었던 것이다.4)

이같은 시민과 그 시민의 문학적 표현에 대한 긴 역사와 복잡한 경향 및 사조를 동시대적으로 수용했던 비서구 동아시아 지역의 경우, 그 양상은 더욱 복잡해져서 국가의 한편으로는 국민 양성의 계몽적 프로젝트로, 다른 한편으로는 고도의 개인주의적 편향으로도 나타났으니 그 모든 굴절은 대체로 그 이식성에서 연유한 것이었다. 특히 탈아론과 대동아공영론을 두 축으로 맹렬한 서구 따라잡기를 근대사회의 진로로 택한 일본 제국주의의 경우 근

---

3) 백낙청 「시민문학론」, 『민족문학과 세계문학』(창비 1978) 21~35면.
4) 게오르크 루카치 지음, 반성완 · 임홍배 옮김 『독일문학사』(심설당 1987) 75면.

대사회를 향한 자율적이고 도전적인 시도였던 메이지(明治) 자유민권운동이 패배하고 정치로부터의 자립을 근대소설의 '신수(神髓)'로 구상하면서 이를 기반으로 근대적 자아의 확립을 도모했다. 이는 한편으로 정치로부터 일정한 거리를 확보한 개인의 영역을 구축한다는 미명하에 적극적인 체제 건설에는 오히려 협력한다는 절묘한 정치적 제휴의 지점 위에 서 있었고, 이 때문에 일본 메이지 말기에서 타이쇼오(大正) 시기에 이르는 일본 근대문학은 자연주의적이면서도 주관적이었고, 근대의 결핍, 이식되는 근대로부터 비롯된 불가피한 동경과 낭만의 성향도 농후했다. 요컨대 이같은 복잡한 사조적 경향이 가능했던 물적 기반이란 짧지 않은 서구 시민사회의 성립 과정에서 산출된 다양한 비동시적 경향을 동시적으로 수용했기 때문이었던 것이다.

식민지 조선의 경우는 오히려 단순하였다. 우선 식민지 조선은 여전히 미숙한 시민사회였던 식민본국 일본에서 구상된 '시민'과 '시민문학'의 영향하에 놓여 있었다. 그리고 결정적으로는 식민 상태, 한 국가의 일원으로서 자발적으로 개인의 자유를 한정하는 주권자에 미달하고 일방적인 식민지 피지배 민중에 머물고 있었기 때문에 근대 주체인 '시민'의 구상은 근본적으로 제약을 받았다. 그리고 이로 말미암아 '시민'이란 상은 제대로 성장할 수 없었고 부당한 비판과 왜곡의 정도 또한 심대하였다. 어쩌면 국권회복운동이라는 측면에서 전 시기의 계몽주의를 계승하면서도 무산계급의 단결에 중심을 둘 수밖에 없었던 1920년대 사회주의 운동과 프로문학의 비약은 식민지 조선에서는 달성할 수 없었던 주체, 시민의 결여에도 한 원인이 있었다고 할 것이다.

3·1운동은 시민운동의 위대한 가능성을 보여주었다. 물론 이를 주도한 조선의 토착부르주아지는 3·1운동의 진압 과정에서 그 역사적 선도성을 상실하고 대거 탈락, 친일로 경사되어가는 등 그 불철저성을 드러냈다. 그러나 이는 소위 33인으로 대표되는 지도부의 개인적 미숙성 때문이 아니라 이 운동을 담당한 시민계급의 취약성에 말미암은 것이었다. 1920년대 식민지

조선의 근대적 자아의 확립이라는 문학적 과제는 일본에서와 유사하게 사실상 내면으로 도피한 혐의조차 없지 않은데, 그럼에도 엄혹한 식민지 피지배 대중으로서의 지위는 한시도 순수한 내면적 열락의 탐닉을 허용할 수 없었으니 한국 문학의 도저한 사회성은 이로부터 시작되었다고 해도 좋다. 다만 앞서 지적하였듯이 국권회복과 일본 제국주의의 극복이 확고한 민족사적 과제로 제기되면서 주체로서 개개인의 발견과 성장의 과제는 늘 유예되었던 것이다.

그러나 당연하게도 주체적 개인, 자신의 주권자로서의 개인이라는 상상은 포기될 수 없었고, 이에 당시 사회운동과 프로문학의 계몽성을 비판하면서 새로운 미적 거점을 구축하고자 시도했던 점은 그 자체로 대단히 중요하게 다루어져야만 한다. 특히 시민문학의 발생 시기와는 달리 계몽의 기획이 식민지 조선의 대다수 피지배 민중을 '대상화'하는 한 진정한 주체, 진정한 개인의 발견은 달성되기 어려웠다는 사실, 그리고 이렇게 지체된 시민문학의 요구, 나아가 한 사회의 주권자이며 동시에 신민(臣民)인 '시민'의 양성이란 역사적 과제는 여전히 현재형이라는 사실 또한 중시되어야 한다.

물론 압축성장이란 환상에 불과하다. 왜곡된 환상이 끼치는 폐해는 다만 경제영역에 국한되는 것이 아니다. 또한 자유로운 개인의 공공태라는 상상을 가탁한 '시민'이라는 존재가 특정한 자본주의의 발전 과정, 식민지 초과 이윤의 폭력적 점유에서 비로소 가능해진 경제적 여유로부터 탄생한 역사적 존재라는 것을 부인하는 것은 아니다. 그러나 이같은 존재가 근대주체의 모델로 상정되자마자 이는 실재가 되었고, 아직 생겨나지도 않은 '세계시민'이란 이념은 일본은 물론 일본제국의 변방, 조선에까지 침투하였다. 그리고 이 이념이 지니는 역사적 요구와 가치 또한 현재적인 것이 되었다. 결국 주체적 개인이면서 동시에 공적인 존재가 아니라면 어떻게 미래의 주인이 될 수 있는가. 수산의 표현을 빌자면 '사회에 대한 반항을 통해 태어난 민중의 대언자, 민중이라는 큰 개인, 개인과 민중의 불가리(不可離) 동체'가[5] 아니고서 어떻게 새로운 미래를 만들어낼 수 있을 것인가.

전 시기의 계몽주의적 과제를 계승한 프로문학이 주류를 이루는 그같은 상황에서 김수산을 포함하여 수산의 작품세계 전체는 계몽의 대상에서 벗어난 자유롭고 능동적이며 동시에 공동체적인 존재, 즉 시민적 주체에 대한 구상이며 실험 그 자체였다. 그리고 그같은 그의 진면목은 아직 안개 속에 있다. 본고는 수산의 생애와 그의 작품을 따라가면서 그가 들려주는 근대극의 구상과 미학을 더듬어 일각이나마 그 형상을 드러내도록 하는 데 그 목표가 있다.

2. 김수산에 대한 시선들

수산에 대한 연구는 상당히 진척되어 있으며 주로 개별 작품과 작가에 대한 심층적인 해명을 전제로 하고 있다. 이는 미발표 유고가 온전하게 남아 있다는 행운에 말미암음인데, 그러다 보니 이 유고는 마치 단일한 통합 텍스트처럼 수용되어 그의 긴 유학시절은 물론 짧은 활동기간에도 존재하는 차이들이 세밀하게 구분되지 않은 채로 연구자의 입장과 안목에 따라 선택·분류되고 다소 자유롭게 분석이 진행되어왔다고 볼 수 있다. 그런 의미에서 수산에 대한 통시적 연구는 이제 막 시작되었다고 보아도 좋을 것이다.

일찍이 이두현은 수산에 대한 당대의 보도와 함께 김철진, 김익진 등 당시 생존에 있던 그의 형제들과 인터뷰를 통하여 수산에 대해 미처 알 수 없었던 귀한 자료를 남겼고, 수산의 죽음을 한국 신극사의 커다란 손실로 규정하였다.[6] 유민영은 이러한 연구에서 진일보하여 최초로 수산의 작품세계를

---

5) 김우진 「아관 '계급문학'과 비평가」, 앞의 책 286면.
6) 이두현 『한국신극사연구』(서울대학교출판부 1990) 104~105면.

본격적으로 검토하고 김우진 문학사상과 작가의식에 대해 다각적인 분석을 시도하였다. 유민영은 수산의 희곡을 당대 여타 희곡과 비교해볼 때 이미 인간 내면세계를 발견, 희곡이라는 문학 프레임에 담아낸 점, 당대의 사회적 과제를 가부장적 부권에 대한 부정과 극복으로 삼았다는 점, 형식이 혁신적인 점 등을 들어 수산 희곡의 선구성을 높이 평가하였다.[7] 서연호는 두 차례에 걸친 김우진의 전집 작업을 통해 더 상세한 작품세계의 소개와 전기적 재구를 꾀하였다. 이러한 작업에 바탕을 둔 수산을 사실주의나 표현주의 방법을 작품 속에 적용시키는 의미있는 실험을 하였고 불완전하게나마 작품 형상화에 어느정도 성과를 얻은 것은 문학사적 업적으로 기록될 만하다고 평가하였다.[8]

이처럼 전반적으로 수산의 작품세계를 고찰하고 선구적 업적을 높이 평가한 연구성과에 힘입어 이러한 전반적인 검토방식이 하나의 연구사적 흐름을 이루고 있으며,[9] 이를 기반으로 한편에서는 수산의 복합적 작품세계를 세분화한 더욱 전문적인 접근이 이루어졌다.

대표적인 것으로는 '표현주의'의 사조적 특징과 형식적 특징에 따라 수산의 희곡을 분석하고자 시도하는 것이다. 이는 그의 희곡 「난파」에 '3막으로 이루어진 표현주의 희곡'이란 부제가 있어 이로부터 촉발된 것으로 이 연구들을 통해 수산의 작품세계에 표현주의 영향이 상당하다는 사실이 밝혀졌

---

7) 유민영 「초성 김우진 연구(상)」, 『한양대 논문집』 5, 1971; 유민영 「초성 김우진 연구(하)」, 『국어교육』 17(한국국어교육연구회 1971); 유민영 「서구에의 탐닉과 자기 파열」, 한국극예술학회 편 『김우진』(태학사 1996) 23～49면; 유민영 「선각자 김우진의 연극 실험」, 『김우진』(태학사 1996) 51～90면; 유민영 「요절한 김우진의 연극 실험」, 『한국근대연극사』(단국대학교출판부 1996) 673～713면.

8) 서연호 「김우진의 생애와 문학세계」, 한국극예술학회 편, 앞의 책 7～22면; 서연호 「김우진의 문예비평론」, 앞의 책 91～129면; 서연호 『김우진』(건국대학교출판부 2000).

9) 이에 해당하는 연구로는 대략 다음을 들 수 있다. 신용님 「김우진 희곡 연구」(연세대 석사논문 1984); 배봉기 『김우진과 채만식의 희곡 연구』(태학사 1997).

다.[10] 그런데 이 연구들의 문제점은 기본적으로 서구 표현주의 희곡을 기준으로 삼고 수산의 희곡을 이에 대입하여 표현주의 형식 요소를 추출하는 형식으로 이루어진다는 것이다. 이러한 연구방식은 김우진 희곡의 사조적 선진성을 지적하는 데에는 유용할 것이지만 자칫 서구 표현주의 잣대를 절대화하여 이에 따라 수산의 작품을 평가하는 전도를 야기한다. 서구 사조와 우리 작품을 연계짓는 데 있어 가장 기본적인 전제는 서구 사조가 어떠한 것인가를 설명하는 데 있는 것이 아니라 당대에 그같은 사조를 수용하고 응용한 작가의 창작태도를 해명하는 데 있어야 할 것이다. 즉 표현주의의 수용 사실만으로 선구성을 거듭 강조하는 것은 수산의 작품을 제대로 이해하고 평가하는 것과는 거리가 있다.

　이러한 형식적 선진성에 따른 연구경향은 나아가 표현주의 희곡의 자아극적 요소를 수산의 무의식세계를 해명하는 데 활용하여 일찍 어머니를 잃은 수산의 특수한 모자관계를 다루는 것으로 확장되기도 하고,[11] 표현주의의 현대성과 연관하여 김우진 희곡의 현대성을 해명하려는 시도로 발전하기도 한다.[12] 김성희는 여기에서 「난파」의 형식을 인물의 발전단계를 묘사하는 '정거장식 드라마'로 보고 이 작품의 결말을 죽음으로 해석하여 퇴폐적인 표현주의극으로 규정하였다. 그리고 이러한 결말을 김우진 작품의 한계로 보아 수산이 과대평가를 받아왔다고 지적하였다. 그러나 이 연구에서 수산의 「난파」를 평가하는 결정적 요인인 '난파'라는 결말이 과연 죽음에 대한 열

10) 표현주의와 연관한 대표적인 논저들로는 다음을 들 수 있다. 이은경 「수산 김우진 연구」(숙명여대 박사논문 1994); 이미원 「김우진 희곡과 표현주의」, 한국극예술학회 편, 앞의 책; 홍창수 「김우진의 표현주의와 「난파」 연구」, 한국극예술학회 편, 앞의 책.
11) 신아영 「1920~1930년대 한국 희곡의 극적 구조와 수용에 관한 연구―김우진, 채만식, 유치진의 작품을 중심으로」(이화여대 박사학위논문 1996); 윤금선 「김우진 희곡 연구」, 『한국극예술연구』 13집(월인 2001).
12) 김성희 「김우진의 표현주의 희곡에 나타난 현대성과 그 의미」, 『한국현대희곡연구』 (태학사 1998).

망인가를 다시 묻는 작업이 역시 필요하다. 특히 이 연구에서 사용한 '현대성'의 개념은 더욱 분명히 정의될 필요가 있다.

이러한 연구에는 형식적인 특징, 즉 극적 구조와 갈등양상에 주안점을 두고 작품을 연구한 성과와[13] 기호학적인 분석틀을 적용하여 새로운 의미를 찾는 시도 등도 꼽을 수 있을 것이다.[14]

또한 사실주의 경향의 희곡 「이영녀」의 연구와 연관지어서는 '이영녀'란 인물의 직업과 버나드 쇼(Bernard Shaw)의 「워렌부인의 직업」과 유사점을 비교·분석하거나 수산의 학위논문 「Man and Superman」을 고찰하여 비교연구로 확장하는 연구계통이 있다. 이러한 연구는 쇼주의적 사회개혁 사상과 생명력 사상을 고찰하여 김우진 문학세계를 해명하려는 시도로 확장된다.[15]

박혜령은 수산이 쇼의 생명력(Life Force) 사상에 깊은 영향을 받아 인간의 구제와 사회개혁에 관한 쇼의 극작 의도에 동의하여 수산 또한 그와같은 목적과 창작의도를 갖게 되었으나 수산의 사상적 기반이 확고하지 않고 사회개혁에 대한 자신의 신념조차 분명한 것이 아니었으므로 독자보다도 먼저 좌절하고 말았다고 평가하였다. 또한 쇼의 희곡 「인간과 초인」(Man and Superman)에서 두드러지는 반낭만적 여성관의 영향으로 수산도 반낭만적이며 지적이고 냉정한 여성을 이상형으로 제시하게 되었다고 본다. 그러나 수

---

13) 민병욱 「김우진의 「이영녀」 연구—갈등구조를 중심으로」(부산대 석사학위논문 1987); 민병욱 「삽화극적 요소와 현실주의적 인식」, 한국극예술학회 편, 앞의 책.

14) 이러한 연구로는 다음과 같은 것들이 있다. 김성희 「김우진·유치진 희곡의 기호학적 연구—「난파」「산돼지」「토막」」(단국대 박사학위논문 1991); 박명진 「김우진 희곡의 기호론적 분석—「산돼지」를 중심으로」(중앙대 석사학위논문 1987).

15) 여기에 해당하는 연구로는 다음을 들 수 있다. 박혜령 「극작가 김우진 연구—자전적 희곡을 중심으로」(이화여대 석사학위논문 1985); 문수경 「김우진 3막 희곡의 연구」(성균관대 석사학위논문 1986); 홍창수 「김우진 연구—수상을 포함한 문학평론과 희곡의 관련성을 중심으로」(고려대 석사학위논문 1992); 김성희 「김우진 희곡의 현대성과 그 방법적 특성」, 『한국현대희곡연구』(태학사 1998).

산의 작품 속에 이러한 여성이 참으로 이상형을 등장하고 있는가에 대해서는 재론의 여지가 있다. 문제가 되는 「난파」의 비비는 결국 시인과의 관계 맺기에 실패하기 때문이다.

문수경의 경우는 김우진의 논문 「Man and Superman」을 비교적 자세히 번역 소개하면서 쇼의 생명력 개념은 의지(Will)와 연관된 것임을 강조하고 기존 가치를 거부하고 세계를 변혁하고자 시도하는 인물들로 김우진 희곡에 등장하는 이원영, 최원봉 등의 인물이 쇼의 영향하에서 생성된 인물이라고 주장하고 있다. 이같은 의견은 일정한 개연성을 지니고 있지만 Will과 Reason의 다른 점이 섬세하게 고려되지 못하고 수산의 작품세계를 단일하게 규정하는 것이 문제이다. 홍창수는 쇼와 수산의 관계를 좀더 긴밀한 것으로 파악한다. 홍창수는 쇼의 전기적 측면을 자세히 소개하면서 수산이 쇼를 이해한 관점 자체를 문제로 삼았다. 수산이 쇼의 투쟁을 집단과 보편성에 치우쳐 개인주의적 측면을 간과한 것으로 보았다고 홍창수는 평가하면서 이 때문에 수산은 쇼가 구상하는 이상사회를 비판하고 독자적으로 쇼의 의지와 생명력 개념을 해석하여 일관되게 당대 현실을 비판하는 핵심 개념으로 사용하였다고 주장한다. 홍창수는 이러한 해석에서 더 나아가 여기에서 추출되는 '생명력' 개념으로 김우진 작품세계 전체를 포괄하고자 시도한다. 그러나 수산이 쇼의 구상을 비판한 점에 좀더 강조점을 두고 보면 쇼의 생명력 개념으로 수산의 작품세계를 포괄하고자 하는 시도는 다소간 과잉이라 아니할 수 없다. 김성희는 이러한 견해에서 벗어나 수산의 생명력 사상이 쇼와 다르며 오히려 니체와 유사하다고 주장한다.[16] 수산의 생명력 개념을 다소 다른 각도에서 해명하고자 시도한 연구로 손필영의 논문을 들 수 있다.[17] 손 필영은 수산의 '생명력'을 아리스토텔레스에서 쇼펜하우어, 베르그송에서

---

16) 김성희 「김우진 희곡의 현대성과 그 방법적 특성」, 앞의 책 26면.
17) 손필영 『김우진 연구』(국민대 박사학위논문 1999).

28

버나드 쇼로 이어지는 철학적 계보를 지닌다고 주장하였다. 그러나 '생명력'에 대한 철학적 계보를 추적하고자 하는 이 도전적인 의도에도 이 논문의 문제는 쇼펜하우어, 베르그송 등의 수용 과정에 대한 고려 없이 이 철학들을 직접 대입하여 수산의 '생명력' 개념을 재단한 데 있다.[18] 특히 베르그송의 '생명의 약동'(elan vital)은 수산의 글에서 직접 거론된 예도 있는 만큼 주목할 여지가 충분히 있고, 수산이 강조하는 '생명력'과 매우 유사한 것은 사실이다. 그러나 무엇보다도 수산의 철학적 사유는 일본 타이쇼오 시기의 일반적인 교양 수준에 머물러 있었으며 다소 즉자적이고 모순적인 요소가 뒤섞인 채 필요에 따라 응용되고 있었다. 특히 쇼펜하우어나 베르그송의 영향을 강력하게 받은 니시다 철학을 비롯하여 타이쇼오 시기의 '생명'이란 단어를 둘러싼 시대적 분위기에 대한 고려 없이 이 철학들을 직접 대입하는 데에서 생산적인 결과를 얻기는 어려운 일이다. 따라서 이같은 시도가 스스로 '논리성이 부족하고 설득력이 약하다'는[19] 결론에 이르고 만 것은 표면적인 유사성에 의지하여 철학 개념을 단순하게 적용하는 방식이 지닌 비효율성 때문일 것이다. 이는 현재 '생명력'에 관한 이상의 연구들에 마찬가지로 적용될 수 있기도 하다.

이처럼 일부 사회적이거나 철학적으로 적용 가능한 개념을 직접적으로 적용하여 간단하면서도 명료한 결론을 이끌어내고자 하는 비효율적인 시도의 문제는 수산이 마르크스주의와 당대 노동자 운동에도 관심이 있었다는 전기적 사실과 연관하여 그의 개혁의식을 리얼리즘적 세계관으로 설명하고자 하는 연구경향을 지닌 다른 한 죽에도 그대로 적용된다.[20] 이 시기 사회주의를

---

18) 김우진도 "쇼펜하우어의 재현을 꿈구지 안는다"고 천명하였다. 김우진, 앞의 책 395면.
19) 손필영, 앞의 글 166면.
20) 이러한 연구경향으로는 다음을 들 수 있다. 이은자 「김우진 희곡 연구」(서울대 석사학위논문 1987); 이종대 「김우진 창작희곡 연구―좌절된 혁명과 훼손된 사랑」(동국대 석사학위논문 1989).

비롯한 좌익사상은 교양의 일부였으며, 특히 독립이란 반박 불가능한 목표를 공유하고 있는 식민지 지식인에게 새로운 세계에 대한 구상은 필수적인 것이었다. 그럼에도 노동자에 대한 동정적 태도, 『자본론』을 읽은 것 등이 곧 수산의 세계관을 규정하는 것으로 단정되어서는 안될 것이다.

아울러 「산돼지」에 수용된 동학사상과 연관지어 수산의 진보성을 해명하려는 시도 또한 마찬가지이다.[21] 수산의 작품에 '동학'이 수용된 것은 명백하나 이를 한국사에서 동학이 갖는 진보의 주류성에 의거, 수산을 진보적인 작가로 규정하는 것은 별개이다. 이같은 단선적인 태도는 결국 수산이 보여주는 동학에 대한 다른 방향의 접근을 해결하지 못하고 작품 안에 '동학'을 끌어들인 것은 진보적인 태도이나 결국 가정 내의 갈등에 갇혀 벗어나지 못한 것이 한계라는 안이한 결론에 이르는 데 그친다. 특히 김종철은 「산돼지」의 갈등 핵심을 동학도인 부친의 유명과 자신의 현재적 상황의 어긋남에 두고, 여기에서 '동학'에 주목하여 '근대사'의 귀중한 흐름과 접맥되고 있다고 전제한 후 「산돼지」의 한계를 다음과 같이 지적하고 있다.

작가는 아버지의 뜻을 동학이라는 역사적 과제에 결부시킴으로써 갈등 구조의 사회적 · 역사적 의미를 증폭시키고 있음에도 불구하고 원봉을 제약하는 조건이 가정 내에 있다고 함으로써 오류에 빠지고 만 것이다. … 그럼에도 불구하고 최원봉은 자기 스스로 집안에 갇힌 산돼지로 자처하고만 있을 뿐, 왜 갇혔는가에 대한 이유 제시는 없다. 결국 김우진이 가정을 최원봉의 제약조건으로 설정한 것은 오류일 뿐만 아니라 시대착오적이라고 아니할 수 없다. 왜냐하면 동학 이념 실현을 좌절시킨 것은 일제이고 원봉을 구속한 것은 식민지 현실이기 때문이다. 이 점에서 식민지 현실 대신에 가정을 대치시키고, 동학

---

21) 동학과 연관한 연구로는 대략 다음을 들 수 있다. 이외에도 대부분 연구에서 동학과 김우진을 연결짓는 태도는 동일하다고 할 수 있다. 김종철 「「산돼지」 연구」, 한국극예술학회 편 『김우진』(태학사 1996); 신원선 「현대희곡에 나타난 동학 연구」, 『한국극예술연구』 9집(한국극예술학회 1999).

이념 자체를 오히려 부담스러워하는 원봉의 모습이 더욱 문제적이다.[22]

　이러한 평가는 한국사에서 동학운동이 지니는 실제적 의미는 일단 차치하고 연구자가 생각하는 동학의 의미가 작품 속에 형상화되지 않았다는 것을 작품의 한계로 단정하고 있다는 점에서 확실히 단성적이고 권위주의적이다. 연구자가 그 이유를 분석하기에 앞서 자신의 가치에 작품이 들어맞지 않는다고 해서 오류이며 시대착오적이라 단정하는 지점에 이르면 주객이 전도되었다고도 할 수 있다. 작품 내의 맥락과 장면 밖의 사건을 압축적으로 제시하는 희곡적 특성과 동학과 원봉의 관계, 나아가 수산과 동학의 관계가 다시 검토되어야 할 것이다. 이러한 사정은 「산돼지」를 동학과 연관을 짓는 것에 큰 의미를 부여하지 않는 신원선의 논문에서도 마찬가지로 드러난다. 역사상 실재했던 동학운동을 절대 가치의 자리에 두고 「산돼지」에서는 동학의 의미를 올바로 이해하지 못한 채 소재의 단순 차용에 그쳐 동학의 본 모습을 문학적으로 조명했다고 보기는 어렵다고 평가하고 있기 때문이다.

　이상의 연구를 종합해보면 수산의 진보적이며 사회개혁적 성향은 연구자 대부분이 인정하면서도 작품 내에서 그 변혁적 태도를 확인하는 데에는 실패하여 이를 수산의 한계로 지적하는 방식으로 이루어져 왔다고 할 것이다. 이는 표면적인 외적 투쟁의 경험을 진보성의 잣대로 사용하는 기계적 환원주의의 태도와 밀접하다.

　이런 의미에서 수산과 그의 부친 초정(草亭) 김성규(金星圭)의 관계를 『초성집(草亭集)』을 통해 새롭게 재조명하여 상투적으로 답습되어온 이 부자관계를 재검토하고, 수산의 죽음을 상세히 고찰한 양승국의 연구는 특히 그 객관성의 측면에서 주목할 만하다. 양승국은 '위대한 극작가'라는 수산에 대한 평가나, 김우진 희곡의 '선구성'에 의문을 제기하면서 기존 평가 자체가 공

---

22) 김종철, 앞의 글 157면.

허하기 짝이 없는 내용으로 이루어져 있다고 비판하고 김수산 연구에 객관적이고 균형 잡힌 태도를 견지할 것을 촉구하였다.[23] 이러한 문제제기는 본고의 문제의식에 일정한 영향을 끼쳤다.

이상으로 기존의 연구성과에 대해 개략적으로 살펴보았다. 이에 따르면 기존 연구의 대부분은 다양한 각도에서 김수산의 문학 면면을 밝히기 위해 노력해왔다고 할 것이다. 그러나 이러한 접근 대부분은 부분적인 해명에 그치고 있는바, 수산이라는 인물에 대한 객관적인 이해를 바탕으로 그의 문학적 전모를 아우르고 나아가 그의 문학사적 위치를 밝히는 데에는 대체로 미흡하다고 할 것이다. 이에 본고는 이같은 문제의식에 기반을 둔 김수산과 그의 문학의 위상과 의미를 논하고자 한다.

3. 연구대상과 목표

본고의 일차적 목표는 김수산이란 문제적 인물 자체에 대해 질문하고 이에 대한 이해할 만한 답변을 생산하는 것이다.

우선 수산의 짧은 생애는 얼핏 더이상 해명될 부분이 없는 것처럼 보인다. 그러나 바로 이 부분이 기존의 김수산 연구가 지니는 첫째 문제점이다. 한 작가의 전기 연구란 작품세계의 규명에 근간이 되게 마련이다. 특히 수산은 그의 출신과 성장 과정, 작품세계 등에서 당시의 다양한 문단의 흐름과 계보 등 어디에도 전적으로 소속되지 않는 독자적인 이력을 지니고 있었다. 그러나 이 점에 대해 기존 연구는 초기 연구들이 축적한 인터뷰 자료와 당시 보도자료, 일기 등에서 한걸음도 더 나아가지 못했고, 양승국(1998)에 이르러서야 김수산의 부친 김성규의 『초정집』을 참고로 일정 부분이 보태진 바가 있

---

23) 양승국 『김우진, 그의 삶과 문학』(태학사 1998).

다. 본고는 새로이 『안동김씨세보』를 중심으로 좀더 정밀한 가계 구축을 시
도하고 이를 통해 그가 살았던 가문과 그 일족의 상황을 알아보고자 한다.
이 점이 더 명확해져야만 수산의 내면적 갈등과 그 반영으로서의 작품이란
관계 설정이 좀더 객관적인 실체로 드러나게 될 것이다.

아울러 수산의 작품세계를 구성하는 데 가장 결정적이었던 유학기간에 대
한 고찰을 강화할 것이다. 수산의 일본 유학시절은 1915년부터 1924년까지
햇수로 10년이다. 그의 전 생애의 1/3을, 그것도 18세에서 27세에 이르는
가장 결정적인 시절을 식민지 조선의 식민본국 일본에서 보냈다. 특히 쿠마
모또(熊本)농업학교를 졸업하고 토오꾜오에 도착한 1918년부터 1924년 6월
와세다를 졸업하고 목포로 귀향하기까지 6년여에 해당되는 기간은 일본 근
대사에서도 '타이쇼오 데모크라시'라는 중요한 시기이다. '타이쇼오 데모크
라시' 시기는 일본인에게 정치적 영광과 민주주의적 이상에 대한 발견이 이
루어진 시기로서 일본인의 근대 기억에 정신적 자부심의 원천 역할을 수행
하고 있는 한편, '유신(維新)으로 표현되는 메이지와 쇼와(明治)의 군국주의
사이에서 짧은 코하루비요리(小春日和)의 기간으로 폄훼되어 자조(自嘲)의
대상이 되기도 하는 복잡한 시기이다. 이 시기 김수산은 드높은 자부심을 지
닌 일본 와세다대학의 일원이었으며 무엇보다 식민지 지식인으로서 식민본
국의 심장에 거처하고 있었다. 그는 무엇을 보고 어떤 생각을 하였으며 무엇
을 했을까? 이 시대 일본에 대한 이해는 물론이요, 섬세한 구분 없이 일괄
유학시절로 다루어지던 수산의 행적에 대해서도 좀더 도전적인 탐구가 필요
하다. 다행히 최근 수산의 와세다 예과 학적부가 공개되어 이에 대한 정보를
참고할 수 있게 되었다.[24]

그리고 1924년 3월 졸업 이후 귀향하여 목포에 머문 기간이 1926년 죽음

---

24) 정대성 「새로운 자료로 살펴본 와세다대학 시절의 김우진」, 한국극예술학회 편 『한국
   극예술연구』 25집(한국극예술학회 2007).

직전까지 대략 2년, 짧지만 수산의 공적인 이력이 집중된 이 시기는 그의 생애에서 가장 중요한 시기라 할 것이다. 긴 유학시절의 성과가 화려하게 피어나 대부분 작품과 평론이 발표되고 그의 사회적 실천 또한 활발하였다. 그러나 「두데기 시인의 환멸」과 이광수의 평론 「중용과 철저」에[25] 대한 격렬한 반박 평문 「이광수 류의 문학을 매장하라」를 집필하던 1926년 초엽을 지나면서 수산의 상황은 변모하기 시작하여 특히 희곡 「난파」와 이 무렵의 시편들에 이를 즈음에는 좌절과 절망의 분위기가 농후해진다. 2년이란 짧은 시간 때문에 이 변별점은 크게 주목되지 않았으며, 그 원인 또한 가정적인 이유 등으로 간략하게 설명되어왔다. 그러나 상대적으로 그 짧은 시간 동안 내성적이었던 그가 보여준 필력과 정력적인 활동을 고려하면 식민지 지식인을 오히려 지켜주던 유학생의 신분과 식민본국의 수도라는 거처를 벗어나 한반도의 변방에서 겪은 현실의 무게는 간단치 않았을 것으로 보인다.

수산은 그의 문학을 포함하여 그 자체가 일종의 사건이다. 그리고 이 사건은 아직 해결되지 않았다. 김수산이라는 이 문제적 문사가 감당한 현실과 그가 구상했던 인간과 문학 그리고 연극은 아직도 제대로 질문되지 않았다. 그가 구상했던 것은 자유로운 개인이면서 동시에 공적이고 사회적인 역할과 책임에 능동적인 인간이었고, 그의 문학은 바로 이러한 문제 속에서 구상되었다. 요컨대 그와 그의 문학은 지체된 채로 방치되어왔던 근대 시민문학의 범주 내에서 해명되어야 할 문제이다. 물론 수산의 문학만으로 식민지 조선에서 구상된 시민문학이 어떠한 것이라는 귀납적 결론에 도달하기는 어려울 것이다. 그러나 수산과 그의 문학의 과정을 이같은 문제의식 속에서 추적함으로써 비월되어왔던 한국 근대 부르주아 문학의 지체된 역할과 의의에 대한 하나의 근거를 갖게 될 것이다.

주요 텍스트는 서연호 · 홍창수 편 『김우진 전집』 Ⅰ · Ⅱ(연극과인간 2000)

---

25) 이광수 「중용과 철저」, 『동아일보』, 1926. 1. 2~3.

로 삼고, 인용 시에는 『전집』으로 약칭하고 권수와 면수만 밝힌다. 아울러 필요에 따라 『김우진전집』 Ⅲ 영인본과 1982년 발간된 전예원판 『김우진 전집』 Ⅰ·Ⅱ도 참고한다.

제2장

낭만과 동경의 기원

1. 어머니 또는 '죽음의 성향'

수산의 생애는 실상 단순하다고 말해도 좋을 만큼 분명하다. 1897년에 태어나 어려서는 부친이 설립한 장성의 '선우의숙(先憂義塾)'에서 수학하였고, 11세(1907)에 목포로 이주해서는 '공립목포보통학교(현 목포 북교초등학교)'에 다녔다. 일본인 학교였던 '목포고등심상고등소학교'를 거쳐 1915년 그의 나이 18세 되던 해 일본 쿠마모또(熊本)농업학교에 진학하였다. 1918년 와세다대학 예과에, 1921년 와세다대학 영문과에 진학하여 1924년 졸업하였고, 졸업한 이후에는 귀향하여 '상성합명회사' 사장으로 취임, 만 2년가량 목포에서 가업을 돌보았다. 1926년 6월 '출가'하여 1926년 8월 4일 결행했던 죽음, 그것도 당대 최고의 소프라노 가수 윤심덕(尹心悳)과 대한해협 동반투신이라는 그 충격적인 죽음의 방법을 제외하면 그의 생애는 순탄한 대로였다고 해도 좋을 정도였다.

그가 사망하기 전 두어 해 동안 평론 몇 편과 희곡 한 편을 지상에 발표한 바 있었지만 문단의 이렇다 할 관심을 끌어내지 못했던 점을 생각하면 그는 '죽음'을 통해서 드디어 세상의 주목을 받았다고 할 수도 있겠다. 그가 세상의 이목을 한 몸에 받은 순간이 하필 죽음의 순간이라는 점은 그의 연구가 일단 그의 죽음에서 벗어날 수 없음을 의미한다. 그의 죽음 형식의 선정성은 그에 대한 정당한 관심과 객관적 탐구를 저해하는 높은 장벽이 되었고, 그간의 연구에서 이를 해결하는 것이 우선될 수밖에 없었던 것은 어쩌면 필연적이었다.

애초 언론에서 선점한 '정사(情死)'라는 선정적인 단어로 그의 투신사건이 규정되면서 이들의 죽음은 안이하고 추악한 행위로 받아들여졌다. 일제강점기라는 엄혹한 시절에 나라와 독립을 위해 목숨을 바친 것이 아니라 한낱 여자 때문에, 그것도 사회적으로 평판이 좋지 못한 여자 때문에 죽었다는 점은 용납의 여지가 없었다. '정사'라는 선정적인 접근방식에 대해서는 당시

에도 회의가 없지 않았지만 이들의 죽음은 대체로 개인적인 성격적 결함이
나 사적인 문제로 받아들여졌고, 이에 대해서는 매우 부정적이었다.

그리고 이 극(劇)은 곳 청년 주인공 쌕르주아 가정에 위대한(?) 반역(反逆)
청년이 비란내나는 연애에서 십전(十錢)짜리 행창가집식(行唱歌集式)으로 불
상하게 죽어가는데 매음녀(賣淫女)인 윤심덕의 화신(化身)인 여주인공은 애인
을 보내며 노래를 부른다. 이 얼마나 처창(悽愴)한(?) 천고(千古)의 홍연비사
(紅戀悲史)이엇든가.[1]

임화의 이같은 평가는 윤심덕과 수산의 자살사건을 낭만적으로 재구성한
1928년의 토월회 공연에 대한 것이었지만 여기에 거론한 실명 '윤심덕'에
대한 평가를 근거로 판단하건대 수산에 대한 임화의 평가는 '부르주아 가정
의 반역 청년'에 지나지 않는다.

이같은 부정적인 견해를 넘어 이들의 죽음을 일종의 시대고(時代苦)로,
이들의 사랑은 아름다웠으며 이들을 죽게 만든 것은 사회였다는 상투적인
해석에 이르는 데에도 상당한 시간이 소요되었다. 유민영 교수는 윤심덕 평
전 『윤심덕, 현해탄에 핀 석죽화』에서[2] 허구라는 전제하에 이들의 사랑을
아름답게 형상화하였고, 이는 윤대성의 희곡 「사의 찬미」와 김호선 감독의
영화 <사의 찬미>에 이르기까지 지속되었다. 이들의 죽음을 올바로 판단하
기에 이같은 견해가 과학적인 것은 아니었지만 이들의 죽음에 대해 부적절
하고 감정적인 비난을 극복하고 사태를 합리적으로 보기 위해서는 거처야
할 과정이었다.

---

1) 임화 「토월회 제오십칠회 공연을 보고」, 『조선지광』 81, 1928. 11 · 12合(양승국 편 『한
국근대문예비평자료집』 2권, 태동 1991, 233면).
2) 유민영 『윤심덕, 현해탄에 핀 석죽화』(안암문화사 1983). 이상의 문헌은 『윤심덕, 사의
찬미』(민성사 1987)로 재출간되었으며 같은 필자의 연구서에서도 반복되고 있다. 유민
영 『우리 시대 연극운동사』(단국대학교출판부 1989) 97~98면.

시간이 좀더 지나 당시는 축첩(蓄妾)은 물론이요, 사실상의 중혼(重婚)조차 불가능한 일이 아니었다는 것과 그보다도 이들이 그같은 제도에 구애받을 사람들이 아니었다는 사실이 합리적으로 지적되면서 그의 죽음의 원인이 무엇인가, 정사인가 아닌가 하는 질문이 다시금 제기되었다. 그 결과 그들의 죽음을 목격한 자는 존재하지도 않으며 '정사(情死)'란 당시의 황색저널리즘이 만들어낸 추측성 기사에 지나지 않는다는 것을 입증하고 그의 죽음을 윤심덕에 의해 유도된 '충동적인 자살이거나 사고사'로 추정하는 연구가 나오면서[3] 수산의 죽음을 둘러싼 선정적인 편견을 벗어날 수 있게 되었다. 그러나 정사가 부인되었다고 해서 '자살'이 부인될 수 있는 것은 아니었다. '준비된 자살'이라는 주장은 그가 출가할 때 남긴 편지에 "어머니 계신 곳으로 가겠소"라는 구절이 있다는 것을 근거로 힘을 얻었다.[4] 현재 수산의 죽음에 대해서는 '준비된 자살'설과 '충동적인 자살 또는 사고사'설이 맞서는 형국이다.

일단 사용할 수 있는 단어를 정리하자. '사고사'란 무엇인가. 갑작스러운 사고를 당하여 발생한 죽음이다. 아무도 보지 못한 수산의 죽음을 두고 상상을 해볼 수도 있다. 이들이 시모노세끼-부산 간 연락선에 오르게 된 것은 윤심덕이 토오꾜오에 있던 수산에게 전보를 보내 "자살하겠다"고 했기 때문이었다. 홍해성에 의하면 수산은 이 때문에 토오꾜오를 떠나면서도 홍해성과 농담을 주고받는 등 자살의 징후는 전혀 없었다고 하였다.[5] 그렇다면 사고사는 죽어버리겠다는 전보로 수산을 유인했던 윤심덕이 뱃전에서 위험한 행동으로 자신과 수산을 희롱하고 있고, 그러던 중 실족하여 물에 빠졌으며 이를 구하기 위해 무모하게 수산이 뛰어드는 정도의 그림 안에서 가능하다. 그

---

3) 양승국, 앞의 책 234면.
4) 홍창수 「김우진의 작가의식과 죽음에 관한 연구」, 한국 근대문학회 편 『한국근대문학연구』 1권 2호, 2000.
5) 홍해성 「최후의 대화와 회상」, 『조선일보』, 1956. 4. 9.

러나 수산은 앞뒤 없이 물에 뛰어들 만큼 성급한 성격이 아니었다. 더욱이 적장자 방한을 두기 전에 외방 자녀가 있었다는 사실을 염두에 두면 수산과 윤심덕 관계의 진정성을 의심하던 당시의 견해가 설득력을 지니는바, 수산이 윤심덕을 깊이 사랑하여 그녀를 구하고자 무분별하게 뛰어들었다는 설정도 그다지 있을 법하지 않다. 더 억지를 쓰자면 죽기 싫다는 수산을 윤심덕이 끌어안고 물속으로 뛰어드는 장면도 상상할 수 있지만 체격조건으로 보아 이는 불가능한 일이었으리라. 결국 수산의 죽음은 수산의 의지에 따라 결정된 것이다. 그리고 이는 준비된 것이든 충동적이든 그의 죽음이 '자살'이라는 것을 의미한다.

'자살'이란 타인에게는 돌연하고 경악할 만한 일이지만 죽음을 택하는 당사자에게는 죽음과 친밀한 오랜 시간을 지나 은밀한 잠복기를 지나면서 준비되는 것이다. 그는 일찍부터 죽음과 가까이 있었다. 재취였던 그의 생모 순천박씨가 그의 나이 다섯 살 때 사망한 것을 비롯하여 김성규의 삼취부인 김해김씨가 여섯 살 때 사취부인 김해김씨가 여덟 살 때 세상을 떴다. 이 때문일까? 그의 작품에는 일찍부터 죽음이 빈번히 등장하였다.

물론 수산이 죽음에 정서적으로 친연하다는 것과 그러므로 그것이 자살로 결행되었다고 말하는 것은 다른 일이다. 그럼에도 죽음과 친연한 수산의 내면을 설명하는 데 매우 흥미로운 자료가 있다. 한 정신과 논문에 의하면 자살미수자 50명을 대상으로 조사한 결과 이들 중 95%가 그들의 근친자들, 즉 부모나 형제, 자매, 배우자 등을 비극적으로 잃은 사람들이며, 또한 이들의 75%는 그들이 청년기를 벗어나기 이전에 그같은 죽음을 경험한 사람들이었다고 한다. 이를 '죽음의 성향'이라고 한다.[6] 즉 근친의 요절은 남은 유가족에게 깊은 마음의 상처가 되며, 이것은 유가족의 정신에 내면화되어 하나의 성향을 이루게 된다는 것이다. 수산은 바로 여기에 해당되는 사람으로

---

6) A. 알바레즈 지음, 최승자 옮김 『자살의 연구』(청하 1982) 14면.

서 일찍 어머니를 여의고 바로 어머니의 이름으로 현실세계와 대립하는 문학적 세계를 축조하고 있으니 그의 첫 소설 「공상문학(空想文學)」(1913), 시 「아아 무엇을 얻어야 하나」(1915)에서 그의 문제 희곡 「난파」(1926)에 이르기까지 이같은 경향은 지속적으로 나타난다.

죽음의 성향에 대한 설명은 프로이트의 슬픔과 우울증의 연구에서 좀더 구체적인 해석을 얻을 수 있다. 프로이트에 의하면 우울증은 슬픔처럼 사랑하는 대상을 현실에서 잃었다는 것에 대한 반응이면서 다른 한편으로는 그것 이상의 증상, 정상적인 상태에서는 나타나지 않는 일반적인 슬픔의 심리가 병리적인 증상으로 전환되는 상태를 의미한다. 즉 애증 병존, 사랑과 증오가 분리될 수 없는 상태로 공존하면서 격렬한 감정적 반응을 일으키는 것을 한 예로 들 수 있는데, 이같은 병리적 상태는 한편으로는 기질적인 이유에 의해 촉진되고 한편으로는 냉대를 당한다거나 무시를 당한다거나 실망감을 느낀다는 식의 여러가지 현실적인 경험에서 비롯되기도 한다. 흔히 강한 아버지 밑에서 소심한 외견에 격렬한 반항심을 감춘 아들이 나타나기 쉽다. 그도 그러하였다. 수산의 아버지 초정 김성규는 치밀하고 거침없으며 유능한 '정력적 천재'이었으며, 그 아들 수산은 내성적이면서도 낭만적이고 온순하면서도 내면에 들끓는 반항심을 감춘 예민하고 영리한 소년이었다. 요컨대 상처받기 쉬운 이 섬세한 소년은 열 살도 되기 전에 집안의 주부가 셋이나 죽어가는 것을 보았으며, 그 때문인지 자신이 '한 점의 사랑도 받지 못했다'고 느끼고 있는 것이다. 이같은 자학적 상황은 상실한 어머니가 수산에게 깊은 내상(內傷)으로 자리하고 있음을 의미한다.

이 내상의 형태는 어떤 것인가. 부모나 부모와 마찬가지로 열렬히 따르던 사람을 여읜 어린이는 그들의 죽음이 자신 때문이라는 죄의식과 사랑하는 사람을 잃게 만든 자신에 대한 분노에 빠진다. 그리고 이같은 감정으로부터 그리고 극심한 자포자기의 사태에서 벗어나기 위해 최대한 노력한다. 무고한 어린이는 이러한 상황을 이해하지 못하므로 그의 자연발생적인 슬픔은 배나 고통스러운 것이다. 까닭을 알 수 없고 당치도 않은 이 적의에서 벗어나기 위해 어린이는 이 적의를 자신의 내부에서 분리하여 죽은 사람에게 투사한다. 그 결과 공상을 매개로 제어할 수 없는 온갖 공포심이 수반될 수 있는데 그리되면 어린이는 가슴 깊은 곳에 살의를 품은 사자(死者)를 간직하게 되며 그 만족을 모르는 '분신'(Doppelganger)은 결코 진정하는 법 없이 자신의 존재를 소리쳐 알리며 위기의 순간마다 나타나게 된다. 「난파」의 모(母)의 형상은 바로 이에 가깝다.

> 모(母): (흰 옷. 유령처럼 점점 자세가 낫하나며 거러온다.) 아들아. 내가 너를 낫코 제일 미워하는 아들아.
> 시인(詩人): (발가벗고 창백한 몸으로 낫하나며) 홍 제일 미워헌다면서 왜 그리 쟈쥬 불너내슈.
> ...
> 시인: (속 아푼 소리로) 주저(呪咀)바들 어머니!
> 모: 그럿치 네 형이 잘못해서 죽은 것이 아냐. 내가 애 밴 동안에 너 아버지의 욕심을 채워 쥴녀고 한 짓이지. 하나는 배서 여섯 달 만에 떨어지구 하나는 나면서 송쟝! 하하하하 웅굴찌지. 통쾌하지.
> 시인: 왜 그러면 나마져 안 죽엿소?
> 모: 글새 밤낮 되푸리하든 소리를 또 짓거리라는 말이니? 너를 맨들녀구 한 짓이래도 그래! 너를 맨들녀구 네 형을 둘 죽엿대도 그래! 너는 네 형도 아니구 네 아우도 아니구 네 아버지나 네 어머니 즉 나도 아니란 말을 못 아러듯겟니?
> 시인: (벌벌 떨며) 오오오오.
> 모: 칩거든 내 품속으로 드러오렴. (아느려 한다.)
> 시인: (벌떡 나서며) 날 어러쥬그라구 옷을 벳겨 놋쿠는 또 안어쥬려구? 그게 무슨 심쟝이요? (『전집』 I, 71~73면)

창백한 얼굴로 벌거벗은 채 떠는 시인의 위기는 어머니를 닮은, 그의 분신이 만들어낸 것이다. 그녀는 어머니의 형상을 지니고 있기에 시인의 존재 전체를 통어하고 있으며, 시인은 그녀의 소유물에 다름 아니다. 시인을 낳고 시인을 가장 미워하는 그녀는 시인을 낳으려고 시인의 두 형을 죽였고, 현재는 얼어 죽으라고 시인을 벌거벗겨 놓았다. 그리고 결정적으로 그 분신은 다른 한편으로는 그를 품에 안아 지켜준다. 그녀는 시인의 숙적이다. 시인은 그녀의 호출을 거부하지 못하며 그녀의 호출이 빈번해진 것은 시인의 위기가 한층 고조되고 있음을 의미한다. 이들의 쟁투는 전적으로 어머니를 닮은 그 분신에 의해 주도되며 그녀는 사랑과 미움으로 그를 자유자재로 조종한다.

그러나 그녀는 시인 자신이기도 하다. 어머니라는 이름의 그 분신은 그가 만들어낸 그의 여성형이며 현실과 일치되지 않는 그 자신, 현실과 불화하는 자기 자신을 발견하는 순간에 탄생하였다. 즉 시인의 자의식의 역사만큼 오래 그의 내면에 거처해왔다. 그녀와 경쟁하여 그녀를 이길 수 있을 만큼 힘센 것은 사실 존재하지 않는다. 만약 있었다면 시인의 안정적인 행복뿐이었을 것이다.

그러나 그에게 소유권을 관철하고자 하는 존재는 그뿐이 아니었다. 이 두 존재의 쟁투는 불가피했고 여기에서 그의 위기는 심화되었으며 그의 문학은 이 쟁투와 위기에서 시작되었던 것이다.

2. 문학, 삶과 죽음의 재생산

그렇다면 수산의 위기를 부추기는 것은 어떤 것이었을까? 가정 내에서 어머니에 대한 수산의 실제적인 태도는 어떤 것인지 살펴보자. 수산이 일찍 어머니를 여의고 충분한 애정을 받지 못하고 자라났다고 보는 것은 안이하다.

물론 계모의 사랑이 극진하다 하더라도 생모에 대한 그리움은 어쩔 수 없기
는 하지만 생모에 대한 그리움이 병적인 것이 되려면 이를 부추기는 병적인
상황이 있게 마련이다. 그러나 수산의 경우 계모에 대해 반감이 있거나 계모
에게 문제였던 것은 아닌 것 같다. 수산은 실질적인 계모는 계제 익진의 생
모인 동복오씨뿐이다. 일기의 한 대목을 보자.

> 나는 과거 유년시대의 기억의 대개는 이젓스나, 이 구향(舊鄕)의 강심(江心)
> 을 대할 때 우연한 기회에 이전에는 망각의 속에 잇든 것이 회상될 때가 만타.
> 지금도 그것이다.
> "돌아가신 어머니 생각나?" 익진이와 이약이하든 끗 이갓치 물엇다.
> "안이 나요. 당초에 몰으겟서요. 다만 기억나는 것은 저긔 저 강변에 어머니
> 상여가 지나가는 것을 아모 철업시 이쪽에 서서 촌 아해들과 갓치 우스며 바
> 라보든 것뿐이야요."
> 나는 그때 우연한 비감(悲感)이 흉리(胸裏)에 충일하야짐을 끼달엇다. 그 동
> 시에 뚜거운 눈물이 면안(面顏)에 주류(注流)하엿다. 석향(夕香)의 공기는 부
> 들업고 바람은 기엿스나, 내의 기억은 돌아가신 어머니의게 집중되엿다. 한 점
> 의 사랑을 받지 못한(그럿케 나는 생각이 든다) 나는, 얼골 기억도 업는 그이
> 의게 이갓치 무극(無極)한 애모(愛慕)의 정이 깁다. 나는 흘으는 눈물 얼골을
> 숙엿다. 강물은 여전히 희롱하며 흘은다.
> "그러지 말어! 또 아버지 보시면 공연히 언짠케 아시는데." 소모주는 비련
> 한 소리로 위로하여주엇다. (『전집』 II, 492면)

불현듯 어머니를 생각하고 슬퍼하는 수산을 계모 동복오씨는 슬픈 목소리
로 위로하고 있다. 생모를 그리워하는 전실 자식의 심경을 충분히 이해하는
것이다. 오히려 문제가 되는 것은 "아버지 보시면 공연히 언짢게 아시는데"
라는 구절이다. 아들이 생모를 그리워하며 약한 모습을 보일 때마다 아버지
는 이를 언짢게 알았다는 것이다. 이것으로 김성규는 생모를 그리워하는 아

들이 약하고 감상적인 모습으로 보일 때마다 이를 질타했음을 알 수 있다. 한 치의 방만함도 허용하지 않았던 김성규의 성정이나 생활태도로 보아 아들의 나약함이 드러나는 것을 용납하지 않았으리라 추정하기는 쉽다. 이 때문에 계모 동복오씨는 오히려 의붓아들의 슬픔에 동참하여 그를 위로하며 아버지로부터 감싸주는 것으로 의붓아들과 정서적으로 연대하는 것이다.

계모들에 대한 수산의 태도는 호의에 가깝다. 「난파」에서 그 일단을 엿볼 수 있다.

> 제삼계모(第三繼母): 가만둬요. 다 제때가 잇는 것이지. (나가며) 난 빨내허다
> 　　　　　　　　　둔 것이 잇으닛까.
> 제이계모(第二繼母): 그대로 둬요. 다 제 속에 잇겟지. (나가며) 난 쟝 담다가
> 　　　　　　　　　둔 것이 잇스닛까.
> 제사계모(第四繼母): 쟈 들어갑시다. 감기드시는대. (나가며) 아이고 이 몸이
> 　　　　　　　　　언제나 편해질가. 사나운 팔쟈. (「난파」, 『전집』 I, 90면)

그대로 가만두라는 말에서 계모들은 방임에 지나지 않을망정 소극적으로나마 수산을 감싸주고 있음을 알 수 있다. 동복오씨의 언어와 일맥상통하는 이러한 대사들은 실제로 수산의 주변 여성의 언어라 할 것이다. "빨래해야 하고, 장담거야 하고, 언제나 편해질까 사나운 팔자"라고 탄식하는 계모들의 대사는 김수산의 가정 내 여성들이 어떤 처지로 살고 있었는지 짐작하게 해준다. 나라 안에 이름 높은 부호 집이었지만 마치 『태평천하』에서 윤직원의 손부들이 명색 없는 종노릇을 한다고 한탄하듯이 고단한 생활을 영위하고 있음을 알 수 있다.

견고한 가부장제 안에서 권위와 권력은 남성적이다. 즉 권력을 휘두르는 것은 남성뿐이고 나머지 가족들은 그 권위에 휘둘리는 여성적 입장에 놓이게 된다. 바로 이 지점에서 수산의 처지는 여성적이고, 따라서 어머니와의

연대가 가능하다고 할 것이다. 그런데 그 어머니는 사망하였고 남은 것은 '상여 나가는 희미한 기억'뿐이다. 이렇게 보면 수산의 모성 결핍을 부추기는 것은 아버지의 권위주의였던 것이다.

1913년 그의 나이 16세 때 정로생(正路生)이라는 필명으로 집필된 「공상문학」은 이같은 애증병존의 상황에 대한 수산의 내면적 고투의 흔적이 역연한 작품이다. 「공상문학」에서 주인공 순자의 아버지는 무능하기 짝이 없고 술로 가산을 탕진하였으며 필경에는 건강을 해쳐 죽음에 이르게 되었지만 순자에게 그 기억은 대단히 미화되어 있다.

> 싱각을 자아닉는 것은 사년 전 ○○의 자긔 집──지금은 빈 터문 남아 잇는 그 터에서 부친과 굿치 흔 방에서 긔와ㅎ야 흔 상에서 음식 먹든 그씩의 사람! 아 그씩의 봄과 굿씩의 꼿! (「공상문학」, 『전집』 I, 222면)

이것은 거울이다. 성(性)을 뒤바꾸어 부친과 한 상에서 음식 먹던 때를 봄과 꽃으로 상상하는 순자, 이 부녀는 김수산 모자이다. 정반대로 투사된 이 관계에서 김수산이 진정한 연대자를 상실한 슬픔이 내면화되어 있는 상황은 현실로 나타난다.

여기에 그의 어머니를 상상해볼 만한 좀더 흥미로운 구절도 있다.

> 순자의 부친은 소시붓터 본릭 그 지경 늬에서 굴지ㅎ는 쥬객(酒客)이라. 쥬독으로 전신의 혈믹을 일운 반신불슈의 몸으로셔도 오히려 술을 쓴허 발이지 못ㅎ고 쥬야 밀일을 악독한 술과 셔로 싸호다가 그후 엇더흔 서양 목사의 간절한 충고로 자긔 장릭를 쌔다를 후붓터는 철석굿흔 굿세인 결심으로 이년을 연속ㅎ야 술을 쓴음에 일으럿스나 소시의 쥬독이 오히려 쓴이지 아니흠인지 신체는 점점 슈쳑ㅎ야지며 두뢰는 점점 번민흠을 더ㅎ야 드듸여 신경쇠약(神經衰弱)병을 일우더니 그후 이년을 지늬여셔는 병세 더욱 침중ㅎ야 드듸여 여섯 살 된 순자와 세 살의 어린 남아의 두 자녀를 남기고 황천의 손이 됨에 일

48

으럿더라. (「공상문학」, 『전집』 I, 189~90면)

이렇게 순자의 아버지가 '신경쇠약'으로 세 살, 다섯 살 남매를 남기고 죽었다고 기술되어 있으니 다섯 살, 세 살은 어머니를 잃은 수산과 아우 김철진의 나이였다. 어쩌면 수산의 어머니는 이러한 쇠약한 신경증으로 사망하였을지도 모를 일인데 일찍부터 수산에게는 이러한 '예민한 신경'과 그 쇠약이 죽음과 연결되는 사인(死因)으로 자리하고 있었던 것이다. 이는 다소 앞지른 설명이지만 그의 아버지 김성규가 설명하는 수산의 사인 또한 '신경쇠약'이니 "그 고생이 10여 년 쌓여 신경쇠약으로 끝내 병인년 6월 26일 해시(亥時)에 죽었다(積苦十有餘年 以致神經衰弱 竟於丙寅六月二十六日亥時歿)"고 하였다. 그 고생이란 유학기간 10년의 고생을 의미한다. 김성규는 아들의 문제가 유학기간의 피로로부터 발생하여 이것이 '신경쇠약'으로 발전하였고, 이로 인하여 죽음에 이르렀다고 파악하고 있었던 것이다. 이는 수산이 지극히 침착한 청년이나 가끔 정신의 발작적 증후가 있어 때로는 자기의 정신을 거의 수습하지 못할 만큼 심하기도 하였다는 1926년 8월 5일자 『조선일보』의 기사내용과 상응하는 것이기도 하고,[7] 그의 작품과 일기 등에서 보이는 그의 격렬한 감정적 표출을 생각하면 일변 신빙성있는 언급이기도 하지만 더 크게는 이를 '사인'으로 볼 수 있는 그의 집안의 경험, 즉 집안 내력으로 보는 것이 더 그럴듯하다.

여기에 그 어머니의 신분에 대해 한마디 부연하지 않을 수 없다. 수산의 아버지 김성규(1863~1935)는 거듭된 상처(喪妻)로 오취(五娶)하여 3남 7녀를 낳았다고 밝히고 있다.[8] 김성규의 첫째 부인은 풍산 홍씨(1862~1891)로 2녀를 낳았다. 둘째 부인 순천박씨(1864~1901)는 수산의 생모로 그와 그의

---

7) 그의 죽음이 당대 최고의 스캔들 메이커 윤심덕과 이루어졌다는 점에서 세평으로부터 그를 방어하기 위해 과장되었을 가능성도 배제할 수 없다.

8) 金星圭 『草亭集』 卷之五, 八. 양승국, 앞의 책 49면에서 재인용.

아우 철진 2남을 낳았다. 셋째 부인은 김해김씨(1885~1902)로 1녀를 낳았고, 넷째 부인은 김해김씨(1886~1904)이며, 다섯째 부인이 동복오씨(1887~1946)로 익진과 3녀를 낳았다. 그런데 이렇게 확인되는 자녀는 3남 6녀에 지나지 않고, 게다가 김성규의 사위는 조영수, 송석조, 김유제, 임병태, 임종환으로 다섯밖에 거론되어 있지 않으므로 7녀 중 2녀는 어떤 형태로든 결혼하지 않은 상태로 사망한 것으로 추정할 수 있다. 그리고 「난파」에서 아내를 여섯이나 얻었다고 한 점과[9] 상성합명회사 정관에 있는 해주최씨의 분묘를 염두에 두면[10] 첩실의 형태로라도 여섯째 부인이 있었을 가능성도 배제할 수 없으며 추산되지 않는 1녀는 그 소생일 가능성도 있다.

그리고 여기에 수산의 생모 순천박씨에 대해서도 짚어둘 점이 있으니 수산의 생모 순천박씨는 김성규의 초취부인이 사망한 이후에 수산을 낳았지만 그때 나이 33세였고, 「난파」에 의하면 수산을 낳기 전에 이미 두 번 생산에 실패한 것으로 되어 있다. 초취부인이 1891년 사망하고 곧바로 재혼을 했다손 치더라도 그때 순천박씨의 나이는 28세였던 것이다. 당시의 초혼 연령으로는 거의 불가능한 나이라 아니할 수 없다. 이는 삼취부인 김해김씨가 1885년생으로 혼인할 때 18~19세로 계산되는 점, 이어 사취부인 김해김씨와 오취부인 동복오씨 또한 비슷한 연령대의 10대 후반에서 20대 초반의 나이에 김성규와 혼인했던 점과 비교하면 그 차이가 더욱 분명하다. 당시 결혼 적령기와 상대 여성의 초혼을 전제로 하는 양반의 혼인 관행을 생각할 때 김성규와 순천박씨의 혼인에는 특별한 사유가 있었을 것으로 짐작된다. 또한 세보(世譜)에 의하면 초취부인 풍산홍씨는 친정아버지와 조부, 증조와 외조까지 밝혀져 있고, 삼취부인과 사취부인, 오취부인도 친정아버지의 벼슬과 집안이 밝혀져 있으나 수산의 생모 순천박씨는 겨우 아버지의 이름[明燁]만

---

9) "父 … 불효의 속죄를 할려구 돈을 모으고, 안해를 여섯이나 엇구, 어머니를 수천리 타 향에까지 뫼서다가 면례하고, 산소 밋혜서 종신할려구 햇슴니다." 『전집』 I, 78면.
10) 김성규 일가에는 해주최씨와의 결혼 예가 없다. 양승국, 앞의 책 51면 참고

50

이 집안 내력이나 벼슬 이름도 없이 밝혀져 있을 뿐이다. 이미 첩실로 들어와 있던 상태에서 뒤늦게 자손을 보게 되었다거나 하는 추론이 아니더라도 순천박씨의 경우 한미한 가문 출신이었던 것만은 분명하다.

이는 다소 주변적인 사실이지만 김성규 일문과 세의가 있던 해산(海山) 최동(崔棟, 1896~1973)의 어머니도 순천박씨였다.[11] 최동은 고종의 붕어 소식이 알려지던 1919년 1월 서울로부터 소식을 전하던 바울(Paul)이며 수산의 출가 후 그를 찾기 위한 집안의 편지 중 하나를 받은 사람이기도 하다. 즉 출가한 수산이 만날 만한 사람으로 꼽힐 정도로 수산과 각별했다는 것인데, 아호가 수산(水山)과 비슷한 '해산(海山)'인 점도 흥미롭다. 해산 최동의 부친 최정익은 후일 미국에서 『신한민보』의 주필로 활약한 사람으로 의주 출신의 상인이었으며 갑오경장 이후 내무아문의 주사로 입신하여 1897년 순천군수를 역임한 것으로 알려져 있다. 그러나 최정익은 1902년 처 순천박씨가 죽자 1904년 도일하였고, 이어 열 살 된 최동을 일본에 홀로 두고 도미하였다고 한다. 이때 최동을 돌봐준 것이 김성규였고, 최동은 수산 형제와도 가깝게 지냈다고 한다. 후일 법의학자이며 기생충학자로 널리 이름을 알리게 되지만,[12] 이 무렵은 부모도 없이 김성규의 후의에 의지하여 교육을 받는 외로운 처지였다. 그의 어머니의 관향과 부친의 관직에 별다른 연관이 없었다 하더라도 만약 그의 외가가 일정한 규모와 품격을 지니고 있었다면 그같

---

11) 최동에 대해서는 다음 글을 참고할 수 있다. 이규식 외 2인 「최동의 생애와 학문」, 대한의사학회 편 『의사학』 13-2, 2004. 12, 284~87면. 최동이 바울이라는 것은 다음에 밝혀져 있다. 양승국, 앞의 책 314면.

12) 최동은 의학자이며 재야사학자이기도 하여 한민족의 뿌리가 바빌론 문명에 있다는 『조선상고민족사』(인간사 1966)라는 책을 집필하고 만몽 문제에 대해 관심을 기울이기도 했다. 일각에서는 이를 두고 의학과 인문사회과학의 영역을 종횡하며 업적을 남겼다고 과대 평가하기도 하지만 이는 동조동근론에 따라 일제의 대륙 침략을 합리화하려던 식민지 인류학의 작은 지류에 지나지 않는다. 그는 후일 경성기독교연합단체의 일원으로 신사참배 등에 앞장서 전시협력 분야에서 친일파로 이름이 올랐다.

은 일은 일어나지 않았을 것이다. 그의 아버지 이력으로 보아도 김성규와 비슷한 수준에서 세교가 이루어졌다고 보기는 어려운데도 김성규가 최동의 고단한 처지를 돌볼 뿐만 아니라 아들들과의 교유까지 허락했다면 별도의 척의가 있었던 것은 아닐까. 물론 이는 수산과 그의 어머니가 같은 성씨라는 데에서 유추한 데 지나지 않는다. 아무튼 순천박씨의 집안을 생각하면 그의 어머니의 가문 내 입지는 매우 좁았을 것으로 추정된다. 김성규 또한 출생에 불리한 점이 있어 그같은 열등감을 방어하기 위하여 더욱 철저한 치가범절(治家凡節)을 추구했던 혐의가 있으니만큼 순천박씨가 처한 가문의 시선과 대우는 만만치 않았을 가능성이 있다. 만약 이것이 한미한 집안에서 자라난 순천박씨에게 견디기 어려운 것이었다면 '신경쇠약'과 연관된 수산의 상상력이 매우 설득력을 지닌다.

이는 수산의 가정 내 위치와 처신에 매우 이중적인 지점이 있었다는 것을 의미한다. 김성규의 장남으로서 그의 위치는 확고부동한 것이었겠지만 한미한 외가가 그에게 한계가 되지 않도록 경계해야 했을 것이기 때문이다. 물론 이는 일족이나 식솔의 시선에서라기보다 그 부친 김성규의 통제에서 암묵적으로 관철되었다고 보아야 할 것이다.

아울러 그와는 대조적이면서 그 부친의 면모에 가까웠던 중제(仲弟) 철진의 성격과 그들 형제의 관계 또한 짚고 넘어갈 지점이다. 그의 중제 철진은 「난파」에서는 "허기는 개가 너보다는 낫지. 꾀 잇구 약 발느구 눈치잇구 남비위 쫄 맛치구"라고 평가되었고, 그는 직접 「A Protesto」에서 "가정 처리, 인간교제에 재능이 잇"다고 말하고 있으며, 후일 목포지역의 주요 인사로서 활발히 활동한 점에서도 이같은 사실은 뒷받침된다. 그러나 수산과 형제들의 사이가 썩 우애 깊은 것이었다고는 볼 수 없을 것 같다.

"근일(近日) 양제(兩弟)와 공서(共棲), 이전 intimate jealousy 업시 애정과 환흔(歡欣)으로 자미(滋味)잇는 수일간을 경과ᄒ얏다." (1919년 3월 31일 일기, 『전이에 앞서 수산은 계제 익진의 중학교를 <u>토오꾜오</u>로 정하라는 아버지의 지시에 우울해하고 있었지만 정작 익진이 도착하자 철진과 함께 애정과 기쁨으로 수일을 보냈다. 그런데 이같은 며칠간은 그에게 기쁘게 일기에 기록할 만한 '사건'이었던 것이다. 이 글에 의하면 평소에는 "intimate jealousy", 은근한 시기심이 이 형제 사이에 있었다는 것이다. 은근하다고 표현된 점을 고려할 때 눈에 보이는 반목이 있을 정도는 아니었을 것이다. 그리고 '시기'라는 것이 비교를 전제로 성립함을 염두에 둘 때 엄격한 아버지 김성규의 평가와 통제에서 비롯된 듯하고, 이는 당시 익진이 아직 어렸고 철진과는 성격 차이가 확연했으며 후일 수산이 남긴 일기의 수탁자가 조포석과 홍해성과 계제 익진이라는 점을 상기하면 그 중제 철진을 향하는 것으로 보인다. 상식적으로 판단한다면 중제이며 동복제인 철진을 젖혀두고 계제이며 이복제인 익진을 일기의 수탁자로 지정한 것 자체가 의아한 일이다.

즉 수산의 유소년기, 수산의 주변에는 수산이 긴장을 풀고 의지할 혈연적 지점이 완전히 결여되어 있음을 알 수 있다. 물론 중제 철진은 수산이 겪은 이같은 긴장의 이면에서 형의 곤경을 디딤돌 삼아 눈치있고 남 비위를 잘 맞추는 사교적인 성격으로 성장할 수 있었던 것일 터이다. 어쨌거나 이 형제의 감정적 처지는 대단히 달랐고 수산에게 모친의 결핍에 따른 애증 병존의 내적 상황은 김성규의 훈육방침에서 크게 증폭되어 우울증으로 확대될 소지가 얼마든지 있었다. 소설 「공상문학」은 바로 그 경험의 반영물인 것이다.

그러나 이러한 수산의 우울증적 상태가 그의 소년기와 청년기에 걸쳐 그의 내면에 잠복해 있는 것이기는 해도 그것으로 그가 곧장 죽음을 선택하는 데 이른 것은 아니었다. 이것은 오히려 수산에게는 매우 감상적이고 낭만적인 문학 경향으로 나타난다. 물론 낭만주의적 경향이란 자살지향적이며 죽음과 가까운 것이다.[13] 한국 근대문학사에서 가장 낭만주의적인 경향을 띠고 있었던 백조파에 대한 김동인의 회고가 바로 그 점을 지적하고 있다.

> 「창조」 동인 열한 사람 가운데 삼십년 뒤인 지금 죽은 사람은 오직 김환 한
> 사람이요, 「폐허」에는 민태원, 남궁벽 등 두세 사람이 죽었으나, 염상섭을 필
> 두로 오상순, 변영로, 황석우, 중요한 동인은 축나지 않았는데 「백조」는 이상
> 하게도 도향 나빈을 비롯하여 빙허 현진건, 노작 홍사용, 이상화, 춘성 노자영
> 등 온 동인의 6할이 저세상으로 갔다 하는 것은 비통하고도 괴상한 일이다.
> (『김동인 전집』 6, 25면)[14]

김동인이 백조파를 두고 '괴상한 숙명'이라 지적한 것은 다른 말로 바꾸
면 백조파의 민감한 감수성, 즉 백조파의 낭만적 성격을 증명하는 것이라 볼
수 있다.[15] 낭만주의란 자살이 아닐 때조차도 죽음과 가까이 상존하고 있는
법이다.

더구나 낭만주의적 죽음을 재촉하는 '결핵'이라는 질병과의 연관에 다다
르면[16] 수산의 낭만적 경향은 뼛속 깊이 박힌 것이라 할 만하다. 출가 전 수
산은 몸이 약해진 상태로 해소·천식에 시달리고 있었다. 1926년 4월 22일
신병의씨가 수산에게 써준 가미육미원(加味六味元) 처방은[17] 해소·천식에
가장 흔히 쓰이는 것이다. 더구나 「난파」의 백의녀(白衣女)가 폐병으로 절명
하며 각혈을 의미하는 것일 검붉은 피에 시인이 집착하는 것을 보면 수산의
낭만적 경향은 당시의 백조파의 감수성과 동일선상에 놓이는 것이라 할 수
있다.

그러나 그가 작품 속에서 죽음과 자살을 다루고 있을 때 그것은 역설적이

---

13) A. 알바레즈 지음, 앞의 책 199면.

14) 김윤식 『염상섭 연구』(서울대학교출판부 1987) 308~309면에서 재인용.

15) 같은 책 309면.

16) 가라타니 코오진 지음, 박유하 옮김 『일본근대문학의 기원』(민음사 1997) 135면.

17) 『전집 Ⅱ』, 464면.

게도 그의 고뇌가 '낭만적으로 죽음을 소비'하는 과정 속에서 해소되고 있었다고 보는 것이 옳을 것이다. 첫 작품 「공상문학」은 물론이고 그의 갈등이 본격화된 1925년 이전의 시편들에서도 그가 죽음을 다루는 방식은 문학의 완성이라는 성격이 강하다. 문학 속에서의 죽음은 실제적 죽음을 전제한다기보다 죽음의 현장에서 죽음을 관찰하고 경험함으로써 삶을 보존하기 위한 것이다. 프로이트는 이렇게 말한다.

우리가 현실의 삶에서 잃어버린 것을 허구 세계—문학과 연극—에서 찾는 것은 이 모든 것이 낳은 필연적인 결과다. 허구 세계에서는 죽는 법을 아는 사람들—남을 죽이기까지 하는 사람들—을 찾아볼 수 있다. 우리가 죽음을 체념하고 인정할 수 있는 조건도 오직 허구 속에서만 충족될 수 있다. 말하자면 허구 세계에서 벌어지는 온갖 우여곡절 뒤에서 현실의 사람은 여전히 안전하게 보호받을 수 있는 것이다. 인생이 한 수만 삐끗해도 승부를 포기해야 하는 체스 게임과 같다는 것은 너무도 슬픈 일이기 때문이다. 다만 인생은 체스와는 달리 한번 지면 그것으로 끝장이고 설욕전을 가질 수 없다는 차이가 있다. 허구의 영역에서는 우리가 필요로 하는 수많은 사람을 찾을 수 있다. 우리는 소설 속의 주인공을 우리 자신과 동일시하고, 그 주인공과 함께 죽는다. 그러나 실제로는 살아남아서 또다른 주인공과 함께 다시 죽을 준비를 한다.[18]

프로이트의 견해를 염두에 두고 보면 수산의 내면에 잠재되어 있던 '죽음의 성향'은 그에게는 한편으로는 낭만적인 취향의 밑바탕이 되어 있었고, 한편으로는 문학석으로 소비되면서 오히려 그의 삶을 보호하고 있었다고 할 것이다. 이것이 그가 문학을 하게 된 내면적인 이유라고 할 것이다.

수산은 스스로 자작 시편들을 정리하면서 여기에 낭만주의 시대의 시들이라는 제목을 붙인다.[19] 이것은 실상 그의 취향에 낭만주의적인 요소가 남아

---

18) S. 프로이트 지음, 김석희 옮김 「전쟁과 죽음에 대한 고찰」, 『문명 속의 불만』(열린책들 1997) 60면.

있는가와는 별개로 그 스스로 자신의 삶에서 낭만적 경향이 실재했다는 것과 이것을 극복했다고, 혹은 그 시기가 끝났다고 생각한 사실을 보여준다.

그런데 그가 고백하는 이 낭만적 경향은 그의 작품에서 죽음으로서만이 아니라 '사랑'으로서도 나타난다. '사랑'과 죽음이 불가분의 관계로 결합하여 있다고 할 것이다. 치열하게 사랑에 빠지는 상황과 자살을 하는 상황이라는 두 가지 경우는 정반대로 볼 수 있는 것이지만 대상에 의해 압도당하고 있다는[20] 공통점을 염두에 두면 이 또한 낭만적 열광의 자장 속으로 수렴될 수 있음은 물론이다.

앞서도 거론했던 소설 「공상문학」은 그런 의미에서 낭만적인 '죽음'과 '사랑'이 어떻게 호응하는가를 보여준다. 이 작품은 그다지 중요하게 다루어지지 않았다. 그의 주요 장르가 희곡인 까닭에 소설 연구분야에서 다루어진 바가 드물고 희곡 연구분야에서는 장르가 달라 소외되기 쉬웠기 때문이다. 그러나 이 작품은 그의 나이 고작 16세 때의 작품으로 조동일은 "창작하자 발표했더라면 소설사에서 획기적인 위치를 차지했을 문제작"이라고 평가하였다.[21] 물론 일각에는 하나의 습작품에 지나지 않다는 평가도 있고, 일부 번안의 혐의도 있다. 그렇지만 청소년기의 수산의 내면을 살펴볼 수 있는 중요한 자료라는 사실은 부인할 수 없다.

번안에 혐의를 둘 만한 지점으로 예를 들면 다음과 같은 현실성이 결여된 부분을 들 수 있다.

순자는 이 간호부만은 뜻에 맞지 아니홈으로 불복ㅎ얏고 그후 모 신문사의 긔쟈(記者)시험에 참가코져 ㅎ얏으나 이제는 쏘흔 늙은 모친 박씨가 허ㅎ지

---

19) "以上은 내의 Romanticism의 時代의 詩외다. 自信이 잇슴보다도 精神的 遍路가 한업시 애처러움을 쥰다(一九二五. 六)." 『전집』 I, 340면.

20) S. 프로이트 지음, 윤희기 옮김 「슬픔과 우울증」, 『무의식에 대하여』(열린책들 1997) 261면.

21) 조동일 『한국문학통사 5』(지식산업사 1994) 208면.

아니ᄒᆞ얏으니 그 리유ᄂᆞᆫ 당시 모 신문의 녀긔ᄌᆞ가 남긔ᄌᆞ와 서로 불미ᄒᆞᆫ 추힝
이 잇서 스스로 그 남긔ᄌᆞ가 그 편집원고(編輯 原稿)로 인ᄒᆞ야 그 악힝이 로
현ᄒᆞᆫ 바ㅣ 되야 세상의 죠소를 밧앗슴이 잇슴이라. 그러ᄒᆞᄂ 자긔 쏠이 녀긔
ᄌᆞ가 되면 이러ᄒᆞᆫ 추힝——쏘ᄂᆞᆫ 불의의 죄악이 일어ᄂᆞᆷ을 근심ᄒᆞ여 방비ᄒᆞᄂᆞᆫ
ᄒᆞᆫ 계칙이러라. (『전집』 I, 192면)

순자가 기자가 되려 하였으나 모친 박씨가 허락하지 않았고, 그 이유가
모 신문의 남녀 기자에게 불미스러운 일이 있었기 때문이라는 것이다. 이 부
분은 문학에 출중한 재능이 있는 순자가 자신의 진로를 도모함에 있어 '기
자'를 고려했다는 것이므로 단순히 상상으로 이루어진 대목이라기에는 현실
과 거리가 있다.

당시 우리나라에는 여기자가 없었고 본격적인 여기자가 출현하기까지는
당대의 인식 변화가 선행되어야 했다. 1924년 최은희가 조선일보사에 정규
직 기자로 채용되었을 때만 해도 그 자체가 획기적이었다.[22] 1924년까지도
현실이 이러했다는 점을 고려하면 이 작품을 구성하는 상상력이 순수하게
독창적인 것이라기보다는 다른 문헌을 참고하고 원용하는 번안적 수준이라
는 추정이 가능할 것이다.

이 작품에 번안적 요소가 개입되어 있다면 어떤 작품을 들 수 있을까? 기
존 연구자들은 이 작품을 주로 단눈치오(Gabriele d'Annunzio)의 『죽음[死]
의 승리』와 비교하였다.[23] 사랑하는 남녀의 죽음을 다루었다는 점과 그가

---

22) 우리나라 최초의 여기자는 1918년 토오꾜오에서 여자 유학생을 중심으로 발간한 잡
지 『여자계』에서 활동한 나혜석을 꼽을 수 있겠고, 1919년 김일엽이 발간한 『신여자』에
서 스스로 활동했던 것을 들 수 있으며, 1921년 이각경이 총독부 기관지 『매일신보』에
기사를 쓴 바 있다. 더 본격적으로 활동한 여기자는 앞서 언급한 최은희를 거론할 수 있
다. 이때 『조선일보』의 부인기자 등용은 그 자체가 사장에 이상재, 부사장에 신석우 등
이 취임하여 일대 혁신을 꾀하면서 시도된 것이었다. 여성에 대한 편견이 엄존하고 기자
라는 직업이 남성형으로 인식되는 와중에 여성을 기자로 채용한다는 것 자체가 획기적
인 일이었기 때문이다. 박석분·박은봉 『인물여성사』(새날 1994) 197~99면.

단눈치오에 대한 수상 「타씨찬장(陀氏讚章)」을 남겼다는 점, 「동굴 위에 선
사람」에서 『죽음의 승리』가 거론된 점으로 짐작된 것일 터이다. 그러나 단
눈치오의 『죽음의 승리』는 남녀의 주인공이 열정적이고 격렬한 사랑에 빠져
오히려 그 때문에 더 큰 의심과 불안에 휘둘린 남자 조르지가 반항하는 여
자 이폴리타를 끌어안고 투신자살하는 내용이므로 엇갈리는 사랑으로 애태
우다가 생명이 다하는 하련당과 순자의 관계와는 거리가 멀다. 단적으로 말
하자면 『죽음의 승리』와 좀더 가까운 것은 이 작품이 언급된 1921년 일어로
쓴 「동굴 위에 선 사람」이다.

　「공상문학」과 유사한 작품으로는 토마스 하디(Thomas Hardy, 1840~
1928)의 「환상을 쫓는 여인」(An Imaginative Woman, 1893)을 들 수 있다.[24]
우선 이 두 작품은 제목부터 비슷하다고 할 것이다. 공상(空想)과 환상(幻
想)은 비슷한 뜻이 있다. 공(空)은 비어 있다는 뜻으로 헛된 생각으로 풀이
할 수 있고, 환(幻) 또한 변하다, 허깨비 등의 뜻이 있는 단어로 이는 모두
헛된 생각이라는 단어로 풀이되었을 확률이 높다. 실지로 일화사전의 뜻풀
이는 "문학과 시 등에서 상상(想像)적, 상상(想像)상(上)의"라 풀이하고 있
으며, imaginative의 명사형 imagination은 환상보다 공상, 상상으로 해석되
고 있다. 그렇다면 「환상의 쫓는 여인」의 원제 *An Imaginative Woman*은 일
찍부터 공상을 쫓는 여인으로 해석되었을 가능성이 크다.

　무엇보다도 이 두 작품의 인물과 사건이 매우 유사하다. 「공상문학」의 주
인공 순자는 재색을 겸비한 빼어난 재원으로 문학에 뜻을 두었으나 어려운
가정형편으로 어머니의 뜻에 따라 그 뜻을 접고 모 농공은행 지배인 백하청

---

23) 유민영 『한국근대연극사』, 677면.

24) 이 두 작품의 비교 연구는 손필영에 의해 시도된 바 있다. 작품 내용을 일대일로 비교
　　하는 글인데, 유감스럽게도 「공상문학」을 「공상소설」로 오기하여 쉽게 눈에 띄지 않는
　　다. 이는 이 소논문을 그대로 전재한 손필영의 박사학위논문에서도 답습되고 있다. 손필
　　영 「김우진의 「공상소설」 연구」, 국민어문연구회 편 『국민어문연구』 제7집, 1999.

과 결혼한다. 백하청은 상학사와 법학사를 구비한 청년으로 뜻이 굳고 합리적이며 태도가 방정하나 문학을 불필요한 것으로 보고 소설가를 경계하는 사람이었다. 순자는 문학에 뜻을 둔 바 있으니 남편이 금할수록 더욱 소설에의 향의는 깊어간다. 그때 가장 인기있는 소설가는 '하련당'이라 하는 사람으로 그의 작품은 "인간 사물의 실제에서 벗어난 공상을 대담하게 다루며 도덕과 의리와 법률을 무시하고 인간사회의 현실을 벗어나게 하는 점이 특이한" 작가였다. 순자가 특히 이 작가를 좋아하는 데 비해 백하청은 이 작가를 특히 꺼리고 미워한다. 순자는 남편의 강권에 밀려 한동안 문학을 가까이 하지 않았으나, 순자의 친정에 속한 집에 하련당이 세를 들게 되자 다시금 공상에 불이 붙게 된다. 하련당의 책을 빌려보며 그에 대해 억눌러 놓았던 사모의 정이 되살아나고 접었던 창작도 재개한다. 그러나 하련당은 산중에서 육혈포로 자살한다. 이 소식을 들은 순자도 사내아기를 낳고 곧 숨을 거둔다.

이러한 사건전개는 「환상을 쫓는 여인」과 비슷하다. 「환상을 쫓는 여인」의 엘라 마아치밀 부인은 "시신(詩神)을 숭배하는" 아마추어 시인이다. "무슨 수로든지 살아가야 한다는 필요성과 모든 선량한 어머니가 가르치는 기본적인 덕 때문에" 문학적 상상력과는 거리가 먼 무기 제조업자 윌리엄 마아치밀과 결혼하였다. 여름 휴가차 웨섹스의 휴양지로 온 마아치밀 가족은 우연히 '로버트 트리위'라는 시인이 사는 셋방에 들게 된다. 로버트 트리위는 엘라 마이치밀과 같은 면에 시가 실린 인연이 있어[25] 일찍부터 엘라에게 선망의 대상이었고, 우연히 그의 방에 들게 된 엘라는 그 선망의 뜻이 연모로 바뀌어 트리위를 만나기 위해 백방으로 노력한다. 그러나 결국 성사될 뻔하던 이들의 만남은 어긋나고 세상을 비관한 트리위는 권총으로 자살하고

---

25) 신문이나 잡지에 글을 싣는 사람을 기자로 보던 것이 당시의 기자관이었다. 그렇다면 순자가 꿈꾸었던 '기자' 또한 엘라와 마찬가지로 잡지에 시를 싣는 것이었을 터이다.

만다. 이 소식을 들은 엘라 또한 비관한 나머지 사내아이를 낳고는 숨을 거둔다.

문학적 재능을 지닌 여성과 정반대의 취향을 지닌 남편, 그리고 여성의 숭배를 받는 문사의 삼각관계 인물 구도와 문사의 권총자살과 여성의 비관 사라는 사건구조만으로도 이 작품들의 유사성은 주목할 만하다. 게다가 재미있는 것은 순자와 엘라 마아치밀이 남기고 죽은 아이에 관한 후일담이다. 두 작품의 말미를 장식하는 일종의 깜짝 끝내기(Surprising Ending)인 것인데, 이 부분 또한 매우 비슷하다.

그러나 아내를 장사지낸 지 수삼년 지난 어느 날 재혼할 여자가 집에 들어오기 전에 없애버리고 싶은 옛날 서류를 뒤적이다가 우연히 봉투 속에 든 한 줌의 머리털과 아내 필적으로 뒤에 죽은 날짜를 적은 죽은 시인의 사진이 나왔다. 그것은 그들이 솔런트 시에서 보낸 날짜였다. 마아치밀은 가슴이 뜨끔해지면서, 그 머리와 사진을 오랫동안 바라보고 있었다. 저의 어머니의 죽음의 원인이 된 사내놈이 지금은 아장아장 걸어 다니면서 수선을 부리는 나이였는데, 그는 이 아이를 데려다가 무릎 위에 올려놓고, 아까 그 머리털을 아이 머리에 갖다 대보고, 뒤 테이블에 그 사진을 세워 놓고, 이목구비 생긴 모양을 하나하나 뜯어보았다. 이미 세상이 다 알고 있지만 설명할 수 없는 자연의 장난으로 그 아이 모습에는 틀림없이, 엘라가 한 번 만나지도 못한 남자와 닮은 흔적이 뚜렷했다. 그 시인의 꿈꾸는 듯하고 독특한 표정이 마치 물려받은 것처럼 어린아이 얼굴에 박혀 있었고 머리도 같은 빛깔이었다.

"글쎄 그럴 것 같더라니간!" 하고 마아치밀은 중얼거렸다. "그럼 그 하숙집에서 날 속이고 놀아난 게로군! 가만있자, 날짜가, 팔월 둘째번 주라… 오월 세쨋번 주니까. 그래… 그래… 저리 가라, 이 자식아! 넌 내 자식도 아무것도 아니야!"[26]

---

26) 토마스 하디 지음, 정병조 옮김 「환상을 쫓는 여인」, 『세계단편문학전집-영국편』(삼진사 1972) 31면.

빅하청은 다시 몸을 일어 순자의 싱전에 비밀히 간수ᄒ든 문함을 ᄂ리여 서로히 처음으로 열어보랴ᄂᄃ 처음에ᄂ 쇠가 걸니여 열니지 안ᄂ 것을 부절로서 겨우 쇠를 부스게 ᄒ 후 ᄆ춤ᄂ 그 문을 여러보니 첫번으로 ᄂ오ᄂ 것은 인찰지로 ᄆ여 둔 ᄒ 권의 소설칙이라. 그 칙 가우에ᄂ '원한(怨恨) 순자(純子) 작(作)'이라 기록ᄒ여 잇ᄂᄃ 빅하청은 호기의 ᄆ음이 높하저 그 안ᄒ가 싱전에 이러ᄒ 것을 지어두엇든가 싱각하며 다시 그 밋을 차저보니 곳 하련단 선싱의 저작인 『맑은 우슴』이 ᄂ하ᄂ다. 빅하청은 그 안ᄒ가 이러ᄒ 것을 문함 가온ᄃ 너어두엇든 것을 도로혀 질투히 녁이며 이윽도록 망연히 드려다 보고 잇다가 다시 이 두 권의 칙을 들고 교의 우에 와 앗ᄂᄃ … ᄒ며 다시 『맑은 우슴』의 첫 가우를 젓치니 시로히 ᄂ ᄒ ᄂ 것은 하련당 선싱의 사진이라. 그 사진 죠회 우에ᄂ 순자의 필적으로 "사모ᄒᄂ 선싱이여!" 기려히 아람ᄃ온 글시로 ᄂ리여 써 잇다. "아버니!" ᄒ고 불으며 틱근이ᄂ 무릅 우에 탁 집ᄂᄃ 빅하청은 다시 썰처 써이며, "져리 가거라" 하고 소릭지르ᄂ 동시에 『맑은 우슴』은 방ᄆᄃ 우에 툭 썰어진다. (『전집』 Ⅰ, 248~49면)

독자에게는 의심할 여지가 없는 이들의 순수한 관계가 남은 남편의 오해로 이어지고 있다. 하련당과 태근이, 트리위와 엘라의 아들이 비슷한 것은 일종의 태교의 힘입음이라 할 것이다. 아내가 죽은 뒤 아내가 남긴 아들의 혈통을 의심한다는 결말의 유사성도 「공상문학」과 「환상을 쫓는 여인」의 인접성을 따져볼 만한 부분이다.

물론 이 두 작품이 실제로 인접한 것인가를 확정하기 위해서는 전파 경로가 분명히 밝혀져아 할 것이다. ᄉ상 가능한 경로 히니는 일본 메이지 시대 후기가 '번역 문학의 시대'로 지칭되고 있으므로 이 시기 하디의 작품이 일본에서 번역 또는 번안되어 조선에까지 유입되었을 경우를 추정해볼 수 있겠고, 수산이 일찍부터 영어를 배워 이 작품들을 읽을 수 있는 수준이었다면 직접 수산의 힘으로 이에 바탕을 둔 작품을 구상했을 가능성도 있다.[27] 그러

---

27) 수산이 이 시기 수학한 '선우의숙(先優義塾)'이나 '공립목포보통학교' '목포공립심상

나 이 작품이 번안에 가깝다 하더라도 수산의 독특한 사유충위를 해명하는
데 유용하다는 사실에는 변함이 없다. 이 작품이 번안이든 순수한 창작이든
수산이 이러한 인물과 사건 경향에 끌리고 있었기에 이같은 작품이 집필되
었을 것이기 때문이다.

이 두 작품의 공통점 이상으로 차이 또한 상당한데 결정적인 것은 순자의
남편 백하청과 엘라의 남편 윌리엄 마아치밀의 차이이다.

「환상을 쫓는 여인」에서 아내가 남긴 아들에 대해 윌리엄 마아치밀이 의
심을 하는 것은 근엄한 빅토리아조 위선적인 시대풍조에 날카로운 비판을
가했던 하디의 입장에서 보자면 재산 증식과 자손 생식 이외에는 관심이 없
는 천박한 부르주아지에 대한 조소이다. 인간에 대한 진지한 이해가 부족한
속물적인 윌리엄 마아치밀은 물론이고 문학을 교양의 징표나 장식쯤으로 여
기는 엘라 마아치밀조차도 이 조소에서 벗어나지 못한다. 이들은 제조되는
상품의 품격, 그 사용가치 따위에는 관심도 없이 단지 교환상의 우위와 이윤
에 따른 안락한 생활의 보장에 가장 중요한 가치를 두고 있으며 이에 대한
엘라의 갈등 또한 표면적이고 가식적이다.

그러나 「공상문학」의 경우는 이와는 다르다. 순자의 남편 백하청은 수산
의 아버지 김성규가 일차적으로 반영된 인물로 보인다.

그의 아버지 초정 김성규는 수산의 내적 갈등의 한 원인으로 분석되어왔
다. 그는 어떤 인물이던가. 그는 구한말 최대 세도가였던 안동김씨의 실세
장김[壯洞金氏]의 일원으로 태어나 무안감리와 장성군수 등 당상의 벼슬을
역임하였다. 그러나 그의 탄생이 번듯하기만 한 것은 아니다. 김성규는 철종

고등소학교'에서 영어에 접하였을 것은 분명하다. 한학을 익힌 사람들이 흔히 그 이중적
언어습관으로 외국어에 쉽게 능통했던 점과 쿠마모또(熊本)농업학교에서 이미 영어에
능했다는 회고를 고려하면 영어로 된 원전에 일찍부터 접하였을 가능성도 배제할 수 없
다. 나루사와 마사루(成澤勝) 「金祐鎭의 熊本時節」, 『金祐鎭 全集』 II(전예원 1983)
308면.

계해년(1863) 뇌서(磊棲) 김병욱(金炳昱, 1808~1885)의 2남으로 태어났으나 그의 생모는 김병욱의 삼취였다. 김병욱의 초취부인은 전주이씨(1805~1831)로 수산에게 큰아버지가 되는 장남 김풍균(金豊均, 1828~1855)을 낳고 일찍 사망하였고, 재취부인은 안동권씨(1811~1861)이나 자식은 없었다. 안동권씨는 본디부터 몸이 허약했으므로 김병욱은 부실 밀양박씨(?~1859)를 들여 살림을 돌보도록 했다고 한다. 그러나 재취부인과 부실이 모두 죽자 순흥안씨(1835~1888)를 삼취부인으로 들여 김성규를 낳는다.[28] 이 순흥안씨가 수산의 「난파」에 나오는 '신주'이다.

> 부(父): 너두 내 매 좀 마져 봐라!('악귀'가 낫하난다. 부父가 시인의 칼을 집어서 '악귀'의게 달녀든다.) 이놈! 독사 갓구 악마 것흔 놈!
>
> 악귀(惡鬼): 네가 내게 아져씨 발이 된다만 너는 서자(庶子)가 아니냐! 이놈, 네 에미년 항문에서 너 것흔 놈이 나왓기로 종손 업서질 줄 아니! (말기러온 제일계모의게 칼로 머리를 찍는다.)
>
> 제일계모(第一繼母): (찔찔 울면서 다러나며) 이 몹슬 귀신! (나간다.)
>
> 부: (악귀의게 뎀비며) 이놈! 이 악귀! 내 칼 마져라! 허다 못해 죽은 백골(白骨)까지 파먹는 놈!
>
> 악귀: (큰 힘으로 부父를 잡어 동댕이를 처 내붓친다.) 이 간(奸)헌 놈!(이때 신주神主 들어온다.)
>
> 부: (다시 벌덕 일어날 때 위기일발) 아무리 악독허기로 네 놈의게 질 줄 아니! 이놈!('악귀' 다라난다.)
>
> 신주(神主). 오 내 아들! 내 아들! 네가 향항(香港)에 잇슬 때 너를 놋보고 죽은 한(恨)만 업스면 외 모두 이져버리지 안켓니? 우리 모자(母子), 고부(姑婦)를 제 집 개보다도 멸시(蔑視)한 것쯤야 외 못잇겟니! 내가 남의 첩(妾)으로 들어간 것이 잘못이지. (강조는 필자, 「난파」, 『전집』 I, 77~78면)

---

28) 양승국, 앞의 책 45~46면.

이 신주와 악귀의 대사로 보면 김성규는 서출이다. 일찍이 김종철은 소운거사(紹雲居士) 윤효정의 『한말비사(韓末秘史)』를 인용, 김성규가 서자임을 밝힌 바 있다.[29] 그런데 양승국은 여기에서 거론된 '중진(中鎭)'이란 인물이 김성규의 문집 『초정집』에 기록된 가족관계에서 확인되지 않는다는 점을 들어 이 언급의 타당성을 부인하였다. 그러나 「난파」에서 악귀로 등장하는 풍균의 아들 호진(灝鎭)의 초휘가 '중진'이었다는 것이 세보에 분명히 밝혀져 있어 김성규의 출신은 다시 검토되어야 한다.

우선 『한말비사』의 기록을 다시 검토해보자.

청음상공(淸陰相公) 후손에 김중진(金中鎭)은 목포 김성규(金星圭)의 소위 적장질(嫡長姪)이다. 그 서숙(庶叔) 김성규가 전남에 굴지(屈指)하는 부호(富豪)임으로 자기의 빈곤을 감할 때마다 자기 서숙의 부유한 것을 시기하야 기조선(其祖先)의 분묘(墳墓)를 굴훼(掘毀)하야 왈(曰) 차산(此山)의 지리(地理)는 다만 서파(庶派)를 부유케 하고 적손(嫡孫)은 아사(餓死)케 하니 묘장언용(墓將焉用)고 하는 무리패손(無理悖孫)으로 유명하다는데 왕재(往在) 정축년에 대원군 의사당(議祠堂) 건축하는 발기(發起)를 하면서 조창호(趙昌鎬)를 소개하야 대원군게 배알(拜謁)을 청하였다. 대원군은 면회하기를 허(許)하고 조창호다려 가치오라 하였다. 김(金)은 큰 수나 날 것가치 환희(歡喜)하야 운현(雲峴)에 진알(進謁)하고 납배(納拜)하니 대원(大院) 왈(曰) 점자는 집 선배의 절이 어렵다고 관접(款接)하였다. 문왈(問曰) 군(君)이 나를 위하야 생사당(生祠堂)을 발기한다니 나와갓치 무공무덕(無功無德)하고 다자다원(多疵多怨)한 사람을 었지 생사당을 발기하랴 하는고. 대왈(對曰) 공덕과 사업이 대감(大監) 가트시면 생사당의 숭봉(崇奉)을 당연향유(當然享有)하실 터이올시다. 왈(曰) 그런가 잘하여보소. 김왈(金曰) 추후에 종종문후(種種問候)하겠삽나이다 하고

---

29) 김종철 「「산돼지」 연구」, 극예술학회 편 『김우진』(태학사 1996) 156면. 김종철의 논의를 양승국 교수가 반박한 이유 중 하나는 『한말비사』의 인용이 부정확하기 때문이기도 했다. 출판정보 없이 인용된 이 책은 찾기도 어려웠고 해당 정보의 지면수가 재발간된 판본과도 달랐다.

고퇴(告退)하였다. 대문 박게 나오니 형조사령(刑曹使令)이 소매를 잡고 갑시다. 문왈(問曰) 어대를 간다는 말이냐 답왈(答曰) 대원대감분부(大院大監分付)로 정배(定配)를 가실 터이올시다. 그 길로 형조(刑曹)에 잡혀가서 불일발배(不日發配)하였다. 대원군은 사동(寺洞) 김병국(金炳國) 대신(大臣)에게 전갈운(傳喝云) 귀족의 김중진이 협잡(挾雜)이 심하기로 청음상공댁(淸陰相公宅) 문정(門庭)을 탁오(濁汚)할가 염려하야 붓드러 귀양보냈스니 그리압시사 하였다더라.[30]

이에 따르면 호진은 이미 서자를 돌보아준다고 하여 선영을 훼손하는 등 패악무도한 행위를 일삼는 것으로 유명했던 모양이다. 이것은 이상에 언급한 「난파」의 인용에서 "백골까지 파먹는 놈"이란 언급과도 일치한다. 안동 김씨와는 견원지간이었던 대원군을 찾아가 생사당을 짓겠다는 아첨을 하다가 유배를 당하니[31] 안동 김씨 문중으로 보자면 일찍부터 골칫거리였을 법하다.

그런데 성미가 곧고 타협할 줄 몰랐다는 김병욱의 성격으로 보면 이러한 자손이 의외라 할 만하다. 앞서 언급한 바와 같이 김병욱의 장남이며 김성규의 형이 되는 김풍균은 김성규가 태어나기도 전인 1855년 스물여덟 살에 아들 호진을 남겨 겨우 요사를 면하고 사망하였다.[32] 이듬해 그 처 경주정씨(1829~1856)마저 사망하였다는 기록이고 보면 김호진은 여덟아홉 살에 부모를 모두 잃은 것이다.

---

30) 尹孝定 『韓末秘史──最近 六十年의 秘錄』(교문사 1995) 205면. 김종철이 인용한 紹雲居士 『韓末秘史, 일명 最近 六十年의 秘錄』이 같은 책이다.

31) 이 일이 있었다는 정축년은 1877년인데 이때는 이미 대원군이 실각한 후였다. 그런데도 대원군에게 그런 불필요한 아첨을 떨며 어리석게 처신하고 있었으니 워낙 식견이 부족하고 심지가 얕은 사람이었던 것 같다.

32) 그래서인지 김성규는 자신이 독자라고 생각한 모양이다. 수산에게 보낸 편지에 따르면 자신을 만생독자(晚生獨子)로 칭하고 있다. 이는 집안 내에서 김호진이 실제로 소외되고 있었음을 반증하는 것이기도 하다. 『전집』 II, 497면.

김병욱의 가계도

김병욱
(1808~1885)
전주이씨
(1805~1831)
김풍균
(1828~1855)
김호진
(1847~1929)
경주정씨
(1829~1856)
진성이씨
(1845~1873)
안동권씨
(1811~1861)
경주정씨
(1853~1901)
순흥안씨
(1835~1888)
김성규
(1863~1935)
풍산홍씨
(1862~1891)
(2녀)
순천박씨
(1864~1901)
2남 김우진(1897~1926)
김철진
김해김씨
(1885~1902)
(1녀)
김해김씨
(1886~1904)
동북오씨
(1887~1946)
1남 김익진
(3녀)

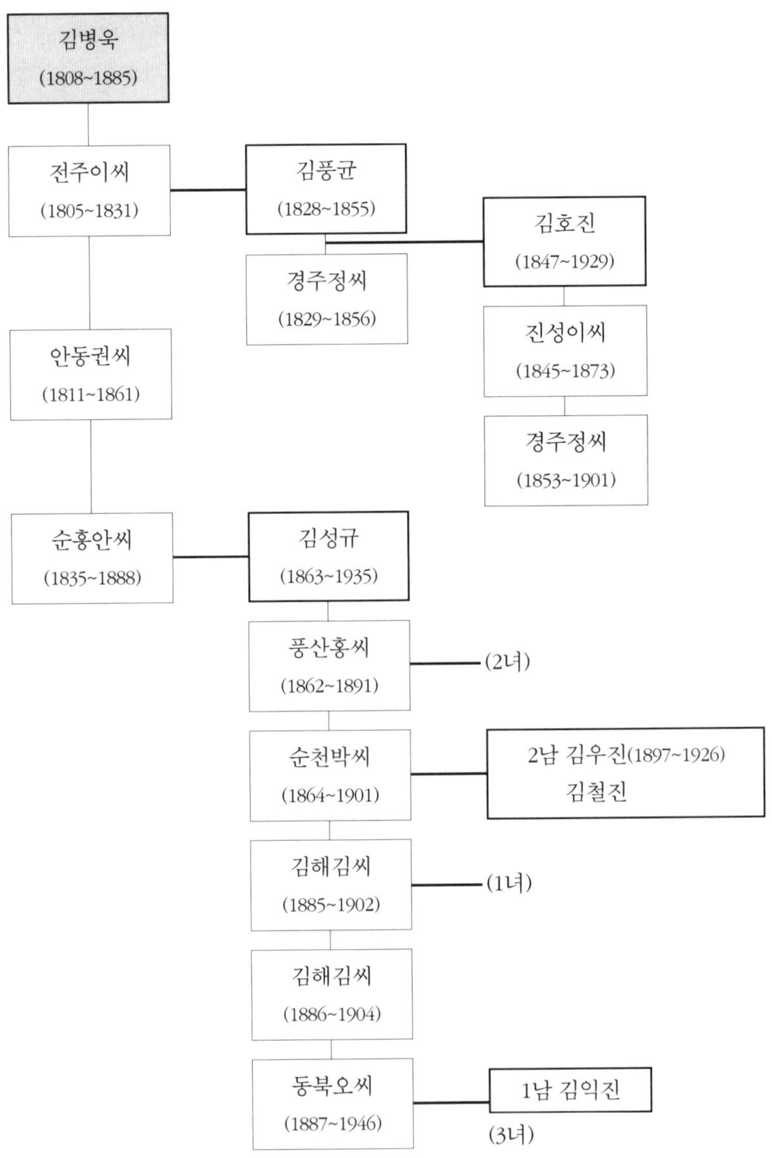

이때까지로 보면 김병욱의 세계(世系)는 결국 김호진에게 달렸던 셈으로 김병욱의 독자 김풍균, 그리고 그 독자인 김호진으로 이어지는 것은 당연한 일이었을 것이다. 그런데 뒤늦게 김호진보다 열여섯 살이나 어린 숙부 김성규가 태어났고 어려서부터 총명하고 성실하여 아버지의 가업을 넉넉히 계승할 만하였으니 김호진의 소외는 이때부터 가속화되었을 것이다. 「난파」에 따르면 젊은 조모가 되는 순흥안씨에게도 적지 않은 패악을 저지른 것으로 보이는데, 신주가 '첩'으로 들어간 것이 잘못이라고 자책하는 대목은 순흥안씨의 위치를 비공식적인 것으로 추정하는 가설을 뒷받침한다. 순흥안씨에 앞서 안동권씨가 몸이 약하므로 부실을 두어 살림을 돌보도록 했다는 것을 미루어보면 안동권씨보다도 한발 앞서 세상을 떠난 밀양박씨의 뒤를 이어 순흥안씨가 집안살림을 맡기 위해 부실로 들어온 것이라는 추정이 가능하다. 1835년생인 순흥안씨는 밀양박씨의 죽음 이후로 보더라도 24∼25세경에 결혼한 셈이고, 안동권씨의 사후(死後)로 보면 26세가 넘어서 김병욱과 혼인하였다는 것인데 그때의 혼인 연령으로 따져보면 아주 늦은 나이다.

수산의 조부 김병욱이 초취부인과 재취부인, 첩실까지 모두 사망함에 따라 삼취하여 김성규를 낳았다는 것이 표면적으로 드러난 사실이다. 그런데 김병욱은 이미 맏아들을 잃고 그 종손 김호진이 이미 성년에 이른 상태였다. 김호진의 말을 사실로 받아들인다면 김병욱 첩실 밀양박씨의 전례에 따라 김성규의 어머니 순흥안씨도 처음에는 첩실로 들였으나 뒤늦게 김성규가 태어나게 되자 정실로 승차한 것으로 추정해볼 수 있다. 이에 따라 김성규는 사회적으로는 적자의 지위를 획득하여 하등의 사회적 불이익을 받지는 않았으나 문중에서는 서자로, 특히 연상의 족질 호진의 반감을 사 그의 핍박을 받게 되었으리라는 추정이 개연성을 지니게 되는 것이다.

더욱이 김병욱은 김성규에게 각별한 애정과 관심을 쏟으며 훈육한 것으로 보인다. 김성규 개혁정책의 학적 계보에는 다산(茶山)과 반계(磻溪)뿐만 아니라 그 아버지 뇌서 김병욱의 학문도 중요한 자리를 차지하고 있기 때문이

다. 김성규는 김병욱의 개혁책인 '태평오책(太平五策)' 등을 심도 깊게 거론
하는바,[33] 후일 김성규의 개혁안에 중요한 바탕이 되었다. 김성규는 기존 지
배층을 거두(巨蠹)라 칭하며 강력히 비판하는 한편, 농정과 호구를 중심으로
소작인들의 생활안정을 위한 소작료 정액제와 소작권의 인정, 토지 균전제
등을 골자로 하는 토지개혁안과 이를 위한 농촌자치기구를 두어 민주적 여
론을 수렴하고 지방정치에 반영하는 방식의 사회개혁안을 입안한다. 이때의
농정개혁에 관한 구상은 점진적으로 농촌사회에 반영되어가는 실제적인 것
이었고 또한 농촌자치기구의 민주적 의견 수렴과 반영 과정에 대한 구상은
동학도와의 타협에서 집강소 설치에 대한 적극적인 지지로 나타났다. 이는
당대 진보적 지식인들에게조차도 과격한 결정이라는 비난을 받았으나[34] 김
성규의 개혁안은 대체로 점진적이고 온건한 것으로 당대 사회에 실질적인
적용이 가능한 현실성있는 것들이었다.

　이같은 현실적인 관리능력 덕분인지 김성규는 당대에 종가와 선영이 있던
경상도 일원을 떠나 장성과 무안, 목포 일대에 칠천석지기에 달하는 토지를
마련하고 각종 사업에 관여하며 대부르주아지로서 전신(轉身)에 성공한다.
김성규가 어떤 경로로 그만한 재산을 모았는지는 분명하지 않다. 물론 김성
규의 인품과 학문으로 보아 탐관오리로서 치부했다고 보기는 어렵다. 그러
나 장성은 그의 임소였고, 이 지역에 관리로 파견되기 전까지는 이 지역과
관계가 밀접했다는 흔적은 발견되지 않고 있으므로 어떤 방식으로든 관리로
서의 입지를 기반으로 치산한 양반관료형 지주에서 출발하여 경영형 지주로
성공했다고 보는 것이 타당할 것이다.[35] 1905년 을사늑약으로 국권이 일본
손으로 넘어가자 김성규는 관직을 버리고 장성으로 낙향하여 '선우의숙(先

---

33) 김용섭 「광무개혁의 양무감리 김성규의 사회경제론」, 『한국근대농업사연구』(일조각
　　1982) 380～89면.
34) 같은 책 375～432면.
35) 한국역사연구회 엮음 『한국역사입문 3』(풀빛 1996) 146～47면.

68

優義塾)'이란 사학을 설립하여 김우진, 철진 자제를 비롯한 그 지역의 유지 청년들을 모아 가르침을 편다. 1907년 이 가족은 목포로 이주하는데, 1906년 도적이 침입하자 김성규 혼자 겨우 도피했다가 나중에 가족 전체를 옮겼다고 한다. 채만식의 소설『태평천하』의 윤직원 일가의 이주를 연상하게 하는 대목이라 할 것이다. 1903년 목포에 부두노동자 쟁의가 발발했을 무렵 이를 해결하기 위해 조정에서는 김성규를 '무안감리'로 임명하였다. 이때의 쟁의는 영향력이 증대되어 전횡을 일삼기 시작한 일본영사의 무리한 이권 추구로 발생한 것으로서 김성규는 부두노동자의 입장에서 공정하게 일을 처리하기 위해 노력했으나 신병으로 결국 중도에 하차한 바 있었다. 이때의 인연으로 김성규 일가는 목포로 이주하게 된 것 같다.

이처럼 목포 일대에 자리를 잡으면서 한편으로는 사망한 어머니 순흥안씨의 묘를 전라도로 면례하여[36] 종가로부터 독립의 기초를 마련하고 수산의 사후에는 자신을 중시조로 하는 초정파를 창립하는 등 양반으로서의 품격과 자부심을 지키기 위해서도 노력하였다. 후일 수산이 언급하는 '정력적 천재'인 아버지의 모습은 이렇듯 전통적인 선비와 청교도적인 신흥 부르주아지의 경제적·윤리적 통일 속에서 확립되어갔다고 할 것이다.

김성규의 이같은 유능함을 염두에 두고 본다면 김호진의 소외감도 이해할 만한 것이기는 하다. 일찍부터 총명하고 학구열이 깊어 스스로 성실하게 공부하는 어린 아저씨 김성규보다 식견이 부족하고 이끌어줄 부모마저 잃은

---

36) 김성규의 어머니 순흥안씨가 사망하던 1888년 무렵 김성규는 5개국(영국, 독일, 러시아, 프랑스, 이탈리아) 전권공사관의 서기관으로 홍콩에 머무르고 있었다. 이 전권공사 사절단은 청국의 간섭으로 유럽에 가지 못하고 홍콩에 머물다 귀환하게 되는데 이때 새로운 학문과 문물을 접하여 전신(轉身)의 기초를 마련한 것으로 추정된다. 다만 이때 모친이 사망하여 그 임종을 지키지 못하게 되어 이것이 김성규에게는 깊은 상처가 되었던 것 같다. 「난파」에는 이 때문에 모친을 찾아다녔으며 모친을 타향으로 면례하여 시묘로 종신하려 하였다고 기술되고 있으니 평소 강조된 김성규의 발화내용인 듯하다. 「난파」, 『전집』I, 78면; 김방한『한 언어학자의 회상』(민음사 1996) 21면.

호진이 일찍부터 조부 김병욱의 눈 밖에 났으리라는 짐작도 가능하다. 김호
진은 김성규 일가의 골칫거리로서 조부가 사망한 후에는 김성규가를 걸어
시비를 차리고 핍박을 하며, 자신의 후손에게까지도 도리에 맞지 않는 행동
을 하는 등 1920년대에 이르기까지 김성규 일가를 괴롭히고 있다. 『한말비
사』의 기록은 그중 하나에 지나지 않는다.[37]

　이렇게 보면 김성규의 진보적 사회개혁안으로 대표되는 진보성과 엄격한
자제 훈육의 보수성으로 대별되는 극단적인 양면성을 이해할 수 있다. 아버
지의 학풍을 계승해야 한다는 의무감과 당대의 사회적 요구는 내면화된 서
출로서의 열등감으로 인해 더욱 과감한 개혁정신과 학문적 진보성으로 수렴
되었다고 하겠지만 종손 호진의 문중 내 전횡을 겪어야 하는 처지는 자제들
훈육에 한층 더 빈틈없는 엄격성을 요구하게 된 듯하다. 더욱이 김성규조차
결혼환경은 불우하여 앞서 언급하였듯이 오취(五娶)하여 3남 7녀를 낳았으
니 수산의 형제 또한 다수의 이복형제로 이루어져 있었다. 김성규의 입장에
서는 자신과 조카 호진의 행태가 되풀이되지 않도록 자제의 훈육에 더 신중
을 기할 수밖에 없었을 것이다.

　1915년 쿠마모또(熊本)농업학교에 유학중인 수산에게 보낸 편지를 보면
그것이 얼마나 엄격하고 철저한 것인지 알 수 있다. 첫째, 학교의 스승 등
모든 사람에 대한 공경심을 반드시 가져야 한다는 것(恭敬心必須益勉), 둘
째, 참을성을 반드시 가져야 한다는 것(忍耐心必須堅守), 셋째, 형은 아우를
감독하고 아우는 반드시 형에게 복종할 것(兄於其弟必須事事監叔以盡爲兄
之道 弟於其兄必須事事從順以盡爲弟之道), 넷째, 돈을 절약해 쓸 것(金錢
支用必須一心節約), 돈은 반드시 형이 관리하고 매월 돈의 사용내역을 소상
하게 기록하여 부친에게 송부할 것, 다섯째, 필요없이 놀지 말고 면학에 힘
쓸 것(戒律防閑必須刻勵遵守), 이 항목에는 또 다섯 가지 금기사항이 제시

---

37) 1919년 1월 28일 일기, 『전집』 II, 440~41면.

되어 있는데 ① 필요없이 친구를 찾아다니지 말 것 ② 지정된 외에 다른 집
에 가서 자지 말 것 ③ 기혼자로서 다른 여자를 취해서는 안된다는 것 ④
담배를 피워서는 안된다는 것 ⑤ 술을 입에 대서는 안된다는 것 등이었다.
그리고 마지막 여섯째, 문구 정리는 하되 반드시 규모를 지켜야 한다는 것,
이 항목도 일곱 가지로 분류하여 구체적 내용이 적시되어 있다. 편지는 반드
시 인찰지로 써야 한다든가, 부친에게 서간을 보낼 때는 아우와 연서로 해야
한다는 것, 부친이 보낸 서간은 반드시 한데 묶어 보관해야 할 것, 소설과
잡지는 보아서도 안되지만 책상 위에 놓지도 말 것, 가족 이외에는 편지를
주고받아서는 안되고 편지가 왔을 경우는 간단히 답만 쓸 것, 집안의 손아래
어린이들에게 편지할 경우도 절대로 그림엽서는 안된다는 것, 끝으로 익진
등 아우에게 편지를 쓸 경우 반드시 해자세서로 할 것 등이었다.[38]
　이 서찰의 근간을 요약하자면 가족구성원간에는 종적으로 돈독한 관계를
확립하고 가족 외적으로는 불필요하고 위험한 인간관계를 제한하며 일상적
으로는 청빈하고 반듯한 생활태도를 강조하는 것이라 할 것이다. 오늘날이
라면 듣기만 해도 숨이 막히는 이같은 빈틈없는 감독이 수산 형제에게 엄청
난 압력이 되었을 것은 짐작하기 어렵지 않다. 더욱이 이러한 부친의 감독은
1922년경에는 수산에게 이미 내면화된 습관이 된다. 이미 귀에 못이 박이도
록 들었을 익숙한 내용이었을 텐데도 아버지의 편지를 세 번이나 숙독하고
그 내용에 괴로워하는 것은 수산의 내면이 이미 뼈에 박힌 아버지의 가치관
과 그의 새로운 가치관이 충돌하는 현실 그 자체였다.[39]
　「공상문학」을 집필하던 무렵 10대의 수산이 이에 대해 대항논리를 갖추
기는 어려웠을 것이다. 이 무렵 수산은 착하고 효성 깊은 아들이었으며 부친
의 요구에 대해 자신의 욕망을 억누르고 따르는 길 이외에 다른 길은 알지

---

38) 유민영 『한국근대연극사』, 678면.
39) 『전집 Ⅱ』, 495~97면.

못했다. '공상'과 '문학'은 이 무렵 그에게는 은밀하게 틔어 있는 숨통이었을 것이다.

목포로 이주하던 이 무렵 김성규는 1906년 설립된 광주농공은행(光州農工銀行)의 창립에 민간 대표로 참여하였고, 목포로 이주해서는 목포금융조합장을 역임하였다. 순자의 남편 백하청은 농공은행 지배인으로 설정되어 있는데 여기에 김성규의 경험이 영향을 미치고 있음을 알 수 있다.[40] 어쩌면 백하청은 김성규가 꿈꾸던 아들의 모습인지도 모른다. 그래서인지 그 부친 김성규의 화신, 「공상문학」의 백하청은 부정적이거나 냉소적인 인물이 아니며 작품 속에서 백하청의 반(反)문학관의 합리적 측면을 오히려 왜곡 없이 드러냄으로써 그 타당성을 인정한다.

> 빅하청은 평시붓터 소설을 실혀ᄒ며 소설가를 디젹으로 싱각ᄒ야 당시 엇더ᄒ 신문상에서는 「소설가의 제흔」이라는 글제로 론설흔 일도 잇는 터이러니 순자와 결혼흔 이후로 그 안희가 항상 소설을 깃거ᄒ며 두 눈이 붉기싯지 일으도록 읽는 것을 볼 쩌마다 힘을 다ᄒ야 금지ᄒ는 터이나 그러ᄂ 순자는 항상 남편의 눈을 긔여 소설을 보는 터이라. 그 남편이 소설을 금ᄒ면 금ᄒᄉᆯ록 더욱 보고 십흐며 더욱 읽고 수운 ᄆ음이 놉하 미 잡지ᄂ 신문에 잇는 광고를 볼 적마다 반다시 게집 ᄒ인을 식여 사다 보는 터이라. …
>
> 빅하청의 자미업는 눈동자는 다시 순자의 얼골을 쏘는 듯 "그싯짓 소설을 나는 아니 보아! 쏘는 아니 보드라도 그 닉용은 자세히 닉가 아오. ᄂᄂ 눈압헤 력력히 보이는 듯ᄒ오. ᄂᄂ 이 련당의 일홈ᄆ 보아도 몸에 소름이 깃치는 듯ᄒ오. 세상의 사회에는 히독을 씻치고 부녀와 청년 ᄌ제들을 유혹케 ᄒᄂ 악마와 드름업ᄂ 작가가 아니오. 드ᄆ 그디는 좁은 부녀의 소견으로 세상의

---

40) 1919년 김성규는 무송 현준호가 주도하던 호남은행의 창립에도 목포지역 발기인으로 참여한다. 김성규는 목포지역으로 낙향한 다음에도 지역 유지로서 그 지역의 현기봉, 김상섭 등과 가까이 교유하며 목포지역의 사회·경제에 영향력을 행사하였다. 손정연『撫松 玄俊鎬』(전남매일신문사 1977) 109면 참고

72

문학계에 비평과 풍문도 듯지 못ᄒ고 문학의 진가(眞價)가 엇더ᄒ 것인지도 모르면서 ᄃᄆ 그ᄃᄂ 그 련당만 스스로 숭빅ᄒ고 잇소?! 엇지ᄒ야 그ᄃᄂ 이런 무식ᄒ 소셜ᄆ 보랴ᄂ 어리셕은 싱각을 ᄶ여바리지 못ᄒ오. 누구든지 ᄂ혼 지식이 잇ᄂ 니ᄂ 이 작가를 츙숑ᄒᄂ 비평가ᄂ ᄒ 사름도 업슬 터이오." 말의 ᄆᄃᄆᄃᄆ다 가슴에 셋 치 못을 박ᄂ 듯ᄒᄂ 괴로옴을 억지로 주먹을 쥬여 자리에 의지ᄒ고 견든다.

"가령 그ᄃ가 문학에ᄂ 뜻을 두어 자미를 알앗다 ᄒ드라도 ᄒ 집안의 큰 칙임을 진 몸으로셔 소셜로셔 늘을 보ᄂ면 그 집안이 엇더ᄒ겟소. 바로 그ᄃ가 집안일은 정리치 아니ᄒ고 집안이 문란ᄒ여지도록 소셜에 침혹ᄒ엿다ᄂ 말은 아니로ᄃ 그ᄃ처럼 소셜에 침혹ᄒ면 필경의 종말에 가셔ᄂ 의외의 ᄌ변이 싱기ᄂ 것이오." ᄒ고 남앗든 믹주잔을 들어 마신 후 다시 친히 곱부에 ᄒ 잔 쌀어 노ᄒ며, "싱각ᄒ여보오, 그리도 우리 빅씨 집안이 수빅년을 연속ᄒ야 남 부럽지 안케 문벌도 잇고 ᄌ산도 잇게 되여 ᄂ려오든 차에 ᄂ ᄃ에 일으러ᄂ 운수─가운이 불길ᄒᆷ인지 이 빅씨가의 중ᄒ 칙임은 독신인 이 ᄂ의 억기에 올리게 되얏ᄂᄃ 나ᄂ 임의 ᄉ회(社會) 사름이 되여 져 세상에서 서로 분투ᄒ여야 ᄒ 터이닛가 이 ᄂ의 중ᄒ 칙임을 도읍ᄂ 중ᄒ ᄯᄒ 그ᄃ가 맛흘 터이 아니오." ᄒ며 깃침을 크게 ᄒ번 ᄒ 후 이제ᄂ 다시 칙임 문제가 이러난다.

"요젼에 그ᄃ도 이러ᄒ 칙임이 잇ᄂ 줄을 안다 말ᄒ 일이 잇엇지. 응. 그리면 이 중ᄒ 칙임이 잇ᄂ 줄을 알고만 잇스면 못 쓰지. 이 칙임을 보익ᄒ여 실ᄒ토록 ᄒᆷ에 제일 피ᄒ고 금ᄒ 것은 '젼심'을 쓰지 않고 정력(精力)의 일부분으로써 일을 처리ᄒᄂ 것이오. 속담에 큰 틱산을 ᄶᆷ이ᄂ 기운을 가진 사자(獅子)라도 적은 톡기 ᄒ 마리를 잡을 ᄶ 오히려 그 큰 산을 ᄶᄂ 기운을 다 쓴다 ᄒ니 아모리 적은 일이라도 힘의 반분으로서 성공ᄒᄂ 일이 ᄂ분 ᄂ ᄒᆯ며 그ᄃ의 중ᄒ 칙임으로서 … 될 듯하오? ᄒ 가지의 일에ᄆ 힘을 다ᄒ면 혹시 ᄒ ᄶ에ᄂ 괴로옴도 잇고 성가신 일도 잇지ᄆᄂ 이 성가심과 괴로옴은 영구ᄒᆷ이 아니오 ᄃᄆ 일시의 일이라. 엇지 일시의 괴로옴과 성가심으로서 장릭ᄭ지 관게되ᄂ 중ᄃᄒ 칙임을 헛되히 처치하겟소" ᄒ며 얼골을 씽기이고 ᄒ업시 옴겨가ᄂ 압ᄯᆯ의 볏거름ᄌ를 바라본다. (『젼집』 I, 196~99면)

이 장황한 인용에서 우선 지적되어야 하는 것은 대사가 지닌 자연스러움이다. 이는 소설적으로 구성되었다기보다는 사실의 재현으로 보인다. 우선 백하청은 소설과 소설가의 존재를 백해무익한 것으로 간주하여 '소설가를 제한해야 한다'는 생각을 하고 있고, 특히 하련당의 문학은 읽어보지 않아도 사회에 해독을 끼치고 부녀와 청년을 유혹하는 악마에 다름없으며 소설에 침혹해서는 의외의 재변이 생기게 마련이라는 것과 가문에 일원으로서의 책임이 막중하며 이 책임을 올바로 수행하기 위해서는 사자가 작은 토끼를 사냥할 때조차 최선을 다하듯이 전심전력을 다해야 한다는 논지를 펴고 있다. 간단히 환언하면 문학이란 백해무익한 것이며 집안을 돌보고 그 책임을 다하는 데 여가란 있을 수 없다는 것이다. 이 일목요연한 주장에는 소설과 잡지 등은 보아서도 안되고 책상 위에 올려놓아서도 안된다고 지시하는 수산의 아버지 김성규의 목소리가 겹쳐져 있다. 즉 백하청은 문학적 교양 따위에는 전혀 관심 없이 자신의 오락과 취미에 열중하는 「환상을 쫓는 여인」의 마이치밀과는 달리 합리적이고 실용적인 세계관에 따라 이성적이고 객관적으로 문학이 불필요하다고 주장하는 것이고, 순자의 문학적 열정은 견고한 반대와 금지에 부딪치고 마는 것이다.

이는 엘라와 순자의 차이에서 더욱 크게 증폭된다. 부유한 남편의 필요를 설득하는 어머니의 의견에 따라 윌리엄과 결혼한 엘라지만 그녀의 사회적 지위는 남편과 동등하며 이에 기반을 두어 엘라는 내심으로 남편을 경멸하고 무시하는 전략으로 자신의 문학적 취향을 유지하였다. 그러나 순자는 가난한 가족을 위해 마음에도 없이 백하청과 결혼하였으며, 그녀의 가족은 백하청의 보살핌에 힘입어 가난에서 벗어난다. 백하청은 그녀의 남편이기도 하지만 그녀와 그녀 가족의 생계를 책임지는 보호자이며 가부장이다. 가난한 가족을 위해 마음에도 없는 결혼을 한다는 점에서 그녀는 심청의 후계자이다. 그리고 이는 아버지의 보살핌에 전적으로 의지하고 있으면서 집안에 대한 책임이 막중한 장남이지만 문학적 열망을 포기하지 못하는 수산 자신이기도 하다. 그런 의미에서 순자의 죽음은 수산의 내면에 살아있는 어머니라는 분신의 사망이면서 동시에 그 어머니에게 의탁한 문학적 갈망이 질식해가는 과정을 그대로 보여준다.

문학을 추구하는 순자의 낭만적 열정은 남편의 반대와 금지에도 사라지지 않으며 생명과 등가로 작동한다. 죽음에 이르는 '문학이라는 질병'이라고 해도 좋을 것이니 이쯤 되면 "고전적인 것은 건전하고 낭만적인 것은 병적이다"라는 괴테의 언명에 부합되는 낭만주의의 본령에 도달했다고도 할 만하다.[41]

이같은 낭만적 상상의 근저에서 참고할 만한 작가가 더 있다. 순자는 애초 혼인을 거부하며 "서재의 벽에 걸린 가장 숭배하고 사모하는 법국 문호 유고"의 사진 앞에서 문학자로 살겠다고 굳게 결심한다. 프랑스 낭만주의의 거장 빅토르 위고(Victor Hugo, 1802~1885)의 사진 앞이라는 것이 인상적인데, 그의 이름은 수산의 글에서 여러 차례 만날 수 있다. 우선 자유극장 앙트완느(A. Antoine)의 연출법이 프랑스 낭만주의의 과장된 연출법을 비판하고 극복하는 데에서 비롯되었다고 지적하면서 이같은 프랑스 낭만주의는 "1830년 위고의 「에르나니」의 성공에서 시작"되었다고 언급하고 있다. 또한 그의 이름은 「난파」 삽입곡 'caro nome'에서 다시 만나게 된다. 베르디의 오페라 「리골레토」(1851)의 원작이 위고의 희곡 『왕은 즐긴다』(*Le Roi s'amuse*, 1832)인 점을 고려하면 위고에 대한 수산의 관심은 상당했던 것 같다. 그러고 보니 문학이라는 막연한 대상에 대한 순수한 연모와 그 좌절로 죽음에 이르는 「환상을 쫓는 여인」의 엘라와는 달리 순자의 죽음은 말 그대로 반대와 금지로 말미암은 좌절에 의한 것이며, 이는 가족을 위한 희생에 가까우니 순자는 엘라보다 사랑하는 사람의 배신으로 말미암은 절망과 그럼에도 아버지와 애인을 지키기 위해 희생을 감수하고 목숨을 버리는 질다(Gilda)에 가

---

41) 지명렬 『독일낭만주의 총설』(서울대학교출판부 2000) 27면.

깝다.

그러나 앞서 언급한 바와 같이 문학 속의 죽음은 또다시 새로운 죽음을 맞이하기 위한 것으로 한번의 죽음으로 끝나지 않는다. 그의 문학 속에서 죽음이 지속되는 동안 그는 오히려 삶을 유지할 수 있었다. 그의 인물들이 더 이상 죽을 수 없게 되었을 때 결국 그의 삶이 끝나게 된 것은 우연이 아니었던 것이다. 낭만적인 죽음으로 표현되는 그의 문학적 이상은 변화를 겪으며 지속한다.

3. 치명적 여성

수산이 토오꾜오로 건너가 와세다대학 영문과에 진학하고 나름대로 가치관을 정립해 나가던 시기는 단순히 낭만주의적 시기라고 하기는 어렵다. 이 시기는 수산에게 오히려 변화의 시기였으며 다양한 고전과 이론을 습득하고 새로운 사조와 문학사상을 격렬하게 수용하던 학습기였다는 점을 더 주목해야 한다. 그러나 소년기의 취향으로부터 이탈하는 데 일정한 시간이 필요하다는 점을 염두에 두면 이 시기를 중층적으로 이해하는 데 별다른 문제가 발생하는 것은 아니다. 1925년 수산은 이 무렵에 썼던 시 일곱 편을 따로 고르고 자신의 정신적 편로(遍路)에 애처로움을 표시하면서 이를 낭만주의(Romanticism) 시대의 작품으로 정리했다. 해당 시는 「아버지께」(1919), 「애락곡(哀樂曲)」(1920), 「내 어이하랴」(1920), 「이국(異國)의 소녀」(1921), 「사랑의 가을」(1921), 「추사(秋思)-for Music」(1921), 「사상(思想)의 수의(壽衣)를 조상(弔喪)하는 수난자(修難者)의 탄식(歎息)」(1922) 등이다.[42] 제목만 보아도 감상적인 문학소년의 취향이 물씬한데 수산이 이 작품 중 최후에 실린

---

42) 『전집』 I, 396면.

시, 즉 「사상의 수의를 조상하는 수난자의 탄식」까지는 낭만주의라고 확언
하고 있으므로 대략 1922년 초까지는 스스로도 낭만주의적이었다고 인정하
는 셈이다.

현전하는 여러 편의 시고에서 몇 편을 골라 공개를 결심한 이유는 무엇일
까? 사실 수산의 시편은 시적 자아의 미성숙과 기술방식의 직접성, 과도한
감상성의 노출이라는 점에서 독자적인 문학적 성과로 간주되기보다는 수산
의 내면을 읽는 1차 자료로 보는 것이 더 적합하다. 그런 의미에서 우선 시
도될 수 있는 것은 이같은 시편을 따로 고른 까닭을 추정하고 수산의 심리
추이를 살피는 것일 터이다.

첫째로 꼽힌 「아버지께」는 제목 그대로 아버지에게 전하는 통고이다. 자
애와 엄격한 훈육 사이에서 이중적인 모습을 드러내는 아버지에 대해 자식
을 "나로븟허 나왓으되/영구히 도라오지 안는 것"이라 정의하고 자식을 조
정하려는 헛된 노력을 중지할 것을 요구하고 있다. 이는 아버지를 위해 "무
엇을 얻어야 하나" 하고 질문했던 1915년의 「아아 무엇을 얻어야 하나」라
는 일본어 시에서도 멀어졌거니와 "십년 동안 공부하여 무엇을 이루었나/공
연히 어버이만 늙어서도 쉬지 못하게 하였네(十年負笈成何事 空使吾親老未
閒)"라는 한시의 감정과도 거리가 있다. 와세다대학 문학부로 진학의 뜻을
굳히면서 커졌던 집안과의 갈등과 여기에서 난생처음 자신의 의사를 관철한
자신감이 풍부하게 내재되어 있다고 볼 수 있겠다.

「애락곡」과 「내 어이 하랴」 「이국의 소녀」는 이성에 대한 그리움과 아련
한 외로움을 주제로 삼고 있다. 「사랑의 가을」과 「추사—for Music」은 허무
의 감수성이 두드러진다. 물론 그런 중에도 「사랑의 가을」에서 바람이 불고
비가 오고 잎이 날리는 스산한 가을 풍경을 배경으로 "가서 관(棺) 무들 무
덤이나 파라"는 듯이 메추리가 날아가자 "네게는 가을이 아니 올 줄 아느
냐,/그때의 너를 위해/내 관(棺) 엽헤 자리를 남겨 두마" 하고는 "다름질해
도라왓슴니다"라는 구절로 맺고 있으니 젊은이다운 명랑한 재치가 돋보인다.

「추사-for Music」에서는 형식실험의 시도가 눈에 띈다. 4음보의 음보율을 중심으로 2행마다 대구를 이루는 정형성이 두드러지는데 'for music'이란 부제는 이같은 형식적 음악성을 염두에 둔 듯하다. 이 무렵 수산 시편의 형식적 특징을 한마디로 요약한다면 전통적인 3음보나 4음보 율격의 토대 위에서 2행을 기준으로 하는 대구의 기법을 빈번히 사용한다고 할 수 있는데, 이는 수산에게 내면화된 전통적인 시적 기준이 서구의 다양한 자유시를 습득하면서 해체되고 있음을 보여주는 증표라고도 할 수 있다. 「사상의 수의를 조상하는 수난자의 탄식」이라는 사변적인 시는 1922년 2월 집으로 돌아오는 중에 쓴 것으로서 선상(船上)에서의 감흥과 사상 창조의 절대성, 이를 목표로 삼는 인간의 피로와 비애를 주제로 삼고 있다. 이 무렵의 수산의 감정과 관심이 비교적 충실하게 반영된 작품을 골랐다고 할 수 있겠다. 아울러 비슷한 시기의 여타 작품과 비교할 때 상대적으로 안정적인 어조와 감정상태를 유지한다는 점에서 수산의 미의식의 일단을 엿볼 수 있다.

이상의 시편에서도 충분히 드러나고 있지만 이 시기 여타 시편의 주요 주제는 '사랑'이다. 20대 초반의 청년에게 어쩌면 당연한 일이라 할 수 있겠고, 1916년 관습에 따라 이미 조혼한 몸으로 느꼈을 제도적 압박도 이같은 주제를 부채질했을 것이다. 그리고 무엇보다도 그의 낭만주의적 경향이 변모하면서 「공상문학」에서 형상화되었던 극단적인 문학적 열정으로부터 이성적인 후퇴를 시도하여 '사랑'이라는 새로운 주제를 찾아냈다고 볼 수 있겠다.

이같은 변화는 사실 낭만주의의 변화와 쇠퇴 과정과 일치하는 바이기도 하다. 실제로 낭만주의 사조의 경우 19세기가 저물 무렵 쇠퇴하기 시작하면서 죽음의 이상 또한 쇠퇴해간다. 재미있는 것은 이 죽음의 이상이 쇠퇴하면서 죽음을 의미하던 낭만적 숙명론이 숙명적인 성(性)을 의미하기 시작하였다는 것이다. 마리오 프라즈(Mario Praz)는 그의 저서 『낭만주의적 고뇌』(*Romantic Agony*)에서 요부(femme fatale)가 죽음 대신 들어서고 지고의 영감이 되었다고 지적하였다. 이와같은 맥락에서 동성애와 근친애, 피학성, 가학성, 변태성욕 등이 자살이 떠난 자리를 점령한다. 물론 그것들은 당시에는 자살보다 더 충격적인 것으로 여겨졌다는 단 한 가지 이유 때문이기는 했다. 자살에 대한 사회적·법률적·종교적 금기가 힘을 잃게 되자 성적 금기가 강화되었던 것이다. 치명적인 성(性)은 자살보다는 한결 안전하고 한결 천천히 온다는 잇점이 있었으며, 그것은 예술에 바쳐진 인생을 부정하는 것이 아니라 오히려 고양시켜 준다는 점에서 더욱 유용하였다.[43]

수산이 1917년 쓴 시 「새로운 이성의 친구를 얻고」에 의하면 이 무렵 그는 어떤 여성에 관심을 두고 있었던 것을 알 수 있고, 1920년 그가 눈병을 얻어 이노우에(井上) 안과에 입원하게 되었을 때에는 그 병원의 간호사인 코또 후미꼬(後藤文子)와 연애에 빠지기도 하였다고 전한다. 이들의 사랑은 그녀의 죽음으로 끝났다지만[44] 수산이 이같은 그녀의 죽음 때문에 극단적인 슬픔에 빠졌다는 증거는 없다. 단지 이때의 감정이 시 「회상(回想)」 「이국의 소녀」 등에 투영된 것으로 볼 수 있고 수산의 감성을 죽음과 한발 더 가깝게 했을 것이라는 추정을 가능하게 할 뿐이다.

어쩌면 그에게 연애란 낭만적인 문학적 상상을 위한 재료였던 것은 아니었을까? 1920년 9월 26일 추석을 맞은 수산은 어떤 여성을 향하여 애틋한 감상을 일기에 토로한다. 예이츠의 「술노래」[45]를 앞세우고 그가 바치는 감정은 숭배와 열정에 넘치는 것이었다. 그러나 그녀가 이 무렵 이노우에 안과에서 만났다는 고또 후미꼬는 아닌 것 같다.

그럼으로 그띠 참아 나난 다른 유자(遊子)와 오입장이들 갓흔 농담과 방언으로 그듸의 그 우슴과 말끗을 장희하지 아니하엿노라. … 모르지, 늬가 뭇난

---

43) A. 알바레즈 지음, 앞의 책 204면.

44) 서연호 『김우진』(건국대학교출판부 2000) 40~41면.

45) "드러온다./입으로난 술이/눈으로난 사랑이/인생 생전 나난 것 이것뿐이로다./나난 술 잔을 놉히 다이고/그듸랄 바라보며 길게 탄식한다."

그듸의 대답이 얼마쯤음이나 정말인지, 또 그듸의 전신(前身) 이약이의 얼마가 정(正) 말이며 얼마가 꿈이댁이(꾸며대기—필자)인지, 그러나 그난 모두 늬의 마암 밋헤 그어준 한 줄의 금선(金線)을 희미케 하기에 난 너무 무의미한 유혹에 지나지 못하엿섯다. 늬 마암은 그떠 땃듯하엿노라. 처음으로 고국 사람의 달고 단 위로랄 그듸가 주엇노라. 그듸가 낙엽광풍 갓한 외로운 우슴을 처음으로 늬게 주엇노라. 나난 그듸랄 방화방량(芳花芳梁) 찬란한 아릐 한 긔의 방주가효(芳酒佳肴)로 난 알지 못하엿다. 이태백이 노든 명랑한 월광(月光) 밋헤 만신(滿身)을 푸르고 찬 은세계(銀世界) 빗헤 빗췌여 건니며 노난 그늬랄 상상하엿노라. 아, 나난 그듸랄 바라보고 탄식하고 또 탄식하면서 그듸의 된 팔 안에 늬 찬 몸을 던저 안기지 아니하엿든가. 잇지 마라. 한 가지의 가을 해당화와, 서리와 바람에 상한 한 마리의 나븨를. 밋지 마라. 세인의 헛우슴을. 날노 가고 달노 가난 인생의 유락(愉樂)은 이 고적과 쓰림에서 나오난 것을 알어라. 나난 그듸의 향기로운 머리, 부드러운 가삼살, 그 손과 그 팔이 여긔 온 지 멋칠 아니되여 점점 멀니 기억속 마암으로붓터 살어저 가난 것을 또 탄식하나이다. 꿈은 언제까지든지 꿈이다. 그듸의 안용(顔容)과 음성은 점점 과저의 꿈속에서 사라지려 한다. 원컨듸 비노니 한 줄의 필적과 한 장의 사진으로 점점 희미하여가난 그듸의 기억을 일치 안케 하여 줍소서. 외로운 한등(寒燈) 밋헤 가을 밤의 집흠을 슯히 고(告)하난 버릐소리만 늬의 간장을 녹게 한다.

아, 그듸의 싱각이여, 그듸의 부구린 우슴과 유늬한 말소리!

추석날은 늬일이다. 약간의 학우와 산보하고 도라와 혼자 명월을 치여다보면서 간절한 싱각을 못익이여 동경서, 그듸랄 위로하난 사람. (1920년 9월 26일 일기, 『전집』 Ⅱ, 481~82면)

이 일기는 과장된 감상과 허구적 배경을 전제한다는 점에서 문학적이다. 우선 9월 하순 토오꾜오의 날씨는 그다지 춥지 않다. 그런데도 한등(寒燈)과 벌레소리란 진부한 소재가 등장하였다. 그리고 그보다도 여성의 발화를 막지 않고 존중한 자신의 태도와 한 여성을 방주가효로 알지 않았다는 점을 표나게 내세우면서 이를 근거로 자신의 진정성을 입증하려는 태도 자체가 상투적이기 짝이 없다. 게다가 달빛 아래에서의 놀이와 정사를 상상하고 형상화하는 방식도 구소설적이고 여성의 신체에 대한 에로틱한 묘사에도 탐미적 요소는 찾아볼 수 없다. 이에 따르면 수산은 1920년 여름휴가중에 조선 여성을 하나 만난 것으로 추정할 수 있다. 그가 그녀의 전신(前身)에 대해 물었고 그녀가 대답하였으나 얼마가 진실이고 얼마가 거짓인지는 알지 못한다. 유자(遊子)나 오입쟁이와 어울리는 그녀의 신분은 유녀(遊女)일 것이다. 그녀에 대한 기억은 달콤하고 따뜻한 것이지만 수산이 그녀에게 몰입하고 있다고는 말할 수 없다. 요컨대 그의 열정은 단지 설정에 지나지 않으며 그 자신조차 믿지 못하는 것으로서 수산으로서는 헤어진 지 며칠 되지도 않아 그녀의 안용과 음성이 잊히고 있다는 사실에 당황하고 있다. 그는 그 사실조차 감추거나 속이지도 못한다.

이같은 태도는 이듬해 11월 26일 일기에서도 다시 나타난다.

과거 일년의 사건들 중 나는 열렬히 자신의 운명에 대한 저주를 들었다. 그것은 끊임없이 나를 위협 핍박한 악마이다. 이 악마의 포위 속에서 단 한번이라도 마음의 안일을 준 것은 그녀였다. 아아, 나는 자기위안, 자기충만을 위해서만 사랑을 할 수 있는가? 그리고 위로와 자기만족의 ○○를 충족시킨 후엔 또 여자에게 무리해서 옷을 입혀야 하나? 그녀가 가령 나의 의○(義○)를 가진다 하여도 한번 나의 마음에 capricious한 변화가 왔을 때 나는 그녀에게 등을 돌렸다. 과연 그것이 침일까. (1921년 11월 26일 일기, 『선집』 Ⅱ, 484면)

여기에서도 '그녀'는 누구인지 분명하지 않다. 분명한 것은 수산이 여성을 대하는 태도이다. 수산은 그녀에게 위안을 얻고 있을 뿐이며 자기위안, 자기충만을 위해서만 사랑하는 것은 아닌가 하고 자신에게 묻고 있다. 또한 자신에게 변화가 왔을 때 그녀에게서 등을 돌렸다고 하였다. 헤어진 지 얼마 되지도 않아서 상대를 잊는 자신을 발견하며 고통스러운 상황에서 위로가 된 여성조차 마음의 변화가 왔을 때 등을 돌리는 수산의 성격은 차갑고 이기적이다. 더 흥미로운 것은 이같은 자신을 발견하고 이를 문제로 인식한다는 것이니 '불변하며 영원하다'는 사랑의 이데올로기가 자신의 내면에서 파탄에 이르는 것을 목격하고 이에 당황하는 문학청년 수산의 면모가 확연하다. 그런 의미에서 그에게 낭만적인 사랑, 죽음을 대신하는 사랑이란 문학적인 상상, 문학을 위한 상상에 지나지 않는다.

1921년 창작된 일어 소설 「동굴 위에 선 사람」은 새로이 찾아낸 '사랑'이라는 낭만적 주제가 어떻게 수산의 문학적 상상력 안에서 파탄에 이르는가를 보여준다.

1920년 수산은 미사끼(三崎)로 여행하였다. 같은 곳에서 감상을 쓴 것으로 보이는 「파도는 춤춘다」라는 시도 있는데 이때 느낀 심경의 변화를 토대로 쓴 것 같다. 후지산 인근 바닷가에서 일어난 격정적인 감정의 변화를 다룬 소설로 원문이 일본어로 되어 있다. 여기에서 배경이 된 아까바네(赤羽根) 동굴은 어두운 무의식의 심연, 퇴폐적인 쾌락을 의미한다. 자연으로부터 이끌어낸 욕망으로 임용길은 욕망의 대상인 신자와 그 오빠 남(南) 사이에서 갈등을 겪는다.

> 변화하기 쉬운 바다 물결 같은 용길의 가슴속 섬세한 불길, 자석처럼 이끌리면서 또한 그 모든 결점을 인색하게 숨기며 그 불길에 동화되어버리는 여자, 고식적인 압제를 강요하는 초연한 남(南), 이 세 사람은 끝내 조화로운 길을 발견할 수는 없는 걸까. (『전집』 I, 258면)

여기에서 남(南)과 용길은 이원화된 수산이라고 할 수 있다. "인간의 마음이란 알 수 없으므로 도덕과 법률의 유대감으로 회의와 미신 따위를 쫓아내고 압제해야 한다"고 주장하는 남은 자유로우며 발랄하고 관능적이며 여성다운 매력에 넘치는 누이 신자와는 대조적으로 단호한 도덕주의자이다. 세습적인 유교적 분위기에서 성장하여 시골 사람이 갖는 편견과 고집에서 벗어나지 못하는데 이를 융길은 과도기적 희생이라 생각한다. 그럼에도 융길은 남과 비교될 때 늘 위축되고 열등감에 사로잡혀 버린다. 이러한 가정환경과 성격적 특징은 수산의 외적 특징에 해당된다 할 것이다.

이 두 인물이 갈등하는 지점은 2·8독립선언 이후 이를 주도했던 주체의 기회주의적인 행태와 연관이 있는 것 같다.

"신자씨, 아시겠어요? 올봄의 독립운동 때조차 남군은 집요한 반대로 나를 배반했어요. 그런 때라도 적어도 자각 있는 청년이라면, 정말로 자신의 도정을 이해하는 사람이라면 좀더 의의 깊은 수단을 취해주었을 겁니다.——인사로프가 "한 가지 일을 하면 다른 한 가지 일의 방해가 된다. 그러나 때가 오면 그것도 이루어진다. … 그것도 이루어진다"고 말하고 고개를 흔든 것을 나는 잊을 수가 없습니다. 내가 … 그 누군들 조국의 부활을 열망하지 않는 이가 있을까요. 그러나 그 익명적이고 내용 없고 야망의…"

"잘 알고 있어요. 모두 알고 있어요. 오빠인들 감옥에 들어가는 것이 목적은 아니었겠지요. 하지만 그건 꼭 당신이 생각하고 계시는 정도의 비열한 마음이 있어서가 아니에요. 새해가 되자마자 대표 분들이 하나같이 그 꼴을 당하게 되고, 글쎄 저마저 신문을 읽고는 가만히 있을 수 없었다니까요." 흥분한 목소리는 자신감있는 표현으로 풍부해졌다.

"정말이지 조국의 자유! 입으로 말해보기만 해도 무서울 만큼 막중한 문제니까요."

또다시 피어오르는 '불확실한 신뢰', 안이하고 투철하지 못한 신자의 포용은 상대방의 신뢰를 구하는 진부한 말로 인해 진실성을 잃기 시작했다. (『전집』 I, 265~66면)

융길은 자신의 정치적 선택을 차단한 남에 대해 원망과 비판의 태도를 숨

가지 않고 있지만 신자는 여기에서 오빠 남을 합리화하고 이들에게 맹목적인 신뢰를 드러냄으로써 융길과의 소통에 한계를 드러낸다. 그러나 신자가 오빠 남을 신뢰하는 것은 그들의 사상이나 철학을 이해하기 때문이 아니라 단지 오빠이기 때문이며 융길과 오빠가 대립하기를 바라지 않기 때문이다. 또한 그녀가 이같은 곤경을 극복하는 방법이란 자신의 여성적 매력을 이용하여 화제를 회피하는 것이다.

이 작품 속에서 융길 또는 수산이 원하는 여성은 투르게네프의 『그 전야(前夜)』의 엘레나다. 조국을 위해 몸 바치고자 결단한 가난한 불가리아 청년 인사로프를 사랑하여 그의 죽음에도 자신의 가족과 조국조차도 미련 없이 버리고 불가리아 독립운동에 투신하는 엘레나의 형상은 당시 많은 청년의 이상이었다.

> "어머, 싫어요, 당신은 또 저를 놀릴 셈이군요. 바로 요전에는 『그 전야(前夜)』의 강의로 저를 총공격하셨으면서. 글쎄 저도 엘레나 정도의 이상을 갖고 있고 나무 베는 산골처녀 정도의 시도 가졌다고 믿는데요."
> …
> "우리를 단순히 어린 싹이 피할 수 없는 당연한 과정—아십니까—그 당연한 과정 도중에 지금 우리가 있다고만 생각지 말고, 내가 안고 있는 이상과 신자씨가 늘 말하는 동경심을 의미 깊게 어떤 조화로 이끌어내는 자신감을 가져주세요. 신자씨, 나의 이상, 사상 혹은 예술도 저 인사로프처럼 불행한 중단을 맞이하지 않는다고 누가 단언할 수 있겠습니까. 엘레나만큼의 동정과 이해는 꼭 가져주길 바랍니다." (『전집』 I, 264면)

자신이 인사로프처럼 불행하고 갑작스러운 종말을 맞이하게 될 때 사랑하는 여성이 그를 대신하여 이상을 이룬다는 상상은 그 얼마나 달콤한 것인가. 비록 이들은 실패에 이르게 되지만 수산이 이 시기 자신을 낭만주의에 빠져 있었다고 자평한 것은 근거가 있다.

그러나 이같은 이상적 남녀관계는 수산은 물론이고 당시의 일본 문학 안에서도 학습된 것이라는 사실을 간과해서는 안될 것이다. 후술하겠지만 수산은 토오꾜오의 유학생들과 극예술협회를 조직하고 수다한 고전작품을 다루었다. 극예술협회 회원 가운데 한 사람이었던 고한승은 하우프트만(Gerhart Johann Robert Hauptmann)의 『외로운 사람들』(*Einsame Menschen*)과 유사한 「장구한 밤」이란 작품을 1923년 여름 형설회 순회극단에서 선보이기도 하였는데 하우프트만의 『외로운 사람들』은 당시 일본 문단에서도 주목하는 작품이었다.

일본 사소설의 시초라는 평가를 받는 타야마 카따이(田山花袋, 1872~1930)의 소설 「이불[蒲團]」(1907)이 있다. 이 작품은 하우프트만의 『외로운 사람들』의 주인공 요하네스의 역할을 극작가의 창작의도를 전혀 이해하지 못한 채 실연(實演)했다고 평가된다. 「이불」의 주인공＝작자는 연애나 문학 등 서양 기원의 근대적 이념과 실천에 대한 자신의 이해가 표면적이라는 사실을 전혀 자각하지 못한 채 혼자 비장하다는 것이다.[46] 하우프트만의 『외로운 사람들』은 주변의 이해를 얻지 못하는 요하네스가 드디어 자신의 철학을 이해하는 안나를 만났으나 이미 결혼한 요하네스와 맺어질 수 없는 현실의 벽에 부딪친 끝에 자살하고 만다는 암울한 작품으로서 신성한 계약으로 표현되는 부르주아 부부의 혼인관계와 근대적 개인의 근원적 욕망이라 할 수 있는 자기 이해의 요구 사이에서 요하네스도 안나도 요하네스의 아내 케테도 모두 극복할 수 없는 고독과 고립 속에 있음을 보여주는 문제작이다.[47] 이 작품의 근원적인 문제제기는 타야마의 작품에서도 올바르게 조명되고 있지 못하지만 자유연애와 결혼의 대의를 선전하기 위해 편의적으로 수용될 여지는 충분하였다. 하우프트만의 『외로운 사람들』을 연상하게 하였다는 고

---

46) 스즈키 토미 지음, 한일문화연구회 옮김 『이야기된 자기』(생각의 나무 2004) 125~26면.
47) G. 하우프트만 지음, 윤순호 옮김 『외로운 사람들』(양문사 1960).

한승의 작품 「장구한 밤」도 비슷한 맥락에서 만들어진 작품이었을 것이다.

그런데 타야마의 「이불」의 주인공 토끼오가 하우프트만의 창작의도를 이해하지도 못했으면서 요하네스의 역할을 실연했다는 것은 무슨 의미일까? 타야마의 소설 「이불」은 소설가 토끼오가 자신의 문하에서 문학을 공부하는 요시꼬에게 남몰래 사랑을 품고 있으면서도 이를 감추고 있다가 그녀가 젊은 타나까를 사귀고 있음을 알게 되면서 겪게 되는 질투와 좌절의 고백이다. 토끼오는 자신의 처지를 『외로운 사람들』의 요하네스에 견주고 있다.

문득 어떤 연상일까. 하우프트만의 『외로운 사람들』이 떠올랐다. 이렇게 되기 전, 이 희곡을 그녀의 일과로서 가르쳐 줄까 하고 생각한 적이 있었다. 요하네스 휘케라트의 심사와 비애를 가르쳐 주고 싶었다. 이 희곡을 그가 읽은 것은 지금으로부터 삼년 전, 아직 그녀가 이 세상에 있는 것조차 몰랐던 무렵이지만, 그 무렵부터 그는 외로운 사람이었다. 굳이 요하네스와 자기를 비교하려고는 하지 않았지만, 안나와 같은 여자가 혹시 있다면 그런 비극에 빠지는 것은 당연하다고 진실로 동정했다. 지금은 그 요하네스마저 될 수 없는 신세라 생각하고 길게 탄식했다.[48]

즉 자신의 처지를 요하네스에 대입하고 이룰 수 없는 연애라는 설정 속에서 스스로를 괴롭히며 고통을 부채질하는 점을 지적한 것일 터이다. 즉 하우프트만의 핍진한 자연주의적 현실이 다야마에게는 학습되고 상상된 것에 지나지 않는다는 데 메이지 말기 자연주의의 한계가 노정되어 있다.

재미있는 것은 연모의 대상이 '제자'라는 설정인데 용감하게도 사제간의 사랑을 버젓하게 승인하고 남성에게 교육받는 혹은 받아야만 하는 여성을 당연하게 형상화했던 이광수와는 달리 타야마는 끝없이 도덕적 충돌을 겪으면서 요시꼬를 가르친다. 토끼오가 요시꼬에게 강조하는 것은 '자각한 여성'이

---

48) 다야마 가타이 지음, 오경 옮김 「이불」(소화 1998) 12~13면

86

다. 여기에 교과서로 선택된 것이 주더만(Hermann Sudermann, 1857~1928)의 『고향』, 입센의 『인형의 집』, 투르게네프의 『그 전야』 등이다.

자신의 이 지론을 도키오는 다시 득의양양해져 요시코에게도 설명했다. "여자도 이제 자각하지 않으면 안된다. 옛날 여자처럼 의타심을 갖고 있으면 안된다. 주더만의 마그다가 말했던 대로 아버지 손에서 곧장 남편의 손으로 옮겨지는 것처럼 패기 없는 사람이어서는 안된다. 일본의 신여성은 스스로 생각하여 스스로 행동하도록 하지 않으면 안된다." 이렇게 말하고는 입센의 노라의 얘기와 투르게네프의 에레네 얘기, 러시아, 독일 등의 여성이 의지와 감정이 모두 풍부한 것 등을 들려주고 "그렇지만 자각이란 자성(自省)도 포함하고 있으니까 함부로 의지나 자아를 내세워서는 곤란해. 자신이 한 일에는 자신이 전적으로 책임을 질 각오가 없어서는."[49]

도끼오가 요시꼬를 가르치는 방법은 바로 서구문학의 여성 주인공을 교과서로 삼아 그들 여성을 본받도록 하는 것이다. 그리고 이같은 방법은 토끼오가 이상적인 여성의 모습을 구축해가는 과정과 완전히 일치하는 것이었으니 당대 허다한 작품의 연애상과 여성상은 이렇게 만들어진, 계몽적인 것이었다.

이 작품에서 자각한 여성의 모델로 제시되는 『인형의 집』의 노라는 「두데기 시인의 환멸」에, 『그 전야』의 엘레나는 바로 이 작품 「동굴 위에 선 사람」에 등장하고 있다. 수산이 당대 일본에서 만들어져 가고 있던 신여성상을 수용하고 있음이 분명한데, 그러나 그의 주인공들은 이러한 여주인공과 거리가 있다. 『인형의 집』은 뒤에서 다루기로 하고 「동굴 위에 선 사람」만 이 작품과의 연관 속에서 우선 살펴보자.

자신을 이해하는 매혹적인 여성에 대한 꿈은 자유연애가 소개된 후 자본

---

49) 같은 책 25~26면.

의 변방, 동아시아 지식인 남성의 공통된 로망이 되었다. 그리고 공적 세계에서 소외되는 여성이 남성을 이해할 수 있게 되기 위해서는 반드시 교육을 받아야 했으니 「이불」의 토끼오나 『무정』의 교사 형식은 바로 그 반영의 결과였다. 이들에게는 『외로운 사람들』의 요하네스-안나와 같은 평등한 교류는 불가능하다. 이는 서구 자본주의의 이식과 함께 서구사회가 축적해온 비동시적인 문화적 산물이 한꺼번에 밀려들어와 동아시아 사회의 '결핍'을 규정하고 '이상'을 구성하게 되면서 맞닥뜨린 현실 그 자체였다. 그래서 하우프트만의 도저한 자연주의적 문제제기는 일본에서 관념적인 낭만의 외피를 입고 나타났고 여성에 대한 교육의 시도는 늘 부족하거나 과잉된 상태로 실패하였다.

　물론 이것은 문학적으로나 현실적으로나 실험을 거치기 전에는 확증할 수 없는 일이기는 했다. 수산의 문학적 상상 안에서 이상적인 남녀의 관계는 요하네스-안나를 넘어서는 인사로프-엘레나였다. 즉 융길이 찾는 것은 대등한 교제의 상대에 그치지 않고 자신이 죽으면 자신의 삶을 대신해줄 여성, 엘레나였으니 그가 신자에게 베푼 『그 전야』의 강의는 바로 이를 위한 시도이다. 그러나 융길은 '여성을 가르치는' 실험에서 실패한다. 그녀는 매력적이고 풍부한 목소리로 "정말이지 조국의 자유! 입으로 말해보기만 해도 무서울 만큼 막중한 문제니까요" 하고 비켜갈 뿐만 아니라 눈에 띄게 어두워지는 융길의 표정을 읽자마자 그 구름을 물리치는 데 익숙하여 곧 화제를 돌려버린다. 타야마 카따이의 「이불」에서조차 교사 토끼오란 형상이 가능했던 것 자체가 오해에서 비롯된 실연(實演)이요, 혼자만의 비장이었으니 융길의 실험이 실패하는 것은 자연스럽고도 당연하다.

　그렇다면 이들에게 허용된 것은 어디까지였던가. 융길이 단눈치오의 『죽음의 승리』를 떠올리는 데 그 답이 있다. 융길이 신자를 만나 가능한 것은 "사나운 호랑이가 한번 인육을 맛본 뒤에는 지칠 줄 모르는 탐욕으로 인간 먹이를 찾아 헤메"는 듯한 관능에의 몰입뿐이다. 조르지가 이폴리타에 대해

"아무것도 그녀의 본질을 바꿀 수 없다"고 말한 구절이 인용되는 것도 이같은 허용범위를 재차 확인하게 한다. 즉 융길은 그녀의 이러한 맹목과 당위에 입각한 회의할 줄 모르는 열정에 비관하면서도 그녀의 성적 유혹에서 벗어나지 못하고 결국은 "이상도, 영광도, 조국도, 전통도, 부도, 자유도, 행복도, 사업도" 모두 잊고 신자에게 몰입한다. 여기서 "이상도, 영광도, 조국도, 전통도, 부도, 자유도, 행복도, 사업도" 모두 잊고 성적 욕망에 탐닉하게 하는 여성이란 남성의 파멸을 재촉하는 요부(Femme Fatale)에 다름 아니다.

그러나 동굴은 무너지고 이들 공동의 미래는 소멸한다. 수산에게 낭만적인 사랑이 종결된 것은 어쩌면 이 순간이었을지도 모른다. 한창 시기의 달콤한 연애 속에서도 수산은 남녀간의 영혼과 육체가 합일을 이룬 낭만적 결합을 꿈꾸지 못하였다. 무지한 여성을 교육해 걸맞은 상대로 만들어가는 계몽의 기획조차 생생하게 살아있는 여성을 만나는 순간 좌절되고 만다. 수산에게 그녀들은 배우는 것이 불가능하거나 배우면서 예상할 수 없는 방향으로 변화하는 존재였던 것이다. 따라서 그에게는 엘레나는 그저 먼 러시아의 문학 속에 등장하는 하나의 이상일 뿐이었다. 게다가 죽음을 암시하는 이 작품의 결말조차 「공상문학」의 애틋함에서 한참 멀어진 것은 수산의 낭만주의 시대가 끝나가고 있음을 적시한다.

물론 그에게 이상적 여성이 그렇게 쉽게 포기된 것은 아니었다. 수산은 보들레르, 랭보, 베를레느, 오스카 와일드 같은 낭만적 경향의 작가들에게 관심을 두었고 무엇보다도 팜므 파탈(Femme Fatale)의 원조라는 앤 화이트 필드(Ann Whitefild)가 등장하는 버나드 쇼의 「인간과 초인」을[50] 학위논문의 대상으로 삼는다.

그러면 수산의 문학적 기초를 이루는 동경과 낭만은 어떻게 구축(驅逐)되

---

50) Virginia M. Allen, *The Femme Fatale-Erotic Icon* (The Whiston Publishing Company, Troy, New York 1983) 12면.

고 와해되어갔던가. 이는 일본 토오꾜오, 1919년 3·1운동과 '타이쇼오'라
고 하는 특별한 시공간에서 해명되어야 한다.

제3장

타이쇼오 시대의 식민지 지식인

1. 타이쇼오 데모크라시와 신원기의 시대

수산의 짧은 생애에서 사회적으로 의미있는 시기는 그의 대부분 작품이 발표된 1925년에서 1926년까지 2년간이다. 이를 좀더 확장한다면 1920년 극예술협회를 창립하고, 1921년 동우회 순회극단의 일원으로 세간의 이목을 모았으며, 『학지광』에 「소위 근대극에 대하여」를 게재하던 시기로 소급할 수 있을 것이다. 그리고 이 시기는 바로 수산의 와세다대학 재학시절에 겹쳐 있다. 극예술협회의 창립과 순회극단의 참여, '근대극'에 대한 이상의 등단 평론만 하더라도 그 의미는 가볍지 않다고 하겠지만 그보다도 미발표 유고로 남아 있는 여러 글을 참고할 때 이 무렵은 김수산의 문학관과 작품성향이 정립되어간 시기라는 점에서 매우 중요하다.

아울러 간과되어서는 안될 것은 수산이 대학 진학을 위해 토오꾜오 신주꾸에 도착했던 1918년 이래 와세다에 재학한 1923년까지의 시간은 물론 귀향과 출가, 죽음에 이르는 1926년까지 토오꾜오는 수산에게 있어 정신적 준거지였다는 사실이다. 엄밀하게 말해서 수산은 조선어로 작품을 쓰는 토오꾜오인이었다고 해도 좋을 만큼 수산의 성장과 변화는 토오꾜오라는 당시 동아시아 최대의 근대도시와 떼려야 뗄 수 없는 상태에서 이루어졌다.

그러나 이 시기의 수산에 대한 연구는 그다지 섬세하지 않다. 대부분 논문에서 이 시기는 극예술협회의 결성 사실과 동우회 순회극단의 참여 이력을 거론하는 정도에 그치고 있고, 이 무렵 섭렵했던 다양한 작가와 수산의 작품을 일대일로 비교하는 형식의 연구가 진행되어온 정도이다. 이를 넘어서는 것으로는 와세다대학 영문과 출신이라는 점에 근거하여 그의 수업내용과 교과목을 소개한 서연호 교수의 「김우진의 동경유학기 체험과 문학사상」과 양승국 교수의 저서 『김우진, 그의 삶과 문학』에 할애된 한 소절이 있을 뿐이다.[1]

수산의 평론이나 기타 수상의 단편만을 살펴보아도 그의 관심이 영문학이 그치지 않았던 것은 분명한 일이다. 그리고 이같은 관심이 성숙해간 그의 수업시대를 이해함에 있어 교과목뿐만 아니라 당대의 지적 풍토를 고려하는 것은 필수적인 일이라 하겠다.

그 최적의 길잡이가 일기이다. 현전하는 수산의 일기는 1919년 1월 24일부터 시작되었다. 일본어와 영어로 3일간 쓴 일기는 1월 28일부터 한글로 쓰기 시작하였고, 1월 31일에는 4, 5년간 일어로 써오던 일기를 본국문어(本國文語)로 쓰기 시작했다고 수산은 스스로 기꺼워하고 있다. 1919년 한글 일기는 이 해 전체 47일분 중 44일분으로 현재 남아 있는 7년간 총 87일분의 일기 중 절반이 넘으며 전체 한글 일기 54일분의 대부분이다.

일기에 따르면 이 무렵 가까이 상종하던 벗은 김상규(金商圭), 고영환(高永煥) 등이었다. 추성(秋星) 김상규는 수산의 일기에 승마를 즐기고 함께 일본인 친구를 방문하기도 하였다고 언급되어 있고, 1919년 2월 26일 일기에 수산의 충고도 듣지 않고 "등교간에 유필을 놓고 출발하였다"는 기록 이후로는 거론되지 않았다. 그러나 이후로도 이들의 교유는 지속되었던 듯하다. 수산 유고시에 수산의 시신을 찾으러 다니기도 했다는[2] 홍해성의 언급으로 미루어보면 매우 막역한 친구였던 것으로 짐작된다.[3] 이 무렵 수산의 자호는 '초성(焦星)'이었다. 바다의 별 해성(海星) 홍주식, 가을별 추성 김상규와 함께 생각하면 마해송(馬海松) 상규(湘圭)와 함께 홍해성, 김초성이 의형제

---

1) 서연호 「김우진의 동경유학기 체험과 문학사상」, 한림대학교 한림과학원 일본학연구소 편 『한림일본학연구』 2집(1997); 양승국, 앞의 책.

2) 홍해성 「최후의 대화와 회상」, 『홍해성 연극론 전집』(영남대학교출판부 1998) 320면.

3) 현재로서는 증명할 수 없지만 1920년 창립된 중도, 개량적 성격의 목포청년회 초대회장은 김상섭이었다. 목포지역에서는 수산의 부친 김성규와 나란히 거론할 수 있을 만큼 굴지의 재산가로서 면화, 고무, 금융 등의 사업체를 경영하였는데 그 동생으로 김상규라는 이름이 소개되어 있다. 그러나 수산의 벗 추성 김상규와 같은 사람인지는 확인되지 않고 있다. 박찬승 「1920·30년대 목포의 민족운동과 사회운동」, 목포개항백년사 편찬위원회 편 『목포개항백년사』(목포백년회 1997) 208~12면.

를 맺고 호를 나누었다는 견해보다는 이들이 어울려 호를 지었다고 보는 것이 타당하지 않을까?[4] 김상규와 마상규는 이름이 같아 전달에서 오해가 발생했을 여지는 충분하다.[5]

이 시기 일기에 기록한 정열적인 시구에서 '별'은 단골 소재이다. 1919년 1월 31일에는 "신비(神秘)흔 저 심원(深遠)흔 닉의 흐늘,/암흑(闇黑)흔 저 영원(永遠)흔 닉의 흐늘,/느는 너의게 축복흐고, 너는/느의 생명을 도아준다./그의 쌘다가리는/별눈/말흘 수 업시 모애(慕愛)흐는 저/별눈" 같은 구절도 보이고 2월 16일 일기에는 "하늘의 별은 우주의 자랑,/닉의 자랑에-/탄식(歎息)하고 허희(歔欷)흐는/드만 흔 긔의 영원(永遠)아!" 같은 구절도 있다. 창작시기가 명시되어 있지는 않으나 대체로 이 무렵의 시로 짐작되는 미완성의 일어 시 「휘파람새와 별(鶯と星)」은 마치 연구(聯句)를 짓듯이 꾀꼬리와 별이 번갈아 노래하는 형식으로 되어 있어 흥미롭다. 어둠과 밤이라는 시공간을 배경으로 몽환, 영원이란 주제에 도달하는 반짝이는 별의 이미지는 이 무렵 그의 시상을 주도하고 있다. 어두운 밤을 자주 시간적 배경으로 삼게 된 데에는 이 시기를 암울하게 받아들이는 일종의 시대정서가 작용한 점도 있겠으나 기본적으로는 무한한 천공을 향하는 문학소년의 낭만적 취향이 더 지배적이다. 특히 초성(焦星)을 니체의 『차라투스트라는 이렇게 말했다』에서 비롯된 '위대한 태양이여'의 일본어 번역 '불타는 별'에서 비롯되었

---

4) 이두현 『한국신극사연구』(서울대학교출판부 1981) 114면.

5) 김우진의 호는 수산(水山) 혹은 초성(焦星)이며 필명으로 정로생, SK생 등도 사용하였다. 몇몇 논저에 김우진의 호로 소춘(小春)을 거론하는 것을 볼 수 있는데, 이는 사실과 다르다. 소춘은 김기전의 호이며 김우진은 소춘이란 아호를 사용하여 글을 쓴 바 없다. 이두현 교수가 김우진을 논하는 부분에서 당시 『개벽』지에 니체가 소개되고 있음을 지적하였는데, 이 글의 필자가 소춘 김기전이었다. 이를 오독하여 수산이 소개한 것으로 착각하였고 이것이 답습되어온 것 같다. 이두현, 앞의 책 110면; 서연호 『한국근대희곡사 연구』(고대민족문화연구소 1982) 108면; 김우진 『김우진 전집』(전예원 1983) 299면; 小春 「力萬能主義 急先鋒」, 『開闢』, 창간호(1920) 32~37면.

다는 주장은[6] 이미 양승국 교수에 의해 '애태우는 별'로 재해석되었지만[7] 수산이 '초(焦)'라는 글자를 '초민(焦悶)' 등으로 활용하고 있는 점이나 「휘파람새와 별」에서 '별'이 '상처 입은 별(傷けゐ星), 젖은 별(濡れた星), 애도하는 별(弔ふ星)' 등으로 변주되는 점을 보아도 이 시기의 낭만적 상상 안에서 조합한 애타는 별, 초성(焦星)이라 보는 것이 자연스럽다.

고영환은 좀더 공적인 관계의 친구이다. 앞의 김상규와 함께 어울렸다는 언급도 있지만 그의 이름은 토론, 사건 등과 밀접하게 연관되어 나타난다.

오전 고영환[8]군이 내언(來言). 작(昨) 오후(午後) 청년회에서 아(我) 유학생 회합이 유ᄒᆞ야 독립운동 결의문에 관ᄒᆞ야 협의가 잇섯ᄂᆞ듸 경시청으로서 형사, 경찰 수십명이 내(來)ᄒᆞ야 심문ᄒᆞᆫ 결과 최팔용(崔八傭)군 외 수십인이 인치구인(引致拘引)ᄒᆞ얏다 ᄒᆞᆫ다. 신문에ᄂᆞᆫ "중대 사건을 응의한 6백명의 조선인(重大事件を應議しん六百名の朝鮮人)" 등으로 표제되어 잇다. 오전에 김상규 군과 공히 청년회관에 왕(往)ᄒᆞ엿다가 네숙(來宿).

야(夜). 예(例)의 이모(李某, 평북 용천 주거)와 형사. 기괴ᄒᆞᆫ 행동. 십시반(十時半) 출외(出外). (1919년 2월 9일 일기, 『전집』 II, 450면)

국민신문(國民新聞)에서 보닛가 "선인폭거(鮮人暴擧)는 시기방치(時期放置)될 것이다"라고 주제(柱題)ᄒᆞ고 기중(其中)에 "그들은 피구금자의 방치를 기다리고 모 중대 문제에 관하여 더욱더 결속하여 상하양원(上下兩院)에 의안을 제출하려는 심산 아래 자주 협의를 거듭하고 있는 것처럼 금정(錦町), 서신전(西神田) 양서(兩署)를 비롯하여 경시청에서도 그들의 거동을 감시중이다." 운운이라고 기사가 잇다.

작야(昨夜) 고영환 내방(來訪). 대략의 행사를 추찰(推察). (1919년 2월 10일

---

6) 이두현, 앞의 책 110면.

7) 양승국, 앞의 책 68면.

8) 『전집』에는 고영진이라 윤문되어 있으나 '고영환(高永煥)'이다.

96

일기, 『전집』 II, 451면)

2월 9일 오전에 왔던 고영환은 유학생 회합에서 있었던 독립운동 결의문에 대한 협의와 유학생 학생회의 임원들이 대거 구금된 사실을 알려주고 있으니 신문보다도 빠른 소식통인데 그가 다시 밤에 방문하여 대략의 행사를 추찰하고 있으니 이때의 사건이 바로 '2·8독립선언'이었다. 거족적인 3·1운동의 기폭제가 되었던 2·8독립선언의 현장에 수산은 부재하였지만 이날 이후 사건성과와 이들의 행보에 깊은 관심을 보이고 있으며 이를 주로 매개하는 것이 고영환이었던 것이다.

그러면 이처럼 토오꾜오 유학생들의 동정과 행사를 두루 꿰고 있으며 유학생 사회와 수산을 긴밀히 이어주던 고영환은 누구인가. 고영환은 1895년생으로 미문의숙(微文義塾)을 마치고 1918년 와세다예과에 입학하여 1924년 정경학부 정치학과를 졸업하였다. 수산과는 입학·졸업 동기인데 일찍부터 재토오꾜오유학생단체인 학우회에도 열성적으로 참여하여 기관지 『학지광』에 편집부원으로 활동하면서 「우리 반도의 여러 어른들에게 올임」 「오해와 미혹」 「데모크라시의 의의」 「인내심의 수양」 「우리 생활의 개조」 등 18호에서 22호에 이르기까지 매호 글을 싣는 정력적인 인물이었다. 『학지광』 22호에는 수산의 「소위 근대극에 대하야」가 그의 글과 나란히 실려 있기도 한데 수산보다는 두 살이 많은데다 정치학과이기 때문인지 수산과는 달리 활발히 활동했던 점이 눈에 띈다. 졸업 후에는 미문중, 보성전문 등에서 교편을 잡다가 『동아일보』에 입사하였고, 『동아일보』 폐간 후에는 가정에 칩복(蟄伏)하였다고 밝혔다. 덧붙일 만한 재미있는 사실도 있다. 1930년대 일간지의 학예면을 채웠던 것은 외국문학에 대한 소개였으며, 이를 주관한 것은 기관지 『해외문학』(1927. 1)을 발간하면서 해외문학파로 지칭되던 일군의 외국문학 전공 기자들이었다. 그리고 잘 알려졌듯이 이들은 유치진, 홍해성과 제휴하여 극예술연구회를 창립한 주체이기도 하였다. 『동아일보』는 1931

년 1월 5일부터 1931년 12월 27일까지 대략 36주에 걸쳐 '독서주간'이라는 기획쎅션을 안배하였다. 이때 문학을 담당했던 것은 해외문학파이며 극예술연구회 회원이었던 서항석이었고, 사상을 담당했던 것이 바로 고영환이었다. 고영환은 해외문학파가 자비출판했던 『문예월간』에도 글을 싣고 있으니 이들과의 관계도 돈독했던 것 같다.[9] 해방 후 고영환은 1946년에는 『대한독립신문』 주필로, 1947년에는 광주에 소재한 『동광신문』 주필로 활동한 바 있었다.

이 무렵 수산이 이러한 유학생회의 움직임에 앞장서지는 않았지만 그렇다고 해서 이같은 혁명적인 분위기를 예기치 못하고 있었던 것은 아니다. 그의 첫 한글 일기, 1919년 1월 28일의 기록은 그가 고종의 죽음을 시대적 분기점으로 파악하고 있음을 드러낸다. 경성의 바울(Paul, 해산 최동)로부터 도착한 편지의 별폭[符葉]에 이태왕, 즉 고종의 사인을 두고 일제는 뇌출혈이라 발표하였으나 자살설이 있고, 이는 일한조약이 일본의 압박이 아니라 자발적으로 맺은 것임을 밝히는 문서에 날인할 것을 요구함에 거절할 길이 없어 자살하였다는 전언(傳言)에 대해 수산은 확증이 없어 일부 조선인의 억측이 아닌가 의심하면서도 어떤 까닭이 잠복해 있을 것으로 추정하였다. 더하여 조선 5백년 최후의 군주가 사망하여 대한의 역사가 종결되었다고 애통해하고 있다. 이는 보수적인 유생, 즉 그 아버지의 견해와 별 차이 없는 멸망한 조선, 이씨왕조에 대한 미련과 같은 것이다. 고종의 사망소식을 듣고 애통해하는 바는 자못 비장하며 3월 3일 고종의 장삿날이 되자 요배북천(遙拜北天)하는 등 지극하기까지 하다.

중요한 것은 수산이 이를 단순히 애통한 사건으로만 접수하는 것이 아니라 변혁의 기운으로 읽고 있다는 것이다. 농후한 만세전(萬歲前)의 분위기가

---

9) 고영환 「女性世界의 元山」, 『문예월간』 창간호, 1931. 11. 1; 고영환 「女權擴張運動者의 面影」, 『문예월간』 2-2호, 1932. 3. 1.

98

수산에게도 예외는 아니었던 것이다.

그러ᄂ 이로붓터 신생명(新生命), 신원기(新元氣), 신의미(新意味)를 발생ᄒ
ᄂ 것이 우리의 당연ᄒ 일이다. 탄탄대로가 중도에 대강(大江)을 맛ᄂ다. 이제
ᄭᅵ지 오든 길은 평이ᄒ나 고저가 심ᄒ엿다. 차량이 복반(覆反)되야 능히 파손
케도 ᄒ엿다. 시대라ᄂ 대도정(大道程)을 것든 우리가 이러ᄒ 도로에서 고심ᄒ
고 분노ᄒ고 치욕밧고 고통ᄒ여오ᄂ 것은 엇지 가피(可避)ᄒ 일이랴. 이제 강
을 넘엇다. … 이제! 우리의 원기와 충천의 전도(前途)의 기(氣) 발랄히 우리를
축복ᄒ다. 뒤를 도라다보아라. 험ᄒ 길 위(危)너운 깅을 상(想)ᄒ고 전정(前程)
의 로(路)에 무한ᄒ고 영원ᄒ 행복을 축복ᄒ다. 반도의 백의여. 천사의 익(翼)
은 우리를 포옹ᄒ여 잇다. 전진ᄒ자! 신생명을 엇자. 신행복을 자득(自得)ᄒ자.
(1919년 1월 28일 일기, 『전집』 II, 442~43면)

고종의 죽음이 어떻게 새로운 생명과 기운과 의미가 될 것인가. 이는 고
종의 죽음이 실질적인 조선왕조의 종결이며 이로부터 시작될 새로운 역사가
결코 봉건적 왕권제일 수는 없음을 적시한 결과라 할 것이다. 그리고 이로부
터 발생한 독립선언과 3·1운동의 거센 혁명적 기운은 새로운 세계의 중심
이 왕이나 관리가 아니라 청년과 민중이라는 점을 명백하게 드러내고 있었
다. 그리고 이같은 각성의 배경에는 민족자결주의와 같은 1차 세계대전 직
후의 특정 이념보다도 메이지 시기에서부터 이어져 온 군사적 성공에 힘입
어 1차 세계대전의 승전국으로 군림하게 된 일본의 국제적 위상과 이에 부
합하는 국민적 자부심의 표현이기도 했던 소위 '타이쇼오 데모크라시'로 요
약되는 일본 민주주의의 발전상황이 있었다.

그리고 보니 수산이 일본에 거주하던 시기가 오롯이 타이쇼오 시대에 겹
쳐진다. 수산은 이미 잘 알려진 바와 같이 1915년 쿠마모또(熊本)농업학교
에 수학하였고, 1918년 토오꾜오로 건너가 와세다대학에 진학하여 1924년
졸업하였으며, 1926년 사망하였다. 왕의 즉위에 따르는 연호법에 의하면 타

이쇼오는 1912년에서 1926년으로 잡는 것이 일반적이지만 문학사적으로 넓게는 1910년(메이지 43년)[10]에서 1927년까지 잡는 경우도 많다. 1910년은 메이지 말기 번성하던 자연주의 문학에 반발한 젊은 작가들이 『시라까바(白樺)』『미따분가꾸(三田文學)』『신시초(新思潮)』를 창간했던 해였으며 정치적으로는 한일병합이 이루어지고 일본 제국주의의 한 전기가 되었던 해였다. 그리고 1927년에는 류노스께(芥川龍之介)의 자살이 있었으니[11] 그 원인이 무엇이든 그의 죽음은 타이쇼오 문학의 종말을 상징하는 사건이라고 규정한다.[12] 반면 타이쇼오 즉위식이 있던 1915년(타이쇼오 4년)부터 후일의 쇼와 천황이 섭정을 시작한 1921년(타이쇼오 10년)까지 진짜 타이쇼오 시기는 6년에 지나지 않는다고 좁게 한정하는 견해도 있다. 그리고 그사이 류노스께의 죽음과 동일 맥락에서 설명할 수 있는 1923년 6월의 아리시마 타께오(有島武郞)의 자살과 9월 1일에 있었던 토오꾜오대지진 및 이를 수습하는 과정에서 강화된 일본의 극우 군국주의의 경향을 들어 쇼와시대의 진정한 출발은 1923년부터라고 하기도 한다.

그러나 장단간의 차이에도 40년을 넘기는 메이지와 쇼와에 비하면 타이쇼오는 턱없이 짧은 시대였으며, 이 짧은 시기는 유신(維新)으로 표현되는 메이지와 쇼와의 사이에서 중요한 정신적 차이를 내장한 시기였다. 이 시기

---

10) 더 넓게는 1903년 러일전쟁 시작부터 잡거나 러일전쟁의 승전 해인 1905년부터 잡기도 한다.

11) 타이쇼오 시대는 자살의 시대라고 할 만큼 상시로 죽음이 잇따랐다. 카와세 키누의 논문은 그같은 사정을 잘 보여주지만 후술할 타이쇼오 사상계의 중요한 한 흐름이던 '교양주의'조차도 1903년 후지무라 미사오의 자살로부터 시작되었다고 기술할 정도이니 이러한 당대의 사조 또한 수산과 무관하지 않을 터이다. 카와세 키누 「김우진과 윤심덕의 죽음—당시 일본의 자살관으로 본 새로운 측면」, 경상대학교 일본문화연구소 편『일본학보』, 1997, 127~74면 참고; 카와세 키누 「윤심덕 '情死' 고」, 한국연극학회 편『한국연극학』 11집, 1998, 375~95면 참고

12) 우스이 요시미 지음, 고재석·김환기 옮김『일본 다이쇼문학사』(동국대학교 출판부 2001) 9면.

에 민주주의가 확립되고 근대적 국민이 탄생하였으며, 일본은 곧 작은 세계라는 코즈모폴리턴이즘이 나오고 보편적 인류애가 처음으로 적극적으로 사유되기 시작하였다는 점만으로도 그 중요성은 충분히 설명되는 것이지만 무엇보다 일본의 기나긴 군국주의적 역사 속에서 타이쇼오란 시기에 일본 민주주의가 시작되었다는 점에서도 가벼이 볼 수 없다.

이같은 시도는 일본의 국제적 위상의 상승에 따른 자부심의 표현으로 정의되기도 하지만 기실은 일본을 바라보는 외부의 시선, 즉 서구 민주주의라는 기준에 일본사회가 미달한다는 자각에 잇닿아 있기도 하다. 게다가 막부 정치를 끝내면서 일본인의 새로운 정신적 중심으로 떠올랐던 위풍당당한 메이지 천황과는 달리 타이쇼오 천황은 병약하고 정신적으로도 다소간 문제가 있는 것으로 알려졌으며, 이에 따라 '천황'이라는 상상의 국체는 내적으로 큰 도전에 직면하게 되었으니 이 과정에서 개성과 자유의 추구는 더욱 당당한 흐름이 되었던 것이다.

수산의 관심이 더 직접적으로 표명되고 있는 지점은 바로 이곳이었다. 1919년 2월 9일 아침부터 찾아온 고영환에게 2·8독립선언의 소식을 들었던 수산의 오후 일정은 와세다대학 대강당에서 있었던 '헌법 발포 30년 기념 강연회'였다.

> 출연자 전중(田中) 박사, 원전(源田) 박사, 도전삼랑(島田三郎), 금자(金子) 자작, 상내(床內) 내무대신, 대외(大隈) 후작. 그중에 금자(金子) 자작의 언중(言中)에 "견실한 과거의 역사를 기초로 ᄒᆞ야 미래의 희망을 조시(條示)ᄒᆞᆫ 헌법"이라는 의(意)의 물이 잇섯다. 여는 대단히 수긍ᄒᆞ엿다. 그러고 대외 후작의 "정치는 국민의 반향(反響)의 성(聲)"이라는 것도 감심(感心)하였다. (『전집』 II, 450면)

강사들의 연설에 대단히 수긍하였으며 감심하였다고 밝히는 이날의 강연

회는 아닌게아니라 쟁쟁한 인사들이 모였다. 여기에서 거론한 대외(大隈) 후
작은 바로 와세다의 창립자로서 메이지 정부의 거물이었던 오꾸마 시게노부
(大隈重信)이다. 오꾸마 시게노부는 메이지 정부의 수립 과정에서부터 관여
하였던 거물 정객으로 1898년 수립된 오꾸마 내각의 수장이었다. 타이쇼오
시기에 들어와서도 타이쇼오 정변에서 이어진 1차 호헌운동의 결과로 수립
된 1914년 내각의 수상직을 맡아 1차 세계대전에 참전, 승전국의 지위를 도
모하는 한편, 1차대전중의 호경기를 기반으로 신흥부르주아의 지지를 이끌
어낸 바 있었다.[13] 일찍이 "외국인에게 새로 배워 지리, 제도, 역사 및 기타
사물에 관한 여러 서적을 수입하여 읽으면서 비로소 그들에게도 군신이 있
고 정부가 있으며 제도와 법률이 질서정연하게 갖추어져 있을 뿐 아니라 종
교와 문물까지 대단하다는 사실을 깨달"아 일본의 개국을 주도하였다고 알
려졌다.[14] 존왕양이(尊王攘夷)의 기치 아래 메이지 정부를 수립하였지만 곧
개국으로 방침을 바꾸어 서양문물의 수용에 앞장서고 입헌정체 수립에 앞장
섰던 인물이었으니 이러한 행보중에 토오꾜오 전문학교를 설립하였고, 이것
이 1903년 와세다대학으로 승격했던 것이다.[15] 헌법의 의의에 대해 연설한
것에 대해 특별히 거론하는 인물은 카네꼬 겐따로오(金子堅太郎) 자작으로
서 일본의 근대화가 어떻게 이루어져야 하는가 하는 논점을 두고 '평민주의'
의 기치 아래 창설된 '민유샤(民友社)'의 토꾸또미 소호(德富蘇峰)가 창간한
잡지 『고꾸민노또모(國民之友)』의 필진의 하나였다. 이 『고꾸민노또모』은
나쯔메 소세끼(夏目瀬石), 니시다 키따로오(西田幾太郎), 스즈끼 타이세쯔
(鈴木大拙), 쯔다 소끼찌(津田左右吉) 등이 동반하게 되었으며 나까에 초민,
우에끼 에모리, 모리 오가이, 후따바떼이 시메이, 쯔보우찌 소요(坪內逍遙)

---

13) 신동준 『근대일본론』(지식산업사 2004) 380~92면 참조.
14) 나카무라 미츠오 지음, 고재석 · 김환기 옮김 『일본 메이지 문학사』(동국대학교 출판
   부 2001) 14~15면.
15) 양승국, 앞의 책 87~88면.

등이 필진으로 포진한 쟁쟁한 잡지였다.[16] 그외에 시마다 사부로오(島田三郎) 또한 메이지 민권파의 기수 중 한 명으로 1910년대에 들어서 공창 폐지 운동에 앞장섰던 '확청회(廓淸會)'의 회장을 역임하였던 인물이었다.[17]

수산은 이어서 1919년 2월 11일자 일기에서는 일본 천황의 즉위, 즉 개국기념일인 기원절(紀元節)과 헌법 발포 30년 기념식일이라는 점을 기록하고 있으니 '헌법'이라는 이 근대적 제도에 대해 당대 일본인의 경모에 뜻을 같이하고 있었던 바가 여실하다.

1919년 2월 21일 오후 4시 수산은 민인동맹회(民人同盟會)의 개회식에도 참석한다.

> 오후 사시(四時). 민인동맹회(民人同盟會)가 강당에서 개회식. 제대신인회(帝大新人會) 대표자의 축사도. Doctor of Philosophy 고교청오(高橋淸吳) 급(及) 범족리일랑(帆足理一郞), 대산욱부(大山郁夫) 제씨의 민주주의 의의(意義), 주장, 문화 등의 강연.
> 취득(取得)한 바가 만핫다.

민인동맹회란 무엇인가. 타이쇼오 정변 이후로 큰 성과를 올린 타이쇼오 정변 이후의 민중운동은 제1차 세계대전을 치르면서 전국적으로 그 폭을 확대해갔으며 크게 변화하게 된다. 우선 연합국 측에 참전하면서 유럽으로부터 빈독일, 반군국주의를 표방하는 데모크라시(Democracy) 사상이 유입된데다 연합국의 민주주의 선전까지 곁들여져 민주주의를 외치는 소리가 더욱 높아지게 되었으며 미국이 참전한 후에는 이러한 경향이 더욱 심화되었다. 아울러 1차 세계대전중의 눈부신 경제발전과 세계정세의 변동에 따라 중소 부르주아지와 인텔리겐치아, 무역회사 등을 비롯하여 각종 기업의 봉급생활

---

16) 가노 마사나오 지음, 김석근 옮김 『근대 일본 사상 길잡이』(소화 2004) 82~91면
17) 같은 책 143면.

자 등 근대시민층이 대규모로 성장하였다. 따라서 타이쇼오 정변과 1차 호
헌운동의 성과를 계승한 중산층의 자신감과 이에 연대한 소부르주아 지식인
의 활동도 더욱 활기를 띠게 되면서 이러한 새 중산층의 정치의식을 과감하
게 대변하는 각광을 받은 타이쇼오 데모의 지도이념이 민본주의론이었다.
이는 토오꾜오제국대학의 교수 요시노 사꾸조(吉野作造)가 민중의 정치능력
에 대한 신뢰를 전제로 제창한 것이었으니 요시노의 민본주의론은 당시 일
본의 정치현실에서 데모크라시를 옹호하고 정부의 행동을 비판하는 새로운
시대의 요청에 유효한 실천이론이었다. 특히 1916년 『주오고론(中央公論)』
지에 발표되었던 그의 논문 「헌정의 본의를 설명하고 그 유종의 미를 거두
는 길을 강구함」이란 장편 논문은 타이쇼오 데모의 지도적 지위를 확립한
기념비적 업적으로서 우익에게는 천황통치제도에 위배된 위험한 사상이라는
평가를, 사회주의자로부터는 미온적이라는 평가를 받았지만 서구의 데모크
라시와 메이지헌법을 교묘하게 혼합시켜 다원적 기구를 일원화하여 내각에
통일시키고 내각을 감독하는 의회에 최종 결정권을 두자는 일본 최초의 체
계적인 데모크라시론이었다.

　그러나 제1차 세계대전의 활황을 기반으로 타이쇼오 정변의 이슈였던 군
벌의 강화를 달성한 극우파 겐로(元老) 야마가따는 1916년 이용가치가 떨어
진 오꾸마 내각을 총사직으로 몰아넣고 이어서 조슈군벌의 데라우찌 마사따
게(寺內正毅)[18]를 차기 수상으로 지명하게 되었으니 일본 정부의 반동보수
화는 일층 가속화되었다. 데라우찌는 정부를 비판하는 언론에 대한 통제를
강화하고 격화하는 노동운동과 민주운동을 탄압하였으며 반정부 인사에 대
한 테러까지도 서슴지 않았다. 이때 일시적으로 민본주의론은 후퇴하는 듯
하였으나 1918년 요시노가 우익 로닌까이(浪人會)에 입회연설을 제의하여

---

18) 당시 조선총독으로 재직하고 있으면서 명성황후의 시해에도 관여한 바로 그 데라우찌
　　이다.

논쟁을 통한 승리를 이끌어내면서 다시금 폭발적으로 확산되어갔다.[19] 요시노는 나날이 활발해지는 민본주의를 민중에게 더욱 침투시키고 자기 위상을 확립하기 위해 1918년 12월 자신과 사상적 처지를 함께한 후꾸다 토꾸조(福田德三)와 같이 세계 대세에 역행하는 완미사상(頑迷思想)의 박멸을 다짐하며 민본주의 계몽단체인 '여명회(黎明會)'를 조직하였다. 저명한 지식인을 결집하여 조직한 여명회는 민본주의 운동의 사상적 첨병 구실을 하여 마치 타이쇼오 데모의 총사령부 같았다. 여명회는 매월 공개 강연회를 개최하였고 민본주의를 민중에게 선전하는 동시에 강연집을 출판하여 배포하였다.

이때 여명회는 교수들의 조직체로서 이들의 운동방법은 주로 언론전이었으나 요시노의 세례를 받은 제자들은 행동주의로 나와 토오꾜오대학 안에 신인회(新人會)를, 와세다대학 안에 민인동맹회(民人同盟會)를 각각 창설하기에 이르렀던 것이다.[20] 이로써 1919년 이후 민본주의는 다음 세대 학생운동을 비롯한 사회운동과 노동운동을 준비, 추진하는 원동력이 되었으니 지식인 그룹의 여명회, 학생 그룹의 신인회·민인동맹회 등과 노동자 대중의 우애회(友愛會)[21]가 연대하여 타이쇼오 데모의 공동전선이 성립되기에 이른

---

19) 이때 요시노의 신변을 걱정한 학생, 노동자, 점원, 일반시민 들이 구름처럼 모여들었다고 한다.

20) 요시노의 정치철학에 부응하는 학생들의 단체 결성은 이외의 학교에서도 이어졌다. 호세이대학에서는 '부신회(扶信會)'가 제1고등학교에서는 '사회사상연구회'가 결성되었으며 이 학생들이 행한 '근대 일본의 합리적 개조운동'의 실천은 이윽고 일본 마르크스주의의 한 모태로 성장해가게 된다. 미야카와 토무·아리기와 이쿠오 엮음, 이수정 옮김 『일본근대철학사』(생각의 나무 2001) 249면.

21) 우애회는 타이쇼오가 시작되던 1912년 창설되었다. 그래서 타이쇼오 시작의 역사적 의미를 우애회의 창설로부터 찾는 경우도 있다. 같은 책 246면.
　우애회의 회장은 토오꾜오제대 출신의 스즈끼 분지(鈴木文治)였다. 스즈끼는 요시노의 고향 후배로 그의 추천으로 같은 교회에 들어가 사회문제에 관심을 두게 되었다. 스즈끼는 대학 졸업 뒤 엘리트 코스인 관계(官界)나 실업계 진출을 버리고 노동운동에 투신하였다. 영국의 공제조합(Friendly Society)을 본받아 우애회라고 모임 이름을 지었다. 그의 사상은 자본가의 전제적 지배와 착취에 대한 저항을 기본으로 삼고 있었으나 먼저 노동

다.[22)]

　수산은 이러한 과정 안에서 성립된 '민인동맹회'에 참석하여 불과 3, 4일 전 읽고 감명받았던 『인생 시인 브라우닝』의 역자 호따로 리이찌로오(帆足理一郎)를 만나고[23)] 「사회개조의 근본 정신」 등을 집필한 오오야마 이꾸오(大山郁夫)를 만났던 것이다. 1919년 종합잡지 『개조』를 창간했던 오오야마 이꾸오는 '데모크라시에서 개조로'를 시대정신의 흐름이라 설파하였다. 그리고 그 개조가 데모크라시의 부정이 아니라 '민주적 원리'에 의거한 것이며 사회원리로 당시 일본사회의 '권위' 대신 러셀이 말하는 '사랑, 건설 본능 및 삶의 희열'이라고 제시하고 있었다.[24)]

　그리고 이어 수산은 3월 17일 요시노와 후꾸다의 조선유학생 대표회의 진술을 듣고자 '여명회'에 참석한다. 3·1운동이 장기화되면서 일본 내 여론은 초기의 '소란' '폭동'의 관점에서 다소간 변화하게 된다. 애초에는 '기미독립선언서'를 '불온문서'로 호도하며 상세한 보도는 아예 생략하고, 운동

자의 공제·오락·친목을 목적으로 한 단체를 표방한 것은 대역사건 이후 극심했던 노동운동 탄압을 피하기 위해서였다. 따라서 핵심 회원은 숙련공들이었으나 고문, 평의원 가운데에는 학자와 변호사 등도 끼어 있었다. 1917년에 이르러서는 지부수가 120개, 회원은 3만명에 달하였고, 이전의 공제조합적 성격에서 탈피하여 노동자의 단결권과 파업권을 강화하는 입장으로 선회, 노조에 가까운 성격으로 전환되었다. 신동준, 앞의 책 384~87면 참조.

22) 같은 책 392~405면 참조.

23) 1919년 2월 17일 일기, 『전집』 II, 455면.

24) 오오야마 이꾸오의 이같은 견해의 흔적은 수산의 지기, 포석 조명희의 희곡 「김영일의 사」에 등장하는 오해송에서 볼 수 있다. 「김영일의 사」의 주동인물은 김영일, 박대연, 이춘희, 오해송을 꼽을 수 있는데, 이 중 김영일은 톨스토이의 영향을 받은 기독교인으로 박대연, 이춘희는 아나키스트로 오해송은 러셀 류의 사상을 수용한 개인적 자유주의자로 분류할 수 있다. 이 인물들은 조명희의 사상적 행보에서 창안된 것으로서 그가 러셀 류의 자유주의 사상을 거쳐 아나키즘 성향의 흑도회(黑濤會) 등에서 사회사상의 기초를 섭렵하였다. 윤진현 「포석 조명희 희곡 연구」, 인하어문연구회 편 『인하어문연구』 3집, 1997. 6, 341면.

의 계기 또한 자발적인 것이 아니라 종교계의 불순분자와 외국인 선교사의 음모에 의한 것이라고 매도하면서 진압 과정에서 일본이 입은 피해를 과도하고 부각시켰다. 조선인의 경찰서 습격이나 진압작전에서 일본군이 받은 피해상황만을 상세 보도함으로써 조선인을 가차없이 탄압해야 한다는 여론을 조성하기 위해서였다. 이는 『토오꾜오니치니치신문(東京日日新聞)』『토오꾜오아사히신문(東京朝日新聞)』 등은 물론 조선총독부 기관지 『경성일보(京城日報)』도 대동소이했으며 3월 11일 수상 하라 타까시(原敬)가 내무대신 도꼬나미 티께지로오(床次竹二郎)에게 보도통제를 지시함으로써 그 사실 보도마저 대폭 축소되고 대처방안을 둘러싼 논평이 이를 대신하게 된다. 이때의 논평 또한 대체로 무력진압의 정당성을 강조하는 것으로서 예를 들면 『추가이교쇼신보(中外商業新報)』의 4월 8일자 신문에는 다음과 같은 사설이 실려 있다.

> 이 요란(擾亂)은 세계질서를 파괴하려는 과격주의 사상을 포함하고 있다. 소요 진압을 위해 더욱 강고한 수단이 필요하다. 이미 과격주의가 가미된 요란인 이상 완만한 태도로 임할 수는 없다. 들리는 바로는 우리 정부도 철저한 진압에 나서기로 결정했다고 한다. 이는 우리의 뜻과 일치한다. (「朝鮮騷擾の性格」)

또 『토오꾜오아사히신문』은 4월 16일자 신문에서 '한국병합'이 조선인에게 선정을 베풀었다고 강조하며 다음과 같이 무력진압의 정당성을 밝히고 있다.

> (조선은) 일본 법률에 따라 합병 전의 비참함을 면하고 안전하게 생명과 재산을 지킬 수 있게 되었다. 또 교육, 재정, 교통 등 인류생활의 복을 누리게 되었다. 그럼에도 불구하고 흉기를 들고 관아에 방화하고 관인(官人)을 살상하는 등 인도를 파괴하는 행위를 자행하고 있다. 이러한 사태를 진압하기 위해

군대를 동원하는 것은 불가피한 일이다. (「朝鮮の統治—鎭壓後の方針」)

이 사설이 게재될 무렵은 3·1운동이 전국적으로 확대되던 시기였으며 일본은 주둔 병력만으로는 운동을 조기에 제압할 수 없었다. 당시 언론이 주장하는 바와 같이 운동은 소수 불순분자나 외국 선교사의 '선동'에 의한 것 아니었음은 물론이고 농촌지역으로 확산되면서 그 양상은 더욱 치열해지고 있었기 때문이다. 이는 실로 식민지로서의 피지배 경험이 어떤 것인가를 10년에 걸쳐 경험하면서 드디어 일제의 강점이 어떤 것인가를 실물로 이해하게 된 조선 민중의 저항의지가 적당한 이념과 정세를 만나 거의 동시적인 폭발을 보였다고 할 것이니 일방적인 선동이나 책동에 의한 것으로 보는 진압방식으로 해결되지 않는 것이 당연하였다.

사태가 장기화되면서 조선총독부의 실정(失政)과 무단정치 등에서 원인을 찾는 한편, 진압 후의 대책을 촉구하는 방향으로 논조가 옮겨갔고 일부 언론에서는 동화정책의 강화를 전제로 총독정치의 개선, 조선인 처우개선, 무관(武官) 총독제와 헌병경찰제의 개혁 등의 처방을 내놓기도 했다. 이같은 여론 변화의 이면에 여명회의 요시노 사꾸조, 야나기 무네요시(柳宗悅) 등 일부 지한파(知韓派)의 활약이 있었다.

여명회의 요시노는 수산이 참여했던 3월 17일의 재토오꾜오조선유학생 모임을 주선한다. 재토오꾜오조선인유학생 학우회의 간부들이었던 백남훈(白南薰), 변희용(卞熙鎔), 김준연(金俊淵) 등 조선인 유학생을 초청하여 조선인의 의견을 청취하기 위해서였다. 이들은 조선 민족은 독립을 희망하며 결코 일본에 동화될 수 없다는 점을 강조했다. 이러한 유학생 지도부의 입장은 수산이 조선 학생을 접견(接見)하여 타협점을 마련하자는 의견에 대해 "근본으로 양 국민의 조합이 아니되는 것을 모로나"라고 하던 냉소의 연장선에 있다고 할 수 있겠다.

요시노는 이후 3월 22일 개최된 여명회의 강연회에서 3·1운동의 원인을 제3자의 책동으로 간주하는 언론의 논조를 비판하니 이는 당시 조선정책의 부당성을 지적했던 유일한 군중집회라고 할 수 있었다. 이어서 1919년 4월 『주오고론(中央公論)』에서 조선통치정책에 대한 자기반성의 필요성을 강조하면서 "그렇게 엄청난 폭동이 있었는데도 조금도 각성의 빛을 보이지 않는 것은 일본 양심의 마비가 얼마나 깊은지를 말해준다"고 비판하면서 요시노는 조선인이 내세우는 민족자결의 원칙과 민족독립을 위한 투쟁에 공감하면서 '높은 도덕적 입장'에서 '일선 융화 제휴'를 주창하였다. 이때 발표된 「조선 통치의 개혁에 관한 최소한도의 요구」에서는 총독부 통치의 실태를 파헤치고 최소한도의 요구로서 ① 차별적 대우의 철폐 ② 무인정치의 폐지 ③ 동화정책의 포기 ④ 언론의 자유 등 4개 조항을 내걸고 있다.[25]

민예연구가 야나기 무네요시(柳宗悅)도 5월 20일부터 24일까지 『요미우리신문』에 「조선인을 생각한다」를 연재하여 "우리는 일본이 올바른 인도(人道)를 걷고 있지 않다는 데 대해 명확한 반성을 하고 있다는 사실을 알아주기 바란다"고 기술하면서 3·1운동의 원인으로 정치가 도덕의 영역에 도달하지 못했다는 점을 지적하였다.[26]

당시 일본에서 이만한 논리조차 도달하기 쉬운 일은 아니었다는 점은 지적되어야 마땅하다. 우선 일본의 국제적 지위가 상당한 수준으로 상승했다고는 하나 식민지의 수탈이 아니고는 안정적인 국가운영이 불가능한 제국주의 국가에서 피식민지의 입장에 둔감해지는 것은 피할 수 없었던데다가 국익을 해치는 것으로 간주되기 십상이었고, 이 점에서는 여론도 요시노 등의 민본주의자를 적으로 삼았기 때문이었다. 조선이나 중국에 대한 심리적 모멸감도 당시 일본사회에서는 뿌리 깊은 것이었다. 안으로는 입헌주의, 밖으로는 제국주의라는 이중 기준이 기조에 가까웠다. 즉 요시노 등 당시의 민본

---

25) 가노 마사나오 지음, 앞의 책 166~67면 참조.

26) 3·1운동과 당시 일본 언론에 대한 내용은 다음 논문을 주로 참고하였다. 이규수 「3·1운동에 대한 일본 언론의 인식」, 『역사비평』 62호(2003년 봄호) 264~81면.

주의자들은 팽창하던 일본 제국주의와 대결을 피할 수 없었던바 추상적인
도덕적 수준에서 정책적 합의가 이루어지는 것은 어쩌면 당연한 일이었다.

　따라서 이들의 입장은 결코 조선인의 입장과 일치될 수 없었다. 수산이
'여명회'에 참석하여 요시노의 이같은 연설내용을 접하였을 것은 명백하다.
수산은 이에 대해 어떻게 생각했을까? 정답은 없지만 이어지는 일기에 따르
면 격정의 순간의 지나고 찾아오는 피로와 우울, 회의가 이 무렵의 감정 상
태였던 듯하다. 그리고 이 고비를 넘기면서 수산이 도착한 결론은 '현실의
시화(詩化), 순화(醇化)'였다.

> Romanticism이든지 Naturalism이든지 모다 느의 요구ㅎ느 바가 아니다. 몽
> 중(夢中)의 vision을 보느 것, 속악흔 중(衆) 중에서 흡호(吸呼)ㅎ느 바가 아닌
> 가. 실제 성각(醒覺)ㅎ야서 정치교밀(精緻巧密)흔 현실을 시화(詩化), 순화(醇
> 化)――진실흔 시화, 순화느 모순이 업다――코저 노력ㅎ느 것이 신도정(新道
> 程)이다. 금강석에느 금강석의 정(晶)을 보고, 탄(炭)에느 탄의 흑(黑)을 보면
> 정(定)한다. 기필(期必)히 동일(同一)흔 성분(成分) 탄소라 ㅎ야 혼동ㅎ거느 역
> 전(逆轉)ㅎ야서느 못 쓴다. Romanticism, Naturalism, Classicism 모다 병식(屛
> 息)ㅎ여라. 여긔 우리의 진선미의 도(途)가 잇느 까닭이다. (1919년 5월 2일 일기,
> 『전집』 II, 470면)

복잡한 현실을 깨달아 이를 시화하고 정제하는 것에 새로운 도정이 있음
을 발견하는 수산의 시선에는 차이를 존중하는 객관적 기준이 크게 강화되
어 있다. 다이아몬드와 석탄의 성분이 같은 탄소라고 해서 혼동하거나 역전
해서는 안된다는 것, 각기의 특징을 올바로 판단해야 한다는 이상의 언급으
로 이 무렵 상태를 정의할 수 있다면 2·8독립선언에서 3·1운동의 경과에
주목했던 수산이 도달한 곳을 짐작할 수 있다.[27] 그는 스스로 선언하듯이 낭

---

27) 이 점에 대해 앞질러 지적해두자면 수산의 면모에서 예민한 감수성이 두드러지고 그

만주의와 자연주의와 고전주의를 병식(屛息)시키려고 하였고, 그 결과는 종
횡무진의 학습과 신중한 단체활동으로 나타났다.

2. 시라까바의 두 길

그리고 이같은 그의 학습은 일차적으로는 당시 동아시아 최고의 교육기관
이었고 서구 문학의 결정적 창구 역할을 했던 와세다대학 영문학과의 정규
교육을 통해서 이루어졌다고 할 수 있다. 또한 타이쇼오 데모크라시의 문화
적 측면으로서 근대인으로서 지체된 서구적 의미의 교양을 섭렵하려는 '타
이쇼오 교양주의'의 뒷받침을 받았으니 당시 자유롭고도 활기 넘치던 와세
다대학 영문학과의 분위기 또한 이 자장 안에 있었던 것이다.

> 그이도 '민본주의'라는 어구(語句)가 Democracy의 불합리하고 오류되기 쉬
> 운 구어(歐語)의 번역인 줄을 알지 못하엿슬 것이외다.[28] … 그와가티(Kultur)
> 라는 독일인의 어구가 Civilization으로 영역(英譯)되어 '문화'로 일역(日譯)된
> 것이 피할 수 없는 자국어의 속박을 밧는 것임을 영어나 독일어에 불통한 그
> 이는 몽상도 못하얏슬 것이외다. (『전집』 II, 228면)

수산은 1922년 집필한 「'조선 말 업는 조선 문단'에 일언」이라는 평문을
이렇게 시작하고 있다. 오늘날 우리에게는 상식이 되는 문화의 기원어

의 주장에서 격정적인 생의 충동이 강조된다는 점 때문에 간과되기 쉬우나 그는 신중하
고 사태 판단이 정확하였다. 이같은 면모는 그가 전통적인 지배층의 일원이라는 사실과
어려서부터 한학을 매개로 정치적 훈련을 받았다는 사실에서부터 설명해야 할 것이다.
Ⅳ장에서 논한다.

28) 이 점에 대해서는 비슷한 논조로 그의 벗 고영환이 『학지광』에 쓰고 있다. 고영환 「데
모크라시의 의의」, 『학지광』 20호, 1920. 7(타이쇼오 9년) 205~18면.

'Kultur'를 일본식 한자어 '문화'로 번역한 이는 누구일까? 그것은 확실히 알 수 없지만 이 '문화'를 당시 지식인계의 중요한 이슈로 만든 사람은 소다 키이찌로오(左右田喜一郎)와 쿠와끼 겐요꾸(桑木嚴翼)였다. 이 중 쿠와끼 겐요꾸는 이 글이 집필되던 1922년 수산이 2학년 나던 해 서양철학사를 강의한 교수이기도 하였다.

이들의 논의와 논쟁의 와중에서 수산 또한 이들의 영향을 받고 있었던 것은 당연하였으니 유럽의 원어와 일역어의 간극을 느끼면서 '조선말'을 생각하지 않을 수 없었던 것이 그의 운명이었다.

1919년 제1회 여명회 강연회에서 소다는 '문화주의의 논리'라는 제목으로 강연하였고 또 쿠와끼도 같은 해에 '문화주의'라는 제목으로 강연하였다. 이 제창은 커다란 반향을 불러 1920년에 들어서면서 '문화주의'를 둘러싸고 갖가지 논의가 이루어진 바 있다. 이때 '문화'는 분명히 독일어 'Kultur'의 역어이며 독일 지식인의 가치 이념이었던 '문화'의 내실을 그대로 의미하고 있었다. 소다는 1904년 독일에 유학하여 신칸트학파의 리케르트 등에게서 수학하고, 1913년 귀국하기까지 약 10년의 세월을 유럽에서 보냈다. 이 무렵 독일은 경제학에서는 국가의 이성으로 윤리적 가치에서 비롯되는 사회정책을 실행하는 것을 학문의 임무로 간주하는 독일 역사학의 전통 속에서 좀바르트, 베버 등이 비판적 노력을 기울이고 있었고 리케르트나 빈델반트 같은 신칸트학파와 함께 후설의 현상학과 베르그송, 지멜의 생철학이 대두하고 있었다. 그러나 이때 독일 아카데미의 공통된 특징은 학문분야의 여하를 불문하고 관념론적 전통에 서서 정신(Geist)이 만들어내는 '문화'(Kultur)와 그 문화를 창조하고 향수할 수 있는 내적 통일을 지닌 인격의 형성-교양을 중시하는 것이었다. 이러한 분위기에서 10년을 보낸 소다에게 문화적 가치란 단순한 학문상의 귀결이 아니라 하나의 '인생관'이었다.

이러한 문화주의는 일각의 거센 비판에 직면하기도 하지만 '문화'의 정신적 가치와 그 창조와 향수를 담당하는 자의 자격으로 간주된 '교양'의 관념은 이러한 비판에 의해 약화되는 일없이 더욱 널리 보급되기에 이르러 '교양주의'로 통칭하였다. 이는 앞서 언급했듯이 독일 이상주의에 뿌리박은 '문화주의' '인격주의'와 불가분의 것이었다. 독일에 있어서 '교양'(Bildung)은 문화적 환경의 수단에 의해 영혼을 형성하는 것이었으며 개성의 도야를 문화가치의 체득을 통해 보편성에까지 드높이는 것으로 생각해 그 개인성과 보편성의 내적 통일을 지닌 전체성으로서의 '인격'을 발전시키는 것이었다. 이는 독일 고전철학과 낭만주의 시대에 형성된 개념으로서 이 시기의 개인주의와 낭만적 경향의 재흥에 크나큰 자극이 되었다.[29]

교양주의에 대해서는 카라끼 준조(唐木順三)를 빼놓을 수 없다. '교양파'라는 명칭 자체를 이름붙인 것이 바로 카라끼인데 '이것도 저것도' 공평하게 섭취할 수 있는 능력과 태도라 규정하였다. 그리고 이러한 분위기는 결국 "어떻게 살아야 할 것인가"라는 질문으로 귀결되었다. 이는 메이지 시기에 이미 배태되었던 '인생을 어떻게 살아야 할 것인가를 묻는 학문으로서의 철학'이라는 관심과 국가보다도 '인생'이 우선한다는 가치관, 즉 국가에 전념하는 관계로부터 자신을 이탈시켜 인생을 주제로 하는 사고의 부활을 촉진했던 것이다.[30]

그리고 '인생'에 대한 타이쇼오 시기의 대표적 철학자로 니시다 키따로오(西田幾多郎)를 들 수 있다. 니시다 키따로오는 자신의 철학적 동기를 "경이가 아니라 깊은 인생의 비애"라고 전제하였고, "내 마음 깊은 바닥(深き底) 있어, 기쁨과 슬픔의 파도도 미칠 수 없다고 여기네"라고 읊기도 하였다. "마음 깊은 바닥"이란 기쁨과 슬픔을 넘어가는 곳, 내적 생명의 오저이고 절대무의 세계였다.[31] 니시다는 이를 경험하고 그 경험을 철학적 언어로 표현

---

29) 미야카와 토루·아라카와 이쿠오 엮음, 앞의 책 293~98면 참조.

30) 카라끼 준조는 그의 저서 『자살에 대하여(自殺について)』에서 1903년 제1고등학교 학생 후지무라 미사오(藤村操)가 화엄폭포에 투신함으로써 충격적인 형태로 교양주의는 탄생하였다고 적고 있다.

하였으니 이것이 니시다 철학의 근저를 이룬다. 니시다 철학의 평생 논리는 생명과 논리였다. 생명의 진리는 개념을 매개해서가 아니라 인간의 심신에 직접 호소할 수 있어야 한다는 것이 니시다의 굳건한 철학적 신념이었다.[32] 타이쇼오 정신 또는 타이쇼오 철학의 대표자로서 니시다의 철학은 메이지 계몽주의로부터의 전반적인 후퇴 또는 패배와 밀접한 관련이 있다. 1904년 4년 러일전쟁이 발발했고, 8월 니시다 키따로오의 하나뿐인 동생 효지로오(憑次郎)가 전사(戰死)한다. 이 동생의 죽음에서 니시다는 견딜 수 없는 감성적 고뇌를 겪으며 이를 대범하게 감당해야 한다는 이성과 갈등하지만 결국 그의 갈등은 자신의 동생을 죽음에 이르게 한 '국가'에는 추호의 의문도 품지 않는다. 그의 생애에서 국가는 늘 그러한 것이었고 동생의 전사라는 슬픔을 맛보면서도 니시다는 이 '사실을 방기'한다. 이 사실을 향해 능동적으로 접근하여 이를 분석하는 방향으로 사유를 움직였다면 '국가'가 그 전모를 드러냈을 텐데, 니시다는 더더욱 '안을 향'해 오로지 후퇴를 거듭하였다. '사실'을 '사실'로만 방기해두는 것, 이는 니시다 철학의 한 특징이라 할 수 있는 '사유가 미치지 않는 정의'라는 개념에 닿아 있다. 그러나 정의의 대상화를 거절하는 방법으로 정의를 어떤 의미에서 대상화하려는 데 지나지 않는다는 것을 니시다는 깨닫지 못하였다. 결국 니시다의 지성은 이렇게 자각하지 못하는 가운데 스스로 계몽적 지성의 좌절에 복수하면서, 즉 밖으로 향하는 시선을 차단하고 메이지의 계몽성으로부터 결정적으로 이탈하여 닫힌 심정의 세계, 개인의 깊은 내면으로 침잠해간다. 그의 필생의 철학적 화두를 내포하는 『선의 연구』가 출판되던 1911년, 메이지 44년에 코또꾸 슈스이(幸德秋水) 등 12명이 '대역죄'로 처형된 사실 또한 간과할 수 없는 배경이다. 이같은 내면으로의 침잠 과정에서 고안된 개념이 바로 '생명'이었으며 타이

---

31) 허우성 『근대 일본의 두 얼굴: 니시다 철학』(문학과지성사 2000) 41~42면.
32) 같은 책 99면.

114

쇼오 시기의 '생명'이라는 단어는 바로 이같은 맥락에서 다루어져야 할 필요가 있다.[33] 니시다는 윌리엄 제임스, 앙리 베르그송 등의 영향을 받으며 개인 또는 자아를 중심에 둔 '생명' '인생' 대한 철학적 질문을 전개하였다.

그리고 니시다 키따로오의 철학을 포괄하는 폭넓은 타이쇼오 교양주의의 연장에서 '문화'와 '교양'의 추구가 일본의 문화적·사상적 탐구로 이어진 와쯔지 데쯔로오(和辻哲郎)의 전형적인 작업도 상기해볼 수 있다. 와쯔지 데쯔로오는 1912년 영문으로 쓴 「쇼펜하우어의 염세관 및 구제설」을 졸업논문으로 토오꾜오제국대학 철학과를 졸업하였고, 재학중에 이미 타니자끼 준이찌로오(谷崎潤一郎), 오사나이 카오루(小山內薰) 등과 함께 제2차 『신시초(新思潮)』를 일으켜 문예활동에 들어갔다. 당시 와쯔지는 소설, 희곡, 평론 등을 수없이 발표하고 '입센, 뵤른손, 스트린드 베르히, 버나드 쇼' 등을 수없이 번역한 새 시대의 기수였다. 1913년 대학을 졸업한 후 전부터 마음에 두고 있던 '니체'에 대한 연구를 수행하여 『니체 연구』를 출판했고, 이어서 1915년에는 『죄렌 키르케고르』를 발표하니 이는 타이쇼오 교양주의의 한 축을 이루던 '인격 본위의 실천주의'의 지적 결정체라고 할 수 있다. 와쯔지에게 니체의 철학은 "단순히 개념의 퇴적과 정제가 아니라 가장 직접적인 내적 경험의 사상적 표현"이라 할 수 있었으며 "모든 개념과 사상의 깊숙한 곳에는 그의 인격이 강한 필연적인 동력으로 활동하고 있다"는 것이었다. 또 와쯔지에게 키르케고르는 "마침내 그의 안에서 자신의 문제만을 보았다"고 하는 대상이었다.[34] 이는 '이 자리 이곳에서' '나 개인으로만 알아달라'는 주문을 하며 '자신의 속 살림'을 위해서 출가를 단행하는 수산의 행보에 시사적이다.[35] 더 흥미로운 것은 '입센, 뵤른손, 스트린드 베르히, 버나드 쇼'라는 작가들의 이름이다. 수산은 「우리 신극운동의 첫길」에서 시마무

---

33) 미야카와 토루·아라카와 이쿠오 엮음, 앞의 책 165~88면.
34) 같은 책 302~303면 참조.
35) 물론 니체, 키르케고르, 쇼펜하우어의 이름이 빈번히 등장하기도 한다.

라 호게쯔(島村抱月), 쯔보우찌 쇼요(坪內逍遙), 오사나이 카오루(小山內薰)의 외국극 수입의 의의를 고평하고 프랑스 자유극장 앙트완느(A. Antoine)의 업적으로 창작극과 함께 이 북구 작가들의 작품을 상연한 것이 19세기 말 프랑스 작가의 도표(道標)가 되었다고 쓰고 있다. 앞서 언급했듯이 이미 오사나이 카오루 등과 『신시초(新思潮)』를 발간한 와쯔지의 행보가 수산에게 신기하게 겹쳐진다.

또 이러한 교양 내에서 '연애론'을 빼놓을 수는 없다. 이 시기에 이르러 비로소 '연애'가 교양의 일부가 되었다는 평가가 있을 정도이다. 데모크라시나 페미니즘의 대두와 함께 그같은 '개인적인 일'을 언어화하는 분위기가 고양되었다. 스캔들로 지목되면서도 잇따른 화려한 연애사건이 이를 뒷받침해주었다. 그러한 사건의 대부분은 기존의 남녀상이나 성 규범을 일축할 만큼 대담하였다. 수없이 출현한 연애론 중에 가장 높은 평가를 받은 것은 영문학자 구리야가와 하꾸손(廚川白村)의 『근대의 연애관(近代の戀愛觀)』이었다. 거기서는 연애 없는 결혼이 '강간생활' '매음생활'과 같다고 하면서 고대의 육체적 본능시대, 중세의 영적 여인 숭배 시대에 대해서 근대의 영육합일의 일원적 연애관으로 진화하는 과정을 살펴보고 나아가 노라 식의 자아 중심, '자기를 버림으로써 하는 자기주장'이야말로 현대의 연애가 지녀야 할 모습이라고 주장하였다.

이는 수산이 일찍이 '이해적 공리적으로 이 남자, 저 남자의게 부속ᄒ야 생활ᄒ는——생명을 지속하는' 것은 '기생여자충(寄生女子虫)'이라 규정한 바와 상통하며,[36] 또한 후일 「초야권(初夜權)」에서 여성의 처녀성 숭배의 역사를 고찰하면서 이를 전근대적인 미신적·야만적 풍습으로 규정하면서 한편으로 여성들이 이러한 처녀성 숭배에 편승하여 그 "숩 밋헤 숨어 안져서 남성의 아리(我利)와 기만과 착취를 고맙다고 빠라먹"는 이중적 태도를 비

---

36) 『전집』 II, 447면.

판하는 점에 연속된다.[37] 아울러 이 글에서 이상적 여성으로 '노라'를 거론하고 있으니 구리야가와 글과의 친연성은 더욱 분명해진다. 즉 수산은 스스로 밝히는 바와 같이 '순수한 영육의 결합'이라 할 수 있는 연애와 결혼은 긍정하고 있지만,[38] 여성이 경제적으로 자립하지 못하여 기생하는 생활은 부정하였던바, 이는 타이쇼오 시기의 일반적 연애론의 자장 안에서 해명될 수 있다고 할 것이다.

이러한 연애론은 메이지 시대 낭만적 경향의 대표자 키따무라 토오꼬꾸(北村透谷, 1868~1894)가 "연애는 인생의 비밀열쇠"라고 갈파했던 지점의 연장에 있다. 키따무라 토오꼬꾸는 타까야마 쵸규(高山樗牛, 1871~1902)와 함께 메이지 중엽 고풍스러운 한학과 낭만주의의 결합을 주도하였으니 이 중 키따무라 토오꼬꾸의 자살은 그가 주도하던 잡지 『분가까이(文學界)』의 변화를 야기하였으며 여기에 참여했던 시마자끼 토송(島崎藤村) 등은 이로부터 "더욱 예술지상주의적인 '미'의 탐구를 향한 유미적인 인생관을 굳게 다"지게 되었다고 회고하고 있다. 시마자끼 토송의 유미적 언어는 수산에게도 인상적이었던 것 같다.[39]

그리고 타까야마 쵸규와 관련해서는 더 흥미로운 구절을 들 수 있다.

> 저우(樗牛)를 그리며 그대의 시를
> 들녘의 어린 풀 베어진 대도/흙이 그리움의 뿌리를 남긴다. (『전집』 II, 474면)

---

37) 같은 책 410면.

38) 같은 책 444면.

39) "시마자끼 토송(島崎藤村)의 시도 일본어로 읽을 때 비로소 시의 어엽븐 로맨틱한 음률에 감동을 엇지마는, 만약 그것을 우리말로 번역하여 노혼 씌에는 살 업는 뼈와 가튼 어구의 배열밧게는 아모것도 엇지 못합니다. 사상적 내용이 빈약하다는 비난을 엇기 쉬운 토송의 시는 다만 일본어 독특한 음률이 안이면 취할 것 업습니다." 「'조선 말 업는 조선 문단'에 일언」, 『전집』 II, 232면. 시마자끼 토송의 시집으로는 『와까나슈(若菜集)』가 있다.

1920년 3월 5일 수산은 헌 일기를 꺼내어본다. 모두 다 회색의 과거의 온실이라고 하면서도 묵은 일기에 담긴 구만리장공을 나는 붕조와 같은 동경과 희망이 침전(沈澱)한 그 당시의 자부심에 말할 수 없는 감미의 회상을 주었다고 하였다. 그리고 묵은 일기에서 글 몇 편을 골라 조문(弔文)을 쓰는 기분으로 다시 기록하였다. 1917년의 시와 글이 세 편, 1915년의 시가 한 편이다. 그리고 작성연대를 알 수 없는 이상의 인용구가 1917년의 글편들 사이에 수록되어 있으니 대체로 1917년의 글인 듯하다. 다만 이 미묘한 시적 구절에 작성일이 없는 것은 이 시가 수산의 작품이 아님을 시사한다고 할 수 있겠고, "저우(樗牛)"를 그리며 "그대의 시를"이라는 구절로 보아 이 글을 쓴 사람을 '저우(樗牛)'로 추정하는 것도 가능하겠다. 이것이 혹시 타까야마 쵸규는 아닐까? 타까야마 쵸규의 풀네임은 쵸규 타까야마 린찌로오(樗牛高山林次郎), 호(號)만을 칭하는 것으로 예의와 존경과 간편을 동시에 달성할 수 있었던 전 시대의 표현법에 따르면 가장 개연성있는 대상이 아닐까?

타까야마 쵸규는 일본의 근대 비평가 중에서 공전절후의 인기를 누렸던 인물로 동시대에 대한 영향이 너무도 강력했기 때문에 후대에 반발을 살 정도였다. 평론가 타까야마 쵸규가 두드러지는 부분은 일본의 전통시 단까(短歌)를 개량하면서 여기에 연애의 자유와 신성성을 찬양한 젊은 근대 감성을 담아 노래한 것이다. 이에 대한 세간의 관심은 비상하였으며 젊은 독자들은 이에 따라 신시사의 운동과 함께 하나의 시대풍조를 만들어갔다. 그는 약관의 나이에 벌써 잡지『테이고꾸분가꾸(帝國文學)』과『타이요(太陽)』의 편집자로 활동하였다. 그는 31세라는 젊은 나이에 사망했음에도 그의 사상은 대략 세 단계로 나눌 수 있다. 우선 첫 시기가 청일전쟁 이후 이노우에 데쯔지로오(井上哲次郎) 등과 일본주의를 제창한 때이다. 이때 그의 사유의 중심에는 국가, 그것도 일본이 있었으며 이같은 경향은 대단히 극단적이어서 문학영역에서는 당시 전성기를 누리던 겐유샤(硯友社) 문학을 공격하는 한편,

거슬러 올라가 쇼요의 『소설신수』에 나타나는 '문예의 독립'과 '사실주의'의 제창까지도 '비국민 소설'의 맹아라고 공격하면서 어디까지나 "국민적 견지에서 일국의 문예를 비평하는" 것이 문예비평가의 임무임을 천명하였다. 그리고 이같은 주장의 연장으로 신흥 자본가 계급의 대변자로 활약했으며 "근래 빈민이 악을 행하는 것을 사람들은 흔히 사회의 죄라고 말한다. 죄는 빈민에게 있지 어찌 사회에 있을까. 그들은 악을 행하기에 앞서 이미 가난하고 약하다는 점에서 이미 큰 죄를 범한 것"이라는 발언을 태연하게 쏟아놓을 만큼 못 말리는 전체주의자였다. 그러던 것이 1901년 무렵 니체의 영향을 받아 국가주의론을 버리고 다시 극단적인 주관주의로 돌아섰으니 이를 둘째 시기로 꼽을 수 있으며, 셋째는 사망 직전 니체적 인격의 화신으로 '니치렌'(日蓮, 1222~1282)에 몰두했던 시기라 할 수 있다. 이 중 동시대의 문학에 가장 직접적인 영향을 준 것은 둘째 시기로 이 시기를 대표하는 평론 「미적 생활을 논한다」는 니체에 대한 독단적인 해설을 토대로 깜짝 놀랄 만한 개인주의와 본능만족주의를 주창한 것인데 당시 문단에 큰 충격을 주었고, 당대의 인심을 강력하게 사로잡았으며 그 영향력은 후대에도 지속되었다.

그는 "생명은 신체보다 우월하고 신체는 옷보다 우월하다"는 입장에 서서 금전이나 권세를 추구하는 데 급급해서 "사람이 만들어낸 것으로 하늘이 창조한 것을 다스린다"는 표현으로써 시대의 폐해를 비웃었으며 "네 마음의 왕국"을 중시하여 내면생활의 행복을 추구하라고 주장했다. 일견 상식적인 주장이지만 "가치의 절대, 이를 미적이라 하며 미적 가치가 가장 순수한 것을 본능의 만족이라고 한다" 또는 "인생의 최고의 즐거움은 필경 성욕의 만족에 있다"라는 말을 당시 청년들은 새로운 인생태도의 계시로 받아들였다.[40]

---

40) 이에나가 사부로(家永三郎) 지음, 연구공간 수유＋너머 일본근대사상사팀 옮김 『근대 일본사상사』(소명출판 2006) 100~23면 참조

이상의 타까야마 쵸규는 물론 니시다 키따로오에게서도 보이는 '생명' '내면' '본능'과 같은 단어는 수산에게서도 풍부하게 발견된다. 이에 대해서는 다음 장에서 좀더 다루겠지만 '생명'이라는 단어는 타이쇼오 담론의 핵심으로 타이쇼오 생명주의라는 용어가 광범위하게 통용될 정도이다. 똑같지는 않되 비슷한 문맥에서 모호하고 추상적으로 남발되고 있는 이같은 어휘군 또한 수산이 이들과 유사한 분위기에서 호흡하고 성장했음을 의미한다고 하겠다.

타이쇼오 문단의 총아였던 타니자끼 준이찌로오는 중학시절 타까야마 쵸규에 심취하여 '미적 생활'을 주장하기도 했다고 회고하고 있으며, 이는 본능과 치명적 여성에 대한 끝없는 숭배를 보여주는 그의 작품세계에 영향을 남기고 있으니 수산은 타니자끼 준이찌로오의 작품이 태양의 은광에 발아하는 유식물(幼植物)과 같이 자신을 끌어들이며 이러한 경향을 위험시하는 인습도덕적 질타와 책고(責苦)와 위기에도 이러한 독특한 생활이 자신의 목적이며 '생활의 예술화'가 자신의 근본이라고 고백하고 있다.[41]

이러한 영향의 흔적은 아리시마 타께오의 소설에서도 볼 수 있다.

아름다움과 건강미를 갖추고 있던 요코는 지금의 자신을 그렇게 자각했지만 요코를 처음 보는 제3자는 무섭도록 활짝 핀 요코의 완숙한 매력에, 일본에서는 찾아볼 수 없는 요부(妖婦)의 전형을 볼 수 있었을 것이다. 너구나 요코는 육체에서 생긴 부족분을 특히 남의 이목을 끄는 옷차림으로 보충하고 있었다. 당시는 러시아와의 관계도 미국과의 관계도 폭풍 전야와도 같이 어두운 중후를 나타내기 시작하여, 온 국민은 일종의 압박감을 느끼고 있었다. 와신상담(臥薪嘗膽)과 같은 말이 언론계에서 빈번히 설파되고 있었다.[42] 그러나 그와 동시에 청일전쟁을 상당히 먼 과거의 일로 바라볼 전도로 전쟁의 무거운 부담에서 가벼워진 사람들은 간신히 안정되기 시작한 경제상태 아래에서 생활의

---

41) 1919년 3월 18일 일기, 『전집』 II, 465면.

42) 청일전쟁에 승리하고도 삼국간섭에 의해 요동반도를 반환하게 된 것에 대해 국내 여론을 일으키기 위해 사용했던 표현이다.

미장에 관심을 가지게 되었다. 자연주의는 사상의 근저(根柢)가 되었고, 당시 병치레가 잦은 천재라는 이름을 떨친 타카야마 쵸규(高山樗牛) 등의 일파는 니체의 사상을 표방하여 '미적 생활'이라든가 '키요모리론(平淸盛論)'[43]이라 든가 하는 대담하고도 분방한 언설로 사상의 유신(維新)을 부르짖고 있었다. 풍속 문제라든가 여자의 복장 문제라든가 하는 논의가 수구파 사람들 사이에 서 시끄럽게 다뤄지고 있는 동안에, 그 반대의 경향도 껍질이 터진 겨자씨처럼 사면팔방으로 튀었다. 이리하여 지금까지 일본에는 없던 뭔가의 출현을 기다 리며 지켜보고 있던 젊은이들의 눈에는, 요코의 모습이 어떤 하늘의 계시처럼 비쳤음에 틀림없다.[44]

전쟁의 승리에 기반을 두어 과격한 국가주의로부터 이탈해가는 과정도 그 럴듯하거니와 이 과정에서 요부(妖婦)를 발견해가는 메이지 말기 일본 청년 들의 심리적 추이가 생생하다. 이같은 분위기에서 쵸규의 극단적인 개인주 의와 방만한 영웅주의가 꽃필 수 있었다고 할 것이니 여기에서 타니자끼 준 이찌로오와 같은 병적인 탐미주의로 전이해가는 과정에 대한 이해의 계기도 얻게 된다. 쵸규의 개인주의로부터 일정한 거리를 유지하는 아리시마 타께

---

43) 여기에서 말하는 '키요모리론(平淸盛論)'이란 『헤이케 이야기』의 주인공 타이라노 키 요모리에 대한 쵸규의 평론을 말하는 것으로서 주에이 내란(壽永の內亂) 시기, 헤이께 일족 중 특히 키요모리라는 비극적 인물의 희생을 다룬 이야기. 쵸규는 이 인물을 니체 적 초인을 번역한 '니찌렌(日蓮)'과 같은 이상적인 인물로 보면서 국가가 지향하는 목적 이 개인이 종속하는 것이 아니라 우수한 개인이 국가를 대신하여 초월적이고 영적인 힘 의 중심을 차지한다고 추상하였고 키요모리는 윤리를 초월한 거인으로서 극단적인 개인 주의자 이기주의자이고 부도덕이 아니라 무도덕한 인물로서 일개의 쾌남아라고 규정하 였다.

   일본의 평론가 후지오까는 이 이야기를 키요모리로 상징되는 개인 패배의 표상으로 취급하였고, 그 결과 이 작품은 정전화되면서 고난에 가득 찬 메이지 시기를 살아간 사 람들에게 감정적인 공감을 불러일으키는 문학작품으로 탄생하게 되었다고 한다.

   데이비드 바이어록 「국민적 서사시의 발견——근대의 고전 「헤이케 이야기」」, 하루오 시라네 외, 왕숙영 옮김 『창조된 고전』(소명출판 2002) 146면.

44) 아리시마 다케오 지음, 유은경 옮김 『어떤 여자』(향연 2006) 413~14면.

오조차 이러한 당대의 분위기 속에서 '요꼬'와 같은 요부형 인물을 생산했던 것이다. 아리시마 타께오는 그 말로에서도 비슷하려니와 출신성분과 당대를 이해하는 정치적 입장에서도 수산과 비슷한 점이 있어 대부분 그 죽음의 형식에 집중되어 있기는 하나 그간 자주 비교되어왔다.[45] 그러나 그 죽음이 정작 타이쇼오의 종말을 예고하는 충격적인 전조였다는 의미는 크게 부각되지 못하였다.

아리시마 타께오는 어떤 사람이던가. 그를 이해하기 위해서는 '시라까바' 파를 미리 짚어두어야 한다. 타이쇼오 시대의 가장 화려한 문학활동은 시라까바파의 활동이었다. 『시라까바(白樺)』라는 잡지가 나온 것이 1910년, 폐간된 것은 1923년이었으며 폐간 사유는 토오꾜오대지진이었다. 이들의 가장 중요한 목표는 개인의 '자아실현'이었으며 이들의 분위기는 매우 낙관적이었고 자신만만한 것이었다. 이는 시라까바 동인들이 모두 황족(皇族)과 귀족의 자녀교육을 담당했던 카꾸슈인(學習院) 출신이라는 점에 기인하는데 시골 출신의 자연주의 작가들과는 달리, 이들은 화족(華族)이나 부유한 실업가 집안에서 자라나 당시 일부 상류계급에만 허용되어 있었던 근대적인 생활의 여유와 자유로운 사고방식을 기반으로 작가활동을 시작했던 것이다. 더구나 이들이 작가활동의 성숙기를 맞이할 무렵이 사회적으로도 그 활동에 가장 잘 어울리는 시대였다는 행운까지 차지하게 되는데, 이는 그들이 동시대인들보다 10년 앞서 제1차 세계대전 후의 일본 사회상황을 체감하고 있었다는 것을 의미한다.

게다가 그 출발지점에서 본다면 시라까바파는 이외에도 휘트먼, 윌리엄 블레이크, 로맹 롤랑 등에 대한 경도에 기초하고 있었다. 또한 세계평화에 대한 열의와 혁명에 공감이 있었고, 일반화되지는 못한 상태였던 코즈모폴리터니즘을 이들은 일찌감치 이론보다 감성적으로 이해하고 있었다. 이들의

---

45) 유민영 『윤심덕, 현해탄에 핀 석죽화』(안암출판사 1983) 235~36면.

지적 경로가 수산의 수업 과정 속에서 재현되면서 번역으로 자연스럽게 이어질 수 있었던 것도 이들이 '타이쇼오'라고 하는 독특한 시대 안에 공존하고 있었기 때문일 것이다.[46]

그러나 이들의 경향은 대체로 관념적이고 추상적이었으며 이들이 러일전쟁 후 국제적 지위를 확립한 일본을 문화적으로도 세계적 수준으로 끌어올려야 한다는 사회적 사명감을 지니고 있었다는 점을 참작할 때 지나치게 소극적이었다. 이는 이들의 활동이 메이지 말기의 대역사건으로 희생된 코또꾸 슈스이(幸德秋水)의 비참한 최후를 동시대인으로서 목격한 데에서 비롯된 불안 때문이기도 했다. 따라서 이들의 사회적 사명감, 사회적 기여는 각 개인의 자발성에 기반을 두고 개인의 계획이 허용하는 한도, 개인의 실감이 인정하는 한도 내에서만 그 의무를 다한다는 입장이었다.[47] 이는 타이쇼오 데모크라시의 중심이었던 요시노 사꾸조가 자신의 민본주의론이 천황과 국체에 대한 도전이 되지 않도록 신중하게 제한하고 있을 수밖에 없던 상황과 같은 맥락으로 볼 수 있으며 타이쇼오 시기의 한계를 자조(自嘲)하는 '코하루비요리(小春日和)'라는 표현을 가능하게 만드는 지점이기도 하다.

이들이 목표로 삼고 있었던 '자아실현'은 개인을 통해 '인류의 의지'를 실현한다는 의미였다. 이 인류의 의지라는 것은 종종 '자연의 의지'라고도 이야기되고 있는데, 동일한 '자연'이라는 말을 사용하더라도 자연주의 자연이 자연과학 또는 생물학의 영향하에 유물적·감각적·육욕적 측면에서 파악하는 것과 달리 시라까바파는 '무한힌 생명'의 표현으로 파악한다. 무샤노꼬지 사네아쯔(武者小路實篤)가 "자연은 모두 무한의 뿌리를 가지고 있다. 아무리 하찮은 풀이라도 그 뿌리를 통해 흡수하는 것은 무한의 맛을 지닌 생

---

46) 이에 대해서는 다음 논문을 참고할 수 있다. 정대성 「김우진에 의한 블레이크 시의 일본어 번역」, 서울여자대학교 인문학연구소 편 『인문논총』 14집.

47) 구노 오사무·쓰루미 슌스케 지음, 심원섭 옮김 『일본근대사상사』(문학과지성사 1994) 14면 참고.

명이다"라고 한 말은 바로 이같은 시라까바파의 '의지'의 내용을 적시하는 것이다. 인류는 이러한 자연의 무한한 생명을 신장하는 것을 자신의 의지로 삼는다는 것이다.

여기에서 예술활동을 시작한 사람들로는 잡지 창간은 물론 시라까바의 실질적 중심이었던 무샤노꼬지 사네아쯔(武者小路實篤)가 있었고, 시가 나오야(志賀直哉), 키노시따 토시히로(木下利玄), 아리시마 타께오, 아리시마 이꾸마(有島生馬) 형제, 사또미 톤(里見弴) 삼형제, 코지마 키꾸오(兒島喜久雄), 나가요 요시오(長與善郎), 타까무라 코따로오(高村光太郎), 야나기 무네요시(柳宗悅) 등이 있었다.

이 그룹의 후원을 받으며 무샤노꼬지가 시작한 '아따라시끼무라(新しき村, 새마을) 운동'은 당시 강렬한 인상을 남긴 것이었다. 이는 1918년 미야자끼(宮崎)현 코유군(兒湯)군 키조무라(木城)촌에서 탄생하였고 후일 댐 공사로 수몰되자 사이따마(埼玉)현 이루마(入間)군으로 이전하였다. 이 새마을은 일방적 강제 없이 각자 자발적으로 일해서 제 먹을 것 정도만 생산하고 남는 시간에 각각 자기 좋은 대로 자기실현에 임한다는 뜻을 지닌 사람들의 집단이다. 이러한 이상사회를 만들기 위하여 시라까바파 구성원들은 사재를 쪼개어 토지와 농기구를 사는 일 등에 힘을 쏟았으며 무샤노꼬지는 여기에서 8년간 노동생활을 하며 매진하였다.[48]

1924년 수산은 무샤노꼬지 사네아쯔의 소설 『여동생(その妹)』을 각색한 연극을 보고 주인공 시즈꼬를 버나드 쇼의 작품과 비교하면서 무샤노꼬지의 작품을 삶을 쓸모있는 것에 투자하는 부류의 인생을 보여준다고 평가하고 있다.[49] 이는 의미심장하다. 그가 자신에게 충실한 쇼의 인물과 무샤노꼬지

---

48) 같은 책 15면.

49) 무샤노꼬지 사네아쯔의 『여동생(その妹)』은 야마모또 유조(山本有三)의 연출로 1917년 3월 초연되었다. 이 작품이 상연된 이유를 오자사 요시오(大笹吉雄)는 이 작품에 있는 전쟁 때문에 실명한 화가의 대사를 예로 들고 그 휴머니즘에 끌렸을 것이라고 설명

사네아쯔의 작품을 대립적인 인간과 삶의 유형으로 파악한다는 것은 이 둘을 일종의 선택 가능항으로 고려하고 있다는 추정에 설득력을 더하기 때문이다.

1924년 목포로 귀향한 후 수산의 초기 행적은 나름의 포부를 지닌 것이었다. 수산은 목포에 무샤노꼬지와 같은 새로운 마을을 건설하고 싶다는 생각을 하고 있었던 것은 아닐까? 게다가 무샤노꼬지 사네아쯔의 이같은 실천은 톨스토이에 기원을 두는 것이었다. 일본 문단에 끼친 톨스토이의 영향은 역사가 깊은 것이시만 일찍이 톨스토이를 소개하고 빅토르 위고의 『레미제라블』에 깊은 감명을 받았다는 『불여귀(不如歸)』의 작가, 토꾸또미 로까(德富蘆花)를 먼저 들 수 있겠고, 이어 「톨스토이 및 『부활』 저술 사정」(トルストイ及『復活』著述始末, 『學鐙』, 1908. 10)에서 『부활』과 함께 빅토르 위고의 『레미제라블』을 2대 걸작으로 꼽은 우찌다 로한(內田魯庵)은 시라까바 동인들에게 깊은 감명을 주었다. 이들에게 야스나야 폴랴나를 이상향으로 상상하면서 순박한 농민의 삶에서 희망을 발견하고 그에 동화되는 실천으로 자기완성을 이루고자 했던 톨스토이적 공동체의 구상은 톨스토이적 갈등과 고민을 비약하여 매혹적인 실체가 되었다. 수산 또한 스스로 톨스토이의 손에 붙잡힌 시기가 있었다고 회고하고 있으니 이같은 영향이 스스로 변화했다고 느낀다고 해서 청산되는 것이 아니라는 점을 고려한다면 소년기의 습작 「공상문학」에서 나타났던 빅토르 위고의 이름까지 한꺼번에 연상해도 좋을 것이다.

그리고 이같은 무샤노꼬지적인 추상적인 낙관주의의 흔적과 수산을 언게

─────────────

하고 있다.

"나는 전쟁에 갔습니다. 나는 큰 비전(非戰)론자였습니다. 사람을 죽이는 것은 싫은 남자입니다. 또한 사람에게 살해당하는 것은 더할 나위 없이 싫은 남자입니다. 나는 국가가 전쟁을 했던 것에도 불복했습니다." 大笹吉雄 『日本現代演劇史(明治・大正篇)』(白水社 1985) 183~87면.

해보는 이유는 수산의 조선어 구사능력 때문이다. 다음 절에서 후술하게 되겠지만 1919년 2·8독립선언과 3·1운동을 겪고 또한 국문일기를 시작하면서 수산은 '신원기의 시대'가 도래하고 있다는 것을 감지하고 있었지만 그가 구사하는 문체는 전통적인 국한문혼용문체에 지나지 않았고, 이를 통해 자신의 생각을 표현하는 데에도 일정하게 장애를 느끼고 있었다. 1921년 발표한 「소위 근대극에 대하야」「'조선 말 업는 조선 문단'에 일언」 등은 여전히 전 시대 국한문혼용체를 완전히 탈피하지 못하였으며, 이는 그의 진단대로 "언어를 수련함에 가장 민감한 십칠, 팔세시부터 외국에 유거하여 듯는 것, 읽는 것이 모도 외국어"였기 때문이었다.[50] 이는 분명히 타이쇼오의 이야기체[話体]이기는 하나 중학생 작문 수준에 그쳤던[51] 무샤노꼬지의 문체와 대비되는데 이것이 결국은 무샤노꼬지의 허약한 작품세계를 제도적으로 한정하고 있었다고 볼 때 이 무렵 수산의 한계 또한 마찬가지 차원에서 논할 수 있음을 의미한다. 「'조선 말 업는 조선 문단'에 일언」을 집필한 후 수산 자신 또한 조선어의 구사능력을 두고 고민한 흔적이 역력하고 귀향 후 그의 문장력이 발전해가면서 그의 좌절 또한 깊어간 경과는 초보적인 문장능력을 일관되게 유지한 무샤노꼬지의 낙관적이고 관념적이었던 진로와 다를 수밖에 없었다고도 할 수 있겠다.

그리고 여기에서 무샤노꼬지와는 또다른 방식의 새마을, 새로운 공동체를 꿈꾸었던 아리시마 타께오의 실험, '아리시마 농장'을 상기하지 않을 수 없다. 아리시마의 실험은 사실 1907년(메이지 40) 시작되었으니 이때 아리시마는 삿뽀로 농학교에서 승격된 동북제국대학 농과대학의 영어강사가 되어 홋까이도오로 건너갔다. 1908년(메이지 41) 1월 29일 일기에서 아리시마는 자신의 책꽂이를 묘사하면서 첫 단에 "톨스토이 및 입센의 작품과 러시아 소

---

50) 『전집』 II, 235면.
51) 가라타니 코오진 외 지음, 송태욱 옮김 『근대일본의 비평』 1(소명출판 2002) 211면.

126

설", 둘째 단에 "크로포트킨의 러시아문학과 기타"가 있다고 적고 있는데, 톨스토이, 크로포트킨, 입센 등이 꽂혀 있었다는 아리시마의 책꽂이는 당시 그의 사상을 형성한 요소들을 구체적으로 보여준다. 그리고 이같은 사실로 부터 상속받은 농장에 대한 이후의 아리시마의 조처는 다름 아닌 『부활』의 네흘류도프의 행동의 연장선에 있다고 할 수 있다.[52]

수산의 감수성과 행보는 무샤노꼬지 사네아쯔보다 아리시마 타께오에 더욱 가깝다. 아리시마와 수산의 유사성에 대한 언급은 그의 죽음이 있던 직후부터 있었던 것이고, 그가 아리시마 타께오를 숭배하였다는 기사를 액면 그대로 받아들이지는 않더라도 수산이 아리시마에 대해 몰랐을 리는 없다.[53] 그러나 아리시마와 수산의 유사점은 죽음의 형식이나 단순한 출신성분, 재산의 포기와 같은 외적 차원에 그치지 않는다. 같은 시라까바파였지만 아리시마 타께오는 동인 중 가장 덜 '시라까바적'이었다. 그는 다른 동인처럼 시라까바로 성장한 것이 아니라 성장한 이후 시라까바의 동인이 되었기 때문이었다. 그에게는 여타 동인과 같은 느긋함이 없었다.

시라까바파의 입장이라면 자신이 실감할 수 있는 범위 내에서 의무를 부여하고 편안하게 도덕적 휴일을 즐기면서 자기 식대로 일해 나간다는 것이라고 단적으로 표현할 수 있다. 이같은 가벼움은 과중한 의무의식에 사로잡혀 머리만 무거운 채 괴로워하는 관념론 특유의 고민이 출발점부터 결여되

---

52) 최범순 「우치다 로한(內田魯庵) 톨스토이 번역의 위상」, 『일본문학연구』 13집, 2005. 1, 149~53면.

53) 김씨와 친분잇는 이모씨 이야기—전긔 김우진씨의 정사사건에 대하야 그의 친우인 리○○(李○○)씨는 "참말 의외임니다. 그러나 그는 본래부터 자긔집에 그 만흔 재산에 대하여서는 조금도 애착을 두지 안코 호화로운 생활에 무한한 고통을 품은 후 단연히 집을 나왓든 사람이니 죽엇다는 것이 그리 이상하게 생각되지도 안슴니다. 그는 일본의 아리시마 타께오(有島武郞)씨를 만히 숭배하든 청년으로 성격과 사상도 그와 비슷하다 할 수 잇스며 쏘한 처디도 방사한 뎜이 만슴니다그려. 그러고 보니 유도무랑의 정사사건과 방불하다는 생각이 남니다." 『동아일보』, 1926. 8. 5.

어 있었기에 가능한 것이었다. 톨스토이의 수용만 보더라도 무샤노꼬지는 톨스토이가 겪었던 전율할 만한 인생의 위기는 생략한 채 만년의 톨스토이가 도달한 종교적 인도주의를 간단히 수용하였고, 게다가 니체, 휘트먼, 마테를링크 등 또한 수월하게 받아들여 톨스토이주의가 빠지기 쉬운 종교적 엄격성에 대한 안전장치를 마련하였다. 결과적으로 종교적 세계 바같의 본능의 세계를 인정하면서 도덕적 책무와 현실적 능력이 조화를 이루는 것이 그에게는 전혀 어려운 일이 아니었다.

그러나 청춘기를 유럽에서 보내면서 유럽 시민사회를 직접 목격한 아리시마는 유럽사회와 일본사회가 지니는 이질성 때문에 다른 동인 이상으로 깊은 충격을 받고 있었다. 이는 비슷한 경험을 지닌 타까무라 코따로오의 경우도 마찬가지였는데 이들의 사회운동 참가방식이 다른 동인과는 달리 외곬으로 나타나는 것은 바로 이같은 공통점 때문이었다고 분석되고 있다. 이들에게는 있으면서 여타 동인에게 결여된 것은 무엇이던가. 쿠노 오사무(久野收)와 쯔루미 슌스께(鶴見俊輔)는 '제도'라고 지적한다. 대다수 시라까바 동인에게는 '제도'라는 관념이 결여되어 있었기 때문에 후일 전쟁에 협력하고 패전에 이르러서도 자신들의 책임을 깨닫지 못했다는 것이다. '제도'라는 관념 없이 세계사를 보는 한 전쟁이란 인간 상호간에 지니고 있는 본래의 선의들이 뒤섞여서 발생했다고밖에 생각할 수 없으므로 자신들이 지닌 전쟁의 책임을 이해하는 것조차 불가능했다는 것이다. 시라까바파에서 전쟁을 반성한 예외적 존재라면 일찍 사망한 아리시마를 빼고는 타까무라 코따로오 단 한 사람이었다. 그는 자신의 선의가 조작된 제도의 틀 속에서 왜곡되어 다른 방향으로 이용될 가능성을 상상도 하지 못하고 그 순수성을 믿고 익찬운동에 참여했던 것인데, 패전 후 그같은 왜곡의 여지를 자신이 미리 깨닫지 못했다는 점을 알고 나서 이와떼(岩手)의 산속에 혼자 기거하는 것으로 자신을 형벌에 처했다. 이같은 통렬한 자기반성은 여타 시라까바파 동인에게서는 찾아볼 수 없다.

물론 이같이 홀로 서서 오로지 자신을 대상으로 하여 자기고백적 방법을 통해 책임을 추궁하는 그 방식이 바로 시라까바파의 관념론적 기반이라는 사실은 아리시마의 경우에도 똑같이 적용된다. 유산으로 물려받은 농장을 해방하여 소작인의 소유로 돌려버리고 지주로서의 자기 권리마저 포기하였으며 '자신의 힘이 미치는 범위 내에서만 경제생활을 해나갈 각오'에 이르렀던 결단 또한 부재지주인 그가 현지에서 노동하지 않고 다른 이들의 이익을 착취하여 생활하고 있다는 사실의 부당성을 깨닫고 이 부당한 이익을 포기한다는 과정, 즉 '부정의 자각-자기 권리의 방기'라는 관념론적 방식에서 비롯된 것이었다. 물론 이는 무샤노꼬지의 방법보다 훨씬 소극적이었으되 1백 년이 가까워져 오는 오늘에 판단해보면 아리시마 농장이 무샤노꼬지의 '아따라시끼무라 운동'보다 훨씬 큰 성과를 거두었다고 볼 수 있는바, 결국 아리시마의 결단이 훨씬 본질적이었음을 의미한다. 그리고 이 차이는 이들이 지닌 관념론의 깊이가 현저하게 달랐다는 데에서 답을 찾을 수 있다.[54]

수산이 아리시마와 비슷한 행적을 보이며 그와 유사점이 있다고 할 때 가장 근원적인 것은 바로 이 관념성일 것이다. 사유 속에서 모든 가능성과 경과를 예상하고 그에 따라 자신의 행동을 결정하는 이같은 방식은 이들의 시민성이 이식에 의해 성장했다는 데 기인한다. 게다가 이 이식 과정에서 발생한 존재적 질문을 한 치의 유보도 없이 바닥까지 추적하면서 그 공허한 심연에 마주치지 않을 도리란 없다. 실존은 실천에서 생성되는 것이지 관념 속에서 입증되는 것이 아니라는 중대한 사실을 이들에게 결국 각성되지 못하였다.

요컨대 아리시마의 사유는 문제의 존재적 필연성에 대한 질문에 가닿고 있었다. 이는 표면적으로 보면 「아낌없이 사랑은 뺏는다」와 같은 도전적인 신시대 연애관을 정립하고도, 그 성취를 의기양양하게 누리는 것이 아니라

---

54) 구노 오사무・쓰루미 슌스케 지음, 앞의 책 24~25면.

결국 스스로 파탄에 이르고 말았다는 점에서도 확인된다. 농장 소유권의 포기와 자기 생명의 방기라는 형식적 유사성은 결국 동일한 관념론적 사유의 흐름 속에서 도달했기 때문이라고 할 것인데 이같은 결단의 핵심에 1922년 발표한 「선언 Ⅰ(宣言一つ)」(『改造』, 1922. 1)이 있다. 아리시마는 여기에서 새롭게 대두한 제4계급 세력(프롤레타리아)을 역사적 필연이라고 긍정하면서 스스로에 대해서는 인텔리겐치아로서의 '금욕적'인 자기규정에 근거하여 "내가 제4계급 사람들에게 무언가 암시를 줄 수 있다고 생각한다면 그것은 나의 잘못이고, 제4계급 사람이 나의 말에서 무언가 영향을 받았다고 생각한다면 그 역시 제4계급 사람의 오산이다"라고 썼다.[55] 이는 인텔리겐치아로서의 자아 확립도 계급사회에서는 '무용'할 뿐이라는 자각을 통렬하게 고백한 것이다.[56] 결국 아리시마는 자신의 사회적 역할은 물론 개인적 삶의 필연성조차 찾지 못하였다. 이 도저한 관념론자가 여기에서 할 수 있는 것은 자신의 결단에 의한 삶의 완성, 즉 죽음이었던 것이다. 그리고 이같은 관념적인 오판의 근저에 지체되고 기형적이며 채 20년도 못되는 일본 시민문화의 쇠망과 이를 대체하는 비겁하고 소극적인 소시민사회의 도래가 있었음은 물론이다. 그리고 이렇게 아리시마를 극단적 결정으로 몰아넣은 위기는 일본 문단의 중심에서 일본제국의 전방위로 퍼져 나갔으며 목포의 수산에게 가닿을 즈음에는 상상할 수 없을 만큼 강해져 있었다. 그 가혹한 독성이 비단 수산에게 한정적으로 작용한 것도 아니었다. 1920년대 한국 낭만주의의 죽음이라 할 수 있는 백조파의 요절은 이같은 관점에서 부연될 필요가 있다.

---

55) 아리시마 다케오 「선언 Ⅰ」, 임규찬 편 『일본 프로문학과 한국문학』(연구사 1987) 41면.
56) 이에나가 사부로, 앞의 책 294면.

3. 극예술협회와 동우회 순회극단

시라까바파의 행보가 이렇게 종횡하는 동안 수산은 토오꾜오에서 이들과 같은 공기를 호흡하면서 코즈모폴리턴으로서 성숙해가고 있었다. 즉 그들의 움직임은 그들만의 것이 아니라 식민지 지식인 수산에게도 일상적인 방식이었던 것이다. 당시 토오꾜오에서는 사교와 학습의 장이 되는 각종 모임이 상시로 열리고 강연회와 토론회가 빈번하였으며 이같은 흐름은 일본인뿐 아니라 토오꾜오의 조선인 유학생은 물론 노동자에게도 자연스러웠다.

1920년 봄 수산 또한 조포석, 유춘섭, 홍해성, 고한승, 조춘광, 손봉원 등의 유학생들과 '극예술협회'를 조직하고,[57] 토요일마다 모여 외국의 고전과 근대극 작품을 연구하였다. 이듬해 1921년 여름 토오꾜오에 유학중인 고학생과 노동자의 모임인 동우회(同友會)에서 회관 건립기금을 마련하기 위한 하기순회연극단을 조직하여 달라는 요청이 왔다. 이들은 순회공연을 통한 연극운동의 실천과 고학생의 구제라는 두 가지 목적에서 찬동하고 준비를 시작하였다.

공연 프로그램으로 홍난파, 윤심덕, 한기주 등의 독주와 독창을 준비하였고, 연극 레퍼토리는 번역극보다는 우리나라의 절박한 현실 문제를 취급한 작품을 주제로 삼아야 한다는 의견이 우세하여 조포석의 「김영일의 사」, 홍난파의 소설 「최후의 악수」(2막) 각색을 중심으로 준비하였으며 수산이 번역한 던세이니 경의 「찬란한 문」이 포함되었다. 연출은 수산이 맡았고 연기진에는 유춘섭, 홍난파, 공원호, 조포석, 김석원, 마해송, 홍해성, 허일 등이 있

---

57) 극예술협회의 초기 멤버는 기록마다 다소간 차이가 있어 확실하지 않다. 보통 김영팔, 최승일 등이 덧붙는데 홍해성조차 후일에는 혼동을 일으키고 있다. 동우회 순회연극단에 참여한 멤버가 뒤섞이는 가운데 만들어진 명단으로 보인다. 여기에서는 홍해성의 최초 언술을 참고한다. 홍해성 「극예술운동과 문화적 사명」(『동아일보』 1929. 10. 15~27); 홍해성 『홍해성 연극론 전집』 39면.

었으며 공연비용은 수산이 전담하였다고 한다.[58] 이때 수산은 워낙 수줍고
말이 없는 성격이라 연기자들을 잘 지휘하지 못하고 연습이 제대로 되지 않
아 난관에 부딪쳤고, 일본인 신극 배우 토모다 교오스께(友田恭助)의 도움을
받아 연극다운 연극을 만들 수 있었다고 한다.[59] 이들의 순회공연은 크게 성
공을 거두어 "이것이 참 연극이다"라는 평가와[60] "가장 명확하게 근대극 운

---

58) 이때 공연비용을 수산이 전담했다는 기록은 이두현의 연구에서 처음 시작되는데 아마
   도 당시 철진, 익진 형제와 차남수 등 지인들의 인터뷰에서 비롯된 듯하다. 그러나 당시
   순회극단의 규모와 관심 등을 볼 때 초기 제작과 연습비용 정도라면 몰라도 공연비용을
   전담했다는 것은 믿기 어려운 일이다. 극예술협회를 한국 연극사의 일원으로 주목하게
   한 홍해성의 글에도 그같은 언급은 눈에 띄지 않고 수입은 실비를 제외한 나머지를 동
   우회 유지비로 제공했다는 구절이 있을 뿐이다. 또 무엇보다도 당시 순회연극단의 순행
   에서 목포 일원의 기록이 후원처인 『동아일보』에는 거의 없다는 점을 고려할 때 수산의
   이같은 역할을 수산의 부친 김성규가 그다지 바람직한 것으로 보지 않고 있었을 가능성
   이 크다. 그렇다면 독자적인 금전적 여유가 많은 것은 아니었던 수산이 적지 않은 공연
   비용을 전담했다는 것은 그의 역할을 과장함으로써 그의 중요성을 강조하려는 기억의
   조작이었을 가능성이 크다고 하겠다. 홍해성 「한국연극약사」, 같은 책 296면; 이두현,
   앞의 책 104면.
59) 서연호는 수산의 유고(遺稿)에 『찬란한 문』의 일본어 번역, 마쯔무라 미네꼬(松村みね
   子)의 『光明の門』이 있었다는 사실을 밝히고, 이를 수산이 참조했을 것으로 추정하였다.
   서연호 『김우진』(건국대학교출판부 2000) 26면.
     동우회 순회연극이 시작되기 직전이었던 1921년 6월 일본 와까모노 극장(ねかもの座)
   에서는 던세이니의 작품 세 편 「광명의 문」 「아라비아인의 천막」 「여인숙의 하룻밤(旅
   宿の一夜)」이 히지까따 요시(土方與志)의 연출로 한꺼번에 상연된다. 이 무렵 와까모노
   극단은 토모다 교오스께(友田恭助)가 홀로 책임지고 있었다. 大笹吉雄 『日本現代演劇史
   (明治・大正篇)』(白水社 1985) 281면.
     와세다 출신의 토모다는 이때 연극활동에 전념하기 위해 학업을 중단한 상태였으나
   연극에 관심이 컸던 동문 수산과 가까이 교유했던 것 같다. 동우회 순회연극의 연출을
   토모다 교오스께가 도왔다는 기록을 참고하면 이들의 교분은 생각보다 훨씬 친밀했던
   것일 수도 있다. 「光明の門」과 「찬란한 문』의 상연시기가 거의 같은 점을 고려하면 동
   우회의 공연 준비와 와까모노 극장의 상연 준비는 동시에 이루어졌다고 볼 수 있기 때
   문이다. 토모다와 히지까따는 모두 쯔끼지 소극장의 창립멤버이며, 이들의 인연은 홍해
   성의 쯔끼지 입단으로 이어진다.

132

동의 기치를 올려 처음으로 신극을 상연"했다는[61] 평가를 받는다. 이들은 동우회와 학우회 간부 임세희의 인솔하에 1921년 7월 9일부터 8월 18일까지 약 한 달여간 부산, 김해, 마산, 경주, 대구, 목포, 서울, 평양, 진남포, 원산 등지에서 공연을 했다. 이들의 공연은 성황리에 진행되었으나 이러한 영향력 때문에 광주에서는 대구, 목포에서 쓰던 선전지를 압수당하는 사건을 겪었고,[62] 평양에서는 아예 공연 중지를 당하기도 하는 등[63] 검열과 탄압을 받았다. 거듭되는 일경의 감시와 검열 때문인지 평양 공연 이후에는 다소 언론의 분위기가 다소 침체되었지만 『동아일보』의 후원으로 공연마다 뜨거운 관심을 받았으며 후원금 또한 상당하였다. 이후 이들의 학생극은 진정한 의미의 신극운동에 도화선이 되었다는 평가를 받았다.

이 중 포석의 「김영일의 사」는 가장 큰 주목을 받은 작품으로 1923년 희곡집 『김영일의 사』로 발간된 바 있었다.

「김영일의 사」라는 3막물은 당시 조선 문학의 대표적 경향의 것으로 주목의 값이 있는 것이다. 이 희곡은 몰려드는 근대 ××주의의 ××에 ××이 된 조선 중산계급의 내면적 사회생활의 붕괴, 자본주의적 제도의 불소화적(不消化的) 섭취와 봉건적 생활 과정과에 개재(介在)한 몰락하여가는 급진적 소(小)부르의 도덕적 파산에 의한 사회적 비극이며 그 이데올로기적 반동성의 진현(眞現)이었다.[64]

---

60) 『동아일보』, 1921. 7. 8.

61) 임화 「朝鮮 近代劇 發達過程」, 『연극운동』 창간준비호, 1932. 5.

62) 마해송 「서울로 돌아가신 황형에게」, 『동아일보』, 1921. 7. 29.
  이 글은 마해송이 먼저 상경한 황석우에게 보내는 서간 형식의 특별기고이다. 광주 출발 세 시간 전에 쓴 것으로 되어 있으며 순회연극단이 겪은 사건과 소회를 솔직하게 기술하고 있다.

63) 『동아일보』, 1921. 8. 7.

64) 임화, 앞의 글.

조선 중산계급의 내면적 사회생활의 붕괴, 자본주의와 봉건적 생활의 충돌 속에서 몰락하여가는 급진적 소부르주아의 도덕적 파산에 의한 사회적 비극이라는 「김영일의 사」에 대한 임화의 분석은 일견 타당하지만 이는 프로문학적 관점으로 소급 재단된 것이다. 이 작품은 순회연극단을 위한 일종의 주문생산 작품으로 보인다.

1차 세계대전을 계기로 일본이 급속한 경제발전을 이루자 일본으로 유입되는 조선인 노동자수도 급증하였다. 이렇게 유입된 노동자는 1917년에 약 1만4천명, 1918년에는 1만8천명, 1919년에는 2만명을 넘어섰다.[65] 여기에는 청운의 꿈을 품고 고학을 택한 조선의 청년 또한 상당수였으니 당시 자료에 의하면 토오꾜오 내 각급 학교에 재학중인 학생은 1,023명(1920년 기준)에 달했으며, 이 중 1/3 이상이 인력거꾼, 신문 및 우유 배달부, 인쇄소 교정원 등으로 일하고 있었다. 이들은 공식적인 학적을 지니지는 못했으나 의욕적으로 일하고 공부하였고, 그 성취의 수준도 상당하여 유복한 유학생 못지않은 자부심이 있었다.[66] 이같은 분위기에서 고학생 상호부조의 목표를 지닌 '토오꾜오노동동우회'(약칭 동우회)가 1917년 1월 창립되었고, 1921년 1월에는 '재일조선인고학생동우회'로 개칭 확대되었으며, 이같은 개편을 주도한 것이 박열, 정태성, 김천해, 최갑춘, 이기동 등이었다. 그리고 이같은 조직 개편이 있은 직후 수산, 포석 등의 '극예술협회'에 '하기순회연극단'을 의뢰했던 것이다. 이 무렵의 재일조선인 사회운동의 경과를 보면 이는 대체로 노동자와 고학생의 단순한 구호단체였던 동우회에 사회운동그룹이 개입하여 조직을 확대하면서 순회연극단을 통하여 자신들의 목표를 선전하고 위상의 제고를 꾀했던 것으로 판단된다.

---

65) 요시미 순야 「제국 수도 도쿄와 모더니티의 문화정치」, 요시미 순야 외 저, 연구공간 수유+너머 일본근대와 젠더 세미나팀 옮김 『확장하는 모더니티』(소명출판 2007) 61면.
66) 야마다 쇼지 지음, 정선태 옮김 『가네코 후미코, 식민지 조선을 사랑한 일본제국의 아나키스트』(산처럼 2003) 99면.

순회연극단이 성공적으로 종료된 뒤 1921년 11월 원종린, 조봉암, 김약수, 박열 등은 '흑도회(黑濤會)'를 창립한다.[67] 이들의 색채는 종합적이었으나, 검정색이 아나키즘의 색깔인 점으로 미루어 아나키즘의 경향이 짙었던 것으로 보인다. 흑도회는 조선인 노동자의 인권을 보호하고 그를 위해 투쟁하는데 앞장섰고, 박열의 주관 아래 기관지『흑도』를 발간하였다. 여기에서 인상적인 것은 재일 아나키즘 운동계의 거물인 '박열'이 동우회와 흑도회 양쪽에 모두 결정적인 인자로 참여한다는 점이다. 동우회의 활동은 점점 활기를 띠어 잡지『동우』를 발간하였으며 고학생과 노동자의 구호기관을 넘어 계급투쟁기관임을 선언하였다.[68]

이로 보면「김영일의 사」의 주요 등장인물이 어째서 모두 고학생이었으며, 여기에서 가장 직접적으로 주제를 드러내는 인물이 왜 아나키즘 성향의, 그것도 흑도회 회원으로 설정된 박대연인지, 주요 갈등이 어째서 계급적 양상을 띠고 전개되는지, 이들이 선언하고자 했던 것이 무엇이었는지가 분명해진다. 아울러 이로써 '극예술협회' '동우회' '흑도회'가 단순히 사업 주관을 의뢰하는 관계에 그친 것이 아니라 이들이 비슷한 사상적 바탕 위에서 교류하고 있었다는 가설을 세울 수 있다. 이는 '극예술협회'를 단순한 학습 모임 정도로 보았던 견해를 재고할 중요한 시사점이라 하겠다.

그런데 동우회가 계급투쟁을 표방하게 되자 내부 분열이 잇따랐다. 먼저 민족주의자와 사회주의자로 나뉘었고, 후자가 공산주의자와 무정부주의자로 나뉘었다. 3·1운동 직후 수신이 여명회 등에서 개최하는 강연회를 찾아다니고 있을 무렵 토오꾜오 유학생회의 구성원들은 일본의 여러 사회운동 계

---

67) 흑도회의 창립시기가 1921년 11월이라는 점에 의하면 박대연이 흑도회 회원으로 설정된 것은 이는 발표시 개작한 것이거나 비공식적 창립이 이미 이루어져 있었던 것으로 볼 수 있다. 어느 쪽이든 아나키스트적인 행동방식을 보이는 박대연의 성격은 흑도회가 확실히 아나키즘에 치우친 사상단체임을 보여주는 증거라 하겠다.

68)「동우회선언」,『조선일보』, 1922. 2. 4; 무정부주의운동사편찬위원회 편『한국아나키즘운동사』(형설출판사 1989) 153~54면.

열을 드나들고 있었다. 백남훈, 변희용, 김준연, 최승만 등이 앞서도 언급했
듯 요시노 사꾸조, 후꾸다 토꾸조(福田德三) 등이 주재하는 여명회에 참여
하고 있었고 원종린, 정태성, 권희국, 이증림, 김홍기, 임세희 등은 사까이
토시히꼬(堺利彦)의 코스모 구락부와 타까쯔 세이도(高津正道)의 효민회(曉
民會), 카또오 카즈오(加藤一夫)의 자유연맹 등에 출입하면서 일본사회주의
자들과 접촉하고 있었으며 박열, 원종린, 김약수 등은 오스기 사까에(大杉
榮), 이와사 사꾸따로오(岩佐作太郎) 등의 영향을 받았다.[69] 이들은 1921년
을 넘기면서 각기 자신들의 색채를 분명히 밝히며 별개의 조직으로 탄생하
는데 대표적인 것이 1922년 12월 각각 조직된 김약수의 '북성회(北星會)'와
박열의 '흑로회(黑勞會)'이다.[70] 김약수의 북성회는 곧 그 중심을 서울로 옮
겨가면서 북풍회로 이어지고 박열의 흑로회는 흑우회로 개편되어 독자적 활
동을 꾸려가게 된다.

　여기에 거론된 임세희가 바로 동우회 순회연극단의 단장이었으니 학우회
와 동우회 양쪽의 간부이던 그가 대체로 사회주의에 경사되고 있는 과정이
잘 드러난다. 임세희는 1920년 학우회 간부 총사직 사건을 주도하기도 하였
다. 이 무렵 임세희, 이계원 등은 '학우회혁신동맹'을 조직하여 강연 등을 중
심으로 하는 단체로 '학우회'를 혁신하고자 했고, 6월 15일 임시총회에서 이
들이 주도하여 김준연(회장), 변희용(총무) 등의 전횡에 대한 탄핵을 결의, 간
부 총사직이란 결론을 이끌어낸다. 이틀 뒤인 6월 17일 학우회 중앙간부와
학우혁신동맹 사이의 격론에서 혁신동맹이 퇴장함으로써 간부는 유임되는
것으로 수습되었지만[71] 김준연[72]의 졸업 후 학우회의 체제는 다소간 변화한
듯하다. 1920년 하기 방학을 이용한 제1회 순회강연단을 조직하여 순회하였

---

69) 무정부주의운동사편찬위원회 편, 앞의 책 53면.
70) 같은 책 154면.
71) 김인덕『식민지시대 재일조선인운동 연구』(국학자료원 1996) 116면.
72) 1920년 토오꾜오제대 졸업 후 제대 정치학과 조수로 임명, 토오꾜오 체재.

고 1921년 동우회 순회극단이 전국을 돌고 있을 때에도 학우회는 3대로 편성된 강연단을 운영한 바 있었다. 1921년 1월 발간된『학지광』21호의 임원 소개에는 이전에는 없던 평의원이 눈에 띤다. 여기에 김준연이 평의장, 김도연이 총무, 임세희가 평의원 중 하나로 올라 있는 것을 보면 평의회 체제로 개편되었음을 알 수 있고, 이때 홍해성은 서무부원으로 참여하였다. 1921년 6월에는 회장단이 모두 경질되고 평의회가 강화된 것을 알 수 있다. 이후 임세희는 화요파에 의해 주도된 조선공산당 결성 과정에서 북풍회, 조선노동당, 무산자동맹회의 협력을 끌어낸 첫 집회였던 1925년 신년간친회에서 당국의 집회 금지에 항의하는 대표 세 사람 가운데 한 사람으로 선출되기도 하였다.[73]

수산이 토오꾜오 유학생 학우회에 참여한 흔적으로는『학지광』22호에 「소위 근대극에 대하야」를 실었던 것을 들 수 있을 뿐이지만 당시 수산의 주변을 고려할 때 학우회와 동우회가 극예술협회의 활동에 주목한 것은 분명하다. 이같은 인적 구도 속에서 동우회 순회극단의 예술감독을 맡았으니 그 무게 또한 가벼운 것이 아니었다. 수산이 1920년대 소인극운동의 단초를 열고 이후 문화운동의 방향을 결정하는 중대한 문화사적 역할을 할 수 있었던 것은[74] 바로 이같은 내외적 역량과 관심이 있었기에 가능했다고도 하겠다.

물론 수산과 이들의 정치적 차이는 간단하지 않았다. 물론 후일 수산이 보여준 정치적 통찰을 참고힐 때 그에게 당시 재일 유학생과 고학생 등의 사상적 행보가 전혀 낯설지 않았음은 물론 일정한 공감대를 형성하고 있었던 것은 확실하다. 즉 수산의 사상적 경향을 보면 계급투쟁을 승인하면서도

---

73) 대표로 선출된 세 사람은 김찬(화요파), 김약수(북풍파), 임세희(북풍파)였다. 전명혁 「조선공산당 제1차 당대회 연구」, 성대경 편『한국현대사와 사회주의』(역사비평사 2004) 27면.

74) 유민영『한국근대연극사』, 674~75면.

대안적인 정치권력에 대한 구상은 부재하고 문학적·연극적 실천주체로 소규모 공동체를 제안하고 있었으며 개인의 주체적 각성과 이에 기반을 두는 '생명력' '자유의지' 등을 중시하고 있었던바, 이 무렵의 미분화 상태의 아나키즘과 볼셰비즘의 영향하에서 정치적 방향을 조정해갔다고 해도 좋다. 요컨대 토오꾜오대진재 이전의 일본 사회운동이 오스기 사까에 등의 아나키즘을 중심으로 한 광범위한 '타이쇼오 생명주의'로 설명되는 점을 생각하면 수산 또한 이같은 타이쇼오 담론의 자장 안에 있었다고 하겠다.

그러나 대체로 수산의 관심과 가치는 좀더 보편적인 데 있었다. 상연 레퍼토리를 다시 살펴보자. 포석의 「김영일의 사」 이외에 홍난파의 「최후의 악수」[75]는 1921년 4월 29일부터 『매일신보』에 연재되었던 작품으로 사랑의 절대성과 여성의 능동적 자각이 강조된 『인형의 집』류의 소설이었다.[76] 그리고 던세이니의 「찬란한 문」이 바로 수산의 번역이라는 것이니 이 작품의 선정에 수산의 의지가 주요하게 작동했으리라는 추정도 용이하다. 기존 연구에서는 애비극장에 참여한 던세이니의 이력이 참고되면서 아일랜드 문예부흥운동에 대한 수산의 관심으로 다소 상투적으로 해석되어왔다. 던세이니에 대한 이같은 이해는 상당한 역사를 지닌 것으로 이미 1920년대부터 시작된 것이기도 하다. 던세이니의 「찬란한 문」은 1923년 4월 『동명(東明)』 33호에 「뻔쩍이는 문」으로 번역, 게재되기도 하였고, 연관 기사에서 아일랜드

---

75) 이 연재물은 다음과 같이 출판되었다. 홍난파 『최후의 악수』(박문서관 1922); 홍난파 『최후의 악수』(춘추각 1985).

76) 줄거리는 다음과 같다.
김홍수와 박화봉은 서로 사랑하는 사이이나 화봉의 부모가 이들의 결혼을 반대하고, 부모가 정한 혼처로 시집보내려 하자 이들은 도피행각을 벌인다. 그러나 김홍수의 마음속에는 화봉에 대한 의심이 솟아오르고 급기야 화봉의 사랑을 시험하기 위하여 가짜 독약을 마련해두고 함께 그 독약을 먹고 죽자고 제안한다. 화봉이 조금도 주저하지 않고 독약을 마셔버리자 그제야 김홍수는 박화봉의 사랑이 참다운 것임을 깨달았으나 박화봉은 김홍수가 자신을 의심하고 시험한 것을 알고 최후의 악수를 나눈 후 그를 떠난다.

문예부흥운동이 소개되기도 했으나 대단히 친영국적이었던 던세이니가 아일랜드 문예부흥운동의 일원으로 수용된 것에는 다소 오해가 있었음은 분명하다고 하겠다.[77] 그러나 수산이 동우회 순회극단의 레퍼토리로 '하필' 던세이니의 「찬란한 문」을 택한 것은 이와같은 오해와는 결이 다르다.

당시 아일랜드를 바라보는 시선은 일본과 조선의 입장 둘로 나눌 수 있었다. 우선 조선과 일본의 관계를 식민지와 식민본국인 아일랜드와 영국의 관계에 견주어 그 식민정책을 참고하는 일제의 입장이 있었다. 그리고 문화적으로 열등하지 않음에도 지리적으로 인접해 있는 국가로부터 식민지화되었다는 점, 완전한 독립국가 건설을 위해 분투하고 있다는 점에서 당대 독립운동에 아일랜드의 예를 참고하고자 했던 조선인의 입장이 있었다.[78] 물론 여

---

77) 장원재는 이를 김우진의 번역으로 소개하고 있으나 사실무근이다. 우선 『동명』에 실린 작품에 역자의 이름이 밝혀져 있지 않은데 자신의 원고를 꼼꼼하게 챙겨두던 수산이 자신의 글을 이름도 밝히지 않고 실었으리라고 볼 수 없을뿐더러 1921년 이미 「찬란한 문」으로 공연했던 작품을 근거 없이 제목을 바꾸어 게재했다고 추정하는 것도 무리다. 같은 호에 필자 미상의 애란문학에 대한 포괄적인 소개 기사가 함께 실렸으니 이 필자가 「뻔쩍이는 문」을 함께 번역하여 실었다고 보는 것이 옳을 것이다.

필자 미상 「일몰하야가는 토어를 보코자, 애란의 문예부흥운동」, 『동명』 33호, 1923. 4.

다만 던세이니가 아일랜드 문예부흥운동에 별로 기여한 바가 없음에도 1920~1930년대에 이르면서 그 일원으로 오해되었다는 장원재의 지적은 일부 타당하다. 그러나 장원재 자신도 지적했듯이 당시 수용층은 던세이니의 이력과 특징 등에 대해 비교적 소상하게 알고 있었던 만큼 던세이니를 아일랜드 문예부흥운동의 중심인물 중 하나로 소개한 것은 다분히 정치적 의지가 개입해 있었다고 볼 수 있다. 특히 수산의 경우 아일랜드 문예부흥의 성과를 정치적 독립에 앞서는 문화적 역량의 강화에 두었으며, 특히 혁닝적인 사고와 그 표현에 주목하고 있었으므로 던세이니에 주목한 지점 자체가 여타 운동적 수용과는 다른 차원에서 이루어졌다고 보아야 한다. 당대 수용상황에 대한 심층적인 이해 없이 단순히 오해로 재단할 수는 없는 일이라 하겠다.

장원재 「아일랜드 희곡의 수용과 문화적 오해—로드 던세니의 경우」, 『한국문학이론과 비평』 22집, 2004. 3, 262~67면.

78) 이승희 「조선 문학의 내서널리티와 아일랜드」, 민족문학사연구소 기초학문연구단 편 『탈식민의 역학』(소명출판 2006) 281~82면.

기에는 개량주의 위험, 나아가 일제의 정치공작의 혐의가 오롯했다. 일본 내에서는 요시노 사꾸조, 쿄오또제국대학의 수에히로 시게오(末廣重雄) 등에 의해 조심스럽게 제기되었던 자치주의가 『동아일보』『조선일보』 등 조선 내의 언론에서 3·1운동의 좌절을 넘어서는 대안으로 부상하고 있었으나 애초에 이 자치론 자체는 일제의 정치공작에 가까워 하나의 검토 가능한 설로 존재하고 있었을 뿐이다. 정작 일제나 조선총독부의 내지 연장주의라는 식민지정책 기조는 변화한 적이 없었고, 따라서 자치와 같은 대안은 검토해본 적조차 없다는 사실이 이를 뒷받침한다. 게다가 조선의 독립운동 또한 곧 사회주의적 관점에서 민족독립의 과제를 조직하기 시작하였으며, 조선의 주도적인 반제국주의 운동은 이같은 개량주의를 용인하지 않았다. 물론 이같은 한정적인 흐름에서도 1920년대의 주요 관심사는 주로 아일랜드 정치상황의 전개에 있었다.

수산은 조선의 문예발전을 위해 아일랜드 문예부흥운동을 중요한 모델로 생각했던 것은 분명하고 예이츠 등을 읽으면서 이들의 활약을 주목하고 있었다. 특히 후술한 「'조선말 업는 조선 문단'에 일언」에서 '조선말'을 발견하고 축성해가야 할 조선 문단이 해야 할 일로 ① 문전의 제정과 사전 편찬 ② 구비전설과 민요·동요의 수집 ③ 외국문학의 번역 ④ 신문·잡지의 대중화 등을 꼽는다고 할 때 특히 구비전설과 민요·동요의 수집이라는 전례는 아일랜드에서 그 사례를 가져오고 있는바, 아일랜드 문예부흥운동의 민족문학적 의미가 충분히 이해되고 있음은 물론이다.

그러나 수산은 그 정치적 목적하에, 말하자면 계몽적 목적에 따라 아일랜드 문학을 모델링했던 것은 아니었다. 수산의 운동은 더 본질적이다. 요컨대 중세 이중언어 체제에서 이탈하여 언문일치를 통해 개인적 주체의 발현이 가능하다고 상상하는 근대 지역문학어의 발전에 그 맥락이 닿아 있다. 동우회 순회극단에서 던세이니의 「찬란한 문」을 상연할 즈음 그의 첫 평론 「소위 근대극에 대하야」에서는 아일랜드 문예부흥운동을 다음과 같이 언급하고 있다.

과거의 예술에 대한 톨스토이의 반광적(半狂的) 격론의 진리도 이 인류의 미래의 기대가 잇섯슴이요, 우상적·권위적 거과의 영웅으로붓터 신진(新眞) 영웅주의를 고창한 로만 로란의 태도도 그가 관계된 인류의 활동에 무진장한 쟁투의 미래를 확신하엿슴이라. 우리난 새 예술의 경지를 개척할 떠 이 이상 업시 안주할 수 업스며, 소위 자기옹호로붓터 구언(口言)하는 정치가의 고상한 이상에 신뢰함보다, 애란(愛蘭)의 문예적 부흥의 시인들이 정치적 자유보다 영혼의 자유를 구함에 다시 경청할 이유가 잇지 안은가. (강조 필자 「소위 근대극에 대하야」, 『학지광』 22호, 『전집』 II, 32면)

수산은 아일랜드 문예부흥의 의미를 '영혼의 자유'에 두고 있다. 그리고 이는 비단 아일랜드 문예부흥운동에 국한된 의미가 아니라 '소위 근대극'이 있기까지 허다한 예술상의 천재, 예를 들면 소포클레스, 에우리피데스, 아이스킬로스로부터 근대에 이르러 톨스토이, 입센, 졸라, 플로베르, 바그너, 니체, 괴테, 오스카 와일드, 보들레르, 베를레느 등의 예술적 성과를 "각자의 노력으로 인류의 영혼을 해방하며 구제"하였다고 보았고, 이는 알렉산더나 나폴레옹과 같은 영웅의 행적에 필적한다고 보았다. 즉 근대극, 특히 당대에 요청되는 새로운 연극의 이상이 바로 영혼의 해방과 구제에 있다는 것이었으니 여기에서 정치적 의미는 부수적이었다.

이 무렵 수산은 보이드(Ernest A. Boyd)의 「애란인으로서의 버나드 쇼우」(1920)를 검토하였으며, 1924년에는 버드레이크의 「애란(愛蘭)의 시사(詩史)」[79] 등을 번역하기도 하였다. 보이드의 글에 의하면 버나드 쇼는 대단히

---

79) 버드레이크 지음, 김우진 옮김 「愛蘭의 詩史」, 『眞砂』, 1924. 8. 이 글이 실린 『진사(眞砂)』는 타이쇼오 12년에서 15년(1923~1925), 즉 소화 1년에 걸쳐 발간된 것으로 와세다대학 출신의 오노다(小野田)가 주재한 잡지로 알려졌다. 회원제와 문예 투고 잡지로 번역, 수필, 소설, 평론, 시 등이 실렸다. 현재로서는 종적을 추적하기가 쉽지 않지만 이

영국적인 작가로서 아일랜드 문예부흥운동과는 거의 무관하지만 근본적으로 그는 아일랜드의 소산으로서 아일랜드에 대하여 특수한 이해는 없으나 매우 친밀한 관계였다는 것, 그런데도 그는 이성적이고 냉철한 전형적인 아일랜드 신교 가정 출신으로서 만약 그가 애란 내에 남아 있었다면 가톨릭교적·편국민적(偏國民的), 반페이비안적인 '아일랜드인의 아일랜드'에 전쟁을 선포했을 것이라고 하였다. 수산이 특별히 일기에도 인용했던 예이츠의 경우 「애란의 시사」에는 아일랜드 문예부흥운동에서 정치적 선전이 시인들을 움직여왔던 데 비해 예이츠는 시에 개인적이고 귀족적인 문화 관념을 도입하여 새로운 시형(詩形)을 창조하는 한편 새로운 시대의 시인들의 귀감이 되었다고 소개하고 그의 말을 인용하여 주장 표현과 혼잡한 사상 표현은 저널리스트나 정치가가 할 일이며 시의 근본은 개성이라 강조하고 있다. 요컨대 버드레이크의 칼럼에서 수산이 동의하고 수용했을 것으로 추정되는 결론은 민족어의 발견과 민족문학의 수립이라는 당대의 민족문학적 과제였을 것이라는 점이고, 그 내용에서 정치적 계몽과 선전은 상대적으로 거리가 있었을 것으로 추정된다.

이렇게 보면 수산이 주목했던 작가들이 하필 버나드 쇼와 같이 아일랜드를 떠난 아일랜드인, 아일랜드의 귀족이었지만 한번도 아일랜드를 자신의 국가로 생각해본 적 없이 결국은 미국으로 떠나 귀화해버린 던세이니 경과 같은 인물이었다는 점은 매우 중요하다. 식민지 조국을 떠나 식민본국의 중심에서 세계를 호흡하고 있던 수산은 일정한 한계는 노정하고 있었을망정 이미 코즈모폴리턴으로 성장하고 있었고, 조국, 민족에 국한되지 않는 인간 일반과 세계에 대한 이해 또한 넓혀가고 있었다고 볼 수 있기 때문이다.

바로 이같은 관점에서 던세이니의 「찬란한 문」을 상연하는 그의 미적 취향을 분별할 수 있다. 「찬란한 문」은 별다른 사건 없이 빈 병인 줄 알면서도

잡지가 확인된다면 수산의 일본 문단 활동이 좀더 드러날 수도 있다.

끝없이 살피기를 멈추지 않는 인간의 집착과 크고도 화려한 천국의 문 저편에 아름다운 천국이 있는 것이 아니라 공허한 우주만이 펼쳐져 있다는 새로운 발견을 내용으로 하는 작품으로 매우 사변적이고 철학적이다. 이 작품이 순회중에 별다른 반향을 불러일으킨 것 같지는 않다. 대부분 기사가 「김영일의 사」에 집중되어 있고, 후일의 평가도 그러하였다. 당시 관객의 경향 또는 이해 수준이나 신극 수용 상황을 염두에 두면 당연한 일이기도 하다. 수산의 일기 등에도 「찬란한 문」에 대한 이 무반응에 대해서는 아무런 언급도 남아 있지 않다. 그러나 이에 대해 예민하고 신중했던 수산의 반성이 없지는 않았을 것이다. 그리고 자신이 선택한 작품에 대해 몰이해한 세상을 향해 하고 싶은 말도 없지는 않았을 터이다.

4. 민족어의 발견과 문학어의 정립

앞서도 지적했듯이 수산의 일기에서 가장 두드러지는 해는 1919년이다. 현재 남아 있는 총 84일분의 일기에서 절반이 훌쩍 넘는 47일분이 이 해에 쓰였고, 그중 44일분이 한국어로 쓰였던 것이다. 이때의 한국어 일기들은 2·8독립선언과 3·1운동의 여파로 당시 상황에 대한 사실적 기록과 민족적 열정이 넘치는 내용이 주류를 이루는데, 그 대부분이 초등학생이 처음 일기를 쓸 때 그러하듯이 그날의 사건과 행적의 기록이 중심이다. 그러나 3·1운동의 흥분이 숙어들고 그 결과도 윤곽이 드러나는 6월 이후 수산의 일기는 소강상태에 빠져든다. 이후 일기는 1919년의 감격과 결심이 무색하게 그 중심이 일본어로 옮겨가며 이후 1920년에서 1925년의 일기 총 37일분 중 한국어 일기는 10일분에 불과하다.

수산은 1919년 1월 31일 일기를 쓰기 시작한 지 엿새째에 이르러 감격스러운 어조로 국문일기를 쓰기 시작한 자신을 발견한다.

지금(只今)이야 각지(覺知)ᄒ얏다. 사오년을 일본문(日本文)으로만 기록ᄒ여 오든 닉의 일기가 이제 우리 본국문어(本國文語)로 기록됨을. 이 사랑 스러운 국문(國文)으로 무의식으로 기록ᄒ ᄌ 전일(前日)을 상(上)ᄒ야 조사(調査)ᄒ ᄌ 삼일 전붓터이다. 그ᄭᅦ에는 아모 연유(緣由) 업시 시작ᄒ 닉의 국문일기가 이제 닉의 의식에 올낫다

ᄂ 깃거ᄒᆫ다. ᄂ 깃거ᄒᆫ다.

우리ᄂ 깃거ᄒ여야 ᄒ다. 우리ᄂ 우리ᄅ 스랑 ᄒ고 우리ᄅ 것거ᄒ여야 ᄒ다.

그러ᄂ 이제 일본문 기록의 종결(終結)ᄒᄂ 쓰음에 닉의 홀 의무가 잇다. My departed soul, will you accept me? ᄂ 이런 것으로 조(弔)ᄒᆫ다. ᄂ 저의 기억을 친히 ᄒ야 닉의 생명을 발전케 ᄒ랴ᄂ다. 과거된 영이여, ᄂᄅ 바다라. ᄂ의 애통ᄒ 일수(一首)ᄅ. 너의 영은 항상, 영원히 닉의 속에 존재ᄒᆷ을 깃거ᄒᆫ다. (1919년 1월 31일 일기, 『전집』 II, 445면)

'사랑 러운 국문'이란 표현에 강조점을 두어 이를 수산 문학에서의 민족어 선언으로 이해해도 좋을 것이다. 그러나 이러한 수산의 한국어 출발은 그다지 원만한 것만은 아니었다. 이 일기에서 수산은 4, 5년간을 일어로 기록하던 일기를 드디어 국문으로 기록하였다고 기꺼워하며 일본어로 일기를 쓰던 자신을 조상(弔喪)하고 있지만 곧바로 일본어를 쓰는 수산의 청산으로 이어진 것은 아니었다. 일본어로 일기를 쓰던 자신과 국문으로 일기를 쓰는 자신을 이원적으로 인식하면서 일본문으로 일기를 쓰던 자신을 '과거의 영'으로 호명하고 있으니, 이는 달리 말하면 수산의 문학적 출발 안에 각기 다른 언어로 발언하는 이중적 자아가 존재하고 있었음을 의미한다. 이같은 이중적 자아는 일종의 경쟁관계였다. 단순화의 위험을 무릅쓰고 조선어를 구사하는 계몽적인 자아와 일본어를 구사하는 개인주의적인 자아로 이분한다면 전자의 계몽적 자아가 힘을 잃을 때 일본어를 통해 고통스러운 내면을 고백하는 후자의 개인적 자아가 다시금 부상한다고 해도 좋다. 이는 이후의 일기에서 그 단편을 확인할 수 있다.

144

1919년 벽두 국문일기를 쓰는 자신을 발견한 수산에게 토오꾜오 유학생들의 2·8독립선언과 한반도에서 날아온 3·1운동의 소식은 민족적 열정을 부채질하기에 충분한 것이었다. 시사적 내용과 이에 대한 자신의 행적과 기타 일과를 기록한 일기가 1919년 4월 1일 2·8독립선언에 참여했던 관계자들의 선고공판이 있을 때까지 계속된다. 이즈음에는 일기에도 독립에 대한 열정이 가득하다. "혁명은 세(勢)이다. 기(其) 결과가 엇더홀 는지"(3월 3일)라든가, "아 전 민족아 일어——나자!"라든가, "Self-determination은 우리의 유일혼 금일의 목표이다!"와 같은 독립선언서의 구절들이 변주되고 있다. 그런데 이러한 흥분과 열정은 마치 2·8독립선언이나 3·1운동 때문만이 아니라 '사롱 스러운 국문'으로 일기를 쓰는 자신을 발견한 기쁨에서 비롯된 것처럼 보이기도 한다.

　여기에서 그가 구사하는 문체는 국한문혼용체이다. 그러나 단순히 국한문혼용체라 하기에는 부족하다.

　　부주(父主)붓터 하서(下書)ᄒ신 중 피(彼) 패역무도(悖逆無道)혼 호진(灝鎭)의 최근사(最近事)가 기록ᄒ여 잇다. 그의 성질, 품지(稟志)는 악마(惡魔)의 주저(呪詛)이다. 일후(日後) 기(其) 자손의게 잠세(潛勢)되얏던 악마의 주저(呪詛)가 발현될 줄을 확인ᄒ고 신(信)한다. 그의 모든 죄악, 불의 잔인, 무도는 그의 주저에 환원ᄒ리라. 아! A wolf in sheep's clothing이여. 소위 외면여보살(外面如菩薩) 내면여야차(內面如夜叉)라는 문자가 있으ᄂ 피(彼), 즉 외내공여야차(外內共如夜叉)의 악물(惡物)이다. (1919년 1월 28일, 『전집』 II, 440면)

　이상에 따르면 한자에 조사나 어미를 결합한 형태의 문장이 쓰이고 있는데, 그 사용 어휘는 더욱 신중한 접근을 요한다. '저' 또는 '그'의 뜻이 있는 피(彼)와 기(其)가 거듭 사용되고 있으니 이는 한국식 국한문혼용체라기보다는 일본식 문장이다. 김윤식은 이인직의 「혈의 누」(『만세보』, 1906)에 사용된

국한문혼용체가 일본식 문체였으며 육당, 춘원의 언문일치운동이 일본의 그
것을 따르고 있어 일본 내에서의 언문일치운동이 지녔던 현실적 긴장감은
사라지고 단지 교육의 방편으로서 계몽주의적 차원을 넘어서지 못한 것은
명백하다고 하였다.[80] 한계는 의식에 있는 것이 아니라 제도에 있다. 국한문
혼용체라는 문체로 사유하고 표현하는 한 계몽주의를 넘어서는 것은 불가능
한 일이라 할 수 있다. 즉 수산이 기꺼운 마음으로 선택한 국문은 '국한문혼
용체'였고, 이에 계몽적 차원에서 언술이 이루어지는 것은 당연한 일에 가까
웠다. 격렬한 감정이 드러나는 이상의 인용된 일기에서도 마찬가지이다. 수
산 집안, 정확하게는 수산의 부친 김성규의 골칫거리였던 종손 김호진의 패
역사가 기록된 편지를 받고 수산은 아버지의 분노에 공감하며 김호진이란
자는 악마의 저주를 받았다고 단정하고 있으니 여기에서 김호진이란 집안
인물을 비판하는 근거는 개화한 양반이던 아버지의 가치판단, 김성규를 지
배하는 기존의 윤리도덕에 있는 것이다.

그러므로 깊은 학습 과정에서 예술과 장래에 대한 진지한 고민에 직면한
수산이 계몽적인 '국한문혼용체'를 통해서 자신의 관심과 사유를 더이상 효
율적으로 드러낼 수 없게 된 것은 어찌 보면 당연하였다. 따라서 1920년대
에 접어들면서 한국어 일기 쓰기는 수산에게 더이상 열정과 감격의 의미를
부여하지 못한다. 일기의 내용에서도 알 수 있듯이 사변적이거나 일상적인
갈등 등이 중심을 이루고 있는바, 1919년의 민족적 열정, 계몽적 자아는 현
저하게 약화되고 있다. 즉 계몽적 자아가 약화되면서 한국어에 대한 격정 또
한 수그러드는 셈이며 수산의 관심과 갈등, 고민을 기록하는 데 더 수월한
문자가 선택되면서 다시금 일본어 쓰기가 강화된다.

특히 내적인 갈등과 고민이 가중되던 1922년부터 1923년에는 많지는 않
으나 일기를 쓰는 횟수는 늘어나고 표출되는 감정 또한 더욱 격렬해지는데

---

80) 김윤식 『한국근대소설사연구』(을유문화사 1986) 167~74면.

이 시기의 일기는 일본어로 쓰인 것이 중심이 되고 있다. 1920년 이후의 37편 일기 중 일본어 일기는 21편에 달하며 영어와 둘 이상의 언어가 함께 쓰인 것도 엿새분 정도가 있다. 일기의 내용 또한 예술적 성찰과 회의, 가족 특히 부자간의 갈등 등으로 사색과 고민이 주를 이루고 있다. 이는 수산이 내적 고백과 감정을 표출하는 데 더 수월하게 생각했던 언어가 '일본어'임을 의미한다. '조선어'를 통해서 자유롭게 드러내고 싶은 바를 표현할 수 없다는 것을 깨달았을 때 수산은 그러한 자신의 모습을 어떻게 바라보았을까? 일어나 영어로 표현되는 것이 조선어로 번역되지 않는다는 사실을 깨달았을 때 수산은 어떻게 해야 한다고 생각했을까?

「'조선 말 업는 조선 문단'에 일언」은 1919년에서 1922년에 이르는 그의 조선어의 사용에서 야기된 문제에 대한 해답이며, 이후 수산이 보여주는 문학적 실천의 지침이기도 했다.

우선 「'조선 말 업는 조선 문단'에 일언」(1922)에 대한 실증적 문제를 먼저 언급하겠다.[81] 평론 「'조선 말 업는 조선 문단'에 일언」은 그 말미에 1922년 4월 14일이라는 날짜가 기록되어 있다. 그런데 전집에서는 같은 위치에 집필날짜와 함께 『중외일보』라는 신문명이 병기되어 있다. 이 표시는 전예원판(1982)에서부터 시작된 것인데, 육필 원고의 사본에서는 그같은 기록을 확인할 수 없다. 의구심을 더하는 것은 창간시기이다. 『중외일보』는 1926년 11월 15일에 창간된바, 수산의 사후에 창간된 이 신문에 수산의 1922년 글이 실렸다는 것은 실증하기 어려운 일이며,[82] 결정적으로 1922년 4월 14일이 이 글이 『중외일보』에 실린 날짜일 수는 없는 것이다. 1922년 4월 14일이란 날짜는 집필날짜로 보는 것이 타당할 것이며 『중외일보』라는 신문명은 확인 후에야 사용할 수 있을 것이다.

---

81) 육필원고의 열람을 허락해주신 홍창수 선생님께 감사의 뜻을 표한다.
82) 현전하는 『중외일보』 중에서는 확인하지 못하였다. 그러나 『중외일보』 전 호가 남아 있지 않으므로 현재 남아 있는 자료에서 확인하지 못했다고 해야 정확하다.

따라서 현재로서는 원고 하단의 『Société Mai』 I 집(1925. 6)이란 기록으로
미루어 1925년 6월 발간된 『Société Mai』 I 집에 발표된 것으로 봐야 할 것
이다. 이 기록은 1925년 대부분 원고를 정리하고 있던 수산이 기재한 것일
터이므로 이 원고의 집필시기는 1925년 이전임이 분명하다. 또한 '구고(舊
稿)'라 병기되어 있는 것으로 보아 '신고(新稿)'의 존재 또한 있었을 것으로
보이며, 이 '신고'가 『Société Mai』 I 집에 실렸을 것이다. 전집에 실린 「조
선 말 업는 조선 문단'에 일언」의 경우 비어 있는 부분 등으로 미루어 초고
임을 짐작할 수 있다. 예를 들면 다음 인용문의 빈 부분 등이 이를 뒷받침하
고 있다.

> 내 견문한 것만 들어도 위선 주시경(周時經)씨의 『   』, 이규영(李奎榮)씨의
> 『조선문전(朝鮮文典)』, 강매(姜邁)씨의 『조선문법제요(朝鮮文法提要)』, 안확
> (安廓)씨의 『조선문법(朝鮮文法)』, 全熙씨의 『조선어전(朝鮮語典)』, 전두봉(全
> 枓奉)씨의 『조선말본』
> 이하 세 줄 생략 (『전집』 II, 237면)[83]

여기서 비어 있는 부분에 들어갈 주시경의 저서는 『조선문법』 혹은 『조
선어문법』 등이다. 이 시기 주시경의 저서는 여러 종류가 있으며 수산은 주
시경의 다양한 저서를 더 꼼꼼히 확인하고 거론하기 위하여 비워두었던 것
으로 보인다. 생략된 세 줄 또한 이 시기의 다양한 어문 관계 저술을 망라하
기 위해 예비한 공간으로 보인다. 이상에서 거론한 문법서들은 강매의 저서
가 1921년으로 1920년대에 발간된 것이고, 그외에는 모두 1910년대의 저술
들이다. 그러나 이 시기 이러한 형식의 문법서들은 지속적으로 출간되고 있

---

83) 이상의 거론된 저술들의 발표연대는 다음과 같다. 이규영 『조선문전』, 1920년; 강매
『조선문법제요』, 1921년; 안확 『조선문법』, 1917년; 김희상 『조선어전』, 1911년; 김두
봉 『조선말본』, 1916년.

148

었던바, 보완하고 나서 더 완결된 글을 쓰고자 했던 것 같다.

아울러 이상의 인용에서 전두봉을 김두봉으로, 전희(全熙)를 김희상(金熙祥)으로 바로잡는다. 『조선말본』은 1916년 발간된 김두봉의 저서이고, 『조선어전』은 1911년 10월 15일에 보급서관에서 발행된 김희상의 저서이기 때문이다.

수산은 여기에서 조선에 조선말은 없다고 전제하고 조선어를 부흥하고 개량하며 이를 통해 우리 민족의 특수한 문화적 이상을 이룩하려는 방안으로 네 가지 과제를 제시하고 있다.

> 첫째, 문전 제정과 사전 편찬
> 둘째, 구비전설과 민요·동요의 수집
> 셋째, 외국문학의 번역
> 넷째, 신문·잡지의 대중화

이것은 민족어의 수립과 이의 자유로운 구사를 위한 훈련 과정, 저변 확대와 대중화를 위한 유통 과정에 각각 상응한다. 그리고 이 방안들은 수산의 필요 또는 문학적 작업과도 긴밀하게 연관되어 있다. 첫째는 조선어 문학을 추구하는 자신의 필요로부터 산출된 것이며, 둘째와 셋째 과제는 수산의 문학적 작업 안에 긴밀히 결합되어 있고, 넷째 과제는 『Société Mai』의 창간과 연관되어 있다.

이 중 문전의 제정과 사전 편찬작업에 대한 강조는 국한문혼용체에 의한 계몽적 사유의 연장선상에 놓여 있다. 조선 말 없는 조선 문단에 '한마디[一言]한다'는 행위는 1900년대 이래로 지속되어온 계몽적 언설의 연장으로 이해할 수 있다. 그런데 전 시기의 그것과는 달리 이 연설에는 화자와 청자, 계몽주체와 계몽대상의 경계가 그다지 선명하지 않다. 조선 말 없는 '조선 문단'에는 수산도 포함되어 있기 때문이다. 사용할 언어를 수련함에 가장 민감한 열일곱여덟 살 때부터 외국에 유거하여 듣는 것, 읽는 것이 모두 외국어였기에 국어, 속어, 방언의 구사능력에서 스스로 참괴함을 억제하지 못하고 있다는[84] 수산의 자기통찰은 1919년에서 1922년 사이의 시간으로 해명될 수 있을 것이다. 그리고 이같은 자기반성은 1921년 동우회 순회극단의 경험과 자신의 형상화 능력에 대한 통찰과도 무관하지 않을 것이다. 그리고 이로부터 맞춤법과 문전의 제정이라는 과제를 자율적으로 고민하기 시작했으니 그 흔적이 표기방식에 역력하다.

국문으로 일기를 쓰면서 기꺼워하던 1919년 1월로부터 1922년까지 15편의 시, 산문과 일기 등을 집필하면서 수산은 ‘ㆍ’의 사용과 ‘ㅅ’계 합용병서/각자병서, 분철/연철/과분철 등 같은 단어를 기록할 수 있는 다양한 다른 방법으로 혼란을 겪고 있었다. 예를 들면 부사격 조사 ‘~부터’만 보더라도 수산이 구사하는 것은 ‘붓허/붓터/부터/붓터’ 등으로 매우 다양하다. 무엇이 ‘정확한 표기’라고 할 수 있을 것인가. 수산의 고민은 집필 과정에서 더욱 가중되는 것이었을 터이다. 아울러 이것은 문전과 표기가 확정된 영문학과 비교되면서 더욱 두드러졌을 것이다.

수산이 개성의 실재를 믿으면서도 이를 표현하는 것은 불가능하며 “개성의 실재와 그 상징이 잇슬 뿐이요, 재현은 전무하외다”라고 단정할 수밖에 없던 소이가 여기에 있다. 심중에 떠오르는 생각을 표현할 정확한 단어를, 혹은 외국어에서 습득한 어휘의 정확한 번역어를 찾지 못하고 있었던 것이다. 즉 외국어라는 거울에 비추어도 조선어를 찾지 못하는 고충에서 문전의 정리라는 과제가 도출되는 것은 당연한 일이었다. 더욱이 이는 돌출적이고 선언적인 제안에 그친 것이 아니라 나름대로 당시의 문법 연구서를 섭렵하면서 도달한 결론이었다. 수산은 앞서 인용한 여러 초기 국어학자의 저술을 열거한 후 이를 높이 평가하면서 이를 기초로 하여 이들의 모순점과 불완전

---

84) 『전집』 II, 235면

150

함을 개선하고 완전무하한 신문전을 확립해야 한다고 주장하고 있다.

> 여긔 부수(附隨)하야 희망하는 것은 신(新) 문전, 사전의 출현이 조선어의
> 표준을 맨들 일이외다. 우리말은 지방에 짤아 문전상(文典上)의 상이가 비교적
> 적음으로 표준어의 일정(一定)에는 과(過)한 곤란은 업슬 것입니다. (『전집』 II,
> 237~38면)

여기에서 수산은 통일된 '표준어'라는 개념에 대해 이미 인지하고 있을
뿐만 아니라 '표준어'의 제징이 시급하며 표준어 제징에 큰 이려움은 없을
것이라 단언하고 있다. 수산에게 언어란 누구에게나 통용되는 균질화된 교
환매체로 상상되고 있었으며 이 매체의 기원은 '민족어'이었다. 민족어를 내
용상 구성하는 방법이란 고유한 문학적 유산을 수집하고 정리하는 것이었
다. 둘째, 구비전설과 민요·동요의 수집은 일상어의 문학어화의 일환인 셈
이다.

> 우리의 민요·속요나 동화·전설을 수집, 부활하라 원하는 나의 조건은, 그
> 운율과 시형의 우수점을 쇠천하게 말고 그것을 이용하야 우리의 신시가에 넓
> 은 범위를 부여하라 함에 불과하외다. (『전집』 II, 241면)

수산이 민요·속요·동화·전설 등을 수집, 부활해야 한다는 것은 식민
지 지배를 위한 인류학적 목적과는 다르다. 전래하는 형식의 수용을 통해 새
로운 시가의 자질을 더욱 풍성하게 만드는 데 있었던 것이다. 수산은 이 시
기 조선 미학에 지대한 영향을 미친 시라까바의 야나기 무네요시(柳宗悅)의
지적을 인용하면서 "우리의 예술은 춘풍에 날리는 서류(絮柳) 같은[85] 선적

---

85) 수산의 시 「가을 강가에 시드러져 가는 당버들을 보앗노라」(1924. 10)라는 시의 정조
  가 이 구절과 연관하면 더욱 원만히 이해된다.

인 슬픔"을 가졌으나 그것은 과거의 것이고 과거의 환경적 특색에 지나지 않으며 우리가 할 일은 이러한 슬픔의 실제를 표현하면서 자기 안에 감춰진 보옥을 발견하는 것이 필요하다고 주장하고 있다.[86] 즉 수산은 조선어 사용 대중이 자신의 감정을 효과적으로 표현해오던 민요·동요·전설 등의 장르에 주목하여 이의 수집과 정리를 통해 조선어의 표현능력을 제고하고자 했던 것이다.

그런데 흥미로운 것은 이러한 민족어의 고양을 위한 제언들이 낭만주의로 고무된다는 것이다. 첫째, 새로운 사전의 편찬이 있어야만 이에 바탕을 두어 '문화의 생활'과 '이상의 생활'을 건설할 수 있다는 주장은 지극히 원론적이고 상식적이라 하겠지만 그 사례가 재미있다.

> 문단으로는 이태리, 불란서의 영향바든 고전주의가 쇠퇴되며 로만티시즘의 기운이 왕성하고저 할 때 쫀손은 풍만한 정력으로 당대의 문인들을 지도하고 잇섯슴니다. 이러한 시대적 분위기 안에 잇는 쫀손이 비로소 영어 사전의 편찬을 생각하게 된 것도 오늘날의 우리 사회의 요구와 방불한 곳이 업지 아니하고 그 성공의 곤란과 노력이 상상 이상임도 서로 달은 곳이 업습니다. (『전집』 II, 238면)

영국에서 처음으로 사전을 만든 사무엘 존슨(Samuel Johnson)을 예로 들어 사전 편찬의 필요성을 역설하고 있는데, 이때 로맨티시즘, 즉 낭만주의 기운이 왕성히 일어나던 문단의 분위기가 우리 사회의 요구와 비슷하다는 것이다. 그의 민족적 열정이 낭만주의와 만나는 지점을 짐작할 수 있는 부분이다.

둘째, 구비전설과 민요·동요의 수집에 들어서면 그 연관은 더욱 밀접하다. "엇더한 민족성을 아랴거든 그 민족의 가슴 깁픈 속으로부터 직접 용출

---

86) 『전집』 II, 241면.

된 민요와 전설을 들”어야 할 것이니 “민요·속요나 동요·전설에는 찬양할 바나 낙담할 바나 모도 포함되어 우리의 순직한 본상을 인정할 수 있”다고 하였다.

본래 ‘민족의 발견’이라고 하는 것은 정치적으로는 민족국가의 성립이라는 근대적 변화의 사상적 근간이 되며, 언어적으로는 중세 공통문어로부터 각 지방 언어의 자립 선언이라 할 수 있겠거니와 민족문화 전통의 발견이라는 것 또한 이 시기에 함께 전개되는 것이다. 기독교를 중심으로 통합되어 있던 중세로부터의 분립이라 할 것인데 이러한 분립과 가장 밀접한 미학적 태도가 ‘예술(문화)은 각 민족 고유의 개성적인 것’이라고 보는 낭만주의이다.[87] 특히 독일 등 후발 자본주의 국가의 상대적 지체가 낭만주의와 민족주의를 더욱 긴밀하게 만드는 지점인데 바로 이곳에서 우리는 물론 일본조차도 자유롭지 못했음은 주지의 사실이다.

또한 셋째로 거론한 외국문학 번역에서도 괴테, 실러 등으로 대표되는 독일 국민문학의 번영이 프랑스 낭만주의 번역에 자극받은 바를 지적하며 번역에 힘쓸 것을 주장하고 있다. 그러나 문학사적인 상식에 속하는 일이지만 괴테는 순연한 낭만주의자로 볼 수 없다. 괴테의 문학은 오히려 보편적 세계주의라 할 만한 것으로서 당대의 독일 낭만주의의 주관적 민족 숭배로부터 이탈하여 보편적인 세계문학을 창시하는 과정에서 탁월한 문학적 업적을 이룩하였기 때문이다. 즉 괴테의 보편적 세계주의의 이상이 전술한 바와 같이 ‘인간의 해방과 구제’라는 수산 식의 문화적 보편주의로 해석되고 있는 데서 수산의 탁월한 수용능력이 다시금 확인된다. 그럼에도 수산이 괴테를 낭만주의 자장 안에서 바라보는 것은 이 시기 수산의 시각이 확실히 낭만적 가치 내에서 작동하고 있었기 때문일 것이다.

수산은 이 셋째 과제에도 힘을 기울였다. 그의 수업 내용과 연관이 있었

---

87) 지명렬 『독일 낭만주의 총설』(서울대학교출판부 2000) 160면.

을 것으로 추정되는 블레이크의 시편들을 번역하고 스펜서, 셰익스피어에 대해 공부했으며,[88] 던세이니, 버나드 쇼 등 애란 출신 극작가에 대해서도 관심을 기울였다. 단눈치오의 「영웅(英雄)」도 번역을 시도하였다. 이때 단눈치오에 대한 열광을 쓴 「타씨찬장(陀氏讚章)」은 화려한 수사와 애국적 열정으로 가득한 예찬적 수상이다.

우리 시인은 이와 갓치 전설적 몽환과 시적 열정으로붓터 일보(一步) 우(又) 일보(一步) 점차로 실현적 인생에 나아갓다. 그 찬연흔 붓듸는 기상의 정확한 핸들[把手]로 그 서정적 시구는 국민적 찬탄으로, 그의 '사(死)의 승리'는 '생(生)의 도(熖)'로, 또 연애적 열정은 애국적 열정으로 이변(移變)하엿다. (「陀氏讚章」, 『전집』 II, 357면)

시적 열정, 서정적 시구, 연애적 열정 등은 그 당시 수산의 것이었다. 여기서 단눈치오와 같이 '실현적 인생' '국민적 찬탄' '생의 도'로 나아가고자 했던 것이 이 시기 수산의 열정이었으며 희망이었다고 할 것이다. 여기에서 주목할 것은 『죽음의 승리』에 대해 이미 자신이 벗어나고 있다고 생각했다는 것이다. 이처럼 외국문학을 섭렵하고 번역하면서 그의 민족의식은 한층 더 고취된다.

---

88) 이 당시 와세다대학 영문과 개설 과목은 다음과 같다. 이 과목들을 모두 수강해야 했는지는 확실하지 않다.

문예사상사(1·2학년, 담당교수 片上伸), 서양철학사(1·2학년, 담당교수 金子馬治, 桑木嚴翼), 영문학 개론(1, 橫山有策), 근대 영시문 연구(1, 樋口國登), 18세기 산문(1, 谷崎精二), 엘리어트(1, 飯田), 영문학 배경(1·2, 日高只一), 영작문(1·2 존스), 독일어(1·2·3), 미학(2·3, 金子), 체스터턴 및 빅토리아조 문학(2·3 增田藤之助), 셰익스피어 및 말로우(2·3, 橫山), 빅토리아조 영시 연구(2·3, 樋口), 페이터 및 르네상스(2·3, 吉田源次郎), 휘트먼(2, 橫山), 윤리학(3, 杉森), 에머슨(3, 增田) 영미의 신극운동(3, 日高) 등. 와세다대학 「1919년~1923년 학과배당표」 참조; 서연호 「김우진의 동경 유학기 체험과 문학사상」, 『한림대한림일본학연구』(한림과학원 1997) 128면에서 재인용.

이 시기 수산이 창작한 시편들을 보면 서구 문학작품 속에 등장하는 인명이나 작품 제목이 등장하는 낭만적인 시들을 볼 수 있는데, 이 또한 셋째 과제, 외국문학의 섭렵과 번역 과정에 비롯된 것이라고 할 수 있을 터이다. 예를 들면 「이국의 소녀」의 '루루'와 '나나' '마돈나' 등의 여성이 등장하고 「이단의 처녀와 방랑자」에서는 블레이크 시집 제목인 『천국과 지옥의 결혼』이 언급되어 있다. 또한 시적 화자가 반역과 고통 속에서 삶의 본질을 끌어내는 점 등은 블레이크의 시세계와 밀접한 관련을 맺고 있다.

둘째, 민요·속요·전설 등의 수집과 응용에도 힘을 기울여 민요를 다룬 「노래 몇 낫」 등의 글도 남겼고, 「산돼지」에도 정치적 의미를 함축한 비유담을 응용하였다. 그리고 조선의 설화를 널리 소개하고자 했던 듯,[89] 나병환자인 남편의 병을 자신의 허벅지살을 베어 먹여 치료한 열녀의 설화를 재해석한 일어로 된 「방련은 어찌하여 나병의 남편을 완쾌시켰는가」를 썼다.[90] 그 원형은 열녀의 희생정신을 다룬 단순한 이야기로서 봉건사회에서 여성의 희생을 정당화한 것이었다. 그런데 「방련은 어찌하여 나병의 남편을 완쾌시켰는가」의 경우는 비록 그 구조가 온존되어 이러한 여성의 희생을 강요하는 야만성은 그대로 남아 있지만 방련이 나병환자 영식과 혼인할 수밖에 없었던 개연성있는 상황을 부여하여 리얼리티를 확보하고 방련과 남편 사이의 애틋한 정서교류를 덧붙여 훌륭한 로맨스로 거듭나게 하였다. 또한 이 무렵의 그의 시편들을 살펴보면 한시나 민요풍의 형식을 지닌 시들이 서구적인 낭만풍의 시들과 함께 또하나의 흐름을 이루고 있음을 알 수 있다.

---

89) 이러한 집필 형식 또한 타이쇼오 일본 문단의 한 경향이라 할 수 있었다. 예를 들면 나쯔메 소세끼의 극찬을 받으며 등장한 류노스께(芥川龍之介)의 「코」(1916) 등 일련의 작품은 고전적인 설화의 풍격이 물씬한 것이었다. 실제로 후대의 연극인 이원경은 「코」를 자신이 듣고 자란 옛이야기로 알고 있기도 했다(동이향 「작가와의 인터뷰」, 이원경 『불멸의 처』, 평민사 1999, 383면). 이 설화로 추정해본다면 수산은 앵글로-아이리쉬(Anglo-Irish)를 응용, 일어판 조선 문학을 시도했을 수도 있다.

90) 정신문화연구원 『한국구비문학대계』 8-8(고려원 1983) 190~91면.

이 중 한시, 민요풍의 시들이 둘째 과제 민요·동요의 채록과 응용의 과제에 부합되는 것이라 하겠다. 예를 들면 「봄바람과 비」는 동요에 가깝고 「세지상(細枝上)의 생광(生光)」은 4음보의 민요 형식이며 「춘강화월야(春江花月夜)」와 같은 시는 한 폭의 동양화 같은 풍경을 노래하고 있는바, 이 제목은 본래 악부시 「청상곡사(淸商曲辭)·오성가곡(吳聲歌曲)」에서 유래된 것으로 "오(吳)의 네 선비" 가운데 한 사람인 장약허(張若虛, 660~720년경)의 유명한 시 제목이었다.

이런 측면에서 보자면 수산이 '일상 구어'의 문학화가 용이한 '희곡' 또는 '연극'에 주목하게 된 것은 필연적인 일이라 할 것이다. 조선의 일상어를 통일된 문학어로 재편해야 한다는 인식에 접근하면서 일상어 장르인 '희곡'으로 자신의 창작 장르를 한정해가는 과정이 자연스럽다.

> 좀더 넓은 범위 안에서 무대상의 대화, 즉 희곡에 잇서서는 언어는 내용과 함끼 동량의 중요성을 가젓습니다. 사상을 당대의 사상 범위 밧게 나아가거나 또는 무대상의 언어는 반다시 그 당시의 관중의게 직접하고 친자한 예술적 전달을 하여야 할 것이외다. 극작가의 직접하고 친자한 의사 감정의 전달에는 그 주위의 일상 사용하는 언어의 순화 외에 달은 방책이 업습니다. 반드시 극적 대화에는 이만한 구속을 감수하는 것보다도 그 구속의 철쇄를 능히 예술적 천분으로 조종하여야 할 것입니다. (『전집』 II, 233면)

즉 수산은 일본 연극의 모방과 사조적 수용을 통해 '자연주의'적인 재현에서 연극을 시작한 동시대 여타 작가와는 달리 영문학의 습득 과정에서 주목한 민족어의 정립과 표준어 제정의 필요로부터 고유한 문학적 유산을 정리하고 일상어의 통일된 문자화, 즉 언문일치의 이념으로부터 '희곡' 장르를 정립해 나갔던 것이다.

아울러 외국문학의 번역을 통하여 성취하고자 하는 목표 또한 서구문물의 추적과 수용을 주된 목표로 삼던 이전 시기의 계몽적 목표에서 이탈한다. 사상적 자극을 얻고 그 번역에 따라 언어의 확장──고색(固塞)해가던 정신을 일깨우고 언어의 사용법을 넓히며 어풍과 문맥의 청신한 국면을 열고자 하는 전략적 접근이었던 것이다.[91] 조선어 표현능력의 확장은 수산의 사유 내에서 조선 문단의 최대 목표였던 것이다.

'신문·잡지의 민중화'에 대한 구상 역시 조선어와 조선 문학의 전파경로를 염두에 두고 이루어진다. 수산은 신문·잡지의 지도적 역할을 전제로 새로운 용어, 개념 등이 일반대중과 직접적으로 전파된다는 사실을 지적하였다. 이는 달리 말하면 새롭게 구축되는 조선 문학이 신문과 잡지를 매개로 직접적으로 대중에 전달된다는 사실을 확인한 것으로서 새로운 조선 문학의 유통경로를 신문·잡지에 두고 이것이 누구나 쉽게 접근할 수 있는 민중적인 것이어야 한다고 주장한 것이다. 그리고 이에 대한 구체적 지침에서는 "신어(新語)의 조출(造出)에는 상당한 용의주도가 있"어야 할 것을 강조하고 있다.[92] 외국어의 번역에서 의미를 알 수 없는 오남역이 횡행하는 실상에 대한 통절한 자각을 전제하는 만큼 새로운 단어를 만들어낼 때는 신중해져야 한다는 주장이 새삼스럽다. 집필연대는 밝혀져 있지 않으나 단눈치오의 「영웅」이나 버나드 쇼의 「워렌부인의 직업」 등이 번역되는 것도 이같은 문제의식에서 비롯된 것으로 볼 수 있다.

이렇게 「조선 말 업는 조선 문단'에 일언」하는 것으로 수산은 자신의 입장과 방향을 확고한 것으로 만든 것 같다. 이후 수산은 'ㆍ'를 거의 사용하지 않았으며 1925년 따로 선별한 시편에서는 'ㆍ'의 표기를 수정하고 합용병서를 각자병서로 정정한 사실도 관찰할 수 있다. 이는 당시에 주요 매체들에 통용되던 일제의 '보통학교용 언문철자법'(1912)의 'ㅅ'계 합용병서였던

---

91) 『전집』 II, 242면.
92) 같은 책 243면.

것과는 달리 주시경 등 한글학자의 견해를 따른 것이니 당시의 문전 학습을 통해 나름대로 표기원칙을 결정해 나갔던 것이다.[93] 또한 수산은 일상어의 정리, 즉 존 밀링턴 싱이 하녀들의 대화에 귀 기울이고 어부들과 목축자들의 언어를 항상 들어두었던 것과 같은 작업을 자신의 것으로 받아들인다.

여기에서 지적해두어야 할 것이 있다. 이같은 그의 언어적 고투는 대단한 것이었지만 이것은 의식적으로 획득된 것, 즉 그의 관념적 작업의 소산이었으며 그가 일상적으로 사용하는 구어(口語)에 바탕을 둔 것은 아니었다는 것이다. 이 점은 사실 그의 문학을 얼핏 미숙하고 아마추어적으로 보이게 만드는 가장 큰 원인이다. 물론 그같은 한계에도 이러한 수련 과정을 거치면서 수산의 진술방식은 변화하고 훨씬 더 구어적인 조선어에 가까워진다.

1924년 11월 29일 일기는 그의 가정 풍경을 짐작할 수 있게 한다. 그러나 여기에서 더욱 두드러지는 것은 그의 문체가 1919년 국문일기를 처음 쓸 때와는 완전히 다른 것이 되었다는 사실이다.

(정한이가) 진길의 앞헤 와 서서 "누늄 누늄" 하는 소리가 나를 깃겁게 유쾌하게 하는 동시에, 그 앞헤 서서 "쉬쉬쉬쉬" 하며 오줌 싸는 흉내를 내는 것을 죠워라고 손치고 웃고 떠들고 찬미하는 어머니, 여동생들을 볼 때에, 나는 소리질넛다. 한짝 구석에 와 안지라구 해도 별안간 소리지르난 내의 얼골빗에 놀낸 것을 보고 진길이는 오지 안는다. (괄호는 필자, 『전집』 II, 510면)

한글 전용 문장으로 손색이 없는 이상의 글은 이전의 국한문혼용체에서 비롯되는 계몽적 언술과는 전혀 다르다. 감정이나 태도를 묘사하고 기술하는 것이 훨씬 자연스러워졌다. 조카 정한이가 딸 진길의 앞에서 "누님, 누님" 하고 아기다운 혀 짧은 소리를 낸다. 그것은 수산을 유쾌하게 한다. 그

---

93) 이에 대해서는 다음 글에 좀더 상세히 언급되어 있다. 윤진현 「김우진 희곡 「정오」의 창작 연대」, 한국극예술학회 편 『한국극예술연구』 18집, 2003. 10, 47~51면 참고

158

러나 남자아이가 여자아이 앞에서 오줌 누는 흉내를 내자 가족들이 좋아하
는 것과는 달리 수산은 마음이 상하고 화가 난다. 남아선호사상에 찌든 집안
에서는 진길이 이 때문에 어떤 상처를 입을지 그것이 얼마나 야만스러운 일
인지 자각이 없고 어머니를 비롯한 누이들, 여자, 가족조차 여기에서는 가해
자이기 때문이다. 그러나 그것을 역겹게 바라보는 화자(수산)의 행동 또한 폭
력적이기는 매일반이다. 이를 인식하는 수산이 화가 나서 소리를 지르자 그
의 어린 딸 진길은 놀라서 오히려 아버지를 피하고 만다. 수산이 고통스러워
하는 그의 가정의 일각이 손에 잡힐 듯 생생하게 묘사되어 있다.

더욱이 호칭에 대한 표현상의 변화도 주목해볼 만하다. 여기에서는 '어머
니'라는 호칭을 사용하고 있으나 수산은 계모 동복오씨(계제 익진의 생모)에
대해 1922년 9월 24일의 일기에서는 소모주, 피녀 등의 호칭을 사용한바 있
었다.

> 우편 암석에는 오늘 오정(午正) 목포로붓허 도래한 소모주(小母主)가 안젓
> 섯다. 피녀(彼女)는 사랑하는 모친의 심정으로 오늘 병 치료하려 온 그 아들을
> 보아 무한한 환희와 유쾌(愉快)가 있는 듯하얏다. (1922년 9월 24일, 『전집』 II,
> 491면)

'주(主)'는 구결에서 '님'을 의미하는바, 소모주(小母主)는 작은어머님 정
도로 번역할 수 있다. 그러나 동복오씨는 가족 내의 권력은 크지 않았으나
김성규의 첩실이었던 것은 아니다. 마치 '서모(庶母)'를 지칭하듯이 '소모주'
라 칭하는 것은 적절하다고 할 수 없다. 그러나 친모(親母)가 아닌 동복오씨
를 문자로 표기하는 데 있어 수산은 일종의 번역 과정을 거쳐야 했던 것이
고, 따라서 아버지를 '부주(父主)'로 번역하는 것과 마찬가지의 표기상 지체
를 겪게 되었던 것이다. 수산이 구어 또는 근대문학적인 시적 표현에서 '아
버지'라는 단어를 사용했음은 그의 시 「아버지여」에서 이미 포착된다. 심리

적으로는 동복오씨를 '어머니'로 표현하는 데에서 수산이 겪은 일종의 균열
을 드러내고 있다고도 할 수 있지만 그보다도 일상적인 사건 기록 등에서
구어를 그대로 옮겨 적는 데 장벽을 느끼고 있음을 드러낸다는 점에서 더욱
흥미롭다. 1925년에 이르러서 수산은 더이상 '어머니'라는 호칭을 아무 곤
란 없이 문어에 사용할 수 있게 되었으며 자신이 겪는 가족 내의 갈등과 불
만을 '조선어'를 매개로 해서 생생하게 표현할 수 있게 되었다. 그에게 이
과정이 특히 지난했던 것은 앞서 지적했듯이 그가 이 시기에 여전히 토오꾜
오에 거주하고 있으면서 이중 언어를 구사하는 가운데, 오히려 각종 문전과
어학서의 학습을 통해 조선어를 획득해야 했기 때문이다. 그리고 이같은 상
황을 고려하면 그 과정이 귀국 후인 1924년 이후에야 일정한 완결의 차원에
이른 것도, 그의 주요 작품이 1925년부터 1926년 사이에 주로 창작된 것도
당연한 일이었다.
　그런 의미에서 그의 귀국은 중대한 전환점이었다. 그가 준비한 원대한 구
상은 바야흐로 피어날 때를 맞이하고 있었기 때문이다.

제4장

시민적 의욕과 새로운 문학의 구상

1. 비평가의 길에서

원봉: 비평가?
　　　그것은 될 듯싶다. 현실의 가치와 새 의식을 찾으려고 애쓰는 점에서는.
영순: 의심중이오그려.
원봉: 의심중은 아니어도 내 본 길 전부는 아니다.

(「산돼지」, 『전집』 II, 162면)

수산의 비평적 역량에 대해서 앞선 연구들은 이미 충분히 긍정적인 평가를 내려왔다. 그러나 여전히 비평가 수산의 면모를 일목요연하게 드러내는 데는 충분하지 않다. 이것은 어쩌면 '비평가라면 될 듯싶기는 하지만 그것이 자신의 길 전부는 아니'라고 생각했던 수산의 입장 때문일지도 모른다.

수산에게 비평가란 소크라테스, 루터, 예수, 공자, 볼테르, 루소, 마르크스, 간디와 같이 시대의 비평가이어야 했으며 과거의 계급과 사회에 대하여 전투할 뿐만 아니라 일반 민중의 이해와 복리를 위해서 선도자가 되고 프롬프터가 되는 일대의 민중의식, 계급투쟁의 지도자가 되어야 할 사람이었다. 그에게 '감상적 혹은 인상적 비평'은 전(前) 세기의 제2류 비평가의 작업이면 족한 것이었다.[1]

그리고 이조차도 수산에게 전부는 아니었다. 그는 '할 일을 일러주는 프롬프터'에 그치는 것이 아니라 '할 일을 해내는 창조자이며 실천자'여야 했기 때문이다. 이는 1926년 『시대일보』 『조선일보』 『조선지광』 등에 평론을 발표하며 중앙문단에서 관심을 모으던 그가 굳이 출분하여 자신이 포부를 갖고 쓴 첫 작품으로 「산돼지」를 내놓는 정황으로 알 수 있을 터이지만 이 같은 실천적 태도는 그의 오랜 신념에서 비롯된 것이었다.

예를 들면 그에게 사회적으로 의미있는 최초의 발표 글은 1921년 『학지

---

1) 김우진 「아관 계급문학과 비평가」, 『전집』 II, 292면.

광』에 발표한 「소위 근대극에 대하야」였다. 그리고 이는 그가 행한 최초의 공개적 실천이라 할 수 있는 1921년 7월부터 8월 동안 동우회 순회극단 활동에 연속되어 있다. 1924년 귀향하여 일종의 적응기를 거친 후 그가 시도한 일은 오월 동인회를 결성하고 기관지 『Société Mai』를 발간한 것이었다. 그리고 이 무렵 「정오」 「이영녀」 「두데기 시인의 환멸」 등을 썼다. 그리고 출분 후 신극의 발전방향을 구상한 「우리 신극 운동의 첫길」(『조선일보』, 1926. 7~8)을 발표한 시기는 「산돼지」를 집필한 시기와 일치하고 있다. 그에게 희곡 창작이란 비평적 문제의식의 구체적 실천이라 해도 좋을 것이다. 그런 의미에서 그의 비평은 그의 작품세계로 들어서는 첫째 입구이다.

1924년 목포에서 가업을 돌보고 있는 수산에게 포석 조명희가 편지를 보낸다. 그 편지는 남아 있지 않지만 수산은 답장에서 자기 생활의 목표를 밝히고 있다.

> 만일 일후의 내의 프로그램을 좃차 생활해 나가면 몇년 후엔 큰 시대적—현대조선 불좌짐 청년, 인텔리겐치아 계급의 청년의 내면생활의 맥박을 다 집흘 줄 믿습니다. Strindberg가 30대 때의 Sweden 사회적 분위기를 맛본 것 갓흔 큰 걸작이 지금 일 소(小)브르조아(bourgeoi) 가정 안에서 생활하는 내게 도라올 것이외다. 나는 숙명론자요, (후래로) 이 숙명을 버서나지 못할 줄 압니다마는 한 가지, 이 how의 생활에서 내 가치를 낫해내고져 합니다. 요새 이 실상을 더욱이 알게 되엿습니다. (『전집』 II, 508면)

집에서 재산이나 관리할 것이냐는 포석의 질문이 있었을 법한데 수산은 부르주아적인 실제 생활을 경험하고 여기에서 자신이 생각하는 '어떤'(how)의 생활을 실천하려고 했던 것이다. 그리고 일후의 자기 프로그램에 따라 생활해가다 보면 몇년 후에는 현대 조선 부르주아 청년, 인텔리겐치아 계급 청년의 내면을 짚어내고 그려낼 수 있을 것으로 낙관하고 있다. 갓 귀향한 청

164

년의 원대한 포부와 자신만만한 의욕이 선명하다.

그리고 이는 계획에 그치는 것이 아니었다. 1925년 6월 수산은 『Société Mai』를 결성하고 동인지 발간을 시작하며, 목포지역 청년회에 관심을 두기도 하는 등 여러가지 활동을 개시한다. 『Société Mai』는 1926년 3월까지 발간된 것으로 판단되는데, 1집(1925. 6)과 2집(1925. 8)은 2개월, 2집과 3집(1925. 9)의 간격은 1개월이다. 그러나 총 몇호가 발간되었는지는 알 수 없으며, 현재 수산의 글만이 출처가 밝혀진 채로 남아 있을 뿐이다. 지역의 청년들과 어울려 만든 것으로 보이는데 그의 평론 「창작(創作)을 권(勸)함내다」에 "우리 회(會)의 잡지는 아즉 세상에 발표하거나 경찰의 눈에 띄일 염려는 업스닛가, 또 출판할 때에도 공식으로 하는 것이 아니닛가, 자기의 주장이나 태도에 아무 주저할 필요업시 합시다"라고 쓰고 있는 점으로 보아 가벼운 등사물 형태의 팸플릿 수준이었을 것으로 추정된다.

초보적인 형태지만 동인을 구성하고 동인지를 발간한다는 발상 안에는 능동적인 지적·문학적 공동체의 결성과 운영이 있었음이 분명하다. 비록 그가 반도의 최남단, 목포에 거주하고 있었다고는 하나 그의 입장에서 발표지면을 얻는 것은 그다지 어려운 일이 아니었다. 이는 「구미현대극작가(소개)」(『시대일보』, 1926. 1~6), 「이광수 류의 문학을 매장하라」(『조선지광』, 1926. 5), 「우리 신극 운동의 첫길」(『조선일보』, 1926. 7~8), 「자유극장 이약이」(『개벽』, 1926. 5) 등에서 볼 수 있듯이 당시의 유수한 매체에 그의 평론이 실리고 있는 것에서도 확인되는 바이다. 그의 글이 1926년이 되어서야 중앙문단에 발표되기 시작한 것은 그가 귀향 후 집안 사업과 지역활동에 집중하고 있었기 때문이었을 것이다. 그럼에도 그가 글쓰기에 관한 한 그다지 높은 수준이었을 것으로는 추정할 수 없는 지역의 청년들과 모임을 만들고 순수한 창작이 시기상조라고 생각하는 주변 환경에도 '조선 문학'에 대한 치열한 학습을 기반으로 과제를 제시하며 창작을 힘써 권하는 모습에서 무샤노꼬지 사네아쯔의 '아따라시끼무라(新しき村, 새마을) 운동'의 의욕이 연상된다.

이 시기 그의 정치적 행보나 지역활동의 내용에 대해서는 별다른 정보가 없지만 이 시기의 수산을 이해하는 데 필요한 수다한 평론과 그의 희곡작품은 그의 의욕과 구상이 어디로 향하고 있는지를 분명하게 보여준다. 앞서 거론한 그의 주요 평론을 제외하고도 『Société Mai』에 실린 「'조선말 업는 조선 문단'에 일언」(1집, 1925. 6), 「곡선의 생활」(1집, 1925. 6), 「아리스토텔에스의 '형식논리'」(1집, 1925. 6), 「노래 멋 낫」(2집, 1926. 8), 「창작을 권함내다」(3집, 1925. 9), 「생명력의 고갈」(호수 미상, 1926. 3), 미발표 또는 발간연대 미상인 「아관 계급문학과 비평가」(1925. 4), 「신청권(新靑卷)」「기록의 마력」「자유의지의 문제」「Jus Primae Notice」(초야권) 등도 주목해볼 만한 평론이다.

수산은 1925년 2월 『개벽』에 실린 「계급문학 시비론」을 보고 「아관 계급문학과 비평가」를 집필한다. 여기에서 수산은 당시 문단의 계급문학 인식의 저열함을 통렬히 비판하며 자신의 혁명관과 비평가의 역할을 역설한다. '육체 없는 정신을 믿는 고답파'는 계급문학을 부인한 이광수, 김동인, 염상섭 등을 지칭하는 것으로 이들을 아메바와 같다고 냉소적으로 비판하며, 나도향과 김석송은 회색 문학작가로 분류한다. 그러나 이들에 대한 비판은 상대적으로 덜 심각한 셈이다. 수산이 주로 문제를 삼은 것은 계급문학을 시인한 일본 언론, 박영희, 박종화 등의 단순 반영론적 관점이다. 이들은 계급문학에 대해 단순하게 접근하고 개념적으로 계급문학을 분석할 뿐이며 단선적으로 해결책을 제시하는바 이에 대해 수산은 정확하게 현실을 분석하며 당대의 과제를 도출해내고 있다.

거거에는 봉건 생활, 가족주의 생활에서 지리멸렬하게 된 생활을 무의식적으로 격거 오다가 청천벽력으로 세계의 변화하는 조류의 파급에 눈뜨쟈, 자기 주위에는 역시 예전 봉건제도와 가족주의 생활의 공기가 그대로 사라지지 않고 그대로 나머 잇는 동시에, 근대적인 독연기가 다시 밀쳐오는 중에 있는 것을 발견했다. 그것은 즉 소위 근대 문명이 산출한 자본주의 제도이다. 우리는

166

지금 예전 남은 독기와 새로 밀쳐 드러오는 독기에 거듭 포위되여 잇는 것을
안다. (「아관 계급문학과 비평가」, 『전집』 II, 281면)

여기에서 수산은 봉건제도와 가족생활의 문제를 제기하는 것으로 반봉건
의 과제를 이끌어내고 근대적 독연기가 밀쳐온다는 인식에서 반제국주의의
역사적 과제를 제기, 반봉건·반제의 당대 혁명적 과제를 정확하게 정식화
하고 있다. 당대 혁명적 과제를 이처럼 명쾌하게 정리하는 것은 팔봉의 글에
서도 볼 수 없는 일이다. 팔봉의 설명은 시대가 변천함에 따라 계급의 대립
이 생겨나고 계급의 분화에 따라 생활의식과 미의식이 분열되어 계급문학적
대립이 생겨난다는 극히 원론적인 차원에 머물러 있다.[2] 이는 이 시기 계급
문학론이 '기계적 반영론'의 차원에 머물러 있었기 때문인데 수산은 여기에
서 한발 더 나아갔던 것이다. 이 글을 팔봉이 보았는지는 확실하지 않다. 그
러나 수산의 비평적 역량에 대해서 팔봉이 충분히 인정하고 있었다는 사실
은 그의 1주기를 맞아 그를 회고하는 팔봉의 안타까움에서 꾸밈없이 드러나
있다.[3]
또 그의 비평 「이광수 류의 문학을 매장하라」는 당대 최고의 문사 이광수
를 향한 통렬하고도 신랄한 일격이었다. 수산이 이광수를 의식한 흔적은
1919년 2월 3일 일기에서부터 나타난다. 이광수의 재혼론에 반박하여 당대
의 남녀관계를 남녀의 상호간 이해에 기초하지 않은 불평등관계로 보고 이
같은 현실에서 재혼을 장려하는 것은 여성의 종속적 생활을 지속시킬 뿐이
라고 보았다. 이 무렵 수산의 연애관과 여성관은 매우 추상적이며 관념적인
것으로서 근대적 결혼제도에 내재한 타산적 속성을 제대로 간파하고 있지
못한 순진한 것이었다. 그러나 이는 이광수의 재혼론에서 그의 이상적 연애
론과 재혼가능론이 충돌하고 있음을 지적한 흥미로운 글이다. 특히 이 일기

---

2) 김기진 「피투성이 된 푸로 혼의 표백―계급문학 시비론」, 『개벽』, 1925. 2, 43~45면.
3) 김기진 「水山兄에 對하야 가젓든 몃가지 希望」, 『조선지광』, 1927. 9.

에서 이보다 인상적인 것은 이광수라는 문인에 대해 그 어떤 존경심도 드러
내지 않고 대등한 위치에서 반론을 제기하고 있다는 점일 것이다.

수산의 내면에 대체로 수산으로서는 감당하기 어려운 특출한 '정력적 천
재'였던 아버지에 대한 갈등과 열등감이 있었다는 사실만큼이나 그 아버지
로부터 이어받은 자부심과 귀족적 우월감이 있었다는 점은 자주 간과되지만
명백하다. 수산에게 겸손한 열광이란 시종 있어본 적이 없다. 그러나 이는
그가 특별히 교만해서가 아니라 온갖 풍상을 견디고도 자신이 거머쥔 정의
와 부의 정당성을 단 한번도 의심해본 적이 없는 초정 김성규와 같은 사람
의 아들만이 지닐 수 있는, 말 그대로 유년부터 지배계급으로 성장한 자이기
때문에 가능한 자질이었다.[4] 김성규에게는 받아들여지지 않은 개혁책이 있
었고, 그에게는 자신의 실력으로 축적한 거대한 부가 있었다. 을사늑약 이후
벼슬을 버리고 낙향한 김성규의 내면에 국권 망실에 대한 일말의 가책도 없
었으리라는 가정은 과도하겠지만 그에게는 시행되지 못한 개혁책이라는 알
리바이가 있었다. 더욱이 빠르게 이식되고 있는 자본주의 체제에서 그는 전
시대의 관료 출신으로서 몰락하지 않고 새로운 시대의 권력, '부'를 쟁취하
였고 시대 적응에 실패한 허다한 봉건지주와는 달리 근대적 자본가로 전신
에 성공하였다. 그리고 수산은 그같은 아버지 아래에서 아버지의 '충군보국'
의 꿈을 지닌 '신라 성족의 후예'로 양육되었다. 그런 그에게는 지위나 권위
에 주눅이 드는 일 없이 교수나 선배, 나아가 문학사의 쟁쟁한 작가와 비평
가에게 자신의 의견을 개진하는 것이 쉽고도 자연스러운 일이었다.

---

4) 수산의 와세다 예과 학적부에 기록된 족적(族籍)은 '사족(士族)'이었다. 그는 와세다에
  무시험으로 입학하였으며, 그의 보증인은 한치유(韓致愈), 부보증인은 아버지 김성규였
  다. 한치유는 대한제국 내부참서관, 성균관 교수 등을 역임한 대한제국의 관원 출신으로
  독립협회에도 가담한 바 있다. 을사늑약 당시 주일본 공사관 참서관으로 있었으며, 이
  해 일본 유학생 감독으로 임명되었다. 1907년 최남선 등의 와세다대학 모의국회 사건과
  관련하여 유학생 감독에서 해임되었다.
  정대성「새로운 자료로 살펴본 와세다대학 시절의 김우진」, 앞의 책 435~59면.

그에게 『사서오경(四書五經)』은 교양이 아니라 교과서였다.[5] 무엇이 다른
가. 전근대 관리의 등용문이었던 과거(科擧)는 결국 『사서오경』으로 대표되
는 기본 경전과 기본 역사서를 기반으로 당대의 정치적 현안을 다루는 능력
을 평가하는 데 집중되어 있었다. 당대의 정치상황을 분석하고 대안을 구성
하며 이를 설명하기 위한 원칙과 이론을 찾아내고 이를 역사적 근거를 통해
논증하는 일련의 정치적 담론 생산능력의 훈련이 바로 과거 공부였던 것이
며 이것이 『사서오경』을 교과서적으로 활용하여 새로운 지배층을 양성하는
방법이었던 것이다. 이는 오늘날 우리가 전대의 고전을 익히는 방편으로 읽
고 참고하는 것과는 아주 다른 용도라 할 수 있다. 심지어 시(詩)나 부(賦)처
럼 오늘날의 관점에서는 단지 현란한 문학작품으로 보이는 경우조차도 그
창작원리는 주어진 '운(韻)'과 '율(律)'이라는 질서 속에서 다양한 글자를 선
택하고 조합하여 자신의 의취를 얼마나 효율적으로 드러내는가에 있었으니
이는 마치 고도의 추상적 전술을 구사하는 '바둑' 등에 사용되는 정치적 능
력을 방불케 하는 것이었다. 과거(科擧)의 실제 내용 또한 경전의 습득 정도
나 언어의 처리능력을 평가하는 소과(小科)를 지나 대과(大科)의 마지막 관
문 전시(殿試)에 이르면 부(賦), 표(表), 대책(對策) 등을 기본으로 삼고 있었
으니 이때 가장 빈번히 사용되었다는 '대책' 등은 말 그대로 당면한 국정 현
안에 대한 대책과 추진전략을 왕이 직접 묻는 형식이었던 것이다.

---

5) 물론 이것이 수산의 한문 실력으로 곧바로 이어지지는 않는다. 수산의 글에는 오자(誤
字)임이 명백한 한자들이 다수 사용되었고, 이런 점들을 고려할 때 수산의 한문 실력을
의심할 여지가 없는 것은 아니다. 그러나 역으로 바른 글자를 구사해야 한다는 강박 없
이 자유롭게 한자를 구사하고 있다는 사실과 그가 그의 부친 김성규에 대한 기록 『초심
정실기(草心亭實記)』를 편집했다는 기록을 참작할 때 전통 학문에 관한 그의 능력은 간
단하지 않은 것이었음을 쉽게 짐작할 수 있다. 특히 그가 지은 한시의 수준을 염두에 두
면 일종의 퍼즐 맞추기와 같은 한시의 작법을 상당한 수준으로 익히고 있었다는 것을
확인할 수 있으며 이는 전근대 지배계급으로서의 기본 소양을 충분히 갖추고 있었음을
의미한다.

수산에게 이같은 공부방식은 낯설지 않은 것이었다. 일단은 유년부터 전시대 조선의 당상관(堂上官)이었던 부친 김성규로부터 물려받은 것일 터인데 그같은 능력의 일단이 이광수의 「중용과 철저」를 반박하는 데에서도 드러난다.

이광수는 1926년 1월 2일부터 3일까지 양일간 『동아일보』에 '조선이 가지고 싶은 문학'이라는 부제를 단 「중용(中庸)과 철저(徹底)」를 발표한다. 여기에서 이광수는 변적(變的)·혁명적(革命的) 문학과 대립하는 상적(常的)·정적(正的)인 평범의 문학을 정의하고 중병을 치른 듯한 당대 조선에는 그러한 평범의 문학이 필요하다고 주장하였다.[6] 이는 백기만, 양주동 등의 즉각적 반발을 샀고,[7] 이광수는 양주동의 글에 대해 재반박을 하는 등 1926년 벽두의 문학판은 이광수에 의해 촉발된 당대 필요한 문학은 무엇인가라는 논쟁으로 뜨거웠다.[8]

---

6) 이광수 「중용과 철저」, 『동아일보』, 1926. 1. 2~3(『이광수전집』 10, 삼중당 1971, 431~35면).

7) 백기만 「춘원 이광수군의 '중용과 철저'를 읽고」, 『시대일보』, 1926. 1. 17~18; 양주동 「철저와 중용」, 『조선일보』, 1926. 1. 23~24.
   그외에 수산의 「이광수 류의 문학을 매장하라」 말미에 주간 『조선지광』 1월 9일 발행호에 「중용과 반중용」이 있었다고 밝혀져 있으나 현재 해당 호가 남아 있지 않아 필자와 원문의 내용은 알 길이 없다.

8) 이 논쟁의 경과에 대해 양주동은 다음과 같이 말하고 있다.
   "가뜩이나 춘원의 도도(滔滔)한 재량에 대하여 일종의 선투(羨妬)를 느껴 기회만 있으면 한번 쳐보리라 생각하던 터에 나는 이 '평범'과 '중용'을 운운하여 우리 문학의 '반항성' '혁명성'을 늦추고 말살하려는 춘원의 주장을 보고 몹시 분개하여 그의 소론을 반박하는 「철저와 중용」이란 일문(一文)을 단숨에 초하여 『조선일보』에 발표했다. … 이 글이 『조선일보』에 실리자 나의 문명(文名)이 일약 온 나라에 퍼졌고, 더구나 그 오만한 춘원이 내 글을 읽고 즉시 『동아』지에 그 답문(答文) 겸 비평문인 「양주동씨의 '철저와 중용'을 읽고」란 4, 5회에 걸친 장론을 발표함에 미쳐 나의 성명(盛名)이 그야말로 문단을 풍미하였다." 양주동 『문주반생기』(범우사 2002) 53~54면.
   양주동의 글은 당대 필요한 문학의 변혁적 성격을 비교적 잘 지적한 것이어서 양주동도 당시 자신에 대한 지지가 높아졌다고 밝혔지만, 이광수가 특히 그의 글에만 반박을

170

수산이 이에 대한 반박, 「이광수 류의 문학을 매장하라」를 쓴 것은 이 글 말미에 글을 쓰고 나니『조선지광』1월 9일 발행호가 도착했다고 밝힌 것으로 보아 1926년 1월 3일에서 1월 9일 직후까지로 추정된다. 유감스럽게도 이 글이 발표된 것은 5개월이 경과해서인데『조선지광』편집국의 의사는 무엇이었는지 궁금하다. 이미 한 차례 논쟁이 지나가고 있었던 만큼 이 반박을 통해 이광수에게 관심이 집중되는 것이 적절하지 못하다고 판단했을 수도 있고 수산의 반박과 대안이 대중적이지 못하다고 판단하여 게재를 유보했을 수도 있다. 그러나 나중에라도 이광수는 분명 이 글을 보았을 것이고, 이 글을 읽고 나서는 양주동의 글에 반박하듯이 여전히 자신있고 도도한 목소리를 내지는 못하였을 것이다.[9] 양주동의 반박문을 접하면서 이광수는 양주동이 약관의 와세다 영문학도라는 사실을 알고 '하버드 영문학 총서' 1백권을 구입하여 모조리 독파중이라는 일화도 남겼다지만[10] 1926년부터 이광수는 『허생전』『춘향전』 등 고전의 해석과 정리를 통해 자신의 문학영역의 일부를 생산하던 기존의 작업에서 더 나아가 『마의태자』『단종애사』『이순신』 등 역사적 사실에 대한 추적과 이해로부터 춘원표 역사문학을 개척하기 시

했던 것은 양주동의 글이 가진 비평적 형식성 때문이었던 것 같다. 양주동은 이광수의 논지를 전면 비판하고 그의 문학론 자체를 부인했다기보다는 문학 일반론의 견지에서는 이광수의 문학론에 동의하면서 당대에 필요한 문학에 한정, '시대정신'에 논점을 집중하는 전략을 구사하였다. 이는 핵심을 잘 짚어내면서도 이광수가 자존심을 지키면서 답하기가 상대적으로 쉬운 조건이었나. 물론 이 또한 양주동의 비평능력 안에 포함되는 훌륭한 점이라 할 것이다.

9) 수산의 글이 발표되어 일정한 시선을 끈 것은 분명하다. 팔봉 김기진은 수산의 평론 「이광수 류의 문학을 매장하라」를 인상 깊게 기억하고 있었다. "연전 조선지광 지상에 게재된 춘원의 「중용과 철저」 일문에 대한 공격문을 경복하여 읽은 일이 잇다. 그의 필봉은 준열하고 그의 고증은 해박하얏섯다. 나는 그째에 그 일문을 보고서 '수산형은 비평가가 되어주엇스면 조켓다'고 어떤 문우에게 말한 일까지 잇섯다." 김기진 「水山兄에 對하야 가젓든 멋가지 希望」, 앞의 책, 73면.
10) 같은 책 55면.

작한다. 대체로 이는 그의 작업능력이 당대와 대결하는 데에서 한계를 느껴 역사 소재로 후퇴했다는 설명으로 이해가 가능하지만 부수적으로는 전 시대로부터 이렇다 할 유산을 물려받지 못하여 그 얄팍한 근지 때문에 열등감에 시달리던 이광수가 역사에서 자신의 정체성을 필사적으로 만들어내기 시작했다는 가정도 가능하다. 그 계기 안에 수산의 평론 「이광수 류의 문학을 매장하라」가 있었을지도 모르는 일이다.[11]

「이광수 류의 문학을 매장하라」에서 이광수에 대한 수산의 태도는 '경멸' 그 자체다. 상대 필자에 대한 최소한의 예의나 비평적 완곡어법조차 찾아볼 수 없다. 마치 정적을 탄핵하는 주소(奏疏)를 방불케 할 만큼 가차없는 비판에 논쟁 바깥에 있는 사람이라면 오히려 수산이 과도하게 느껴졌을 법하고 무지한 독자는 지레 등골이 서늘할 지경이다. 수산은 이광수가 논거로 제시하는 동서양 고전의 의의와 맥락을 밝혀 이광수의 천박한 이해 수준을 일거에 폭로하고 이 천박한 이해로부터 '평범의 문학'을 주창하는 그 결론의 안이함을 질타하며 나아가 『무정』『개척자』 등 이광수 문학의 성과를 '껍데기 문학' '도깨비 화상' 같은 문학으로 규정한다. 이에 따라 이광수는 혁명을 외면하고 일신의 안위를 추구하는 삼류 문사, 신문기자급 문사로 전락하고 만다. 그 비판의 지점 하나하나만도 이광수에게는 감당하기에 간단치 않은 문제였을 것이다.

우선 시대를 인간의 육체에 비하여 당시대를 '중병 치른 조선'으로 진단하는 이광수의 견해를 단순무식한 독단이라 비난하는 데에서 시작하여 항구불변하는 진리로 '행복한 가정생활, 여기에서 오는 기쁨, 희망, 이를 위하여 노력하는 활동'을 거론하는 이광수의 가치를 이상주의자의 망상에 지나지

---

11) 이는 염상섭과 비교하면 그 차이가 더욱 확연하다. 같은 평민이되 양반에 대한 열등감이라고는 찾아볼 수 없었던 서울 토박이 염상섭은 평생 역사소설을 쓰지 않았다.
최원식 「근대문학의 숨은 중심, 횡보 염상섭」, 『한국 근대문학을 찾아서』(인하대학교 출판부 1999) 208~10면.

172

않다고 하였으니 일찍 부모를 여의고 선대로부터 그 어떤 문화적 유산도 물려받지 못한 채 결핍에서 산출된 이광수의 이 근본적 욕망을 명문후족 출신의 수산은 간단하게 비웃고 지나간다.

또한 전대의 지배철학을 근거리에서 습득한 수산에게 '중용'은 춘추전국시대라는 엄혹한 세월을 살아남기 위한 자사(子思)의 고투이다. '중용'이 탄생한 이같은 배경에 대한 이해 없이 '중용'을 대안 개념으로 제시한다는 것 자체가 수산이 보기에는 무식의 소치였던 것이다. 이같은 무지는 서구문학을 인용하는 데에서도 마찬가지로 드러난다. 이광수가 이상적인 모델로 제시하는 워즈워스의 문학 또한 영국의 식민정책이 큰 성공을 거두고 자본주의 문명이 난숙해가던 무렵 구대륙에서 고립되어 반동의 분위기가 농후하던 당시 사회의 산물이었다. 뿐만 아니라 바이런보다 워즈워스를 높이 평가하는 매슈 아널드의 견해도 매슈 아널드가 문부성 학관으로 있으면서 자본주의가 무르익고 있던 당시 영국의 국가목표에 충실한 가운데 생산된 것이었으며, 그러한 매슈 아널드조차 바이런의 문학적 의의를 간과하는 것만은 아니었다. 수산은 이 모든 사실의 맥락을 폭로하며 이광수의 얄팍한 이해를 원문을 인용해가며 날카롭게 질타하였으니,[12] 이같은 배경지식도 없이 워즈워스를 당대에 필요한, 가지고 싶은 문학으로 제시한다는 것 자체가 수산으로서는 용납할 수 없었던 것이다. 이 글을 보았다면 이광수는 모멸감을 피하기 어려웠을 것이다.

이광수를 향한 수산의 공격은 여기에 그치지 않는다. 1919년 2·8 독립선언에 참여했으나 상해 등지를 거쳐 조선에 돌아와 친일적 행보를 분명히 밝히고 있던 이광수의 부박한 변신 또한 대놓고 비웃고 있다.

그이는 쏘 워-스워-드가 구라파 전체를 흔들든 불란서혁명을 구경하려고

---

12) "The Time-Spirit, or Zeit-Geist, he would himself have said was working just then for Byron." 『전집』 II, 301면.

불란서로 건너갓다가 다시 도라와서는 반동적으로 안강(安康)한 영국 안에서 불란서혁명을 주저(呪咀)햇든 이임을 알고 잇는가. 그러기에 산수(山水) 곱다는 소격란(蘇格蘭, 스코틀랜드──필자) 촌(村)구석 호수(湖水)가에서 애인 비스럼한 누이동생과 동서(同棲)하면서 자연이니, 영혼이니, 영원한 진리니 하고 시만 쓰다가 죽었다는 점은 이광수의 엇더한 점과 흡사하지 안는가. (『전집』 II, 297면)

앞장에서 토오꾜오 유학생들의 2·8독립선언의 경과와 3·1운동에 대한 수산의 흥분을 다루었거니와 그후 이 독립선언 주체들의 개량적이고 타협적인 행보는 수산의 실망을 샀을 것이 자명하고 그 일단이 일어소설 「동굴 위에 선 사람」에 남아 있기도 하다. 게다가 독립운동을 하겠다고 중국으로 건너갔던 이광수가 귀국하는 데에는 최초의 여성 개업의였던 허영숙의 공로가 컸으며, 이후 허영숙과 재혼하여 그리던 안정적 가정을 이룬 점도 당시에는 잘 알려진 사실이었다. 스스로 소리 높여 외치던 이상을 버리고 일신의 안위를 도모하며 사는 처지에 이를 수치스럽게 생각하기는커녕 중병을 치르고 난 조선인에게 신선한 음식, 일광, 운동을 자신이 주겠다고 벼르는 행태를 가소롭게 바라보며 수산은 자신의 그 경멸 어린 시선을 감추지 않는다.

그리고 이같은 비난 위에 소금을 뿌리듯이 역사적 맥락과 텍스트에 대한 폭넓은 이해 없이 구미에 맞는 구절만을 골라 인용하는 점을 노골적으로 지적하여 그 식견의 얄팍함을 조소한다. 그리고 이광수 류의 문학을 넘어 조선이 요구하는, 조선에 필요한 문학의 상을 제시한다.

그의 글은 맥힘이 업고, 수월하게 유수(流水)갓치 곱고 여유가 잇다. 이것은 그의 글재주에 잇다고 하겟지만 그 글재주 때문인지 그이는 잇다금 남의게로서 인용을 잘한다. 한문 고전에서, 라틴에서, 영인(英人)에서, 불인(佛人)에서 독인(獨人)에서, 일인(日人)에서 닥치는 대로 읽는 대로 가저온다. 그것도 그이가 자기의 생각을 보증하기 위해서 하겟지만, 기실(其實)인즉 문자에 나타난

쓷만 보고 소양(素養) 업시 그 배경, 피인용자의 사상·성격·시대를 알지도 못하고 하는 짓이다. 이것은 재화(才華)가 그이로 하여금 화(禍)를 부르케 하는 것이며 내용이 단단치 못한 썹덕이 문(文)을 쓰게 되며, 그러한 작품을 맨들어내는 것이다. 이러한 문장의 묘사, 화려만 배우려고, 내용으로 깁히 파고들어가려는 노력이 업는 이광수 류의 문인이 만음을 보면 적실(適實)히 그의 말과 갓치 '오늘 이 조선처럼 문세(文勢)의 세력이 큰 것을' 통한(痛恨)한다.

　조선이 지금 요구하는 것은 형식이 아니오, 미문(美文)이 아니오, 재화(才華)가 아니오, 백과사전이 아니오, 다만 내용, 것칠드라도 생명의 속을 파고들어갈녀는 생명력, 우둔하더라도 힘과 발효(醱酵)에 씀는 반발력, 넓은 벌판 우의 노래가 아니오, 한곳 쌍을 파면서 통곡하는 부르지즘이 필요하다. (『전집』 Ⅱ, 304면)

표면에 나타난 내용만 보고 배경이나 인용대상의 사상, 성격, 시대를 알지 못하고 소양 없이 마구잡이로 인용을 남발한다는 이 비난은 역으로 수산이 어떤 수업태도를 취하고 있었는지 적시한다. 즉 전시대 지배계급, 명문후족 출신의 수산은 앞서 언급했듯이 이론을 응용하고 전거를 찾아내며 이를 통해 현실 정치의 대안을 구상하는 방식에 익숙하였다.

영문학의 산실 중 하나로 꼽히는 『스펙테이터』(*Spectator*)지의 역사를 다룬 리포트 「스펙테이터'의 역사」는 그 주관자였던 리처드 스틸 경(Sir Richard Steele)과 조지프 애디슨(Joseph Addison)의 이력을 중심으로 역시 당대의 사회적 상황의 산물로 이 잡지를 규정하는 경향이 뚜렷하며 '아일랜드인'이라는 버나드 쇼의 '출신'에 주목한 보이드(Ernest A. Boyd)의 Appreciations and Depreciations를 번역한 「애란인으로서의 버나드 쇼우」라는 글이나 아미 크루스(Army Cruse)의 전기에 따라 셰익스피어에 접근한 리포트 「셰익스피어의 생애」에서도 같은 태도를 확인할 수 있다. 롬브로조(Cesare Lombroso, 1853~1909)의 『천재론』을 읽고 나서 "천재의 작품을 참으로 감상(鑑賞)하려면 그이의 육체적 생리적 상태, 가정, 주위, 시대, 교육,

고생과 길검(즐거움―필자)을 알어야 하겟다는 생각이 이러낫다"고[13] 밝히는 데에서 이미 그에게 친숙했던 이같은 공부방식을 재발견하는 순간이 포착된 다. 범죄학자였던 롬브로조는 '천재'를 일종의 변종으로 규정하였다. 그는 '천재'의 사회적 가치를 인정하면서도 기존 질서와 가치에 도전하였던 유수 한 예술가 등의 생물학적·신경병리학적으로 분석하여 이들은 결국 간질병 증 환자의 일종이라고 규정하고 이를 기본으로 허다한 예술가들의 반상식적 인 예술적 실천을 설명하였다.[14] 그러나 수산은 이같은 생리학적 한정을 넘 어 이들을 능동적 주체로 봄과 동시에 그같은 주체의 시대적 환경적 요인을 통찰하고자 했던 것이다.

그리고 이같은 공부방식은 그의 문학관을 구성하는 데에도 기본이 되었 다. 그의 연극과 문학 관련 논문 또는 수상에 거론되는 다종다양한 동서양 고전 및 작품 목록은 그의 박람강기한 학습범위를 드러낸다. 그리고 여기에 서 '생명력' '힘과 발효가 끓는 반발력' '통곡하는 부르짖음'의 형태로 그가 구상하는 당대에 필요한 문학이 제안된다. 생명력 또는 생명이라는 단어는 타이쇼오 생명주의에서 수용한 개념으로 여타 작품에서도 빈번히 사용되며 특히 그의 출가의 변에서 두드러지는 바이다. 그러나 그 규정범위가 모호함 을 상기할 때 여기에서 밝힌 반발력, 통곡, 부르짖음 등의 어휘는 그가 사용 하는 '생명'이란 어휘의 범위를 한정하는 데 유용하다고 할 것이다. 그리고 그런 의미에서 '힘과 발효'라는 보조 표현은 자못 절묘하다.

'발효'는 존재의 형질 전환의 순간을 의미한다. 끓는 존재, 거기에서는 잠 자던 유기체가 깨어 일어나 숨을 쉬기 시작하고 가열이 없이도 열이 만들어 지며 새로운 호흡에서 새로운 기체가 발생하고 그렇게 생겨난 힘은 밀폐된 뚜껑을 열어젖히고 끓어 넘친다. 단순한 혼합재료에 지나지 않던 각 요소는

---

13) 『전집』 II, 71면.
14) C. 롬브로조 지음, 조풍연 옮김 『천재론』(을유문화사 1976) 278~80면.

176

각종의 화학반응을 일으키고 서로 분리될 수 없는 상태로 결합하여 서로 '되어간다'. '힘'은 발효의 일부이며 발효를 가시화한다. 물은 술로 거듭나고 술은 초(醋)로 변신한다. 다시 돌아오지 못하며 되돌릴 수도 없다. 수산이 꿈꾸는 생명의 힘은 바로 이런 것이었다. 이것은 무궁한 것이며 멈추지 않는 것이다. 개혁이나 개조에 그치지도 않는다.

> 생명의 힘에 눈뜨랴면 스스로가 제멋대로 되지 못한다. 누어서 쟈면서 눈뜨지 못하고, 눈뜨지 못하야 보지 못하는 것갓히.
> 생명의 지침(指針)은 의식이다.
> '생명의 의식'은 세계의 파괴요 또는 창조다. 창조가 아니고 개혁이 아니다. 상상할 수 잇는 시간과 공간 안까지는 되푸리하는 창조다. 그러닛가 개조라는, 개혁이라는 말 우에 머물너 서지 마라. '생명의 의식', 나는 이것에 희망을 둔다. 져거도 우리는 이곳에 운명의 전환을 보아야 한다. (「곡선의 생활」, 『전집』 II, 378면)

『Société Mai』를 창립하면서 수산은 자신의 금명을 "창공은 내 위에, 살냐는 힘은 내 안에"라고 밝힌다. 그리고 이 살려는 힘, elan vital(生生의 유流)의 생각은 희랍 철학과 쇼펜하우어의 Wille zum Leben(생의 의지), 베르그송의 '약동하는 생' 등의 개념으로부터 지원을 받으면서 생명의 지침이라는 '의식'으로 집중되고, 이는 다시 본능의 바다를 항해하는 나침반으로 호출된다. 그러나 그의 '생명의 의식'은 쇼펜하우어의 재현을 넘어 '생활'의 주관자, 그를 결정하는 '자유의지'로 발전한다.[15] 그가 구상하는 '자유의지'를 다룬 글 「자유의지의 문제」가 미완으로 끝난 것은 특히 아쉽다. 이 글은 자유의지의 공식과 운용, 자유의지의 발현형식, 감촉과 시대의식, 반동의 원리와 생명력, 변증법적 긍정 등의 소제목으로 나뉘어 계속 집필될 예정이었던 듯

---

15) 김우진 「신청권」, 『전집』 II, 395면.

하나 겨우 '자유의지의 공식과 운용'이 집필되는 데 그치고 말았다. 그러나 자유의지의 진정한 담지자로 공장노동자를 설정하는 데에서, 즉 생에 대한 자율적 의지와 목표를 의식하는 각성한 노동자가 자기 자신의 변혁을 기초로 사회적 변혁을 주도한다는 구도가 분명하니 개개인의 각성과 생명력의 발견을 근간으로 삼는 수산의 개혁관이 지시하는 사회적 방향을 알 수 있다.

바로 이 점이 타이쇼오 시기를 주도하던 일본의 '생명주의'와 다르다. 단순화의 위험을 감수하면서 니시다 철학의 '생명'을 간단히 정리해볼 수 있다. 우선 생명은 움직임으로 표현된다. 움직임에는 두 종류가 있으니 능동과 피동이다. 전자는 자유·독립·창조의 행위이고, 후자는 부자유와 의존·단순반복의 행위이다. 보통 사람은 피동행위를 하면서 살아가도 그런 줄 모를 수 있다. 그러나 어떤 비범한 소질을 가진 자가 그 피동성을 깨닫고 이에 대하여 고뇌와 혐오를 느껴 자신 안에 존재하는 생명의 싹을 감지하며 바야흐로 해탈의 꿈, 대인의 꿈을 품고 능동행위를 시도하면서 자신의 오저(奧底)로 들어가 생명의 샘에 맞닿아 용출하는 생기를 경험했다고 해보자. 이때가 바로 생명의 순간이다. 그 사람의 동작은 수면 위로 숫구쳐 오르는 물고기처럼 생기에 차 활발하게 움직이게 되고 심신이 통일되며 피로와 의심이 사라지고 일거수일투족에서 자유와 독립은 물론 완전무결의 당위와 절대의 느낌마저 느끼며 구원이나 해탈의 경계에 달하게 되며 여기에서 비로소 몸과 마음은 하나가 되고 진선미가 일거에 실현된다. 이렇게 실현되는 이런 순간 동작이 구원과 해탈의 동작이며 바로 '한순간'(Dies)의 생명사건이다.[16]

철학의 전문영역에서 다룬다면 그 차이가 현저하겠지만 이로써 판단하면 불교적 색채가 물씬하고 대단히 추상적이라는 느낌이 지배적이다. 하스미 시게히꼬는 타이쇼오 담론의 특징 중 하나로 '추상성'을 거론하고 있다. 특히 생명·자연·미 등 주체의 위치를 모호하게 만드는 '문제적인 주제 체

---

16) 허우성, 앞의 책 100~106면 참고.

178

계'에서는 주객합일, 주객양체의 융합 등 이원론적인 대립이 무차별적으로 해소되고 '하나의 동일한 담론'의 대대적인 반복으로 존재했다는 것이다.

사회적인 주제를 다루는 경우에도 다이쇼적인 담론 일반은 '민중적 경향'을 비롯해 '생의 긍정' '인간의 창조성'이라는 몇개인가의 '표어'의 주변을 계속 선회하며 사실의 분석＝기술로 향하는 일은 극히 드물며 그런 의미에서 동일한 하나의 담론에 대한 대규모의 반복이 될 수밖에 없다.[17]

하스미 시게히꼬는 이어서 니시다 철학 또한 이같은 타이쇼오 담론의 맥락에서 '주객합일'과 같은 중요한 개념조차 안이하게 사용되었고 당시의 평단에서는 베르그송이나 자연주의의 옹호론자들과 같은 담론으로 받아들여졌다고 진단한다.[18]

수산의 생명 담론에도 이같은 혐의가 없지는 않지만, 그럼에도 '생명'이 말 그대로 자신의 내면, 자신의 오저로부터 비롯된다고 보는 니시다의 입장은 환경과 시대 속에서 천재의 탄생을 읽어내던 수산과 일정한 거리가 있으니 니시다의 철학에서 수산이 영향을 받았다 하더라도 나름의 해석 과정을 거치면서 변화를 겪었다고 하겠다.

그런데 같은 토론에서 카라따니 코오진은 이 시기 담론 특징으로 '생명이라는 말의 범람'을 지적한다.

히로츠가 가지고 있는 것은 이를테면 자유주의지요. 선후에도 일관되게 그렇습니다. 한마디로 다이쇼 데모크라시라고들 하는데 민주주의와 자유주의는 발상이 전혀 다릅니다. 자유주의는 개인주의고 민주주의는 앞에서 말한 '대표'

---

17) 하스미 시게히코 「'다이쇼'적 담론과 비평」, 가라타니 코오진 외 지음, 송태욱 옮김, 앞의 책 168면.

18) 가라타니 코오진 외 「토론: 다이쇼 비평의 문제들 1910〜1923」, 가라타니 코오진 외 지음, 같은 책 194면.

적 사고를 향합니다. 대체로 자유주의가 좌익이 되면 아나키즘이 되고 민주주의가 좌익이 되면 마르크스주의가 된다고 해도 무방합니다.

…

그것은 하스미씨가 키워드로서 말한 '생명'이라는 것과 관계가 있을지도 모릅니다. '생명'이라는 말의 범람, 이건 굉장하지요. 오오스기 사카에도 그렇습니다. 그러나 '생명'이라는 것은 개체가 소멸하는 듯한 이미지입니다. 이것은 공동체 혹은 집단주의와 관련됩니다.

…

대체로 '생명'이라는 생각은 팽창주의와 연결되기 쉽습니다. 예컨대 소렐도 그렇습니다만 '생명' '생명'하는 것은 파시즘이 되기 십상입니다.[19]

개체가 소멸하는 이미지, 공동체 혹은 집단주의와 관련된 '생명'이라는 말은 결과적으로 팽창주의, 파시즘으로 귀결되었다. 공황이라는 세계사적인 사건을 배경으로 타이쇼오의 종말과 함께 일본이 빠르게 전체주의 국가로 재편되면서 군국주의적인 국가기조를 노골적으로 드러내게 된 데는 하스미가 말하는 표어로서의 담론, 분석의 결여 등 타이쇼오 시기의 담론 형식의 특징들과 함께 모든 움직임을 포괄해버리는 '생명주의'의 파시즘화가 뒷받침되고 있었다는 점을 기억해둘 필요가 있을 것이다.

앞장에서 언급한 아리시마 타께오의 글 「선언 Ⅰ」에서 아리시마는 자신은 '제4계급'과는 무연한 존재이고 그 이해(利害)를 위해 "변호하고 입론하고 운동하는" 의지 같은 것은 조금도 없다고 '선언'하였던바, 사실 '생명' 등의 타이쇼오 키워드가 이질적인 제 사회계층의 발언과 실천을 대신하여 추상적인 논의로 이를 소모하고 있었던 당대의 지적 분위기에서 아리시마를 떼어놓은 사건으로도 볼 수 있었다.[20] 결과적으로 이것이 아리시마에게는 관념적으로 마지막 운신의 지점까지 모두 경험했다는 절망적 인식을 낳아

---

19) 가라타니 코오진 외 지음, 앞의 책 216면.
20) 하스미 시게히코, 앞의 글 179면.

파멸의 결단으로 이어지게 되었지만 적어도 아리시마 타께오에게는 당대의 분석이 결여된 표어적인 사상조류가 헛되고 부질없는 것으로 파악되고 있었던 것 같다.

그러나 각성한 노동자의 의지를 변혁의 중심에 두고 있던 수산이 당대의 '천재'로 용감한 민주주의자, 시대의 반동아를 호출하는 데에서 그의 방향은 타이쇼오 생명주의 일반은 물론 아리시마 타께오와도 달라진다. 뿐만 아니라 스스로 '천재가 되는 길'을 모색하는 데에서 이것이 수산 자신의 문제가 되었음을 간파할 수 있다. 적어도 『Société Mai』를 발간하는 동안 수산은 니시다 키따로오의 형이상학적인 '생명의 한순간'의 연속으로 생명을 생각하지도 않았고 '제4계급'과는 무관하다는 아리시마 타께오의 의견에 동의하거나 수긍하지도 않았으며, 개인적으로도 역사적으로도 주체임을 포기할 의도는 없었던 것이다.

이는 고귀한 화족(華族)으로 쉽게 자신들의 시대를 맞이했던 시라까바파와 비슷하지만 아주 다른 토양에 의해 뒷받침되고 있었다. 결정적으로 망국의 지배계급 출신인 수산, 그에게는 충성을 바쳐야 했던 마지막 왕(고종)조차 사망한 지 오래였다.[21] 왕을 잃은 순간 지배 파트너로서 사족(士族)의 기득권은 와해되고 모든 백성은 평등해졌다. 이같은 상황에서 수산은 새로운 왕을 찾는 대신 왕으로부터 독립적인 인간을 구상한다. 이는 서구적 의미의 민주주의 이념에 일차적으로 기초했을 것이고, 두 임금을 섬기지 않는다(不事二君)는 전통 사대부의 윤리에서도 부수적인 지원을 받았을 것이다.

즉 정치적 지배/피지배의 장벽이 높고도 견고했던 일제강점기, 식민지 조선의 일개 나약한 지식인, 그러나 지배계급의 기억을 생생하게 간직하는 수산이 자기 자신의 주인이 되기 위해 창안해낸 존재는 억누를 수 없는 생명

---

21) 고종의 사망소식을 접한 수산은 사뭇 애통해하며 이태왕이 사실상 마지막 왕이었다고 기술하고 있다. 1919년 1월 28일 일기, 『전집』 II, 442면.

력의 담지자, 바로 '천재'였다. 그리고 그의 문학은 그같은 천재로부터 당대 식민지 조선의 필요에 따라 산출되는 것이어야 했다. 수산 문학의 이해는 여기에서 시작된다.

2. 당대 문학의 구상

1924년 6월 19일 수산은 나름대로 '천재'에 대해 정의하며 '천재가 되는 길'을 모색한다. 사실 수산이 사용하는 '천재'라는 단어의 용법은 앞장에서 그 유사점을 논한 '시라까바파'의 발명품이었다. 무샤노꼬지 사네아쯔에게 톨스토이와 니체, 휘트먼, 마테를링크를 심각한 모순이나 충돌을 겪지 않고 수용하는 것이 가능했던 것은 그의 신분으로부터 비롯된 낙천성을 기반으로 동서고금의 선례, 허다한 천재를 찾아 배운다는 입장에 있었기 때문이었다. 천재주의는 시라까바파의 한 특색을 이루고 있었고, 천재는 인류의 의지에 지배되어 움직이는 자로서 사람들은 그의 작품에 접함으로써 살아가는 즐거움을 북돋고 생명을 충실히 하며 진지한 인생태도를 촉진한다고 받아들여졌다. 시라까바파의 작가들이 앞서 언급했던 화가들 이외에 세잔, 고흐, 고갱, 로댕 등을 존경하고 애호하여 잡지『시라까바』가 마치 미술잡지처럼 보일 정도로 이들을 자주 소개한 것도, 그리고 무샤노꼬지가 예수, 석가, 공자, 니노미야 손또꾸(二宮尊德) 등 동서고금의 많은 종교가나 사상가를 두루 섭렵하여 그들의 전기를 저술했던 것도 바로 이러한 이유에서이다. 게다가 시라까바파의 천재 찬미는 이 가운데 어느 한 사람의 사상에 자신을 한정하여 그것을 깊이 천착하는 방식이 아니라 최대공약수가 되는 사상의 섭취를 중시했기 때문에 각각의 사상이 가진 개별적 성질이나 특징, 핵심이 간과되는 측면이 있었다.[22] 이같은 방식은 수산에게도 마찬가지로 나타난다. 니체와 마르크스와 쇼와 톨스토이라는 한 묶음으로 다루기 어려운 일들을 함께 거론하는 방식 자체가 그러하다. 그러나 예술적 호사 취미, 현실과 갈등하지 않는 시라까바파의 천재와 수산의 천재는 그 차이가 훨씬 더 두드러진다.

　　■ 천재론
　　▲ 천재의 본체
　　옛날 천재는 시적 상상력과 타협적 정신이 결합된 용감한 군주(君主)
　　지금의 천재——특히 근대의 이것은 산문적 관찰력과 반항적 비타협성의 용
　　　감한 민주주의자.
　　▲ 천재가 되는 길
　　1. 한 가지 길에 전념하고 주위를 ○연(*然)하라. popularity의 성공자. 이
　　　popularity의 호오(好惡)를 구별하라. Nietzsche, ○, Marx, Shaw, Tolstoy.
　　2. 땀을 흘려라.
　　　perspiration＝inspiration
　　▲ 천재의 시대적 의의
　　시대의 반동아, 이것이 천재임. (『전집』 II, 507면)

'용감한 민주주의자' 또는 '시대의 반동아'라는 수산식 천재의 정의는 시라까바파와의 차이를 분명하게 보여준다. 니체와 마르크스와 쇼와 톨스토이라는 전혀 다른 이 인물들의 공통점을 간단히 일컫자면 자신들의 시대에 저항하여 새로운 세계를 구상하고 이를 위한 새로운 사상체계를 만들어갔다는 점을 들 수 있겠다. 비슷한 시기 포석에게 보낸 1924년 5월 24일자 소인의 편지를 보면 '천재'에 대한 수산의 입장을 좀더 자세히 알 수 있다.

　　물론 상상력이 강렬한 이 중애는 블에—— ㅋ 갓흔 이나, 괴-테 갓흔 이나, 니-체 갓으 니가 잇섯슬 거지. 그러나 천재라는 명칭은 누가 붓첫소. 속중(俗

---

22) 이에나가 사부로 엮음, 연구공간 수유＋너머 일본근대사상사팀 옮김 『근대일본사상사』
　　(소명출판 2006) 271～72면.

衆)! 자기네의 적은 재능과 암합이나 되면, 자기네의 결점, 이익의 변호나 되면, 높히 소래쳐 천재!라고 떠들지 안엇소. (『전집』 II, 518면)

이 두 가지를 고려하면 수산의 '천재'는 시대와의 타협이나 절충 없이 전 생명을 다하여 한 시대의 질곡에 저항하고 투쟁하는 사람으로 이는 대중이 자기 이해에 따라 '천재'라고 칭찬하거나 열광하는 것과는 완전히 별개의 것이라고 말할 수 있다.

이같은 수산의 천재론은 개별적으로 보면 니체의 천재론과 아주 유사하다.

나의 천재 개념──위대한 인간들은, 위대한 시대처럼 그 안에 엄청난 에네르기를 축적시켜 온 폭발물과 같다. … 천재란──그의 업적을 통해서나 공훈을 통해서나──필연적으로 하나의 낭비가이기 마련이다. 그의 위대성은 그가 자신을 탕진한다는 사실 속에 있다. … 자기 보존의 본능은, 말하자면 활동 중지되어 있다. 그로부터 방출되는 에네르기의 압도적인 압력이 그로 하여금 그와같은 신중과 사려를 허용치 않는 것이다. 사람들은 그것을 '희생'이라 부른다. 사람들은 그 점에 있어서 '영웅성'과 사리사욕에 대한 무관심, 하나의 이념, 하나의 대의명분, 하나의 조국에 대한 헌신을 찬양한다. 그러나 그것은 다 그릇된 생각들이다 … 천재는 흘러넘치며, 천재는 넘쳐흐르고, 천재는 자신을 탕진해버리며, 천재는 자신을 아끼지 않는다.──천재는 필연적으로, 숙명적으로, 그리고 강물이 자기도 모르게 둑을 터뜨리듯 아무런 생각 없이 그렇게 하는 것이다. 그런데 사람들은 그렇게 폭발적인 인물들에게 많은 덕을 입고 있기 때문에 그들에게 보답으로 많은 것을 증여해오고 있다 이를테면 드높은 도덕 같은 것 말이다 … 그것이야말로 인간적인 방식의 감사다. 즉 이 감사의 방식은 그 은인을 오해하고 있는 것이다.[23]

내면의 생명력에 의해 움직이고 폭발하는 것이 천재이다. 이는 생명력에

---

23) F. 니체 지음, 송무 옮김 『우상의 황혼』(청하 1984) 101~102면.

대한 수산의 입장과 일치한다. 그리고 대중은 이러한 천재를 이해하지 못하고 자신들의 이익에 부합되면 드높은 도덕적 가치를 부여하며 '천재'라고 칭송한다는 것이다. 천재에 대한 대중의 오해와 그 평가까지도 니체와 유사하다. 강물이 둑을 터뜨리는 것이 천재의 폭발이라 할 때 이것은 생명력의 분출이라 할 것이다. 이를 수산의 목표와 연관지어 생각하면 수산은 현재 대중이 자신을 이해하지 못하고 있다고 보고 실상 그것을 피할 수 없다고 생각하지만 강물이 자신도 모르게 둑을 터뜨리듯이 시대의 흐름을 바꾸는 '시대의 반동아'로서 그러한 본연의 힘— 생명력에 충실하고자 했다고 정리할 수 있다.

> 본래 지혜롭지 못한 자들, 즉 민중은 한 척의 조각배가 헤쳐 나가고 있는 강물과도 같다. 그 조각배에는 가치평가가 가면을 쓴 채 엄숙하게 앉아 있다. … 강물은 너희들의 조각배를 멀리 떠내려 보낸다. 강물은 그렇게 하지 않을 수가 없다. 물결이 부서져 포말을 내며, 노기를 띠고 용골에 부딪히더라도 어쩔 수 없는 일이다. 더없이 지혜로운 자들이여, 너희들의 위험은 강에 있는 것도 선과 악의 종말에 있는 것도 아니다. 그 위험은 의지 자체에, 곧 힘에의 의지, 끝없이 생산해내려는 생명 의지에 있는 것이다.[24]

이는 앞서 언급한 "살냐는 맹목적·결정적·숙명적"인 것으로 "아모것도 지배할 수 업고 아무 힘도 결박하거나 죽이지 못할 생명의 힘"이라는 수산의 생명력과 같다. 여기에서 가치를 실은 조각배는 거대한 강물의 흐르는 힘에 휩쓸려 멀리 떠내려간다. 즉 가치, 기존의 모든 지혜를 위협하는 것은 강 자체거나 선악의 종말이 아니라 본래 지혜롭지 못한 자들, 지혜로운 자들의 지배와 위선에 결박되어 있던 민중의 흐름, 그들의 생명력이다. 이렇게 보면 수산의 자유의지가 노동자에게서 그 본연의 힘을 드러내는 것 또한 당연한

---

24) F. 니체 지음, 정동호 옮김 『차라투스트라는 이렇게 말했다』(책세상 2000) 187~88면.

일이라 할 것이다.

수산이 '생명력'(Life Force)에 대해 사유하기 시작한 것은 1922년 11월 20일로 거슬러 올라간다. 그는 이날 일기에서 조선 청년의 현실적 처지를 성찰하며 생명력에 대해 거론한다.

> 여명(黎明)에 서 있는 젊은이, 낡은 전통은 아직 완전히 사라지지 않고 새로운 생활의 새벽이 마악 밝아올 때 숨 막히고 게다가 무엇인가를 구하려 하는, 잿빛과 옅은 붉은빛 가운데 서 있는 조선의 젊은이. 그리고 그들은 이 고민으로 Russia 혁명 전의 intelligenzia보다 몇배, 이 초조함에 있어 Dante 이상. 나는 지금 그들의 지금의 운명을 기꺼워한다. 왜냐하면 과거의 세계에서 그들의 생활은 불행하지도 행복하지도 않았기 때문에. 그러나 나는 생각하고 또 생각한다. 혹 그들이 이 현대의 조선을 짊어질 고민에 대해 아주 깊이 파고들 용기를 가졌는가? 또 거기에서 빠져나와 새로운 광명의 세계로 들어갈 만한 지혜가 있는가? 이 지혜와 용기(힘)의 두 가지 중 하나라도 그들이 가졌다면 그들은 행복한 것이다. 그러나 나는 의심한다. 통절하게 말이다! life force인가, reason인가! (『전집』 II, 494면)

수산 스스로 자신의 처지를 '여명에 선 젊은이'로 규정한 것으로 보이는 이 일기의 주어는 사실 '젊은이들'이어야 한다. 이 글에 따르면 전 조선 젊은이들은 새로운 새벽이 밝아올 무렵의 숨 막힘과 갈망에 싸여 혁명 전 러시아의 인텔리겐치아만큼이나 고민하고 단테만큼이나 초조하다는 것이다. 물론 수산 또한 이 조선의 젊은이에서 자유로운 것은 아니었다. 그러나 이 글에서 수산은 이 젊은이들과 거리를 둔 관찰자로서 이들의 운명을 기꺼워하면서도 이들이 새로운 광명의 세계로 갈 수 있을 것인가를 의심하는 것이다. 이때 지혜/용기를 Life Force/Reason과 병치하는 것으로 보아 생명력에 대한 고민은 이미 시작되었으나 그 개념이 분명하게 정리된 상태는 아니었다고 할 것이다.

186

본격적으로 '생명력'을 논할 수 있는 것은 수산의 학사논문이다. 수산의 논문은 「「Man and Superman」—A Critical Study of its philosophy」이다. 같은 제목의 버나드 쇼의 희곡 「인간과 초인」을 분석한 영문 논문으로 늦어도 1924년 초에는 완료되었을 것이다. 이 논문은 그 부제에서 볼 수 있듯이 「Man and Superman」의 드라마적 특성보다 버나드 쇼의 철학적 입장을 중심에 둔 연구이다. 수산은 '쇼주의'(Shavianism)를 이해하기 위해서 '생명력'을 살펴야만 한다고 전제하고, 이것이 쇼의 사상적 출발점인 동시에 종착점이라고 규정하면서 하나의 소제목으로 '생명력'을 두고 그 기원, 의미, 결과에 대해 논하고 있다.

쇼의 '생명력'은 우주의 분할할 수 없는 실재인 신(神)으로부터 비롯된 개념이지만 기독교적 의미의 전능한 신은 아니다. 쇼의 '신'은 인간의 영혼을 가지고 있으며, 세상을 뛰어넘어서는 상상할 수 없는 본질적 존재로서 교회의 목사나 인간뿐 아니라 파리나 벼룩으로도 형상화할 수 있다. 또한 쇼는 생명력은 원초적인 힘을 신적인 것으로 만들었으며 그것에 의해 자기의식뿐 아니라 자기이해에 도달할 수 있다고 보았다. 즉 쇼의 생명력은 플라톤의 물질과 신체의 개념을 뛰어넘는 일원론적 세계의 실재물로서 수산은 이를 대다수 쇼의 평자와는 달리 의지(will)가 아니라 모든 현상의 전능한 이성(reason)으로 파악한다. 쇼의 생명력론에 대한 수산의 설명은 주로 쇼의 희곡 「인간과 초인」의 등장인물 동 주앙(Don Juan)의 대사에서 인용근거를 찾고 있다.

희곡 「인간과 초인」은 '희극이면서 동시에 철학'이라는 부제가 붙은 4막 희곡으로 버나드 쇼는 자신의 철학을 더 많은 대중과 공유하기 위해 이를 희극으로 만들었다고 밝혔다. 이 작품의 주인공 앤 화이트필드(Ann Whitefild)의 아버지 화이트필드는 친구 로우박 램스덴(Roebuck Ramsden)과 존 태너(John Tanner)를 후견인으로 지목한 유언장을 남긴다. 이는 태너를 남편감으로 선택한 앤의 간계에 의한 것으로 태너는 앤의 마음을 눈치 채자

즉각 스페인으로 도망치고 만다. 스페인에서 산적들의 소굴에 당도한 태너는 꿈을 꾼다. 꿈에 동 주앙이 등장하여 생명력에 대해 정리한다. 모차르트의 음악이 삽입되고 각 역할을 마치 혼성 합창처럼 배치한 이 극중극은 쇼의 극 중에서도 특히 주목받는 것이다. 꿈을 깬 태너는 앤이 옆에 있는 것을 보고 놀란다. 앤은 스페인의 산속까지 집요하게 따라온 것이다. 마침내 앤의 생명력에 사로잡힌 태너는 모든 것을 체념하고 여자의 생명력이란 피할 수 없음을 한탄한다는 내용이다.

이 희곡에서 특히 주목해야 할 것은 버나드 쇼도 강조했듯이 3막의 꿈속 장면에 등장한 악마의 데카당스, 동 주앙의 생명력의 철학, 초인의 어머니를 꿈꾸는 돈나 안나(Donna Anna)의 여성적 생명력이 논쟁적으로 충돌하며 전개되는 부분인데 이를 통해 동 주앙의 설화가 완전히 새로운 의미로 재편된다. 여기에서 동 주앙의 생명력론은 확실히 이론적이고 추상적인 경향이 있다. 여러 평자가 인정하듯이 버나드 쇼에게 있어 니체의 영향은 실제적이며, 이는 「인간과 초인」 3막의 말미에 부연된 니체에 대한 논평에서도 확인되는 바이다. 그럼에도 수산이 니체와 버나드 쇼를 다르다고 본 것은 바로 이런 추상성 때문인 것 같다. 수산은 이러한 추상성을 비판하면서 이 때문에 생명력의 철학이 더 과학적으로 더 생물학적으로 입증되지 못하고 작품 안에서도 앤이 태너에게 집착하는 것이 피할 수 없는 상황이 아니라 그의 웅변에 의해서만 설명된다는 점을 한계로 지적하였다. 즉 압도할 만한 필연성을 뒷받침하는 극적 장치, 예를 들면 로맨스가 결여되어 있다는 것이다. 더구나 태너의 의식과 앤의 생산력 사이의 갈등은 쇼의 형이상학적 의식을 설명해 주는 핵심이라 할 것인데 이는 결과적으로 생명력 그 자체의 갈등이라고 보았다.

버나드 쇼는 1856년 아일랜드 더블린에서 태어났다. 아버지는 아일랜드 신사계급 출신이었으나 거듭되는 사업 실패 등으로 알코올중독에 빠져 버렸고, 그래서 쇼 일가의 생활은 어려웠다. 결국 쇼 일가는 아버지를 포기하고

1876년 런던으로 이주하였다. 그의 20대는 가난과 좌절의 연속이었으나 절망하는 일 없이 낮에는 소설을 쓰거나 독서를 하면서 대영박물관이나 도서관 등에서 시간을 보냈으며, 밤에는 당시 영국 중산층의 지적 열기로 가득 찼던 강의와 토론에 참가해 자신의 지적 호기심을 충족하며 시간을 보냈다. 런던에서 쇼의 생활은 한마디로 쇼의 사회의식 등 문제가 발견되고 각성되는 시기였다고 할 수 있다.

1879년 쇼는 처녀작이라 할 수 있는 준(準)자서전적인 회고 형식의 「미성숙」을 집필하였다. 이 작품은 진지하기는 했으나 중기 빅토리아 시대에 대한 신랄한 풍자로 출판업자들을 당황하게 하였다. 소설에서 별 주목을 받지 못한 쇼는 평론과 극작 등으로 눈을 돌려 여러 글을 집필하였으며, 그사이 사회주의자로 전향, 페이비언 협회의 회원으로 활동하였다. 1892년 「홀아비의 집」과 신여성을 다룬 「바람둥이」에 이어 1893년 「워렌부인의 직업」을 발표함으로써 점잖은 빅토리아 사회에 일대 충격을 가한다. 이어 「무기와 인간」(1894), 「캔디다」(1894) 등 다소 낭만적인 색채의 희극을 발표하였는데, 이 작품들 또한 고상한 명분과 대의를 중시하던 당시 사회에 신랄한 비판을 가는 작품이다.[25] 즉 쇼가 작품활동을 시작한 이래로 쇼가 주력한 형상화는 근엄한 당대 사회의 위선과 타락이라고 할 것이다. 그런데 이렇게 쇼가 자신이 사는 현실을 비판적으로 바라볼 때 그 시선은 역설적이게도 19세기 빅토리아 왕조의 부르주아적 윤리관에 깊이 밀착되어 있다.

자본주의화가 진전되면서 그 지배를 확고히 한 부르주아의 가족모델은 중세의 대가족제도에서 벗어난 부부와 자녀 중심의 핵가족이었다. 이 근대적 가족모델은 외부 세계와 단절된 철저한 사적 공간으로서 중세의 대가족 제도의 가족적 위계가 부과한 구속을 약화시키고, 배우자 선택의 자유를 확대했으며, 공간적 이동성이 최대화되었다는 점에서 개인에 대한 사회적 조건

---

25) 정경숙 『버나드 쇼』(건국대학교출판부 1996) 11~24면 참고.

의 구속을 약화했다고 평가된다.[26] 즉 가정이 외부의 시선과 간섭에서 벗어나 철저히 사적 공간으로 규정되기에 이르렀던 것인데, 이러한 사적 공간의 중심은 주부, 즉 부르주아 가정의 어머니였다. 부르주아 가정의 이 어머니들은 가족의 건강과 위생, 자녀의 양육의 책임자였다.

이 과정에서 성(性), 혹은 성적(性的) 욕망은 가족 유지 기능의 핵심인 생식 기능으로 흡수된다. 성에 대해 사람들은 입을 다물고 합법적이고 생식력 있는 부부가 규범으로 자리잡는다. 비밀의 원칙을 확보해둠으로써 부부는 본보기로 인정되고, 법을 유효하게 하며, 진실을 장악하고, 말할 권리를 간직한다. 각 가정의 내부에서와 마찬가지로 사회적 공간에서도, 단 하나의 장소—부모의 침실—만이 성적 욕망의 처소로 인정된다. 이곳은 공리적인 생식의 자리이다.[27] 즉 건강한 자손 번식의 과제가 성적 욕망을 뒤덮어버리게 된 것이다. 이는 귀족과 프롤레타리아로부터 자신들 부르주아 계급을 차별화하기 위한 전략의 하나였다. 부르주아지는 귀족계급이 자신들을 특권화하는 '혈통'을 강조하는 방법을 응용하였다. 귀족계급이 과거로 거슬러 오르기, 즉 가문의 유서 깊음과 혼인의 의의를 통해 '혈통'을 강조했다면 부르주아지는 반대로 자손과 그들 자신의 생리적 신체의 건강 쪽에 눈을 돌렸던 것이다. 즉 부르주아지에게 '혈통'은 '성'으로서 이것들은 생물학적·의학적 또는 우생학적 교훈의 형태로 발견된다. '혈통'에 대한 배려가 유전에 대한 염려로 변질되고 결혼에 임해서는 경제적 요청과 사회적 동질성, 그리고 유산에 대한 약속뿐만 아니라 '유전'의 위험까지도 고려되었다.[28]

이것이 바로 우생학적 차원에서 쇼가 발견한 앤 화이트필드의 생명력이었던 것이다. 그러므로 이 시기 생식의 범주에서 벗어나 있거나 그것에 의해 변모되지 않는 자는 가정의 안락도 법의 보호도 기대할 수 없었다. 그러나

---

26) 서울사회과학연구소 『근대성의 경계를 찾아서』(새길 1997) 153면.
27) M. 푸코 지음, 이규현 옮김 『성의 역사——앎의 의지 1』(나남 1990) 24면.
28) 같은 책 137면.

그렇다고 해서 이러한 비공식 부문의 성을 일소할 수는 당연히 없었다. 대신 이러한 비공식 영역의 성적 욕망에 대해서는 위선적인 침묵을 강요하고 있었다. 물론 이러한 억압과 위선 뒤에 숨겨 놓은 영역에 대해서는 그 위선적 성격 때문에 몇가지 양보 또한 필요했다. 법의 위반에 이를 수 있는 성적 욕망에 자리를 만들어주어야만 한다면, 즉 생산의 회로가 아니라면 적어도 이윤의 회로 안에서 소동을 벌이게 하라, 유곽과 정신병원이 바로 그러한 허용의 장소였다.[29] 다시 말하면 공식적인 성적 욕망만을 인정하면서 실재하는 여타 성적 욕망을 모두 금지함으로써 범죄화하고 국가의 통제와 관리대상으로 규정하는 것이다. 쇼의 「워렌부인의 직업」은 바로 이러한 영역에 대한 폭로로 기능한다. 그러나 쇼의 공적은 워렌부인의 영역을 발설한 데 그친다. 즉 쇼는 로맨스 혹은 성적 욕망을 거부하고 부정함으로써 부르주아적 우생학의 결론에 도달한 것이었고 부르주아 사회의 근엄함 뒤에 있는 이러한 매춘이란 비공식 부문의 욕망을 혐오하고 비판함으로써 오히려 부르주아적 욕망의 관리방식을 인정하게 되는 것이다. 로맨스가 결여된 앤과 태너의 결합이란 결국 부르주아적 우생학의 긍정에 불과하였던 것이다.[30]

물론 이보다 먼저 검토되어야 하는 것은 쇼의 생명력의 의미이다. 이는 생명력을 실천하는 남성과 여성의 차이에서 확실히 해명될 수 있다. 생명력은 남성, 즉 철학자에게는 주입되는 것, 여성에게는 성적인 의미의 자기보존을 가리킨다. 아담과 이브 이래로 여성은 새로운 생명의 창조자였고 남성은 여성과는 달리 임신이라는 소진되는 노동을 하지 않음으로써 발생한 잉여의 에너지를 가지고 문명을 창조해왔다. 남성의 뇌와 근육은 생명력을 수행하는 데 있어 여성의 자궁에 비견될 만한 것으로 남성과 여성 또는 철학자와

---

29) 같은 책 25면.

30) 쇼의 작품이 로맨스에 부정적인 것은 쇼의 여성혐오적 경향과 밀접하게 연관되어 있으며, 이는 무능한 아버지 대신 어머니의 애인이 실질적인 가장 역할을 했던 쇼의 성장기 경험으로 설명되고는 한다. 정경숙, 앞의 책 13~15면.

예술가 사이가 극단적으로 다르다 하더라도 양쪽 모두 생명력이라는 그들의 기능을 수행한다는 것이다. 여성은 남성을 그녀의 남편으로 선택하고 남성은 자신만의 목적이 있기 때문에 그녀의 집착을 피하기 위해 모든 시도를 한다. 어머니인 여성과 예술가 또는 철학자인 남성 사이에는 모든 인간의 투쟁 중에서 가장 끔찍하면서도 가차없는 투쟁이 있으니 그들은 낭만적 의미에서 서로 사랑하기 때문에 그 투쟁은 더욱더 치명적인 것이 된다. 남성은 여성에 의해 집착되고 대상, 여성은 집착하는 사람이다. 「인간과 초인」의 앤 화이트필드는 존 태너를 얻기 위하여 위선적이면서도 염치없는 행동을 거침없이 해치우고 셰익스피어의 줄리엣이나 데스데모나와 같은 여성들 또한 같은 이유로 그들의 남편에 대한 사랑이라는 이름 아래 그들을 희생한다. 아내가 그녀의 남편을 가장 부드럽게 돌본다는 것은 병사가 그의 총을 돌보는 것, 또는 음악가가 그의 바이올린을 돌보는 것과 같다는 것이다.

이러한 견해는 니체의 여성관과 매우 비슷하다. 니체는 튼튼한 어린애를 낳는 것이 여성의 처음이자 마지막 천직이라 하였으며, 세상에 가장 강력한 영향력을 발휘하는 것은 여성으로서 마치 나폴레옹의 어머니가 영웅인 아들을 낳고 기르는 것처럼 그같은 생산의 의지력에 힘입어 남자들을 능가하는 힘과 지배력을 가졌다고 주장하였다.[31] 또한 혼인은 본인보다 더 뛰어난 사람 하나를 산출하기 위해 짝을 이루려는 두 사람의 의지라 하였다. 본인보다 뛰어난 사람이란 물론 위버멘쉬(Übermensch)를 향한 동경을 의미한다.[32] 즉 초인의 어머니를 갈망하는 돈나 안나와 그 현실적 화신인 앤 화이트필드의 생명력은 다각적인 부인(否認)의 노력에도 니체의 사상으로부터 비롯된 것이다. 쇼 또한 성관계는 전혀 개인적인 것이 아니라고 선언하였는데 쇼에게는 훌륭한 자손을 번식시키는 문제가 가장 중요하였기 때문이다. 쇼가 결혼

---

31) F. 니체 지음, 김훈 옮김 『선악을 넘어서』(청하 1982) 175면.
32) F. 니체 지음, 정동호 옮김, 앞의 책 113~15면.

192

을 인간제도 중에서 가장 음탕한 것이라고 이야기했을 때 그것은 현대의 결혼이 자손과는 관계가 없이 되어가고 있으며, 단지 육욕의 만족을 추구하는 것에 지나지 않는 것으로 보았기 때문이었다. 어쩌면 버나드 쇼는 니체의 저작에서 이같은 여성에 대한 관점에 가장 공감하여 자신의 여성혐오증상을 정당화할 근거를 찾았을지도 모른다.

수산은 페이비언 학회의 회원으로서의 정치적 입장, 공리주의적 면모, 우생학적 태도 등 버나드 쇼의 다양한 실천적 입장에 전반적으로 동의하고 있음에도 여성과 로맨스에 대한 태도에 대해서는 태도를 달리하였다. 이 점은 수산과 버나드 쇼 사이의 결정적 차이라 할 만하다. 수산은 '로맨스'가 결여된 앤과 태너의 결합을 비판하였으며 좋은 자손의 번식을 위한 결합에서조차도 성적 쾌락은 피할 수 없는 것이므로 그것은 결코 좋은 자손 번식을 하는데 방해가 되는 것이 아니라고 반박한다.

성적 쾌락 혹은 로맨스에 대한 이러한 쇼와 수산의 차이는 이상적인 연애관계 혹은 결혼관계에 대한 수산의 관심과 직결되어 있다고 할 것이다. 이는 로맨스 혹은 자유연애에 대한 영국과 1920년대 조선의 차이에서 기인하는 것일 터이다. 전근대적 사회에서 결혼과 사랑은 별개의 영역이었다. 전근대 사회의 결혼은 사회적 신분과 혈통의 순수성을 필요조건으로 삼고 훌륭한 자손을 보기 위한 협상의 결과였다. 그러나 근대적인 사랑-연애는 달리 정의해야 한다. 사랑은 감정의 영역이지만 연애는 사회적 관계이기 때문이다.[33] 로맨스가 결여된 남녀의 결합이란 결국 자본의 범주 내에서 작동하는 부르주아적 연애/결혼 관계의 실제 내용이다. 따라서 로맨스의 부정을 쇼 드라마의 극적 결함으로 지적한 수산의 비판은 위선적이던 당대 사회에 비판적이었으며 범사회주의의 자장 안에서 해석되는 페이비언주의자였음에도 결국은 부르주아 우생학의 범주에 머물고 만 쇼의 철학적 한계를 적시하고 있

---

33) 김동식 「낭만적 사랑의 의미론」, 『문학과사회』 2001 봄호(문학과지성사) 131면.

다고 할 것이다.

서구의 경우 근대적인 사랑 또는 연애를 특징짓는 낭만적 사랑은 근대적 개인의 출현과 연관을 갖는다. 봉건사회의 신분, 위계질서로부터 '자유로운 개인'에서 근대적인 의미의 자유연애가 시작된다. '자유로운 연애'는 동어반복처럼 보일 수도 있지만 개인이 스스로 자유로운 의지가 있는 존재라는 인식을 했다는 전제하에 성립한다.

따라서 서구 자본주의의 이식으로 근대가 시작된 비서구지역, 특히 식민지 조선의 경우는 이 '자유로운 의지'는 근대적 지식의 습득을 주요 판별 기준으로 삼고 있다. 즉 근대적 학교는 바로 새로운 교육과 지식을 전수하여 '자유의지'를 가진 인간을 양성하는 새로운 공간이다. 「혈의 누」의 옥련과 구완서, 『무정』의 이형식과 김선형, 『장한몽』의 이수일과 심순애 등 연애관계에 기초한 그 모든 근대소설의 인간이 학교라는 공간, 학생이라는 신분으로 규정되는 것은 바로 여기에서 비롯된 결과인 것이다. 이 때문에 '자유연애'란 식민지 조선의 근대성 쟁취 과정의 일부, 더 분명하게는 계몽의 대상으로서의 청년 남녀에게 주입되는 근대적 인간상으로 규정되어야 한다.

수산 또한 이러한 당대 자유연애 담론에서 벗어날 수는 없었다. 즉 쇼의 경우는 낭만적 연애가 말 그대로 로맨스, 즉 귀족적인 성적 방종에 잇닿아 있어 우수한 자손의 번식을 위한 우생학적 고려라는 부르주아적 가치에 배치되는 것이기에 부정할 수밖에 없었지만, 수산의 경우는 엄격한 유교질서, 지나치게 금욕적인 봉건적 속박을 벗어나 자유로운 근대인이라는 새로운 인간형의 조건으로 제기된 문제였기에 긍정되어야만 했던 것이다.

물론 수산이 방종한 자유연애를 긍정했던 것은 아니었다. 그는 노골적인 남성우월주의자는 아니었지만 여성숭배론자는 더욱 아니었다. 수산이 꿈꾸었던 이상적 여성은 자립적이고 주체적이어서 남성의 지배 밑에 안주하지는 아니하되, 능동적이고 당당한 애정으로 자신을 표현할 줄 아는 말 그대로 초인의 어머니가 될 만한 여성이었다. 수산이 그러한 여성을 만날 수 없었던 것이 그 주위의 여성들이 소양이 부족했다기보다 그 자체가 당대에는 아직 만들어지지 않았던 비현실적인 여성, 이념적으로 이식되고 선취된 여성상이었기 때문이었다. 그런 의미에 수산 또한 끝없이 연애에 실패할 수밖에 없었으며 끝없이 여성을 대상화할 수밖에 없었다고 하겠다.

게다가 수산의 남성인물들은 이광수처럼 쉽게 여성을 가르치지 못한다. 변화의 원인을 제공할 수 있을 때조차 여성인물은 남성인물의 의도대로 바뀌지 않는다. 그렇기에 수산의 작품에 등장하는 여성들은 실제로 어떤 '모범적 이상형'의 형상을 띠고 있지 않다. 이로 보면 로맨스를 긍정하고 남성과 여성의 영혼과 육체의 영원하고 완벽한 결합을 꿈꾸었던 수산마저도 니체나 쇼와 별다르지 않게 진정한 로맨스를 그려낼 수 없었던 사정이 불가피하게 일치하고 있으며 앞질러 설명하자면 이것이 수산이 직면한 좌절과 환멸의 한 경로를 만들어낸다.

이상으로 보면 버나드 쇼의 생명력과 수산의 생명력 혹은 자유의지는 그 유사성 못지않게 상당한 거리가 있다. 수산의 자유의지는 "살냐는 맹목적·결정적·숙명적"인 것으로 "아모것도 지배할 수 업고 아무 힘도 결박하거나 죽이지 못할 생명의 힘"이다. 그에게 니체나 쇼에게 시도되었던 남녀의 구분은 그다지 의미가 없다. 수산은 여성이 생식의 본능으로 생명력을 구현하는 데 그치기를 바라지 않았으며 그럴 수 있다고 생각하지도 않았다. 자녀의 양육을 위해 매춘을 불사하는 '이영녀'에게 훌륭한 자식은 태어나는 것이 아니라 길러지는 것이었고, 비현실적으로 상상된 인물에 지나지 않는 도도하고 자립적인 비비조차 워렌부인의 매춘사업으로 성장하였다. 아니 매춘이 산업으로 재편된 후 여성의 생명력, 생식본능은 이미 계량화되었고, 이것은 여성들에게는 남성 철학자를 만나 존재가 해부된 상황과 같다.[34] 즉 '이중의

---

34) "There had been so many great struggle between artist and woman that we can not remember them without shudder. Man is vivisector and vampire to women. he gets into intimate relation with them, to surprise their in most secrets, and by doing this

독연기'에 둘러싸인 엄혹한 현실을 뚫고 나가는 생명력은 남녀에게 모두 반
드시 필요한 것이었다. 그리고 이것은 확실히 당대의 현실과 대면하고 이를
돌파해 나가는 '힘'을 필요로 하는 것이었으니 그가 제안하는 당대에 필요한
문학은 바로 이러한 힘을 가진 문학이었던 것이다.

　이를 위해 수산이 소개하는 작품, 수산이 높이 평가하는 작품의 기준도 마
찬가지였다. 그의 주요 평론 「구미현대극작가(소개)」(『시대일보』, 1926. 1~6),
「자유극장 이약이」(『개벽』, 1926. 5), 「우리 신극 운동의 첫길」(『조선일보』,
1926. 5) 등에서 호의적으로 거론되는 작품은 물론 연극사적 사건은 대부분
20세기 초 자본의 위기를 특출한 상상력과 파격적인 형식으로 미적으로 돌
파하는 힘의 담지자에 중심에 두고 있다. 즉 '시대적 반동아'라는 천재의 시
대적 의의가 적극적으로 구현된 작품이며 작가들이었던 것이다. 수산이 앙트
완느의 '자유극장'에 주목하는 이유는 자유극장이 당시의 잘 짜인 상업연극
의 극장을 타파하는 새로운 흐름, 새로운 연극의 연출과 새로운 극장 형식을
창안해냈다는 점 때문이었으며, 여기에서 하나의 '운동'방식을 접수하여 제
안한 것이 「우리 신극 운동의 첫길」이었던 것이다. 요컨대 수산에게 중요했
던 것은 특정한 사조, 작품, 작가가 아니라 한 시대의 흐름과 이를 바꾸는
변혁적 위치의 작품이며 활동방식이었던 것이다. 이는 그가 특정 경향에 한
정되지 않고 사실주의, 상징주의, 표현주의 등은 같은 맥락에서 다뤄지기 어
려운 각양의 작품과 작가에 주목했던 것은 바로 이 때문이었다.

　「구미현대극작가(소개)」를 살펴보자. '선발과 순서에 별다른 표준 없이 서
책과 참고서가 내 손에 닿은 것과 취미대로'였다는 겸양은 작품 선정의 안
목이나 이해의 차원이 상당한 수준이기에 더욱 도도하다. 이 글에 소개된

---

he gets inspiration and fulfills his own function of the Life Force. Woman is the enemy
of the philosopher. She will be staved and her children gone barefoot if she meet the
true artist (philosopher).
　「Man and Superman」, 『전집』 II, 337면.

196

작가들은 영국의 밀른(Alan Alexander Milne), 이탈리아의 루이지 피란델로 (Luigi Pirandello), 체코의 카렐 차페크(Carel Čapek), 미국의 유진 오닐 등인 데 이들은 정도의 차이는 있을망정 모두 당대를 풍미하던 작가들이다. 연극 계에서는 다소 낯선 이름인 밀른은 후일 아동문학으로 전향하여 더이상 연 극계에서는 이름이 거론되지 않지만 디즈니의 캐릭터로 잘 알려진 「곰돌이 푸우」(*Winnie the Pooh*)의 원작자로서 그의 재기발랄한 작품들은 당시 많은 사람의 각광을 받았던 것 같다.[35] 수산은 밀른 작품의 시대적 의의를 1차 세계대전중 영국의 불안과 공포를 달래기 위해 번성한 위안물인 점에 두었 고, 그의 작품을 평하면서 "경쾌한 대신에 경솔하고 유모어가 잇는 대신에 천박하고 환상과 웃음이 잇는 대신에 넘우나 아동극답게 된 결점이 잇다"면 서도 『피터 팬』의 작자 배리(Sir James Matthew Barrie)와 동급에서 "인정미 와 유모어와 환상과 기지가 풍부한 점에서 상당한 애호자를 얻을 것"이라 예견하였다.

루이지 피란델로와 카렐 차페크는 재래의 극 전통에서 이탈하여 혁명적인 문학을 구상하던 수산에게 이상적이었다고 해도 좋다. 수산은 '표현주의'에 대해 "넘우나 정신을 무시하고 영혼을 고창하는 대로서 벌서 그 반동이 일 어나기 시작"하였다고 전제하면서도 20세기 입센만큼 금후의 극작가에게 한 방향을 지정해준 것은 의심할 수 없는 사실로 진단하였고, 그 한편에서 "내용이나 주관은 고사하고 재래의 극 전통에 반항하야 외관(外觀), 객관상 (客觀上)의 신형식을 발견한 이가 생겨"났다고 하였으니 카렐 차페크는 표 현주의에 피란델로는 신형식 발견자에 해당한다.

수산은 피란델로의 작업을 희곡보다도 무대공연의 파격에 의미를 두었으 며 이같은 메타 테아트르(Meta-Theatre)의 선구적 의의는 오늘날 광범위하

---

35) 양주동은 밀른의 수필집을 번역 소개하며 "劇・小說・童詩・童話 등 각 방면에 無往 不可한 才士"이며, "奇警한 筆致와 諧謔的인 命意는 정히 天下 一品"이라 하였다. 양주 동 『世界奇文選』(탐구당 1955) 304면.

게 인정되는 바이기도 하다. 특히 무대에서 재현되는 허구적 사실에 거리를 두고 절대 진리 또는 절대 선은 존재하지 않는다는 진리의 부재, 진리의 상대성을 피란델이슴의 핵심으로 지적하는 수산의 관점은 여전히 현재형이다. 그런데 재미있는 것은 피란델로의 전기적 사실을 소개하는 수산의 입장이다.

> 피란델로의 경력을 잠간 말해두자. 금년에 사십구세이니 1867년 출생이다. 씨시리아도(島)에서 난 것. 기리시아 이주민인 부(父)와 토착인이든 모(母) 새이에서 난 것, 이 두 가지가 그의 천재에 영향이 업섯는가를 추측해볼 만하다. 풍광적(風光的) 미(媚)하고 태양빗이 센 남이태리, 지중해에서 자라난 점으로서 그이의게 사상으로든지, 작품상으로든지, 강렬한 다혈질의 기분인 넘친 것을 수긍하겟다. 또 어머니 압헤서 쩨쓰는 어린애가 손에 닷는 대로 내젓고 쌔여부치는 것처럼, 재래의 온갓 전통이란 인습(因襲)이란 전혀 불고(不顧)하고 발아래에 짓밟버내리는 것을 보면 알 터이다. (『전집』 II, 120~21면)

피란델로는 이탈리아 본토 출신이 아니라 시칠리아 섬 출신이다. 시칠리아는 이탈리아 반도와는 또다른 독특한 문화적 분위기를 지니고 있다. 수산은 그의 주변적 성장 배경이 그의 격정적이고 파괴적인 작품성향의 일부로 작동했으리라고 추정하면서 아울러 피란델로가 에우리피데스의 『편안신(片眼神) 키클롭스』[36]을 시칠리아 방언으로 번역했다는 사실, 첫 드라마가 「시실리아의 리암수(樹)」였다는 점 등을 거론하고 있다.

이같은 주목의 저의는 체코슬로바키아의 독립선언으로부터 카렐 차페크를 다루기 시작하는 데에서 분명하게 드러난다. 체코어의 부흥을 체코족의 부흥으로 이해하는 그의 시선에는 '조선 말 없는 조선 문단'을 문제적으로 인식하던 관점이 살아있고, 나아가 오스트리아의 억압을 딛고 그들의 손으로 세운 프라하 국민극장(Narodni Divadlo)과 차페크가 문예부장으로 있던

---

36) 외눈박이 신 키클롭스(Cyclopes).

비노흐라디(Vinohrady) 극장을 모범적으로 거론하는 그의 언술에는 선망과 경외가 스며 있다. 즉 문명과 권력의 변방, 일본제국의 식민지 조선 그리고 또 그 변방인 목포에서 외로이 분투하며 자신의 생명력을 시험하고 있었던 수산에게 이 작가들은 가능성이고 목표였던 것이다.

특히 오스트리아의 식민지 체코슬로바키아의 극작가로 불과 다섯 개의 작품을 쓰고 그중에서도 『R. U. R』과 『곤충의 생활』 단 두 작품으로 세계적 명성을 얻는 차페크야말로 자부심 강한 수산이 모범으로 삼을 만한 작가였다. 쯔끼지 소극장에서 상연되어 당시 일본 평단의 주목과 호의를 이끌어내었던 「인조인간」에 극히 예리한 비판을 가할 수 있었던 것도 그같은 긴장 덕분이었을 것이다.

즉 수산의 희곡이 일체의 기성가치를 비판·부정하고 시대에 저항한다는 부정과 저항정신을 기조로 삼고 있으며, 따라서 형식적으로도 파격과 실험정신이 두드러진다고 할 때 수산의 극작 전략은 기본적으로는 당대 세계상에 대한 강도 높은 비판의식과 이같은 무의식적 목표에 기반을 두고 이루어졌다고 할 것이다. 그의 희곡은 사건 중심으로 진행되는 전통적인 형식의 작품이라기보다는 대사와 논쟁으로 갈등이 심화되고 파국에 이르는 현대적 성격을 지닌다.

수산의 작품세계 출발은 낭만주의였다. 그리고 이는 프랑스 고전 비극으로부터의 독립선언——시간, 장소, 극행위의 삼일치의 법칙을 엄격히 규정한 전통적인 극작법을 부인하고 모든 전통적인 규범에 대한 근본적인 항거에서 시작한 것이었다.[37] 연극사적으로 이는 빅토르 위고(Victor Hugo)의 『크롬웰』 서문에서 처음 선언된 것인데 위고는 「공상문학」의 순자가 사진을 걸어놓고 숭배하던 바로 그 작가이며 그의 작품 「난파」에 사용된 배경음악 'caro nome'가 삽입된 「리골레토」의 원작자이기도 하다.

---

37) 바나드 휴이트 지음, 정진수 옮김 『현대 연극의 사조』(홍성사 1986) 19면.

여기에 이미 잘 알려져 있듯이 표현주의 형식이 응용된 「난파」 「산돼지」 등의 선구적 형식 실험이 시도되었고, 이러한 실험적인 형식은 그의 작품에서 특히 유표한 점이다. 따라서 기존 연구 또한 여기에 집중되어 있지만 그 평가가 긍정적인 것만은 아니다. 흔히 그의 작품은 극적 긴장이 부족하고 인물의 성격이 분명하지 않아 서사적 주제와 극적 구조가 조화롭지 못하다는 평가를 받는다. 물론 수산의 작품에는 미흡한 점이 있다. 「난파」의 시인이 도달한 자아의 경지가 절대적이라고 보기에는 미흡하고 「산돼지」의 환몽 또한 충분히 계산되지 못한 느낌이다. 그러나 그의 희곡을 형식적 선구성에 준하여 평가할 때 그 내용의 시대적 의의가 모호해질 수 있다. 그에게 형식은 '절대시하지는 않으나 중대시하기는 한' 것으로서 이같은 관점을 전제로 본다면 그의 희곡적 특징이란 그가 구상하는 작품의 주제를 위해 취사, 선택된 것이라는 점이 우선적으로 고려되어야 하는 것이다.

수산 희곡의 극적 구조상 두드러지는 특징은 그 에피소딕한 분절적 막의 배치를 들 수 있다. 그의 장막극 「이영녀」 「난파」 「산돼지」 모두 연속적인 시간을 배경으로 하고 있다기보다는 일반적인 의미의 극적 시간 안에서 용인되지 않는 시간적 간격을 가지고 있고 사건 또한 독립적으로 전개되는데 이 때문에 인물의 발전과 갈등의 심화 과정이 용이하게 포착되지 않는다. 이 작품들은 여러가지 경로로 이러한 극적 구성에 도달한 것으로 보인다.

수산은 「산돼지」를 탈고하고 조명희에게 보내는 편지에 "일후에 엇던 극을 쓰든지, 이곳에서 출발한 자연주의극, 상징극, 표현주의극 어늬 것이 되든지 간에 주의해둘 것"이라[38] 밝힌 바 있다. 그리고 이러한 극작술에 대해 기존 연구에서 다각도로 해명을 시도해왔음은 이미 언급하였다. 그런데 이러한 상이한 성격의 극작 방법이 어떻게 공유될 수 있을까? 이는 극작의 여러 층위를 나누어 살펴보면 쉽게 이해가 된다.

---

38) 『전집』 II, 529~30면.

200

우선 자연주의 혹은 사실주의 극의 관점에서 보면 수산 희곡의 사실성은 우선 그 극적 언어의 일상성에서 두드러진다. 대사의 리얼리티는 당대의 여러 희곡과 비교할 때 수산 희곡의 가장 뛰어난 점이기도 하다. 이 생생한 일상어의 구현이 수산의 희곡이 사실주의적으로 평가하는 요소였던 것인데, 수산은 대사와 연기에 있어 대부분 사실주의적인 표현법을 택하였다. 그러나 이것이 단순한 일상어의 재현을 의미하는 것은 아니다. 여기에는 무엇보다도 '근대적 인간의 소외된 관계'에서 비롯된 고립되고 가학적인 '어법'이 있다. 이는 때로 '빈정거림'으로, 때로 '환멸'로, 때로 공격적인 비난과 비판의 방식으로 발언되지만, 어떤 경우에도 '연대'라든가 '긍정'과 같은 당대 현실 운동적 차원의 실천은 찾기 어렵다. 수산의 희곡은 스스로 '희극'이라 규정하였을 때조차도 극적 즐거움을 찾는 것이 쉽지 않으며 그렇다고 선동이나 계몽의도가 드러나는 것도 아니다. 지루한 산문적 일상과 엄혹한 착취의 현실만이 냉연히 포착되어 있다. 이 냉연함은 수산 희곡의 전반적인 바탕 색조를 이룬다. 이것은 달리 말하면 인물과 사건과 장소를 세부에 이르기까지 사실적으로 묘사하는 것에 그치는 단순한 재현과는 거리가 있음을 의미한다.

수산 희곡에서 배우의 연기는 단순한 사실적 모사를 넘어 보편적 진실을 드러내는 연기로 표현될 필요가 있다. 이것은 사실주의적인 일상적 표면을 넘어서야 한다는 상징주의적 연기관에 근접한다. 상징주의 연기에서 중요한 것은 내면의 대화이며, 인물과 배역의 조화로서 이는 직접적으로 표현할 수 없고 암시할 수 있을 뿐이다. 마테를링크는 「일상생활의 비극성」이란 논문에서 연극은 일상생활의 아름다움과 장엄함 그리고 진지함을 표현해주어야 한다고 주장하였다. 격렬한 극적 행동보다는 오히려 머리를 숙이고 조용히 앉아서 자신의 영혼과 대면하고 있을 때 더욱 심오하고 보편적인 진실을 추구할 수 있다고 하였다. 수산의 독특한 시적 취향은 상징주의와도 일정부분 관련성을 보인다고 하겠다.[39]

무대의 단순성도 상징주의의 극적 특성과 관련된다. 수산은 대사에서는 사실성을 추구하였으나 무대 설정에서는 그다지 사실성에 주의하지 않았다. 그의 희곡에서 긴 지시문은 주로 인물들의 내력과 분위기에 바쳐진 것으로 이는 수산이 관심을 기울여 연구했던 버나드 쇼의 극작 특징 중 하나이다. 버나드 쇼는 이러한 상세한 지시문을 자칫 자신의 작품이 잘못 해석될 경우에 대비하여 즐겨 작성하였다. 수산의 희곡과 같이 대사와 토론, 논쟁에 크게 의지하는 작품의 경우 이러한 인물 성격의 상세한 지시는 연출자의 작품 해독과 극적 재해석에 매우 유용하게 활용되어 앞서 언급한 상징주의적 연기에 이바지할 수 있을 것이다. 그런데 무대는 비록 지시문에서의 사실적으로 제시되었다 하더라도 그것은 필요한 소품의 용도를 규정하는 것이지 실제로 그러한 장면을 반드시 필요로 하는 것은 아니다. 즉 실제로 상연을 한다고 해도 몇가지 소품을 통해 간단히 해결할 수 있을 것인데 이는 수산의 연출관과 긴밀한 연관이 있다.

> (안톤의) 무대 위의 삼벽(三璧) 안이란 것은 그후에 발달한 크레-그나 라인하르트의 무대와 관객석의 동화를 기초로 한 무대는 아니다. 즉 우에도 말한 반동과 시대요구의 표현이기 째문에 자연시럽단 것이 너무 고담무미(枯淡無味)하게 되고 진실한 생의 단면이란 것이 너무 상식에만 째진 신문기사식의 사실적 표현이 되어버리고, 쏘 삼벽(三璧)한 표현이 너무 열정 업시 되어버린 것도 생각할 수 잇다. (「자유극장 이약이」, 『전집』 Ⅱ, 90면)

이 글을 보면 앙트완느의 '제4의 벽' 이론이 이미 도식화되었다고 보고, 이러한 사실적 무대 대신 크레이그나 라인하르트의 무대연출 기법을 대안으로 생각하고 있음을 알 수 있다. 또한 수산은 1921년 「소위 근대극에 대하야」에서 이미 극장의 주뇌(主腦)는 지배인과 무대감독이라 하여 연출가 중

---

39) 바나드 휴이트 지음, 앞의 책 77면.

심의 연극을 구상하는 크레이그와의 친연성을 보여주었다. 특히 「맥베스가 본 유령과 햄릿이 본 유령」에서 유령을 파악하는 방식이 크레이그와 유사함을 볼 수 있다.[40] 무대를 단순화하고 추상성과 장엄함 등으로 아름다움을 추구하는 상징주의적 무대는 단순함을 배려하여 설정된 수산의 무대에 깊은 암시를 준 것으로 보인다.

또한 라인하르트의 표현주의적 연출관에도 주의를 기울였다. 라인하르트는 크레이그가 구상한 창의적인 연출가로서 연기, 무대장치, 의상, 조명, 음향 등을 동원하여 그의 비전을 재현해내었다. 수산의 희곡의 경우 '3막으로 된 표현주의극'이란 부제가 붙어 있는 「난파」는 격정적이고 과장된 연기와 의상, 조명, 음악 등을 활용하여 갈등하고 고통받는 인물의 내면을 보여주는 표현주의적 상상력에 의존하고 있다.

이렇게 보면 그가 '표현주의'에 매료되었던 점 또한 쉽게 수긍이 가는 일이다. 표현주의적 사고 형식에 지극히 예리한 추진력을 제공한 것은 니체가 강조한 자아의 의식과 자아의 통어와 정열적인 자아의 성취였다. 표현주의 세대는 니체의 담대한 감흥과 낡고 사멸해가는 것을 부수어버리라는 끈질긴 권유와 모험과 새로운 비전에 대한 강조에 압도되었다.[41] 사실 20세기 초 니체의 철학은 그 이해의 정도를 떠나 일종의 지적인 열광의 대상이었다. 니체의 의지와 열정과 환희는 표현주의자들에게서 자주 눈에 띄는 강렬한 주관성과 차라투스트라를 닮은 '새로운 인간'에 대한 요청에 상응한다. 무엇보다도 이 새로운 정신적 풍토에 깊은 뿌리를 내린 것은 창조성과 생명력에 대한 니체의 숭배였다.[42]

이러한 역사적 경과를 염두에 두면 수산이 니체 철학에 깊이 공감하고 있던 수산에게 이같은 작품 분위기는 당연했다고 하겠다.[43] 더구나 이러한 경

---

40) E. 고든 크레이그 지음, 남상식 옮김 『연극예술론』(현대미학사 1999) 262~78면 참고
41) R. S. Furness 지음, 김길중 옮김 『표현주의』(서울대학교출판부 1985) 11면.
42) 같은 책 12면.

향이 톨러, 카이저, 차페크 등 기계문명에 대해 비판적인 작품과 만날 때 이는 쉽게 당대 계급투쟁과 결합될 수 있었다. 수산이 오늘날 분명히 표현주의자로 구분되는 스트린드베리, 유진 오닐 등의 작품을 선호하면서도 이들을 표현주의자는 아니라고 평가하는 것은 수산이 생각하는 표현주의 작품이 이들의 단순한 가정 내 비극 혹은 남녀간의 갈등을 주된 사건으로 하는 작품과는 거리가 있었기 때문이라 할 것이다.[44] 수산은 톨러, 카이저, 차페크 등과 같이 문명비판과 자유의지를 다룬 작품, 즉 노동자계급, 피압박계급의 각성을 담은 문학적 과제를 표현주의와 연관지어 이해하고 있었다. 이는 「창작을 권함내다」에서 표현주의의 발생 배경을 전후 독일인의 고민과 초조와 비참신고로 설명하는 것으로도 알 수 있다. 삶이란 고민이요, 전투이며 이를 회피하지 않고 모든 쓰림과 아픔을 겪어내는 힘에서 표현주의라는 새 인생의 국면이 출현하였다는 것이다.[45]

그러나 앞서 지적하였듯이 수산에게 중요한 것은 특정한 사조의 충실한 구현이 아니었다. 이것들은 그에게 응용될망정 추종되는 것은 아니었고 그에게 기법이란 당연하게도 그가 구상하는 작품을 원만하게 형상화하기 위해 선택되는 것이었다. 그의 작품이 특정한 사조로 수월하게 해독되지 않는 것은 이 때문이다.

3. 통제의 시공간과 「정오」의 꿈

수산의 희곡 「정오」는 창작연대가 밝혀져 있지 않으며, 이를 추정할 수 있는 그 어떠한 표식도 남아 있지 않은 유일한 희곡이다. 이 희곡은 짧은 단

---

43) 『전집』 II, 64~69면.
44) 같은 책 170~71면.
45) 같은 책 64~65면.

막극 형식으로서 사건과 인물이 분명하지 않은데, 그 때문인지 기존의 연구에서는 「정오」를 가장 초기의 작품이며 습작품이라는 판단하에 주요 작품 목록에서 제외하는 경우마저 흔히 볼 수 있었다.

물론 넓은 의미에서 수산의 모든 희곡은 독자와 평단의 피드백(feedback)을 거치지 않은 습작품이라고도 말할 수 있을 것이다. 그러나 좁은 의미에서 습작품을 '발표보다 숙련에 목표를 두고 연습으로 창작한 작품'이라 정의한다면 수산의 의도가 습작에 있었는가는 단정할 수 없는 일일 뿐만 아니라 「정오」가 과연 형상화의 수준을 논할 수 없는 습작품에 지나지 않는가에 대해서도 재론의 여지가 있다.

유민영은 "그가 남긴 다섯 편의 희곡 중 처음 쓴 것으로 생각되는 단막희극 「정오」만 정확한 창작연대를 알 수 없고, 나머지 네 편은 1925, 26년에 쓴 작품으로서 연대가 밝혀져 있다"고 하였고,[46] 또한 "다섯 편의 희곡 중 습작품에 속하는 「정오」(1막)를 제외하고는 모두가 1924년부터 1926년 8월 자살 직전까지 2년여에 걸쳐 쓴 중막극 내지 장막극들"이라고 하면서 "「정오」는 습작노트 같은 느낌을 준다"고 하였다.[47] 서연호는 "그 수준으로 미루어 첫 작품으로 추정되는 「정오」는 플롯보다 상황이 중시된 짧은 희곡"이며[48] "전체적인 짜임새도 엉성하고 일관된 주제를 추구하려는 의도도 미약한 소품"이라 하였고,[49] 이미원은 유민영의 견해를 인용, 이에 동의하였으며[50] 이은자는 "반면에 그의 작품은 학생극의 관념을 생경하게 드러낸 초기 습작품 「정오」를 제외하고"라고 언급하여[51] 「정오」의 창작시기를 수산의 수

---

46) 유민영 「서구에의 탐닉과 자기 파열」, 극예술학회 편 『김우진』(태학사 1996) 23면.

47) 이 언급에는 「정오」가 1924~26년보다 훨씬 이전에 창작된 작품이라는 어취가 담겨 있다. 유민영 「선각자 김우진의 연극 실험」, 같은 책 86면; 유민영 『한국근대연극사』, 709면.

48) 서연호 「김우진의 생애와 문학세계」, 극예술학회 편, 앞의 책 7면.

49) 서연호 『한국근대희곡사연구』(고려대학교출판부 1982) 111~12면.

50) 이미원 「김우진 희곡의 표현주의」, 극예술학회 편, 앞의 책 134면.

학 시기까지 거슬러 올려 잡았다. 이러한 평가는 다른 논자들도 광범위하게 퍼져 있다.

즉 「정오」에 대한 기존의 주된 평가는 대략 두 가지로 요약할 수 있으니 「정오」는 가장 초기의 작품이라는 추정이 하나요, 이 추정에 근거하여 작품성을 높이 논할 수 없는 '습작품'이라 보는 견해가 둘째라 할 것이다. 그러나 여기에서 「정오」가 가장 초기의 작품이라는 것은 실증적 근거 없는 자의적 추정이요, 그 구조가 단순하고 상황이 중시되는 희곡이라 해서 이 작품이 형상화의 수준이 낮은 습작에 지나지 않는다는 것 또한 연구자의 견해에 따라 달리 논의될 수 있다. 설령 「정오」가 수산의 작품 중 최초의 작품이라 할지라도 그 때문에 작품의 수준이 낮다고 할 수는 없다.

「정오」의 창작연대에 대해 이견을 드러낸 것은 이은경이다. 이은경은 김우진 희곡세계를 표현주의적 관점에서 포괄하면서 사실주의적 경향을 드러내는 「이영녀」나 「두데기 시인의 환멸」보다 후에 창작되었다는 견해를 제시하였다.[52] 표현주의를 판단 근거로 제시하는 비슷한 관점으로는 손필영의 견해가 있고,[53] 유일용은 이와 비슷한 입장에서 판단을 유보하고 있다.[54] 그러나 이은경의 견해는 '표현주의'라는 잣대에 수산의 작품세계를 맞추어 재단한 바가 있다. 수산 작품세계를 표현주의적 경향으로 아우르고자 한 시도는 있을 수 있는 일이라 하더라도 더 표현주의적일수록 후기 작품이라는 것은 기준을 절대화한 결과이다. 또한 수산의 시나 평문 등을 참고하면 수산의 표현주의 수용 시기는 작품이 본격적으로 창작되기 이전으로 볼 수 있는 바, 수산은 자연주의, 상징주의, 표현주의를 비슷한 시기에 받아들여 표현하

---

51) 이은자 「「이영녀」 연구」, 같은 책 172면.
52) 이은경 「김우진 희곡 연구」(숙명여대 석사학위논문 1986. 12) 56면; 이은경 「수산 김우진 연구」(숙명여대박사학위논문 1994) 60면.
53) 손필영 「김우진 희곡 연구」(국민대 석사학위논문 1986) 58~59면.
54) 유일용 「김우진 희곡 연구」(전남대 석사학위논문 1989).

고자 하는 장면과 극적 상황에 따라 응용했던 것이지, 자연주의에서 상징주의로, 다시 표현주의로 변화했다고 보기는 어려운 점이 많다. 물론 이러한 연구를 통해서 학생 시대로까지 소급되었던 「정오」의 창작시기를 대부분의 작품이 창작된 1925년 즈음으로 추정해볼 수 있게 된 것은 다행스러운 일이라 하겠다.

기존의 연구에 따르면 「정오」의 창작연대는 ① 학생 시기 ② 1925년 이전 ③ 「두데기 시인의 환멸」 이후라는 1926년설을 비롯, 1925~1926년간의 기타 작품이 창작되던 시기 등 세 가지로 압축할 수 있다. 따라서 「정오」를 연구하는 데 있어 우선 필요한 것은 그 창작시기를 더 합리적으로 추정하는 작업일 것이다. 이로써 「정오」의 창작연대를 좀더 객관적으로 확정할 수 있다면 그간 자주 제외되어온 「정오」의 작품성을 수산의 전체 작품세계 속에서 더욱 풍부하게 논할 수 있게 될 것이다.

먼저 수산의 표기방식이 변화해가는 점에 주목해볼 수 있다. 앞장에서도 살핀 바와 같이 수산은 독자적인 문전학습을 통하여 표기방식을 확정해갔으며 이는 'ㆍ'의 사용과 각자/합용병서의 선택 과정, 연철/분철/과분철 등의 사용례가 점진적으로 변화해가는 것을 참고할 수 있다. 수산은 1923년 이후로는 'ㆍ'를 거의 사용하지 않았으며, 1925년 따로 선별한 시편에서는 'ㆍ'의 표기를 수정하고 합용병서를 각자병서로 정정한 사실도 관찰할 수 있다. 따라서 수산의 표기 의식은 'ㆍ' 사용의 폐지와 각자병서로 기울고 있음을 알 수 있다. 그러나 이후에도 단일한 표기로 수렴되는 것은 아니고 어떤 경우에는 각자병서를, 어떤 경우에는 'ㅅ'계 합용병서를 사용하고 있음을 알 수 있다. 수산은 왜 이러한 이원적 표기방식을 고수하고 있었을까? 이 시기 중앙의 인쇄매체는 일관되게 'ㅅ'계 합용병서를 사용하는바, 이 이유는 무엇일까?

수산은 중앙의 인쇄매체에 공식적으로 발표한 글 이외에도 많은 글을 발표하였다. 예컨대 그가 참여한 목포의 문학동인회 오월의 기관지 『Société

Mai』에 발표한 많은 글 또한 공식성을 지녔다 할 것이다. 아무리 소수 독자라 하더라도 공개를 전제로 하는 글들이기 때문이다. 일기를 제외한 서신과 수상 또한 공개와 발표를 예정하고 집필된 것들이라 보는 것이 타당하다. 그러면 수산은 어떤 글에서는 각자병서를 어떤 글에서는 합용병서를 사용했던 것일까? 수업 시기에 각자병서 쓰기로 전환할 만한 계기가 있었다 하더라도 본격적인 집필활동을 시작하면서 중앙의 인쇄매체가 요구하는 표기법은 합용병서였던바, 그렇다면 표기법을 합용병서로 바꾸는 것이 수월하지 않았을까? 그 시기의 대부분 매체가 합용병서나 합용/각자병서를 혼용하고 있었던 만큼 독서를 통해 자주 접하는 표기법 또한 합용병서였을 것이다. 그런데도 수산이 스스로 표기법을 결정할 수 있는 위치에서는 각자병서를 포기하지 않았으니 여기에는 별도의 이유가 있을 것으로 보인다.

그러면 이 시기의 일반적인 표기안은 어떤 것이 있었는가. 구한말에서 일제강점기의 표준어 정책을 일별해보자.

1894년 경장 내각이 시행한 개혁정책안에는 '국문'에 대한 항목이 있었다.

제14조 법률 칙령은 모두 국문으로 본을 삼고 한문 번역을 붙이며, 혹 국한문을 혼용함(法律勅令總以國文爲本漢文附譯或混用國漢文) (고종 31년, 1894. 11. 21)

동아시아의 공통 문어 '진서(眞書)'가 하나의 외국 문자 '한문(漢文)'으로 상대화되면서 어디까지나 그 보조수단이었던 언문이 나라글자[國文]로 격상되었다.[55] 이에 따라 국문 연구가 활발해지면서 다양한 의견이 수렴되면서 1905년 『신정국문(新訂國文)』(지석영) 등이 발표되기에 이르렀고, 이에 대한 비판과 새로운 견해들이 수렴되면서 국문연구소가 설립되었다. 여기에서는 어윤적, 이능화, 주시경, 권보상, 송기용, 지석영, 윤돈구, 이민응 등 8명의

---

55) 최원식 「한국문학의 안과 밖」, 『문학의 귀환』(창비 2001) 103면.

'국문연구'를 제출받아 이를 통합하여 새로운 '국문연구의정안'(1909)을 발표하였다.

여기에서 수렴된 주요 내용으로는 첫째, 초성 중 ㆁ, ㆆ, ㅿ, ◇, ㅁ, ㅸ, ㅹ 8자의 폐지, 둘째, ㄲ, ㄸ, ㅃ, ㅆ, ㅉ, ㆅ 여섯 자의 병서 허용(ㆅ은 폐지), 셋째, 'ㆍ'의 폐지 등이다.

이 문자안은 망국의 와중에 결국 제대로 시행되지 못하고 말았지만 여기에 참여했던 학자들의 고투는 계속되어 1933년 공표된 '한글맞춤법통일안'의 근간이 되었다. 특히 주시경의 표기법 연구가 중심이었던 것은 주지의 사실이다.[56]

일제는 1912년 '보통학교용 언문철자법'을 제정 공표한다. 이를 제정한 위원들은 일본인 어학자 코꾸부 쇼따로오(國分象次郎), 타까하시 토오루(高橋亨), 오꾸라 신뻬이(小倉進平) 등과 현은, 유길준, 어윤적, 강화석 등이다. 이때의 주요 제정사항은 'ㆍ'를 폐지하여 'ㅏ'로 쓰도록 한 것과 각자병서를 폐지하고 'ㅅ'계 합용병서를 채택한 점이었다. '국문연구의정안'에서 이미 'ㆍ' 사용을 폐지하였으나 대체문자를 확정하지 못하였던바, 이를 결정한 점에서는 주시경 등 당시 국어학자의 견해가 관철된 것으로 볼 수 있으나 각자병서를 폐지하고 'ㅅ'계 합용병서를 쓰게 함으로써 전통적인 철자법으로 후퇴한 것으로 평가되었다. 이에 따라 대부분 신문과 잡지가 'ㅅ'계 합용병서를 채용하여 이 시기 표기에 큰 영향을 미쳤으며 아울러 이것이 보통학교 교과서로 채용되고 총독부에서 편찬한 『조선어사전』의 기준이 되어 이 시기 국어학자들의 견해와 경쟁하였던 것이다. 이 경쟁은 1930년 2월 조선총독부에서 공포된 '언문철자법'에 이르러 일제가 'ㅅ'계 합용병서를 폐지하고 각자병서를 채택함으로써 종료되었다.[57]

---

56) 신창순 『국어근대표기법의 전개』(태학사 2003) 67~109면 참고.
57) 우형식 『국어정서법』(부산외국어대출판부 1995) 70~76면; 김봉모 『국어정서법』(세종출판사 1994) 81~83면.

이러한 상황에서 수산은 일제가 제정한 'ㅅ'계 합용병서를 거부하고 주시경 등 한국인 학자의 각자병서를 따르고 있었던 것이니 이는 수산의 표기 방식이 우연적이거나 자의적이었던 것이 아니라 이 무렵 문전의 섭렵을 통해 나름대로 도달한 합리적 결론이었다고 할 것이다.

수산의 글에 나타나는 표기상의 전개 과정에 따르면[58] 우선 1923년 이후로는 'ㆍ'의 사용을 실질적으로 중단하여 그 사용이 현저히 줄어드는 것을 알 수 있다. 1924년 11월 24일의 일기에서 1회, 「아관 계급문학과 비평가」에서 1회, 「이영녀」에서 8회, 「두데기 시인의 환멸」에서 1회, 「산돼지」에서 1회 사용하였을 뿐으로 이는 무의식적인 오자라고 보는 것이 타당할 것이다. 「이영녀」의 경우, 상대적으로 많은 횟수가 사용된 것은 이 작품이 미완으로서 퇴고의 과정을 거치지 못했기 때문일 것이다. 그리고 1922년 2월에 쓴 「사상의 수의랄 조상하난 수난자의 탄식」의 경우 싀로히, 모릭, 시닉, 띡 등의 단어를 1925년 따로 선별하면서 새로, 모래, 시내, 때 등으로 수정하여 'ㆍ'의 사용을 스스로 폐기하고 있으니 이로 보면 'ㆍ'의 사용이 없는 「정오」의 경우, 1923년 이전으로는 소급할 수 없다. 둘째, 원인을 나타내는 어미 '~니까'의 변용 과정을 참고할 수 있다. 「정오」의 경우, '놀쟈닛가/그러닛가/테닛가/잇스닛가/다니닛가/논다닛가/햇스닛가' 등의 표현을 사용하고 있는데, 이는 대략 1925년에 집필된 「아관 계급문학과 비평가」(1925. 4), 「이영녀」(1925. 9), 「창작을 권함내다」(1925. 9), 「두데기 시인의 환멸」(1925. 12) 등의 표기와 일치하는 것이며 1926년에 접어들어 「이광수 류의 문학을 매장하라」(1926. 1) 이후에는 '~닛까', 혹은 '~니까'의 형식을 혼용하는 것을 알 수 있다.

이 표기에 의하면 「정오」의 집필시기는 「두데기 시인의 환멸」이 쓰인

---

58) 수산의 작품과 다양한 글의 표기상 정리는 다음에 정리되어 있다. 윤진현 「김우진 희곡 「정오」의 창작 연대」, 한국극예술학회 편 『한국극예술연구』 18호, 2003. 10, 43~47면.

1925년 12월 이후로 보기 어렵다. 즉 이같은 표기상의 변화에 따르면 「정오」는 일단 1925년에 창작된 것으로 볼 수 있다.

또한 작품의 내용으로도 이 작품의 집필연대를 추정할 수 있다. 우선 「정오」는 어떤 극적 사건도 없는 일종의 풍경화라고 할 수 있다. 이러한 성격을 표현주의적 특성으로 해명하려는 시도도 있고, 물론 그러한 극적 형식의 응용을 통해 이러한 작품의 구상이 가능했을 수도 있다. 그러나 표현주의라는 사조의 파격적 형식미가 이 사조의 전복적 상상력과 철학에서 비롯된 것이듯 표현주의적인 형식의 분석만으로는 이 작품의 의미와 가치를 효율적으로 포착하기 어렵다. 이 작품을 제대로 이해하기 위해서는 이 작품 자체의 상상력과 가치관을 분석해보아야 한다.

이 작품은 묘사되고 있는 현실주의적 상황 때문에 다소 고발적인 인상을 풍긴다. 어쩌면 그가 관계했던 청년회 등에서 간단히 상연하고자 했던 소품이었는지도 모른다. 그러나 달리 상연기록을 찾을 수 없는 것은 오늘날 우리가 이 작품을 성격과 사건이 충실히 표현되지 못한 습작 수준의 작품으로 평가하듯이 당시의 청년들도 이 작품의 본의를 제대로 이해하지 못했기 때문일 수도 있다. 당시 목포의 청년운동은 계몽적인 중도적 개량운동과 노동자운동과 연대한 좌파 청년운동의 경계가 분명하지 않았던바, 만약 이 작품이 그들을 대상으로 했다면 어느 쪽의 관객도 만족하게 할 수 없었을 것이다. 이러한 상황은 만약 이 작품이 발표되어 당시의 지식인 계층의 평가가 가능했다고 하더라도 별다르지 않았을 것이다.[59] 그러나 이 작품에서 아주 담담하고 일상적으로 포착되는 현실은 이 작품의 시간적 배경이 되는 뜨거운 여름날의 숨 막히는 더위만큼이나 답답하고 끔찍한 것이다.

이 작품의 공간적 배경은 도시의 한 공원, 맵시 좋은 모정(茅亭)이다. 무

---

59) 팔봉은 수산을 회고하며 "창작가로보다는 비평가로서――문예비평가로서보다 더 만흔 소질을 가젓섯다"고 하였으니 수산의 작품이 제대로 이해될 만한 지적 풍토가 아니었던 것이다. 김기진 「水山兄에 對하야 가젓든 멋가지 希望」, 앞의 책.

대는 셋으로 나뉘어 극이 시작되면 한쪽에는 일본인 집주인과 조선인 구레수염이 다투고 있으며 안쪽에는 중학생 두 명이 담배를 피우고 있고 남녀 하층 노동자는 벤치에 눕거나 앉아 자고 있다.[60]

우선 이 공간적 배경, '공원'에 대해 생각해보자. 이 작품에 그려진 '공원'은 도시 내 공원이다. 우리나라의 공원은 근대도시로의 전화를 배경으로 해서 형성된다. 이는 '공원'이라는 공간 자체가 근대성을 내재하고 있음을 의미한다. 주거와 생산이 분리된 근대적 주거공간의 특성상 휴게를 위한 특수 공간이 필요하였고, 이 필요로부터 공원이 기원한 것이다. 우리나라의 근대적 공원 또한 개항 이후 이러한 구미의 공원관에 준하여 소개, 조성되기 시작하였다. 인천의 각국 공원 등을 그 예로 들 수 있다. 그러나 이때의 공원 건립의 주체는 말 그대로 구미인들이었고, 동아시아의 경우는 서양의 공원관이 이식되면서 일정한 변화를 겪는다.

특히 일본의 경우 메이지 유신 이후 근대적 공원관이 수립되어간 경과는 유사하지만 특수하게 '신사'를 건립하고 그 주변을 가꾸는 형태의 신사공원이 주류를 이루고 있었다. 일제가 조선에 조성한 공원은 대부분 이러한 맥락에서 생겨난 것들로서 이는 '휴식공간'으로 쓰였다기보다는 '신성성'을 담보한 일종의 '종교적 공간'으로 기능하였다. 이같은 일본식 공원은 한일병합이후 한국의 공원에도 변화를 초래한다. 즉 각국의 거류민 공원으로 출발한 한국의 근대 공원이 대부분 일제의 신사공원과 병존하거나 새로이 건축이 되는 신사에 밀려 규모가 축소되기에 이르니 다양한 서구식 공원에서 일본식 신사공원으로 획일화되었다고 할 수 있겠다.

일제는 조선을 병합한 후 두 가지 원칙으로 대별할 수 있는 공원정책을 수행하였다. 하나는 경복궁, 덕수궁, 창경궁 등 조선 왕궁 지역을 공원화하

---

60) 모군꾼으로 지정된 남자 배역은 누워서 자고 있으며 아이 보는 여자로 설정된 여성 배역은 앉아서 졸고 있다. 이는 성적 차이를 고려한 배치이다.

고, 그 한편에 총독부 건물을 건설하여 전통적인 중심을 해체하는 작업이었
고 다른 하나는 신사 건립을 위한 전국적인 도시공원의 건설이었다. 전자의
경우, 광화문 앞, 의정부, 육조, 한성부 등 관아가 있던 육조거리, 즉 조선왕
조의 정치권력을 상징하는 거리를 총독부가 점거하고 그 후면에 있는 권력
의 원천인 왕궁을 휴식공간으로 전용함으로써 전통적인 권력의 공간을 해체
하는 방식으로 수행되었다.[61] 후자의 경우는 더 집요하게 지속된 것으로 일
본인 거류지를 형성할 때부터 자신들의 신사를 건축하고 그 주변을 장식하
는 공원의 조성을 추진하면서 시작되었고 합병 후에는 더 적극적으로 신사
건립을 추진하여 1920년대 중반에 이르면 전국적으로 신사참배를 강요할
수 있을 만큼 설비를 갖추게 된다.

　목포의 경우도 여기에서 벗어나지 않는다. 목포의 공원은 유달산 산정을
중심으로 조성되었는데, 이때 목포의 시가지는 여타 개항장과 마찬가지로
'일본인들이 주류를 이루던 각국 거류지'와 '조선인 마을'로 나뉘어 있었다.
그리고 일본인들의 거류지역을 중심으로 신사가 건축되고 공원이 조성되었
으니 바로 1907년 개원한 '송도공원'이다.[62]

　이렇게 보면 「정오」의 '공원'은 우선은 노동과 주거의 분리에서 비롯된
근대적 휴식공간이며 둘째로는 일본화된 신사공원으로서 말 그대로 일제가
식민지 조선에 휘두른 정신적 폭력을 상징하는 장소로 설정되었다고 볼 수
있을 것이다.

　일제는 침략 초기부터 '국체'로서의 천황 이데올로기를 통치이념으로 채
택하여 신사참배를 강요하였다. 1915년 8월 조선총독부는 "신사는 국가의
제사로서 존엄한 우리 국체의 성립, 찬란한 역사의 발자취와 표리일체를 이
룬다. 경신의 참뜻을 밝히고 이 도의 융성을 꾀하고자 하는 것은 국민사상의

---

61) 서울사회과학연구소, 앞의 책 117~18면.
62) 강신용, 앞의 책 79면.

함양에 절대 필요한 일"이라는 '신사사원 규칙'을 반포하였으며 신사의 신성성을 고취하고자 다양한 경로의 선전을 수행하였다. 이에 『동아일보』는 1920년 9월 25일자 사설에서 신사참배 문제를 거론하였다가 신기(神器)를 모독하였다 하여 무기정간 처분을 받기도 하였다. 신사참배 문제가 더욱 본격적으로 불거진 것은 1924년 10월 충남 강경보통학교의 학생들이 신사참배를 거부하여 여교원이 휴직을 당하고 관련 학생 여러 명이 퇴학을 당하게 되는 사건이 터지면서이다. 이 사건 이후로 신사참배에 대한 저항은 종교계를 중심으로 점차 확산되어 사회적으로 폭넓은 반향을 불러일으킨다. 1925년 일제는 남산에 신궁을 개축하여 대대적인 신사참배 행사를 벌였던바, 이에 기독교과 천주교 등은 10월에 있은 진좌제에 불참을 선언하면서 총독부와 충돌하였고 여기에 여타 일반인도 동조하였던 것이다.[63]

1925년 3월 18일과 19일 양일에 걸쳐 『동아일보』는 이 사건에 대한 논평 기사를 낸다.

一

전자(前者)에 충남 강경보통학교 아동들을 선생이 인솔하야 가지고 신사(神社)에 가서 참배를 하라고 하엿스나 그 생도들이 아니하겟다고 함으로 선생은 부득이하야 그 아동들을 그대로 다리고 회환(回還)하엿섯다는데 그 사실(事實)을 탐문(探聞)한 당국자(當局者)는 그 교원(敎員)에게 사직(辭職)을 권고(勸告)하엿섯스나 그 교원은 자기를 면직(免職)식히는 것은 자기의 임의(任意)로 할 수 업는 일이지만은 자기가 아모 잘못한 것이 업는 이상 사직(辭職)할 이유가 업다고 함으로 당국자는 그 여교원(女敎員)에게 휴직(休職)을 명(命)하엿섯다. 이 사실을 거(擧)하야 월전(月前) 경기도평의회에서 일본인 송목정관(松木正寬)씨가 질문을 하엿섯는데 경기도 학무과장은 신사(神社)가 종교이냐 아니냐 함에 대하야는 일본 의회에서도 문제가 되엿섯는데 기시(其時)에도 종교가 아

---

63) 문규현 『한국천주교회사』(빛두레 1994) 159~68면 참고.

214

니라 일본 조선(祖先)을 숭배하는 기관이라고 하엿스니 아해들이 듯지 아니하
더라도 부모에게 효성을 아니하는 아해들에게는 효성을 다하라고 말을 하는
것처럼 강제로라도 식힐 수밧게 업다고 하엿다.

　　二

　　다시 총독부 학무국(學務局) 평정과장(平井課長)의 말이라고 전하는 신문
기사에 의하면 '차신사(此神社) 참배 문제는 혹은 향후 쏘 이러날는지 알 수
업스니 미리 당국의 소견을 술(述)한다'고 하야 '신교(神敎)는 일종의 종교이
나 신사는 영조묿(營造物)이다' '신사는 실로 영웅을 숭배하는바 즉 자아(自
我)보다 고상한 인격을 가진 인격자에 대한 경의를 표하는 곳이다. 조선 사람
도 단군이나 기자라는 위인에게 대하야는 기묘(其墓)에 참배한다.
　　만약 신사참배를 불가하다고 하면 이러한 조선(祖先)의 참배까지도 부정하
는 것이 아니겟느냐'고 하야 전자 교원에게 대한 처분과 우(又)는 평의회에서
답변한 학무과장담(學務課長談)이 결코 부분적 의사가 아니라 조선총독부 방
침인 것을 증명하엿다.[64]

『동아일보』에 이러한 기사가 실리게 된 것은 '강경보통학교 신사참배 거
부 사건'이 종교적 차원이나 지역적 차원을 넘어 전국적이며 전사회적인 이
슈가 되었음을 의미한다. 그런데 공교롭게도 「정오」에는 다음과 같은 대사
가 있다.

굴네수염: 히히 공연히 쓸대업는 소리만 하오 그려. 이것 부슈. 당신이 그 애
　　　　　대려다 둔 것 벌서 내 친구 형사(刑事)가 다 알고 잇서요. 작년 겨울
　　　　　에 강경(江景)이에서 온 애도 그런 것 아니냐고 뭇기에 나는 당초에
　　　　　아니라고 쟈바떼여 두엇는대. (강조는 필자, 「정오」, 『전집』 I, 177면)

---

64) 「동아일보」, 1925년 3월 18일.

'강경(江景)'이라는 돌출적인 지명은 수산 개인적으로나 작품 내적으로 별다른 개연성이 발견되지 않는 것이다. 만약 이 작품을 '신사참배'를 강요하는 '신사공원'에 대한 비판으로 읽는다면 '강경'이란 지명은 바로 '강경보통학교'에서 있었던 '신사참배 거부 사건'에 대한 제유(提喩)라 할 것이다. 더구나 '강경'이란 지명이 '작년'과 인접되어 있음을 염두에 두면 '올해'는 바로 1925년인 것이며 이 작품의 시간적 배경은 뜨거운 한여름인바, 1925년 7, 8월 사이가 된다. 그리고 이 사건 자체가 '학생'들의 신사참배 거부에서 비롯된 만큼 '학생'이란 등장인물의 개연성 또한 좀더 풍부하게 해석될 수 있겠다.

「정오」는 바로 이렇게 당대 중요한 사회적 이슈였던 '공원'을 공간적 배경으로 해서 근대적 휴식공간을 점령한 일본의 '신사공원'과 '신사참배'에 대한 비판을 이면에 둔 작품으로 볼 수 있을 것이다. 그리고 이에 따라 사건 발생과 전국적인 이슈화의 경과에 근거하여 1925년 7월과 8월로 그 창작시기를 추정할 수 있다.

그러면 「정오」라는 작품이 제기하는 '공원'의 본질적 역할에 대해 좀더 살펴보자. 「정오」가 계몽적인 의도로 재편된 신사공원에 대한 비판을 전제하고 있음은 공원의 효용에 대한 '학생들' 대사에서 더 분명히 드러난다.

> 학생 이(二): 별 선생님을 다 맛냇군. 여기는 공원이람니다. 담배 피우고 쉬란 대야요. 교장(敎場)이 아냐요.
> 학생 일(一): 사랑하는 사람과 놀다가도 그것도 실으면 다라나와서 꿈 뀌고 낫잠 쟈는 대야요. 아라 잇소, 넹가미상. (「정오」, 『전집』 I, 179면)

이들의 규정하는 공원은 담배 피우고 쉬는 휴식공간이지 가르치고 배워야 하는 교장(敎場)이 아니다. 앞서 『동아일보』 기사에서 신사를 "영웅을 숭배하는" 곳으로 규정하여 '부모에게 효성을 가르치듯' 신사에 참배하게 하라는 조선총독부의 논리와 입장을 알 수 있었다. 이때 『동아일보』의 대응 논점은 '조선인의 선조와 일본인의 선조가 다른데 일본인의 선조를 숭배할 것을 조선인에게 강요할 수 없다'는[65] 것이 첫째요, '위인을 숭배하는 것은 자발적으로 결정될 문제이며 위인을 정의하는 것 또한 시대적으로 결정될 문제이므로 획일적으로 강요할 수 없다'는 것이 둘째였다.[66] 이것은 '신사참배 거부'가 종교계를 중심으로 하는 '우상숭배 금지' 교리에서 진일보하여 사회적인 운동으로 확산되게 하는 논리적 거점으로 기능하였다. 그런데 여기에는 '공원'이란 공간을 천황 이데올로기의 학습공간으로 전용하는 일제의 공원정책에 대한 문제의식은 아직 존재하지 않는다. 그런 의미에서 '공원이란 담배 피우고 쉬는 곳'이라는 중학생들의 지적은 매우 원칙적이다.

그러나 '공원'에 대한 이같은 원칙적 논리는 사실 식민지 조선은 물론이요, 후발자본주의 국가인 일본에서도 그다지 일반적이지 않았다. 우리가 흔히 '공원'이라 번역하는 'Park'는 '공공의-public'이란 단어와 당연하게 인접되는 것은 아니었다. 서구에서는 궁원(royal park)이나 개인 정원의 공공 개방의 역사가 긴 세월 있어왔지만 이것이 곧 '공원'이었던 것은 아니다. 공공의 정원, public park가 발생한 것은 도시의 주인으로 범부르주아지적인 '시민'이 등장하면서부터였다. 즉 노동자에게도 좀더 인간적인 생활환경이 필요하다는 능동적인 인간중심주의가 시민정신으로 흡수되고 이같은 가치가 전반적인 사회적 합의에 도달할 수 있었기에 이를 기반으로 공원, public park가 탄생할 수 있었던 것이다.

공공 이용을 목표로 조성된 최초의 공원은 영국 리버풀에 소재한 '버컨헤드 파크'(Birkenhead Park)이다. 1833년부터 1843년까지 10년 동안 산업혁명으로 선구적인 자본의 발전을 이룩한 영국에서는 가혹한 노동조건을 개선

하고 노동자의 복지를 일정 정도 고려하지 않을 수 없는 상황에 봉착하였다. 이에 노동자의 건강과 안전에 관한 여러 법을 제정하였는데 이때 제정된 법률에 기초하여 1843년 역사상 최초로 시민의 힘으로 이룩한 공원이 바로 버컨헤드 파크였던 것이다. 이 공원은 미국의 조경설계가 옴스테드(Frederick Law Olmsted)에게 깊은 영향을 주었고, 그 결과 뉴욕의 센트럴 파크가 탄생하게 되었다. 이 공원들은 이후 근대사회의 공원관에 하나의 전범이 되었다. 이때 도시공원의 가장 중요한 목표는 도시노동자의 위생과 건강을 도모하여 더욱 효율적으로 노동력이 재생산하기 위한 것이었다. 요컨대 도시 중심에 공원이 들어선다는 것은 시민의 건강과 위생이 공적인 목표라는 것을 공공연하게 인정하게 되었음을 의미하였다.[67]

처음 이 '공원'을 포착한 조선인은 유길준이었다. 그는 1883년 미국 센트럴 파크를 둘러본 소회를 다음과 같이 적고 있다.

"시내에 있는 공원의 수가 적지 않은데 가장 커다란 곳은 중앙공원(Central Park)이다. 그 너비는 남북이 7리를 넘고 동서도 2리나 된다. 이 공원은 시내 요충지에 자리잡고 있는데 땅값이 금값이라고 하는 곳이다. 그러나 시민들이 공동으로 갹출한 돈으로 사들여서 여러 사람에게 즐거움을 주고 있다."[68]

뉴욕 시내 한가운데 넓게 자리잡은 이 공원은 오늘날에도 이름 높은 곳이지만 당시 유길준의 눈에는 뜻밖의 공간이었음이 분명하다. 우선 그 크기도 놀랍거니와 시내 요충지, 땅값이 금값인 곳에 공원이 있다는 것, 그리고 그것을 시민이 공동으로 갹출한 돈으로 사람들에게 즐거움을 주기 위한 공공의 목적에 따라 조성되었다는 것이 낯설고 신기한 일이었던 것 같다. 시카고

---

67) 윤진현 「인천 공원, 그 계몽의 기원을 넘어」, 한국민족예술인총연합 인천지회 편 『인천문화비평』 16호, 2004. 12, 18~20면 참고.
68) 유길준 지음, 허경진 옮김 『서유견문』(서해문집 2004) 517면.

218

에서는 "아침마다 어린이들을 배에 태워 맑은 공기를 마시도록 하니 맑지 못한 공기는 어린이들에게 해롭기 때문"이라 하였고, 프랑스 파리의 뷔트쇼몽 공원에 대하여는 "산수의 기이하고도 우아한 운치가 사람의 심회를 즐겁게 해주니 섭생에 크게 도움이 된다"고 하였다.

새로운 근대적 문체의식으로 서양을 번역한 유길준의 『서유견문』에는 이외에도 식물원, 동물원, 박물관 등에 대한 언급을 포함하여 보스턴, 샌프란시스코, 런던, 글래스고, 에든버러, 마르세유, 베를린, 함부르크 등 구미 각국의 대도시 공원에 대한 다양한 감상과 기록이 있다. 여기에서 유길준이 발견한 공원은 대도시인의 휴게와 행락은 물론 도시인의 건강과 섭생을 위해서 반드시 필요한 것이었으며 식물원, 동물원, 박물관 등을 통해 국민을 교육하고 일깨우는 문명의 공간이었다. 그래서 거액의 토지 비용이나 설치비용, 유지비용에도 반드시 필요한 것으로 인식되었다.

비슷한 시기 윤치호도 유럽 순행을 마치고 귀국하면서 유럽의 공원을 돌아본 소회를 다음과 같이 적고 있다.

> "공원은 아름다우며 여행자에게 구미의 과학과 기술이 어떻게 불모의 섬을 즐거운 자신의 집과 같은 휴식의 장소로 바꾸어 만들어버리는가를 생각하게끔 해준다. 참된 의미에서 유럽인은 자연을 컨트롤할 줄을 알고 있다." (1896년 12월 24일 일기)

인공적으로 조성된 공원을 과학과 기술에 의한 자연의 지배이며 정복으로 파악하는 윤치호의 시선은 공원에 대한 이 시기 지식인들의 가치의 방향을 짐작할 수 있게 한다. 이 시기 선구적인 지식인들에게 공원은 노동자와 도시인의 건강을 위한 필수적인 공간임은 물론 자연을 통제하고 조절하는 과학과 기술의 공간, 즉 계몽적인 근대 문명공간으로 인식되고 있었던 것이다.

이러한 인식에 바탕을 두어 독립협회는 독립문과 독립공원의 조성을 추진한다. 독립협회 규칙 제2조에는 "독립문(獨立門)과 독립공원(獨立公園) 건설(建設)하는 사무(事務)를 관장(管掌)할 사(事)"라고 명시되어 있다. 이들이 구상한 '독립공원'은 기념적인 것이며 동시에 실용적이다. 독립협회가 창립된 직후인 1896년 7월 4일 『독립신문』에는 독립공원의 조성 취지가 실려 있다.

죠션 독립된 거슬 세계에 광고도 ᄒ며 ᄯ 죠션 후싱들의게도 이째에 죠션이 령령히 독립된 거슬 젼ᄒ쟈ᄂᆞᆫ 표젹이 잇서야 홀 터이요 ᄯ 죠션 인민이 양싱을 ᄒ랴면 묽은 공긔를 마셔야 홀 터이요 경치죠코 졍ᄒ딕셔 운동도 ᄒ여야 할지라 모화관에 새로 독립문을 짓고 그 안을 공원디(公園地—필자)로 숨여 쳔츄 만셰에 ᄌᆞ쥬 독립ᄒ 공원디라고 젼홀 ᄯᆮᆺ시라.

중국 사신을 맞이하던 모화관 자리에 독립문을 지어 독립의 뜻을 전하고자 하는 기념 공간으로 전화하자는 전략은 독립협회 사업 목표에서 가장 중요한 것이었다. 이때 독립문 지역을 공원으로 조성하는데 여기에 독립의 뜻을 기념하는 계몽적 의도와 맑은 공기를 마시고 운동을 하는 조선 인민의 '양생'의 의미로 공원을 규정하였다. 이 시기 한양의 공기가 아직 맑았고 남산, 북악, 북한산 등 근교의 산과 계곡을 중심으로 휴식과 행락이 이루어지고 있었다는 점을 고려한다면 기념과 양생이 공원의 용도로 사유되는 상황은 서구에서 이식된 근대적 공원관의 골자라 할 수 있다. 더욱이 새로이 나무를 심고 의미를 부여하여 새로운 공간으로 다시 태어나게 한다는 기획의 바탕에는 자연을 통제하고 재구획함으로써 인간과 문명의 우위를 확인하는 근대적 기술주의가 깔렸다.

즉 노동자의 건강과 양생이라는 근대 도시의 시민적 목표는 멀리 자본의 변방, 대한제국에 수용되면서 더 직접적이고 더 계몽적인 것이 되어 공원은 조선 인민의 '양생'의 공간임은 물론 조선이 독립된 것을 세계만방과 천추만세에 길이 전하는 임무까지 수행하게 된 것이다. 그러나 불행하게도 국운은 기울었고 독립공원 조성계획은 독립협회의 해산과 함께 물거품이 되었다. 독립공원 조성계획이 무위로 돌아가는 한편에서 오히려 구체적인 공원의 조성계획들이 추진되고 있었으니 중국 등 동아시아의 다른 국가에서 볼 수 있듯 외국의 공관을 중심으로 그 지역의 거류민을 위해 각국 조계에 구성되는 공원이 그 하나였으며 그중에서도 가장 적극적인 것이 일본 거류민 지역을 중심으로 추진된 신궁의 건립과 신궁 주변의 공원 조성이었다. 조선의 독립과 국가적 정체성을 널리 알린다는 목표는 일본의 국체 '천황'을 숭배하는 장소로 번역되었다. 일제는 식민지 조선의 각지에 신궁을 건설하고 그 주변을 공원화하여 시민의 공간이 되어야 할 공원의 중심에 전체주의적 이념을 이식했던 것이다. 물론 이같은 일제의 공원정책은 식민지에 한정되는 것은 아니었다. 식민본국의 수도 토오꾜오 시내에도 이같은 사정은 다르지 않아서 당시 이름 높던 우에노 공원 또한 그 중심에 신사가 건립되어 있으며 이는 현재까지도 건재하다.

　그러고 보니 「정오」는 당대 문학사에서 '공원'의 공간적 의미와 역할에 대해 유일하고도 가장 도전적인 문제를 제기하는 작품으로 꼽을 수 있을 것 같다. 「정오」는 계몽적이며 교육적 목표로 재정의되어가고 있던 '공원'의 휴식공간으로서의 의미와 그 탄생 과정의 시민적 역할을 환기함으로써 당대의 문제의식에서도 훨씬 더 나아가 '신사참배'가 종교행위가 아니라 선조에 대한 존숭의 뜻을 표하는 것이라 하여도 그 신사가 공원을 점령하여 공원의 역할 대신 교장(敎場)의 역할을 수행해서는 안된다는 점을 분명히 밝히고 있다.

　물론 수산의 이같은 앞선 의식과 무관하게 일제는 제국의 도시계획과 조성에서 이미 극복하기 어려운 변방성을 노정하고 있었다. 상상의 국체 천황으로 하여금 자유롭고 주체적인 시민의 자리를 대신한다는 기획 자체가 그러하였으니 여기에서 이미 타이쇼오 시기의 한계가 드러나고 이것이 아리시마 타께오를 비롯한 타이쇼오 문인의 절망을 야기했던 것은 앞서 지적한 바와 같다. 다만 이는 수산이 근대적 공간에 대해 선구적인 통찰을 지니고 있었다는 점을 입증해줄 수 있는 또하나의 근거가 될 것이며 근대적으로 재조직된 '공원'이란 공간을 이데올로기적 상징으로 재해석하는 일본 제국주의의 기형성에 대해 사유할 수 있는 계기이기도 하다.

이렇게 보면 「정오」의 '공원'이란 장소는 복잡한 사건과 인물이 충돌하는 정치적 공간으로 해석된다. 이 작품의 등장인물인 일본인 임대업자와 조선인 브로커, 학생, 노동자, 아이 보는 여자, 아이, 순사는 분절된 단편으로 존재하고 있지만 이들의 보여주는 대립의 양상은 가벼운 풍경에 그치지 않는다.

> 서서(徐徐)한 개막(開幕). 후면(後面) 벤취에 장년(壯年)의 모군군(軍)이 드러누어 낮잠을 쟈고 잇다. 그 엽헤 벤취에는 일본 고모리(子守) 여자가 입을 떡 버리고 죠을고 안젓다. 다른 벤취에는 상인 모양의 로하오리(絽羽織) 입은 일인(日人)과, 굴네수염 만은 남자가 걸터 안져서 더위에 사지(四肢)가 늘어져 잇다. 뒤에 벤취에는 중학 제복 입은 학생 이인(二人), 권련(卷煙)을 피우고 잇다. 그중 하나는 신문을 읽으면서. (『전집』 I, 176면)

무대는 삼분되어 있다. 대사 진행으로 보아 앞부분에는 로하오리 입은 일인과 구레나룻 수염이 난 조선인, 후면에 자고 있는 모군꾼과 아이 보는 여인, 이 두 그룹 사이에 중학생 두 명을 배치할 수 있다. 전면의 일본인과 후면의 노동자들, 그 중간쯤에 신문을 보며 담배를 피우는 중학생들의 배치는 당대를 사회를 구성하는 전형적 인물군으로 볼 수 있다.

특히 일본인과 이에 아첨하며 협잡의 분위기가 농후한 조선인 구레수염의 대사는 예사롭지 않다.

굴네수염: 담 달까지는 꼭 참어쥬슈. 내 엇더케 하든지 그놈들을 집행(執行, 가
　　　　차압假差押)을 해서라도 바더넬 테니.
하오리: 고런 가짓말이 우리 다 아라 잇소. 당신 지낸 달에 평양 무슨 일이 잇
　　　서 갓다가 왓소.
굴네: 평양 간 것이야 내 소간사(所幹事)가 잇서 갓다 왓지. 그게 무슨 죄 될
　　　게야 잇소?
하오리: 당신 혼쟈만이 노라리 하고 왓지? 내 집세 모도 바다서 기생들 쥬고
　　　웅 것 그것 죄 아닝 것이야?
굴네: 하하, 쟐 아랏소. 짐작만 가지고 남을 책(責)하는 것도 죄가 되는 것이요.
하오리: 당신이 내 집세 바다 먹은 것 죄요, 감옥서(監獄署)에 갓소. 이것 몰나
　　　잇소? (품에서 판결장判決帳 것흔 것을 내여 뒤적거려 뵈인다.) (『전집』
　　　Ⅰ, 176~77면)

하오리 입은 일본인, 넹가미상의 집세를 조선인 구레수염이 횡령한 모양
인데 이들을 제약하는 기준이 죄(罪), 즉 근대적인 법이성(法理性)이다. 구레
수염이 집세를 횡령하여 평양기생과 놀고 온 사실을 추궁하자, 짐작만으로
남을 책하는 것도 죄라고 응수하는 것이다. 말 그대로 판결상의 증거주의이
다. 그런데 이들이 말하는 '집세' 또한 다소 수상쩍은 수입으로 보이니 구레
수염은 자신이 저지른 잘못에도 도리어 하오리의 약점을 은근히 협박하고
있다.

굴네: 하하 공연히 쓸대업는 소리만 하오그러. 이깃 보슈. 당신이 그 에 데러
　　　다 둔 것 벌서 내 친구 형사가 다 알고 잇서요. 작년 겨울에 강경이에서
　　　온 애도 그런 것 아니냐고 뭇기에 나는 당초에 아니라고 쟈바떼여 두엇
　　　는대.
하오리: 홍, 박순사 말이지? 그까짓 놈 우리집에 갓다가 두나치 날만 쟐 대접
　　　하면 고만 됴워햇소. 그런 사람들 다 그런 것이요. 아라 잇소? 우리 죠
　　　금도 안 무서윗소. (『전집』 Ⅰ, 177면)

그 애를 데려다 둔 것을 형사가 알고 있으며, 이미 지난 겨울에도 강경에서 온 아이를 그렇게 했다는 것이 무슨 의미일까? 여기에는 분명히 불법적인 영업의 냄새가 난다. 아마 이들은 매춘업을 동업하는 듯하다. 하오리는 이러한 구레의 위협에도 동요하지 않고 이미 형사를 잘 접대하여 매수했음을 밝힌다. 이에 불리해진 구레수염은 화를 내는 하오리를 잘 달래어 얼려넘기고 부채질을 해주며 아첨을 한다. 이 장면은 매우 풍자적으로 연출할 수 있다. 일본인의 혀 짧은 발음을 우스개로 삼으며 조선인 구레수염의 뻔뻔스럽고 능청스러운 연기를 잘 어울리게 할 수 있다.

일본인의 이 혀 짧은 발음은 특히 흥미롭다. 이 무렵 조선의 희곡에 일본인이 등장하며 한국어 대사를 하는 경우는 거의 없었다. 이 작품에서 등장하는 순사조차도 부분적으로 일본어를 구사하기는 할망정 대사 톤으로 볼 때 조선인이고 일본인 아이를 돌보는 고모리 여인 또한 조선인이다. 당시 일본어가 조선인의 일상어는 아니었다는 사실을 염두에 둘 때 일본인 특유의 혀 짧은 조선어 발음을 들을 기회는 많았을 것이다. 그런데도 이들의 혀 짧은 조선어 발음을 장난감으로 사용하거나 문학작품 속에 형상화한 경우는 그리 많지 않다. 그런 의미에서 언어를 매개로 생산되는 이 장면의 희극성은 특히 주목해둘 필요가 있다.

외국인의 미숙한 언어를 우스개로 삼는다는 것은 무엇을 의미하는가. 이것은 두말할 나위 없이 자국어의 확산이라는 우월한 지위와 미숙한 언어로 표현되는 열등한 외국인의 대립을 통한 희극성의 생산이다.[69] 이것이 전복

---

69) 시기적으로는 후대에 속하지만 일제의 동아시아 침략이 가열되면서 타민족의 언어상황 또는 일본 변방의 방언은 표준 일본어의 권위를 드러냄과 동시에 포용의 대상으로 호출된다. 1930년대 유행하였던 2인 스탠딩 개그라 할 수 있는 만자이(漫才)에서 사용된 조선어는 일본의 한 지방 사투리였다. 다음에서 그 실례를 볼 수 있다.

　"전선 위문을 통해서 폭발적인 인가를 얻은 와카나·이치로의 인기 만자이 '애국부인회'는 애국부인회 대회를 위해 많은 여성이 일본 각지에서 모여든다는 설정으로 시작한다. '각 지역의 사투리를 흉내내어 애국부인회의 규모를 보도한다'는 재기 넘치는 와카

적 지위로 표현될 때 풍자에 근접하며, 평등한 관계일수록 우호적인 해학의 생산에 기여한다. 능글거리는 조선인 굴네수염과 일본인 넹가미상의 관계를 역전시키면서 갈등의 봉합에 가능하게 하는 것은 넹가미상의 혀 짧은 조선어이다. 물론 당대 조선어의 정치적 지위가 '풍자'에 이르기는 것도 수월치 않았던 점을 생각하면 이같은 전복의 효과가 컸다고 보기는 어렵지만 넹가미상의 미달한 조선어를 통해서 발생하는 웃음의 효과는 중심어로서의 조선어라는 유쾌한 상상을 촉발하며 유아적인 짧은 발성은 지배자로서의 일본인이란 정체성을 여지없이 해체한다.

그리고 이렇게 발생한 이들에 대한 비웃음과 풍자의 분위기를 중학생에게 옮겨 한 단계 더 나아가 이들의 허위와 거짓된 권위의식을 조롱할 수 있다. 이미 그 권위가 해체된 하오리의 훈계가 중학생들에게 수용되지 않는 것은 당연한 일이다. 이들에게 교육적 지위를 지니지 못한 넉살 좋은 구레는 오히려 이들의 비웃음을 유들유들하게 넘기고 자신의 부채를 빌려준 후 담배까지 얻어 피운다. 그러나 하오리는 자신의 비행이나 불법 따위는 아랑곳하지 않고 학생들에게 담배를 왜 먹느냐고 나무란다.

> 하오리: 학생이 웬 담배 머것소. 선생님이 그것 가르쳐 쥬엇소?
> 학생 일(一): 넹가미상은 소용(所用) 업소. 가만히 안쟈 잇서요.
> 하오리: (코끗으로) 조선 사람이 쬬끄만한 이 담배 머근 것 아쥬 못 써요.[70]

나익 퍼푸먼스가 웃음을 유발하여 인기를 얻었다. 지방 대표 중 한 명은 조선 출신이라는 설정이었는데 와카나는 조선어를 마치 일본에 있는 어느 지방의 사투리처럼 흉내냈다. 이 공연목록은 조선을 일본의 한 지방으로 여기던 당시의 식민주의 의식을 여실히 반영하고 있다. 그러나 '조선어를 흉내'내는 연기는 그 정도의 의미작용에만 그치지 않는다. 이 만자이는 '지방의 사투리를 흉내낸다'라고 하는 연기와 언어의 일탈에서 발생하는 우스꽝스러운 맛을 조선어에도, 오사카 사투리에도 균등하게 배분하여 조선이 일본 제국 일부가 되었다는 받아들이기 어려운 역사를 쉽게 수용하도록 하는 효과를 갖추고 있다."
　　요네야마 리사 「오락·유머·근대」, 요시미 순야 외 옮김, 앞의 책 170면.

...

하오리: 돈 잇서도 안 사 먹는 것이 동거시 사람이지. 이런 학생 돈 업서도 사
　　　 머글려고 애썼소. 공부도 못 햇소.
굴네: (학생의게) 그도 그래. 이 양반 말이 올치. 그져 학교 다니니는 공부에만
　　 열심해야지. 담배 먹으면 술 먹지, 술 먹으면 기생방에 가지. 로형들이
　　 그럿탄 말이 아니라 요새 학생들은 풍기(風紀)가 그럿타고 합디다. (『전
　　 집』 Ⅰ, 178~79면)

학생들의 흡연을 "선생님이 가르쳐 주었냐"고 묻고 있는데, 이는 오늘날
에도 흔히 볼 수 있는 낯익은 상황이다. 이것은 근대 교육의 주체가 학교로
전이되었음을 의미한다. 전 시대, 가정의 임무였던 예절교육의 주체도 학교
로 이전되었고 신분과 기혼 여부에 따르던 흡연의 허용 기준이 학생과 성인,
즉 학교를 기준으로 판단된다. 이때 학생은 사회적 관리와 교육의 대상으로
서 온갖 비교육적이며, 상스러운 두려움과 구속으로부터 보호되어야 하는
대상이다. 흡연에서 시작한 하오리의 설교가 비행(卑行)의 상징인 술과 기생
집에 대한 경계로까지 일사천리 확대되는데, 이러한 사회적 통제가 매춘업
에 종사하며, 집세를 유용하여 평양기생에게 다녀온 구레나룻 수염에게마저
상식적인 수준으로 일반화되었다. 이러한 설교에 반발하는 학생들에게 "나
이깨나 먹은 사람의 말이라면 모도 뜻에 안 맞는단 말이요그려"라고 나이를

---

70) 염상섭의 「만세전」에 이와 비슷한 대목이 나온다. 어쩌면 이 시기 담배 피우기를 좋
　아하는 조선인의 생활태도에 대한 비판이 일반적이었던 것 같다.
　"조선 사람은 외국인에게 아무것도 보여준 것은 없으나, 다만 날만 새면 자릿속에서부
　터 담배를 피워 문다는 것, 아침부터 술집이 번창한다는 것, 부모를 쳐들어서 내가 네
　애비니 네가 내 손자니 하며 농지거리로 세월을 보내다는 것, 겨우 입을 떼어놓는 어린
　애가 엇먹는 말부터 배운다는 것, 주먹 없는 입씨름에 밤을 새우고 이튿날에는 대낮에야
　일어난다는 것… 그 대신에 과학지식이라고는 소댕 뚜껑이 무거워야 밥이 잘 무른다는
　것조차 모른다는 것을, 외국 사람에게 실물로 교육을 하였다는 것이다."
　염상섭 『만세전』(창비 1993) 85면.

226

앞세우는 풍경 또한 오늘날의 일상에 매우 근접하다.

다음 장면은 점입가경이다.

한 제복 순사가 "실죽실죽 우는 오(五)·육세(六歲)의 어린애를 압세우고" 등장하는데 이 아이는 첫 장면에서부터 한쪽에서 입 벌리고 자고 있던 아이 보는 여자가 데리고 나온 아이이다. 아이가 '히로쨩'과 놀겠다고 하는 바람에 아이를 놓아두고 벤치에 앉았다가 잠이 든 것인데 순사의 훈계가 가관이다.

순사(巡査): (애를 보고 벌덕 이러서는 고모리 여자를 보고) 이 애가 네가 데리
　　　　　고 온 애지?
고모리: 오 우지 마소, 우지 마소.
순사: 너 왜 애 보로 왓스면 애나 보지, 이런 데 안져서 죠을고 잇서!
고모리: 제가 히로(弘)쨘하고 논다닛가 그랫지요. 땍볏에셔 서 잇슬 수가 잇서
　　　　야지요.
순사: 땍볏이 더우면 이 애에게도 더울 게 아니야! 사양(仕樣)가 ない!
고모리: 아ー가 우지 마소 응, 우지 마러. 그러길네 고만 집으로 가서 놀쟈닛가
　　　　그래. 히로쨩이 때리든?
순사: 그리다가 너 어린애 이러뻐리면 엇더케 할녀고 그러니. 애 보러온 년이
　　　　낫쟘 쟈고 잇다니.
고모리: 인제 조심합지요 네 네 네. (얼인애 손을 끌으며) 점심 때 다 되엿는대
　　　　시쟝허지?
순사: 이후로는 조심해라! 나 아니더면 니 구루마(荷車) 말발에 엽구리 채여
　　　　터질 번햇다. 다시 그래서는 못 쓴다. (『전집』 I, 180~81면)

길 잃은 아이를 찾아주는 것은 순사의 소임 중 하나이니 당연하다 할 것이지만 상전이나 고용주라도 되는 듯 으르딱딱거리며 애보기 여인을 추궁하는 것은 경찰의 통제가 어떤 계급적 성향을 지니는 것인지 한눈에 보여준다.

그러나 이조차도 한쪽에 자고 있던 모군꾼에 가하는 호통에 비하면 온건한
것이다.

> 순사: (눈 비비고 이러나는 모군군軍의게 와서) 너는 외 또 일 안하고 여긔 안
> 젓니? 낫잠만 쟈고. 너 날마둑 그리다가는 방랑자(放浪者) 취체(取締)당
> 한다.
> 모군군(軍): (머리를 석석 글그며) 엇지 더운지 좀 안젓드니만 쟘이 쟉구만 옴
> 니다 그려. 나리는 덥지 안으시오?
> 순사: 덥긴 누가 안 덥대니? 나가서 구루마라도 끌엇스면 몇 십전(十錢)이라도
> 벌지 판판히 놀고만 쟙바져서.
> 모군: 나리 더위에! 날더러 놀구만 잇다구요(다시 수구러지며). 헤 다시는 안그
> 러겟습니다. 다시는.
> 순사: (등을 미러 쫏챠 내며) 어서 나가! 어서 나가 일버리해! 고년히 이런 대
> 와서 쟙바져서 놀기만 하고. 그리고도 네 입에 무엇이 들어갈 쥴 아니?
> (모군군軍 한번 눈을 흘기고 나서는 다시 순하게 머리를 슬슬 글그며 북
> 그러운 듯이 내려간다.) 사양(仕樣)가 없이! (겸쟌하게 한번 쓱 둘너보고
> 는 서서히 내려간다.) (『전집』 I, 181~82면)

끔찍한 더위에 나무그늘에 누워 좀 쉬었기로 "판판히 놀구만 쟙바졋"다
고 호통을 치는데, 이를 듣는 모군꾼은 한마디 저항이나 변명도 못하고 순순
히 말을 듣는다. 게다가 더욱 이상한 것은 일하지 않고 놀고 있으면 방랑자
취체를 당한다는 사실이다. 이상하지 않은가. 자본-임노동 관계에서 노동자
가 힘겹게 쟁취한 자유는 오로지 굶어 죽을 자유였다. 그런데 이조차도 실상
은 자유가 아니었을까?

보통 근대의 등장을 알리는 가장 중요한 지표는 신적 질서로부터 해방된
자유로운 개인의 창출을 꼽는다. 그러나 이렇게 자유롭고 평등한 인간들로
이루어진 근대사회가 어떻게 질서를 확보할 것인가 하는 문제에 봉착하면서

이는 개인의 자유로운 의지와 이율배반적인 관계에 놓이게 된다. 이를 해결하기 위해 '통제를 내면화한 개인' '통제를 자유로 간주하는 개인'의 창출이 관건이 되는데 이러한 근대인을 양성하는 기관이 학교, 공장 등이다. 물론 애초부터 이것이 체계를 갖추어 시행될 수는 없었던 것이고, 봉건적 질서에서 방출된 농민이 부랑자로 떠돌게 되면서 이들을 노동층으로 끌어들이기 위한 끔찍한 유혈입법이 제정 시행되었던 것인데 그 담당주체가 바로 공안(police)이었던 것이다. 이같은 공안에게 일본 신파극 등에서는 갈등을 해결하는 역할을 안배해 왔지만 이 작품에서는 그같은 상투적인 인물형을 뛰어넘어 신파극적인 갈등의 해소는커녕 위압적 분위기를 조장하고 직접 통제를 수행하는 주체임을 단숨에 폭로하였다.

노동의지를 법으로 강요하는 방식은 후발 자본주의 국가인 일본과 그 식민지인 조선의 경우에도 예외없이 사용되었다. 한일합병 이후 토지조사사업 등을 통해 도시로 유랑하여 광범위한 도시빈민층을 형성하게 된 이들을 통제하기 위하여 조선에도 이러한 부랑자 취체법이 발효되어 있었던 것이다. 일제 경찰의 의무에는 사회질서를 위협하는 세력을 탄압하고 형벌을 시행하는 것뿐만 아니라 "민간의 일상생활에도 주목하여 미망을 훈계하고 우매를 계발하고 사상을 개조하여 근면한 국민으로 교도"하는 임무까지 있었다. 이 맥락에서 부랑자 단속이 시행되어 경찰은 부랑자들을 시 외곽으로 쫓아내거나 수용소에 감금하여 노동에 복무하도록 했던 것이다.[71]

「정오」에는 이러한 통제가 일상화된 현실이 포착된 것이다. 이를 두고 구레나룻 수염과 하오리가 자본가의 입장을 대변한다. 그런데 재미있는 것은 이렇게 흥분한 이들에게 "오늘은 공일"이라 반박하는 것으로 간단히 이들의 설교를 막으며 "선생님이 공일은 놀나고 했다"는 데에서 하오리는 "공일 죠은 것"으로 후퇴한다. 학생들은 "공부하는 이의게 공일 돼서 담배 피우는 것

---

71) 서울사회과학연구소, 앞의 책 194면.

이 납불 것이 무엇 있"느냐고 묻고 있다. 이 시기의 흡연 금지는 예절과 생활의 통제수단으로 기능하고 있었으므로 그것이 왜 나쁜 것이냐는 물음 속에는 일상적으로 수용되는 통념과 상식, 즉 인습적 잣대의 허구성이 여실히 폭로되고 있는 것이다. 여기에 순사에게 쫓겨 내려갔던 모군꾼이 다시 올라와 드러누우며, 힐난하는 하오리에게 "우리는 드러누워서 돈 벌이한다"면서 "당신보다 되게 일한다고 공일 업슬 줄 아오?"라고 반문하는 데에서 매우 복합적인 의미를 끌어낼 수 있다. 하오리보다 거칠고 된 일을 하는 모군꾼이기에 더 공일이 필요한 것이며 휴식은 노동력의 재생산을 위해서는 반드시 필요한 일이므로 이 노동자는 드러누워 정말로 돈벌이를 하는 것이다.

이처럼 모군꾼이 재등장하여 순사 앞에서 나약하게 굽실대던 모습에서 벗어나 육체의 요구에 따라 수면을 취하는 것, 실상 이는 진정한 의미의 생산이다. 그리고 교장(敎場)이나 천황 숭배의 공간, 공안 단속의 공간을 넘어 '공원'이 노동자와 학생, 일반인들에게 공평한 도시의 휴식공간으로 사용됨으로써 공원의 본령이 달성된다 할 것이다. 그리고 그 시간에 비로소 한여름 뜨거운 뙤약볕으로부터 인간을 지켜줌은 물론이요, 그림자의 길이가 가장 짧아지고 사물의 본 모습이 그림자에 의해 왜곡되지 않는 '정오'의 시간이 달성될 수 있게 되는 것이다. 바로 이 지점이 지루하고 산문적이며 통제가 횡행하는 일상에 던지는 한줄기 희극으로서의 가능성이다. 이것이 본의대로 받아들여지기 위해서는 작품 내에서 좀더 설명이 필요할 것인데 이것이 미흡하여 아쉬움을 남긴다.

4. 춘향을 넘어서는 먼 여자의 길, 영녀

1922년 3월 10일 일기에 수산을 김두식이 자신을 "춘향박사"라 칭한다고 하였다. 이때 수산은 『춘향전』을 무대화하여 "우리 선조의 존귀함, 그리고 예술적 꽃을 다시 맺게" 하겠다는 포부를 밝혔다. 「방련은 어찌하여 나병의 남편을 완쾌시켰는가」의 내용을 염두에 두면 『춘향전』 자체를 완전히 재해석하겠다는 의도로는 보이지 않는다. 그런데 4월 22일 일기에서는 전통예술에 대해 다른 태도를 보인다. 이때 그는 조선에서 온 관기(官妓)의 무용을 관람한다. 이에 대해 "호기심과 혐오를 함께 느끼며 그러한 기분을 평생 잊기 어려울 것"이라고 하였다. 「봉래의」나 「박접가」 등 애수에 차 있는 것에는 "예술의 꽁무니에도 따라갈 수 없는 기생 따위의 악예술(惡藝術)"이라 규정하였고, 「승무」나 「검무」는 애수에서는 벗어났으나 "흩어진 잔돌과 같이 부정격"하다고 비판하였다. 이로부터 전통예술의 성격에 대한 비판으로 나아간다.

> 내가 항상 지금까지 조선 예술에 대해 품고 있던 사상——즉 비애와 단조와 무기력한 예술——의 기분은 오늘밤 이 구경에 의해 얼마간 확실해진 듯하다. 원래 오랫동안의 압박과 비참한 운명에 의해서 산간적(山間的)인 비조(悲調)를 띤 민족성이 언제나 단조하다. 무기력하다. 그리고 거기서 벗어나고자 할 때 다만 있는 것은 ○○와 조잡뿐인 듯한 느낌이 든다. 요컨대 조선 전래의 예술은 물론——지금부터 우리 민족의 진정한 예술을 만들어내기 위해서는, 적어도 이 피할 수 없는 비애 속에 더욱 현실적인 진실된 지적 동경을 길러야만 한다. (『전집』 II, 487면)

한 달 전에 전통예술에 대한 도전적인 포부를 드러내던 사람과 같은 사람으로 보기 어려울 지경이다. 이 무렵 「'조선 말 업는 조선 문단'에 일언」을 쓰고 있었다는 점을 생각하면 그가 구상하는 새로운 예술이 "진실된 지적인 동경" 속에서 성장하는 것으로 본다는 점을 눈여겨둘 필요가 있을 것이다.

그리고 대략 3년이 경과한 1925년경에 이르면 포부를 품고 있던 『춘향전』에 대해서도 그다지 호의적이지 않다. 「이광수 류의 문학을 매장하라」에서도 수산은 이광수의 『일설 춘향전』을 "흔 누더기 탈 쓴 정조관념(貞操觀念)으로 일관된 춘향"이라 비판하고 있다. 그런데 이광수의 『일설 춘향전』은 비교적 원형에 충실하다. 전승되는 『춘향전』에서 발전한 점이라면 근대적 보여주기 (Showing)의 기술방법으로 춘향의 도도하고 자부심 강한 내면을 효과적으로 형상화했다는 점을 우선 지적할 수 있을 정도이다. 그런데 이 작품에 대해 이처럼 신랄한 비판을 퍼붓는 것은 수산의 미의식이 변화하였음을 보여주는 실례라 할 것이다. 참고로 수산은 '춘향'을 「초야권」에서 한번 더 거론한다.

> 남성으로부터, 날근 정조관념으로붓허 떠나야 한다. 춘향이가 이도령 돌아 오기 전에 옥골남자만 어덧드면 수청기생으로 드러갈 염려는 업섯겟지. 만일 이도령이 과거 급제를 아니햇드면 춘향이는 옥 속에서 죽엇슬 것이다. 앗가운 춘향의 성격만한 훌늉한 여성이 송장이 되어 썩어버렷겟다는 말이다. 그도 더 러운 원님 한 놈의 희생이 되어가지고. (『전집』 II, 410면)

이쯤 되면 수산이 춘향에게 원하는 것이 무엇인지 알 수 있다. 수산은 춘향이 낡은 정조의 관념을 뒤집어쓰고 수절을 하다가 변학도를 만나 옥중고초를 겪는 것은 물론이고 이러한 사정이 아니더라도 단순히 이도령을 기다리며 수절하는 상황 자체를 비판하는 것이다. 매혹적인 춘향이 자신을 버린 이도령의 그림자에서 벗어나 다른 멋진 옥골 남자를 만났다면 어찌되었을까?

비슷한 상상력의 맥락에서 「이영녀」를 살펴볼 수 있다. 「이영녀」는 매춘을 직업으로 하는 여성이다. 그러나 그녀는 안숙이네와 같은 매음녀와는 전혀 다르다. 안숙이네는 성에 눈뜨기 시작했을 때부터 부모의 강제로 매음에 종사했던 매춘부 출신의 포주이다. 한때는 제법 재산을 모으기도 했으나, 남자를 잘못 만나 모두 탕진하고 새로이 매춘 알선을 시작하였으니 첫 희생자가 관구네——영녀(永女)였다. 영녀 또한 그다지 큰 차이는 없으나 영녀의 경우는 매음을 하나의 방편으로 생각하였고, 안숙이네는 유일무이한 윤리적 주장으로 생각한다는 점이 다르다. 안숙이네는 사내아이 더 귀여워하고 계집아이 업신여기며 턱없는 이야기로 아이와 놀아주는 평범한 중년여성이지만 자신의 직업과 연관된 금전 문제에 있어서는 꺼리거나 피하는 일이 없어 돈만 벌 수 있다면 어떤 모욕이든 달게 받을 수 있다는 생각이다. 그러나 영녀는 아무리 몸을 팔아야 하는 처지이나 "뭇놈들이 번을 서서 들어오는" 상황과 같은 비인간적인 모욕은 참을 수가 없어 돈벌이 자리도 뿌리치고 돌아온다.

삽쟉 박게서 "왜 여긔 섯늬, 글세 관구(官九)는 잔다냐" 하는 소리나며, 영녀(永女)가 명순(明順)이를 압세우고 드러온다. 이십팔세지만 삼십을 넘어 뵈일 만큼 얼굴이 초췌하다. 다산(多産)과 생활난으로, 살은 여위고 얼굴에는 노동계급에 항상 잇는 검푸릇한 혈색(血色) 업는 빗을 가젓다. 그러나 커다란 두 눈에 잠긴 정숙(貞淑)시러운 광채와 전체에 조화 잡힌 체격과 왼 얼굴을 덥허 누를 만큼 숫 만흔 머리털에는, 이성을 쓸는 청춘의 힘이 흘너 넘친다. 머리에는 쌘지르하개 기름을 바르고, 여러 날 입은 주림 잡힌 검은 모시치마와 흰 적삼, 맨발에 고무신을 신엇다. 굿세면서도 남을 한품에 쓸안어서 어루만저 위안을 줄 듯한 엇던 여성의 독특한 사랑이 넘친다. 그 동작, 언어에 느지막하고 힘센 일종의 선율(旋律)이 잇다. 이것은 생활상, 경제상, 매매상, 노역상으로 밧은 고난과 쏘는 다수한 남자와 교제한 긋에 자연이 나온 자기방위의 숙련으로 인해서 어든 개성의 힘이다. (『전집』 I, 41면)

초췌하고 혈색 없는 얼굴이지만 정숙한 광채가 나는 두 눈, 조화 잡힌 몸매, 숱 많은 머리 등에는 이성을 끄는 힘이 넘치고 끌어안아 위안을 줄 듯한 여성적 사랑이 넘친다는 영녀의 외모는 객관적인 매춘부의 실상을 반영한다고 보기 어렵다. 이 독특한 분위기는 기녀 출신이지만 품위와 교양을 갖추어 전혀 기녀답지 않은 춘향과 비슷하다 할 것이다. 다수 남자와 교제한 끝에 자연히 나온 자기방위의 숙련으로 말미암아 생긴 개성의 힘으로 남성을 끄는 힘을 가졌다는 것은 다소 모호하지만 튕겨냄으로써 끌어들이는 연애의 기술, 즉 남성교제에 익숙한 여성의 교태를 의미한다고 할 것이다.

그런데 매춘여성에게 매매춘관계는 이성간의 성관계가 아닌 일의 대상, 지불받은 돈에 대한 보답의 노동에 지나지 않기 때문에 손님들과의 관계는 감정이 전혀 개입되지 않은 상태에서 진행되는 소외된 노동의 과정으로 나타난다. 따라서 부끄러움이나 수치심, 흥분 같은 감정적 경험은 수반되지 않는다고 한다.[72]

그런데 이영녀의 경우는 이와는 다르다.

> 안: … 챰 악까 판실(判實)이네한테 들엇네마는 요새 윤주사(尹主事)가 서울 가 잇다데. 미곡(米穀)에 업샌 돈이 만냥이 넘는다고 하데. 엇지면 그런 쟝사를 하능고 사내도 보쟝이 너무 크면 그리는 거시여. 화김에 서울 출입하면서 술하고 외입에 세월이 업게 지낸다고 판실이네도 엇지 그리 애석히 녁이는지. 내 요새 장사하는 것들 보면 엇지 그리 욕심만 크고 손은 젹은지! 욕심 업스면 이것도 져것도 아니지만 그래도 분수엣 욕심을 내야지. 윤주사가 왜 망한 줄 아능가? 주색에 업샌 것도 아니고 거년(去年) 겨을게 목화 갑 올을 판에 여긔 찝젹 져긔 찝젹하다가 손해 보는 줄 모르게 탈탈 씨러냇지.
>
> …
>
> 영: 그까지 자식이 그밧게 더 될나고요. 내죵에 가서는 침구녕이나 맛다가 급살당하면 죠은 팔자지
>
> 안: 그건 고만두고 점방(店房) 물건이나 토지 마지기나 고사하고 모도 벌서 집행(執行)당햇다데. 판실이네가 어젓게 그 집 압을 지내다가 처자들 눈물 뚝뚝 떽기는 것을 보고는 엇지 불상햇는지 몰낫다고 그러데만. 이런 이약

---

72) 김효선 「매춘여성의 성과 사랑」, 김종회·최혜실 편 『문학으로 보는 성』(김영사 2001) 251면.

234

이는 자네한테 안하는 것이 좃켓지만 지금 항구 사람이 다 알고 잇는 걸 그럴 것이 잇능가. 다 사람 운수(運數)란 것도 잇는 것이야. 자네한테 한 맘씨로 하면 그까짓 것이라도 싸지.

영: 나도 지금은 아쥬 이져버리고 잇소 나도 정든 이라고난 후지이후(後之以後) 그 사람이 처음이지마는 졔각긔 팔자소관이지. 그이가 그럿케 되는 것도 그 이 팔자, 내가 이 모양으로 고생밧는 것도 내 팔자. (『전집』 Ⅰ, 42~43면)

이에 따르면 이영녀는 윤주사라는 애인이 있었던 것으로 보인다. 영녀 자신이 '정든 이라고는 그 사람이 처음'이라고 인정하고 있다. 그 윤주사가 욕심은 크고 손은 적어서 목화값을 미곡에 잘못 투자했다가 날린 돈이 만냥이고 가산까지 모두 집행을 당했다는 것인데, 이를 두고 안숙이네는 '영녀에게 한 짓을 보면 그래도 싸다'고 말하고 있다. 이로 보면 영녀에게 뭔가 해로운 처신을 한 것으로 볼 수 있다. 그렇다면 영녀는 돈을 벌기 위해서라면 어떤 방식으로든 무조건 몸을 파는 안숙이네와 같은 일반적인 매춘여성과는 달리 손님과 감정적 교제를 추구했다는 것일까?[73]

이러한 맥락이라면 정가가 영녀를 산 다음 '져는 거는방에 안져서 뭇놈들을 번을 세가면서 디려 보내'는 비인간적인 행위를 하자, 영녀가 이를 사람으로서 당할 수 없는 일이라 하여 뿌리치고 나오는 사정을 이해할 수 있다. 그러나 이러한 거부는 매매춘의 상대, 즉 불법의 공모자였으며 더욱 비인간적인 성적 만행을 저지른 정가의 밀매음 신고로 결국 영녀가 수감되는 결말에 이르고 만다. 보통 매춘여성이 손님이 만족하지 못하면 신고할까 봐 거짓으로 흥분하는 척하기도 한다는 증언을 참고하면 있을 법한 결과이다.

그런데 여기에서 이영녀의 남편 청운을 짚어두어야겠다. 이영녀의 남편

---

73) 매춘여성은 보통 손님과는 교제의 차원에서 만나지 않는다고 한다. 매춘여성이 등장하는 대부분 작품에서 이들과 어떤 감정적 교류나 정서적 고양을 경험한다는 식으로 기술되는 것은 남성 중심의 전도이다. 김효선, 앞의 책 252면.

청운은 이 작품에서 실제로는 등장하지 않는다. 1막에서는 무언가 사정으로 집을 비우고 있는데 이는 꾀가 말짱한 영녀의 딸 명순이 남동생 관구만을 두둔하는 안숙이네에게 반항하며 "새달 초생에 압바 집에 오면 안 일느능가"[74] 두고 보라고 벼르는 대목에서 보고되고 있다. 2막에서는 임도윤이 등장하여 사망소식을 전하는 것으로 정리되어 3막에서 유서방과 재혼하는 것이 가능해지는데 몇몇 논문에서 오독하고 있듯이 처음부터 영녀가 과부였던 것은 아니다. 2막에서 이영녀의 남편은 돌아와 있었다.

> 임(林): 글새 청운(靑雲)이가 좀 부지런만 햇드면.
> 기(琪): 재-기. 게우르다고 어데 못 사는 세상이간대? 비짓쌉을 졸졸 흘녀도
> 못 사는 이 세상에, 그럿케 꾀가 업고 어리석어서 엇저잔 말이요.
> 임: 정말인즉 청운이가 목포 바닥에 근 십년을 잇섯다면서도 촌사람 어수룩한
> 이보다 더 합듸다. 당초에 눈치라고는 한 점도 업서라우.
> 기: 우리 거튼 막버리는 그저 심사 구덩이 잇거나 쐐가 잇거나 하면 몰나도 그
> 외에는 수가 업습니다.
> 임: (한참 잇다가) 청운이가 너모도 처자를 안 도라다 보는 갑듸다. 사람이란
> 부모 다음에는 처자가 아니요. (『전집』 I, 57면)

또한 임도윤과 기일의 대사에서 청운의 됨됨이가 드러난다. 기일이 꾀가 없고 어리석은 사람으로 평하자, 임도윤은 이에 목포 바닥에 근 10년을 있었다고 하면서도 촌사람 어수룩한 이보다 더하고 '당초에 눈치라고는 한 점도 없으며 더욱이 처자를 너무 돌아보지 않는다'고 비난한다. 1막에는 부재하던 인물인 기일이 청운의 됨됨이를 이렇게 잘 아는 것은 청운과 영녀가 동거중인 상황을 지켜보았기 때문일 것이다.

즉 이영녀는 남편이 곁에 있으나 경제적으로 심각하게 무능하여 매음에

---

74) 『전집』 I, 37면.

236

발을 들여놓았던 것이고, 이 가운데 윤주사라는 '정든 사람'까지 생겼다는 것이다.

이러한 영녀의 상황을 두고 수산이 「아관 계급문학과 비평가」에서 김동인의 「감자」를 비판한 구절을 연관지어볼 수 있다.

그러닛가 "예술가 자신의 막지 못할 예술욕에서" 창작하는 이는 「감쟈」 갓흔 스켓치 밧게 못 쓴다. 그만큼 암시 깁고 풍부한 내용을 가진 테-마로도 고만 한번 한숨에 내려 읽고 나서는 "고것 묘한 걸, 졔법 썻는걸" 하는 잠간기안(暫間氣安)한 감정밧게 못 쥬게 되고 만다. 만일 「감쟈」의 작자가 일정한 주의와 주장이 잇는 이라면 「감쟈」보다 더 훌륭한 장편을 맨들 쥴 안다. (『전집』 II, 278면)

이영녀와 「감자」의 복녀는 그러고 보니 비슷한 인물이다. 이들의 남편은 아내를 생계수단으로 삼는 인물들이요, 이 두 여자는 매매춘관계의 인물과 정이 들었으며 복녀는 이 때문에 비참하게 죽음을 맞이했고, 영녀도 윤주사에게 버림을 받았고 이어 재혼한 유서방의 정력에 희생되어 죽음에 이르렀다.[75]

「이영녀」의 집필시기는 1925년 9월인데, 그러고 보면 1925년 4월 「아관 계급문학과 비평가」가 쓰인 직후에 이 작품이 구상되고 창작되었다고 보아도 무방할 것이다. 그렇다면 수산이 생각했던 「감자」를 읽고 생각했던 '암시 깊고 풍부한' 내용의 선개가 「이영녀」의 내용과 밀접하다는 추정도 가능하

---

75) 여기에서 유서방의 직업이 '노동자'라는 것은 빈궁한 노동자라는 것을 드러내기 위해서라기보다 착취당하는 여성의 지위란 가장 하층의 노동자보다도 낮은 것임을 의미한다 하겠다. 더욱이 유서방 때문에 영녀가 병든 것이라는 기일이네의 대사를 고려하면 영녀의 병은 화류병일 확률이 높다. 성적 착취가 직접적인 사인이 되는 것이다. 이로 따져보면 남녀관계에서 진정한 평등은 '정조'가 더이상 교환가치가 되지 않는 상황을 전제로 가능할 것이다.

다. 「감자」의 경우 짤막한 단편으로 복녀의 변화와 여성의 성적 욕망을 다루었다는 점은 높이 평가할 수 있으나, 그 전개가 단선적이고 심리적인 변화를 표면적으로 묘사한 것을 수산은 한계로 지적한 듯하다. 만약 「감자」가 수산의 구상대로 '더 훌륭한 장편'이 되었다면 그 후일담은 어떻게 되었을까?

왕서방에게 배신당한 복녀는 다른 살 길을 찾아보려 했을 것이다. 밀매음 취체를 밥 먹듯이 당하면서 그같은 법률적 제재가 두려워서 공장노동자가 되어 좀더 떳떳이 살아보려고도 시도했을 수도 있다. 그러나 복녀의 성격상 공장 내의 불평등을 쉽게 감내하지는 못했을 것이고, 이 과정에서 노동운동에 접할 가능성도 점쳐볼 수 있지만 매음에 한번 나섰던 몸은 결국 자신과 사람들의 편견을 극복할 수 없었을 것이다. 만약 강영원 같은 자의 첩이 되었다 해도 오래가지 못했을 것이며, 결국은 비슷한 처지의 빈궁한 노동자 이외의 배우자를 만나기는 어려웠을 것이다. 그리고 끝내 그러한 생의 질곡은 그녀의 삶을 소진하게 했을 것이다. 바로 「이영녀」의 내용이다. 삶의 질곡을 로맨스로 초월할 수 없는 인물, 육체적 욕망뿐 아니라 계층 상승의 욕망도 포기할 수 없는 인물, 그러나 그러한 욕망 때문에 결국 몰락해가는 인물은 이 암울한 근대사회의 전형적 인물이라 할 수 있다.

밀매음 혐의로 밀고당한 사건으로 30일간 구류를 당한 영녀의 삶은 다시 한번 변화한다. 경찰서장의 주선으로 면화공장의 여공이 되고 주거지를 공장 사장 강영원의 집으로 옮기게 된 것이다. 영녀가 여공으로 새로운 삶을 시작했다는 설정은 의미심장하다. 앞서 수산의 평문 「아관 계급문학과 비평가」가 당대의 혁명과제를 정확히 정식화했음을 지적하였다. 그러면 혁명의 주체는 누구인가. 아리시마 타께오가 『선언 하나』에서 제4계급과 자신의 연속될 수 없는 사회적 관계를 명확하게 이해하고 있었듯이 수산 또한 「자유의지의 문제」에서 노동자계급의 자유의지와 생명력만이 절대적임을 분명하게 적시한다.

C라는 공장 노동자가 잇다고 하쟈. 동시에 P라는 사회운동가가 잇다고 하
쟈. P는 개념으로, 지식으로, 열로 공장주의게 스트라이크를 일으킬녀고 C를
선동한다. 그래서 표면상의 이 두 사람은 다 자본가의게 적대하는 무산계급의
한 분자다. 그러나 C를 위해, 정의를 위해 하겟다는 P의 의식이나 열정 속에는
자유의지가 업다. 혹은 부족하다. 그런대 C의게는 이 자유의지가 절대적으로
살아잇다. 그렇기 때문에 C는 생명을 도(睹)해서 공장주를 미워한다. P는 공장
주의게 타협하려는대. 물론 사회운동이라는 역사적 사실의 초기에서는 C보
도 P가 몬져 나오는 것이 사실이다. 인류활동이란 의식에서 나오는 것이닛가.
그러나 어늬 시기만 지내가면 직업적이고 강단적인 P는 업서진다. C만이 선명
하게 낫하난다. P는 지식으로 해서, 의식으로 해서, 제이의적의, 부자의적의 행
동인 대신에 C는 절대적인 자유의지를 가젓기 때문이다. (『전집』 II, 404면)

제일의적이고 자의적인 진정한 자유의지는 노동계급에만 존재하며 그 발
현방식은 계급투쟁이라는 이 선언에서 수산의 생명력이 단순히 개인주의적
인 차원에 그치는 것이 아님을 알 수 있다. 또한 수산은 부자의적 운동인 P
의 운동은 결국 정치투쟁 시기에 이르면 계급투쟁의 대열에서 이탈하여 온
건파로 구축되고 반동·보수화되어 결국은 노동자와 대립하게 되는 사실까
지도 정확히 통찰하고 있다.

수산의 작품세계에서 이러한 노동자에 속하는 인물인 '이영녀'를 좀더 살
펴보자. 밀매음으로 수감되었던 영녀는 경찰서장의 소개와 강영원의 주선으
로 강영원의 면화공장에서 일하게 된다. 목포는 조선 전체의 산업유형과 크
게 다르지 않아 주요 산업으로는 섬유·방직·화학·기계·금속·식품 산
업 등이 발달하였고, 이 중 섬유·방직 공장은 여타 지역에서와 같이 여공
들을 고용하였다.[76] 그러나 이 시기 여공의 지위란 '여공이 사람이면 잠자리
도 새다'라는 속담이 회자될 정도로 열악하였다. 여성노동자는 불평등한 계

---

76) 박찬승 「일제하 목포의 경제」, 목포백년사 편찬위원회 『목포개항백년사』(목포백년회
   1997) 193~98면.

약조건에 구속되어 마음대로 그만두지도 못하는 노예적 상태에서 가혹하게 노동력을 착취당하면서도 임금조건까지도 불리하여 실제 일본인 남자노동자보다 2시간이나 더 일하면서 임금은 1/5에 지나지 않았고, 일본인 여성노동자보다 1.12시간이나 일을 더하면서도 임금은 40%에 지나지 않았다.[77]

이러한 환경에서도 1920년대 중반에 이르면 사회주의 계열의 노동운동 지도단체들의 사상적 지원을 받아 각종 쟁의가 빈발한다. 영녀 또한 이러한 노동운동에 행보를 함께한다.

점: 오늘 퍽 일직이도 오네.

인: (명순이가 일어나 그 어머니가 주는 수건과 변도보를 가지고 안방으로 드러간다.) 그래자녀도 참사장(參事丈)이 악가 부른다고 왓데.

영: 왜? 오늘은 공일(空日)도 안인데?

기: (빗소는 말로) 왜는 왜. 다 속이 잇서서 그러치. (영녀, 그이를 흘겨보고 외면한다.) 참 일이 쟐될냐면 그러는 것이여. 오늘 일즉이 올 줄도 똑 알고 잇섯든 것이지.

영: (기일이는 못 본 체하고) 오늘 쏘 공장감독하고 싸우고 왓소. 엇지 사람을 개돼지 모양으로 부리는지 몃몃시 공론을 하고 대구(對句)를 해줫다우. 사람이 참을 수가 잇서야지. 괜시리 남을 이리 오라 저리 오라 해놋코는 족곰만 허는 말을 안 드러도 당장에 벼락이 나오그려. 죽교리에 잇는 이는 고운 그 볼통이를 쌜갓케 더 맛고 쫏겨낫다우.

…

인: … 그래 자네도 쪽겨 나왓는가.

점: 아 그런 놈을 그저 두고.

영: 그대로 두기는커녕 내일부터는 일도 못하게 됫소. 감패(監佩)까지 빼서갓는대. (『전집』 I, 51면)

77) 한국여성연구회 여성사분과 편 『한국여성사』(풀빛 1992) 101~107면.

사람을 개돼지처럼 부리는 공장감독에게 항의하는 과정에서 한 여성노동자는 폭행을 당하기까지 했고, 영녀 또한 감패까지 빼앗기고 해고된다. 이때 공장감독 등에 의한 폭행, 성희롱, 강간 등은 여성노동자의 투쟁을 단순한 경제투쟁에 그치게 하지 않던 요인이었다. 한 여성노동자가 매를 얻어맞고 축출되는 상황은 이러한 여공의 처지를 드러낸다.[78] 이같은 영녀의 곤경은 1924년 12월에 있었던 목포 조선면화회사 직물공 파업을 반영하는 것 같다.

그러나 조선인 여공의 처지가 하루아침에 좋아지기는 어려운 일이었다. 특히 영녀가 과연 일상적 억압을 극복하고 자립적인 삶의 존엄을 지킬 수 것인가. 2막의 장소는 목포 부자 강영원의 집 행랑채이다. 경찰서장의 주선으로 취업도 하고 강영원의 집 행랑채에 들어와 주거 문제도 해결하게 된 영녀의 객관적 상태는 돈이 없어 세든 집주인에 빚을 지고 이 때문에 매매춘에 내몰리던 1막의 상태에 비하면 겉으로는 나아졌지만 단지 표면적일 뿐이다.

여기에는 주인 비위 잘 맞추는 인범이네 부부, 음식 잘하는 점돌이 할멈, 인력거 끄는 기일이네 부부와 이영녀가 거주하고 있다. 이들은 영녀를 성적으로 농락해보고자 욕심을 드러내는 강영원의 처사와 이를 거부하는 영녀의 처지를 논평하는 중이다.

인: 오라, 할멈이 오라! 그전에 해오든 생각을 해보면 굿테여 고집 씰 거시 업
　서라우. 남편은 그 전에 업든 잭기질까지 느러가지고 량식을 파라 오기는
　커녕 쌀독가지 파라 먹지 안소. 그래노니 색기 공부는커녕 개쏭도 못 시길

---

78) 이 무렵 여공에 대한 성희롱, 폭행 등은 방직공장 등에서 상시로 발생하는 사건이었
　던 것 같다. 박화성의 등단작 『추석전야』는 1924년 9월 추석 즈음을 시간적 배경으로
　목포의 방직공장 여공인 홀어미 박영신이 겪는 궁핍과 비인간적인 현실을 다루고 있다.
　공장 관리직 남성에게 따귀를 맞는 동료를 역성들다가 폭행을 당하고 부상을 입고도 제
　대로 치료조차 받지 못하는 상황이 이영녀가 공장에서 당하는 사건과 대단히 유사하다.
　박화성 「추석전야」, 『조선 문단』, 1925. 1. 195~208면.

오를 일이지. 그게 무슨 고집이랑가.

기: 그도 그럿치, 삼십년 사라도 고만 오십년 사라도 고만, 다 형편에 따라서
　　사러 가야지.

점: 정말이여 나 것트면 조컷다고 씨기는 대로 하지.

기: 홍, 할멈 것트니는 백명이 잇서도 도라볼 놈은 천하에 업슬 테니 더 늘거
　　쌔지지나 마시오. 속 업는 늑으니. (『전집』 I , 42~43면)

　인범이네의 대사에서 그전에 해오던 것이란 말할 것 없이 매음이다. 영녀를 행랑채에 둔 강영원은 영녀의 성(性)을 요구하고 있다. 전부터 매음을 해왔으므로 강영원의 요구를 들어주지 못할 것 없다는 것이고, 남편은 전에 없던 잭기질(잡기질—필자)이 늘어 양식을 마련하기는커녕 쌀독에 있는 쌀까지 내다 팔아먹는다는 것이니 영녀의 처지는 더욱 어려워졌다. 게다가 공장에서 발생한 쟁의상황으로 해고되고 말았으니 직업과 주거 양쪽의 불안이 극대화되었다.

　결국 영녀는 쫓겨나지 않기 위해 강영원의 매춘 요구를 수용하고 타협하고 만다. 노동운동의 비타협성을 칭송할 때 그것은 노동자의 희생이 그만큼 커 노동자에게 그러한 결단이 절대 쉽지 않은 일임을 의미한다. 즉 투쟁에는 언제나 간교한 타협안이 제시되며 이에 비타협보다는 타협이 쉽고 그러한 타협 사례 또한 더 쉽게 찾아볼 수 있다. 이영녀가 타협하는 것은 첫째, 영녀의 처지가 생계를 꾸려가기에도 버거운 사정에 처해 있었기 때문이고, 둘째, 노동자로서 이영녀의 계급의식이 미숙하기 때문이라 할 것이다. 전술한 1924년 12월 조선면화회사의 파업 또한 '타협'으로 타결되었다고 전하니 영녀의 타협이 또한 그를 비유함일까? 그러나 이 타협은 늘 일시적인 해결책에 지나지 않으니 이영녀의 처지 또한 그러하였다. 강영원의 요구를 수락했고 남편이 사망했음에도 3막의 영녀는 그 결과로 호의호식하는 것이 아니라

노동자 유서방과 매춘 상황과 다름없는 재혼을 하였고 병들고 지쳐 삶의 파국을 맞이한다.

이렇게 수산은 낡은 정조의 관념을 뒤집어쓰고 수절하여 신분상승을 이룩하는 타락한 춘향으로부터 떠나와 살기 위해서는 매음도 불사하는, 그러나 그 때문에 몰락해가는 근대적인 여성을 형상화하였다. 그러나 영녀의 죽음으로 연극이 끝난 것은 아니다. 이 미완의 희곡에서 수산이 구상하는 희망은 아직 제대로 조명되지 않았다. 바로 영녀의 딸 명순이다.

「이영녀」의 초반 작품의 극적 긴밀도가 떨어지는 작품으로 보이게 만드는 원인 중 하나는 연극이 시작되자마자 중심인물 '이영녀'의 삶, 극중 사건 및 갈등과는 그다지 연관이 깊어 보이지 않는 영녀의 자식, 명순과 관구의 다툼이 지루하게 지속되기 때문이다. 물론 이들의 다툼 자체는 극히 사실적이어서 마치 요즘 자기중심적이고 욕심 많은 아이가 철없이 다투는 풍경과 다르지 않다. 그러나 여기서 제공되는 영녀와의 관련 사항은 멀리 가 있는 아빠가 돌아오면 뭔가 수상쩍은 일을 하러 간 엄마를 추궁할 수 있도록 이를 수 있다는 것 정도이다. 어느 쪽으로 보아도 그러한 부연적인 역할로 보기에는 너무 길다. 그렇다면 뭔가 다른 의도가 있었던 것일까?

그리고 보니 이들의 관계는 당시의 일반적인 남매의 관계에서도 벗어나 있다.

관구: (쪽긔 쥬머니에서 게이도로 만든 돈지갑을 내어서 악가운 듯이 돈을 싸랑그리며) 악까 그 사람하고 엄마 어대 갓대여?
안숙: 왜, 어대 갓능가 갈쳐 쥬면 나 떡 사쥴내?
관: 글새 어대 갓대여. 또 늣게 나 쟘쟌 뒤에 드러 온대여?
안: 걱정 마라. 입뿐 너 어머니를 호랭이가 물어 갈 것이냐? 엇절 것이냐.
명순: (돈을 욕심난 듯이 보고 잇다가) 겐마이 빵 하나만 사쥬면 내가 갈쳐 쥬지.

안: (소리를 질너) 너는 좀 가만 잇거라! 그져 너 안나닷는 대는 업드라. 망할
     가시내!
관: (누이를 흘겨보며) 고만둬야! 또 알과 먹을나고. 누가 져 보고 무럿능개배.
     …
안: (소리를 질너) 고만 안 들어가 쟐내! 엇지 고따우로 생겨 먹엇냐.
관: 망할 년! (안숙이네의게 매여달리며) 오늘밤에 쫏차 내지. 나 져느무 것하
     고 갓히 안쟐 테야!
안: 썩 방에 들어가 쳐쟛바져 쟈그라. 가시내도 엇더케 생겨 먹엇깐대 어룬 말
     이라고 질색이야.
     …
명: 그러면 맨맛한 것이 나간대 왜 것덕 하면 이년 저년 해! 져런 멍텅구리 역
     성만 드러쥬고. (기가 올나와서) 됩대 어리다고 관구 속혀 먹기만 하고. 새
     달 초생에 압바 집에 오면 나도 안 일느능가 바! 누가 모르눈 쥴 아는구만.
관: 내가 왜 멍텅구리여! 이 망할 년!(뛰여 내려오려고 한다.)
안: (관구를 쟈부며) 아서라. 져까짓 년은 산관을 마러라. 누이가 누이 노릇을
     해야지, 누이지.
명: 그럼 왜 나 보고만 요년 저년 해. 내가 제 종년이나 되는 듯이. 압바 오거
     든 나도 다 일을 것잉깨. 홍 그래 바! 져까짓 송사리 색기 갓흔 놈만 입버
     하고 나도 다 안담네.
관: (소리를 질너) 멋이 엇재야. 호랭이 깨물어 갈 년! (달녀와 누이를 쟈바뜨드
     며) 내가 엇재 송사리 생기여. 괜시리 남 욕만 하고. 예기 비러먹을 것. 쟈
     또 욕해 바라 욕해야!
명: (처음에는 대항할여다가 내종에는 쪽겨가며) 나는 왜 호랭이 깨무러 갈 년
     이냐. 아이고 맨맛한가배. 아야! 아야! (다시 획 도라서서) 예기 아나. 또 회
     벼 바라! 쟈, 쟈, 쟈, 아나 해바라. (관구의 얼굴을 쟈버 뜻고 주먹으로 때린
     다.) (『전집』 Ⅰ, 35~38면)

  명순의 반항적 성격은 어린 나이지만 정말 보통이 아니다. 마치 양보하는

것으로는 인생을 살 수 없다는 것을 이미 아는 것 같다. 하지만 일반적으로 이때 명순의 나이가 열세 살, 관구의 나이가 열 살, 무대에 등장하지는 않지만 어린 숙희가 다섯 살이다. 어머니가 돈 벌러 나가면 아직도 어린이인 명순은 올망졸망 어린 동생들을 등이나 치맛자락에 매달고 이들을 달래며 어머니를 기다리는 것이 자연스럽지 않을까? 이것은 그 시대 모든 딸의 생활이었다. 다른 예를 들면 김정진의 「기적 불 때」에는 이러한 사정이 훨씬 그럴듯하게 묘사되어 있다.

옥순: 벌써 해가 다 갔나 봐? (뜰을 내려본다.) 오늘은 겨우 삼백개밖에 못 발랐는데. (바르던 궐련갑을 한데 모아서 치운다.) 노마가 인제는 지쳐서 자나보다. 아까는 그리 몹시 울더니. 아이 불쌍해라. (업혀 있는 유아를 돌아다본다.) 조금 있으면 엄마가 온다, 응.

화실: (기침을 쿨룩쿨룩하다가 머리를 들며 일어난다. 옥순아, 해가 벌써 다 갔나 보다. 방 속이 이렇게 추워올 젠? 웬수의 기침 때문에 못 견디겠다. 물이라도 한 모금만 다오. (숨이 차서 헐떡헐떡한다.)

…

옥순: (뜰로 내려가서 동이에 있는 물을 뜨려 하며) … 이렇게 찬 것을 어떻게 이가 시려 어떻게 잡수셔요. … 냉수를 잡숫고 기침이 더 나시면 어쩌나?

…

화실: 내가 앓기 까닭에 복만이란 놈까지 그 좋아하는 학교를 못 다니게 하고, 쌀 닷홉거리도 못되는 그 푸진 돈푼을 벌어먹으려고 그 어린것이 날마다 새벽부터 연초공장에를 가서 종일 매달려 있으니, 밴들 좀 고프겠니? 그놈의 생각을 하면 나는 종일 물 한모금도 아니 먹어야 할 텐데.

옥순: 할아버지도 밤낮 복만이만 귀해 하서. 나도 그냥 학교를 다녔으면 이학년 삼학년, (손가락을 꼽으며) 벌써 내년이면 졸업인데요.

화실: 너는 계집애니까 나중에 좋은 데로 시집만 가면 잘살 테지만, 복만이란 놈은 제주가 신통해서 내가 꿈지럭거릴 때까지는 학교를 보내려 했더니

원수의 허리를 다쳐서.[79]

　제대로 학교에 다녔으면 내년에 졸업이라는 옥순의 나이는 많아야 열서넛일 것이다. 그런데 옥순은 명순과는 달리 공장에 나간 어머니를 대신하여 어린 동생을 업고 그러고도 궐련갑을 바르며 다쳐 누운 할아버지의 수발을 들고 있다. 또한 옥순의 동생 복만도 할아버지가 다쳐 눕게 되자 학교를 그만두고 연초공장에 취직하여 적은 임금에 중노동을 하고 있다. 당대 사회 한편에 이렇게 아동의 노동력을 착취하는 사례가 실재하고 있었던 것이다. 물론 여기에서도 옥순이 고생한다는 사실과 복만을 학교에 보내야 한다는 당위는 인정되고 있기는 하다. 그러나 이렇듯 어린이들이 체력조건을 넘어서는 고생을 하는 것이 당대 노동자계급의 어린이들에게는 더 일반적인 것이었다.

　그런데 명순네의 풍경은 이와는 다르다. 명순은 열셋이나 되어서도 여전히 욕심 많은 아이일 뿐이다. 열 살 먹은 동생을 돌보기는커녕 동생이 얻은 돈으로 겐마이 빵을 사먹자고 꼬드기는가 하면 동생을 때리고 잡아 뜯으며 다툰다. 다섯 살짜리 동생이 있지만 돌보는 책임이 명순에게 있지도 않다. 명순이 특히 지각이 없어서 동생과 사이좋게 지내지 않고 동생을 돌보지 않는 것일까?

　전근대사회의 어린이는 실상 전혀 귀한 존재도 아니었고, 어리다고 자기 몫의 노동을 면제받을 수 있는 것도 아니었다. 이는 동서양을 막론하고 동일하였다. 예를 들면 이덕무의 『사소절』이란 책에는 어른을 섬기는 어린이의 태도를 무려 열아홉 가지로 열거하고 있다. 그 일부분만 보더라도 "어른보다 나중에 자고 어른보다 먼저 일어나며 등불 켜고 화톳불 덮는 것은 자기 손으로 하고 어른이 나가고 들어올 때는 반드시 일어서고 어른이 훈계하면

---

79) 김정진 「기적 불 때」, 윤진현 편 『기적 불 때(외)』(범우사 2006) 55~56면.

246

반드시 두 손을 마주잡고 서서 엄숙히 잊지 말아야 한다” 등으로 언급하고 있다. 이를 오늘날의 유아교육적 관점으로 보면 “어린이는 충분히 잠을 자야 하고 화상이 염려되므로 불을 다루지 않도록 하는 것이 좋으며, 부모는 자녀에게 인격적으로 대우하며 자녀와 자연스럽게 마음을 터놓는 대화가 필요하다” 정도로 수정되지 않을까.

어린이의 처지가 이처럼 급속도로 변화한 것은 ‘어린이기’의 발견이 중세와는 다른 가족모델의 등장과 긴밀히 결합되어 있었기 때문이다. 인간의 성장에서 어린이기가 별도의 중요성을 지니게 된 것은 기본적으로 대규모 공장의 규율화된 생산 메커니즘에 인간의 신체리듬을 맞출 수 있도록 통제가 내면화된 인간으로 가르치기 위해서였다. 이제 어린이는 이러한 질서를 받아들이기 전의 순진무구한, 모든 것을 용서할 수 있고 증오를 모르는 백지와 같은 상태를 의미하며 어린이기는 그 어떤 사회적·경제적 책임도 없는 시기가 된 것이다.

미완성에 제목조차 없는 글이지만 수산의 교육관을 엿볼 수 있는 글이 있다. 전집 편집중 임의로 「무제」라 이름한 산문인데 이 글에서 수산은 이전에는 “아이들은 어룬들의 입는 옷과 갓히, 먹는 음식과 갓히 자기네들의 존재 이유가 업시 다만 어룬들의 부속물에 불과했다”고 지적하고 아무러한 약한 것도 존재이유가 있으므로 아동의 교육에도 마찬가지의 태도를 가져야 한다고 주장하였다.

더구나 교육상 아동에 잇서서도 이럿다. 아동의게 대할 때 몬져 확연히 대해야 할 태도를 가져야 한다. 즉 그 아동이 엇더한 특질을 가지고 잇는가를 발견하는 것 외에 교육자로서의 지위의 제일층(第一層)이 다시 업다. 두재로는 이 특질을 엇더케 해야 할가의 실제 문제가 교육자로서의 지위의 제이층(第二層)이다. 이 두 점에 대하야 한번 확연한 신념과 의식이 잇서야 오늘 이후의 새 교육자의 임무가 완미하게 되리라고 생각한다. 여긔서 몬져 표명해야 할 것은 우에도 잠간(暫間) 암시한 바와 갓히 원래 천재적 소질이 잇는 아해와 갓히 그럿치 못한 아헤도 다 갓히 교육바들 권리가 잇다는 원리는 새삼스러히 여긔서 언급할 필요가 업겟지만. (『전집』 Ⅱ, 412면)

여기서 알 수 있는 수산의 교육관은 평등을 전제로, 첫째 개성과 소질의 발견, 둘째 개성과 소질의 배양이라 할 것이니 오늘날의 교육목표와 별다르지 않다. 이러한 기본적 원칙 위에 수산은 "16세기 이전에 무정견하고 비과학적인 무의식한 교육의 경과야 환한 사실이고 다시 말할 가치가 업슬 만큼 틀닌 수작"이었다고 비판한다.

이에 새로운 교육학의 시작으로 루소의 『에밀』을 소개한다.

다 아는 바와 갓히 십팔세기는 정치상으로 불란서 대혁명, 철학상, 윤리상으로 루소——의 로만티시즘이 발효해고 잇는 동안이다. 그 이전에는 다만 귀족적 교육이 아니면 교회적 교육이 세력을 엇고 잇섯스나, 한번 루소——의 자아의 절규가 나오게 되쟈 모든 사회상, 가정상의 인습·전통·구속을 버서나려고 하는 노력이 생겻다. 루소——는 인간성 안에 잇는 욕망·충동·본능이 정당하고 진실하닛까, 이것을 막는 모든 것은 죄악이고 부정이고 추(醜)라고 소리질넛다. 그럼으로 교육상의 이상도 벌서 짐작할 수 잇지 안는가. 유명한 『에미-르』 속에서 보아도 알지만 자기의 욕망과 충동에 밀녀서 빗틀거리는, 힘에 넘치는, 지금까지 방 안에 안젓다가 홀지에 신선한 공기 속에 나와 가슴 것 소리질느는 그런 소년의 발전을 기록한 것이다. (『전집』 Ⅱ, 413면)

루소의 『에밀』이 앞서 언급한 "순진무구한 어린이"라는 근대적 아동 상(象)의 발견에 지대한 영향을 미쳤음은 주지의 사실이다. 그러나 이로 말미암아 어린이 교육의 중요성에 대한 인식의 확산 또한 더욱 촉진되었으니 이 순진성은 곧 타락하기 쉬운 지극히 유약한 속성으로 이해되었다. 이에 대비하기 위하여 루소의 경우는 『에밀』에서 볼 수 있듯이 타락한 사회에서 고립

248

시키는 방법을 제안한 것이었고, 다른 한편에서는 이러한 타락을 방지하기 위한 온갖 '금지'와 '의무' 조항으로 점철된 '엄격한 규율의 부과'를 제안하였던 것이다. 이것은 수산이 지적하듯이 칸트의 의무율에 바탕을 두고 있다. 그러나 루소가 본연적 감정이나 본능을 인간이 선천적으로 타고난 것으로 보듯이 칸트의 경우에도 어떤 의무 관념이 원래부터 있어 이 본래의 것을 속박하면 안된다고 생각한 점에서 형식적으로 이들의 논리는 비슷하다는 것이 수산의 판단이다. 이것을 당시의 개성주의(루소) 대 국가주의(칸트)와 연관하여 계속 설명하려는 지점에서 그친 이 글은 특히 그 미완이 아쉽다. 그러나 「이영녀」를 보면 수산이 이러한 어린이들의 현실을 어떻게 풀어가고 있는지 짐작할 수 있다. 즉 타락한 사회에서 어린이를 보호한다는 루소 식의 격리방법이나 엄격한 규율을 부과하여 본연의 의무에 충실하게 한다는 칸트 식의 방법을 넘어서는 능동적이고 주체적인 새로운 인간의 양성에 중심을 두고자 했을 것이다. 삶에서 자신의 넘치는 생명력에 충실한 인간이 기왕의 수산의 이상적 인간이었다는 점에 하나의 근거가 있다.[80]

즉 관구와 명순이 대가족 내의 질서에 따라 보살피는 누이와 따르는 오랍동생의 관계를 벗어나 공평하게 어머니의 보살핌을 받는 수평적인 관계로 드러나는 것은 이러한 수산의 인식을 반영한 것이다. 따라서 이들은 타고난 욕심으로 먹고 싶은 것, 보고 싶은 것을 위해서 싸우고 욕망이 관철되지 않자, 서로 욕하고 치고받는 원시적 존재로 그려진다. 학교는 바로 이러한 순정한 어린이들에게 도덕적으로 올바르고 엄격한 규율을 부과하는 곳으로 근

---

80) 이를 수산의 생애와 연관지으면 그의 딸 진길의 모습과 겹쳐진다. 이러한 근대적인 어린이의 형상은 관구네와 같은 빈궁한 가정을 실제로 모델로 삼았다기보다는 부르주아 가정이 모델이 되었을 것이다. 어려서 양반 가문의 엄격한 가정교육을 받고 성장한 수산이 자신의 성장기의 모습과 완전히 달라진 자식과 조카의 성장을 지켜보면서 변화한 어린이의 위상을 문제로 삼게 되었을 것이다. 더욱이 딸 진길이, 조카 정한에게 밀려 소극적인 성격이 되어가는 것을 지켜보면서 분노하는 일기를 보면 명순에게 건 수산의 희망을 알 수 있다. 1924년 11월 29일 일기, 『전집』 II, 510~11면 참고.

대적 가치를 매개하여 더 쓸모있고 가치있는 인간을 양성하는 곳이 되었던 것이다.

그렇다면 이영녀가 자식을 가르치기 위해 매음에까지 종사하는 것이 타당 성을 갖게 된다. 마치 오늘날 자식에게 사교육을 시키기 위해 노래방 도우미를 마다하지 않는 어머니를 보는 것 같다. 자식의 교육에 대해 영녀의 입장은 확고하지만 당대 하층민 주부에게 일상적이었던 것은 아니다. 1막에서는 안숙이네가 2막에서는 인범이네가 그 형편의 부당함을 지적한다.

안: (비웃는 드시) 돈 벌 생각은 안하면서도 유치원인가. 깨묵덩이에는 보내구 숩단 말이지. 우리 처지에 그것이 다 무슨 욕심인고.
영: 사람이 그런 욕심도 업스면 멋 헌다요. 엽헤서 가르치니 업시 아희를 엇더 케 키우요. (『전집』 I, 41면)

인: … 색기 공부는커녕 개똥도 못 시길 일이지. 씨기는 대로 말을 듯거나 그 러챤으면 색기 학교를 안 다니게 해야 오를 일이지. 그게 무슨 고집이랑가.
(『전집』 I, 50면)

매음을 중단할 것인가, 자녀교육을 할 것인가 하는 두 가지 선택항에서 영녀가 택하는 것은 후자이다. 그러나 이는 「워렌부인의 직업」에서 워렌부인이 택한 기업적 선택과는 다르다. 영녀에게 이는 마치 '춘향'이 천한 자신의 신분에서 벗어나기 위해 '이도령'을 사랑하는 것과 같다. 춘향이 자신의 목표와 인간적 존엄을 지키기 위해 목숨을 내놓고 항거해야 했듯이 자식을 가르치기 위한 영녀의 분투 또한 자신의 존엄을 모두 내놓은 것이었다. 또한 이같은 영녀의 결단은 초인의 어머니가 되기 위해 여성다운 소극적 태도를 버리고 그 어떤 의심이나 주저도 없이 존 태너를 추격하는 앤 화이트필드와도 비슷하다.

그러나 이것은 역설적이게도 영녀에게 파탄의 원인이 되고 인간적인 족쇄
가 된다. 기일이는 "갈보 같은 것이 가르치기는 무엇을 가르치느냐"고 반문
하고 "보통 여편네 같으면 빌어먹어가면서도 굶지만 않으면 그만인데 제 주
변에 어린것들 가르친다고 그 모양이 되었다"고 동정도 한다. 기일의 이같
은 평가는 절묘하다. 보통 주부 같으면 아이들 교육이란 꿈도 꾸지 못할 상
황이지만 영녀는 가르침 없이는 자식을 키울 수 없다고 생각한다. 그리고 이
를 위해 그녀가 희생한 것은 매춘으로 내몰리면서 빼앗기게 된 그녀의 존엄
성이었다. 즉 매음을 해서라도 아이교육은 반드시 시켜야 한다는 영녀의 철
학은 오히려 영녀의 존재를 결정적으로 파탄에 몰아넣어 결국은 어린이를
가르칠 수 없는 갈보 같은 존재에 이르게 하니 타락한 사회를 타락한 방법
으로 돌파하고자 했던 영녀의 선택이 회복할 길 없는 파국에 이르는 데에서
「이영녀」의 운명은 결정된다. 즉 이 작품 첫머리 관구와 명순이 다투는 장
면은 단순히 자연주의적인 재현의 목적이 아니라 역설적으로 영녀의 삶을
제약하고 있는 영녀의 생의 목표를 적시하기 위한 것이었다. 이 점을 염두에
두고 관구와 명순이 다투는 지점으로 돌아가보자.

관구와 명순의 다툼에서 불리한 것은 명순이다. 관구는 안숙이네의 지원
을 받는다는 점, 남아라는 점, 동시에 동생이기 때문에 상대적으로 누나보다
는 더 많은 배려와 이해를 받을 수 있다고 생각되는 점에서 유리하다. 그러
나 명순은 안숙이네에게 "어린것은 어리다고 하지만 큰 것이 더한"다고 비
판을 받을 정도이다. 즉 누이로서 양보를 강요하는 기존의 가치를 받아들이
지 않고 자신의 욕망에 충실한 것이다. 영리한 명순은 어머니 영녀의 행위에
대해 아직 도덕적 판단은 없지만 사회적으로 대단히 불리한 것이라는 사실
을 이미 간파하고 있으며 2막에 이르러서는 바느질도 배우고 사리분별도 늘
어 3막에서는 결혼하여 남자와 사는 것이 어려우면 "앗다 이혼햇버리면 고
만이지"라고 씩씩하게 선언한다. 이러한 명순의 모습에서 이영녀를 넘어서
는 어떤 가능성과 희망을 읽을 수 있다. 이는 2막에서 싸우고 들어와 실죽실

죽 울어대는 못난 모습으로 등장하는 관구와 대비를 이룬다.

물론 명순의 위기는 이미 예고되어 있다. "원시적 자연 속에서 뛰어나온 듯한 육욕이 끓는 듯한 유서방"에게 의붓자식들에 대한 교육의무나 도덕적 배려는 찾아볼 수 없다. 그가 명순을 예뻐하는 이유는 나날이 꽃피듯 성장하는 명순의 여성성이다. 탐욕스러운 눈으로 명순을 응시하는 유서방의 욕망은 이미 취기를 빌려 성추행으로 발전한 바 있었으니 명순에게 유서방은 공포의 대상이다. 이를 벗어나는 길은 명순이 주체적인 인간으로 자립하는 길뿐이다. 그 방편의 하나로 고무공장이 제안된다. 2막에서 기일이 강영원을 소개하는 대목을 보자.

> 기: 내가 아요. 그러치마는 이 집 주인은 쑹쑹하기 짝이 업슬 만큼이나 돈도 잇고 부협의원(府協議員)에다가 내일 모래면 도평의원이 될 거시고 고무회사 사장에다가 그럿타요. (『전집』 I, 59면)

난데없는 고무공장이다. 물론 강영원이 면화공장도 있고 고무공장도 소유하고 있다고 보면 순편한 일이지만 면화공장 여공인 영녀의 주거를 놓고 비겁한 성상납을 요구하는 상황에서 고무공장이 새로 등장하는 것에서는 다른 의미를 찾아봄 직하다. 이 시기 목포에는 새로이 고무공장이 문을 열었다. 1924년에는 서산동에 목포고무공업소가, 대안동에는 금강고무공업소가 세워졌고, 1925년에는 조선인들에 의해 남교동에 동아고무공업주식회사가 설립되었다. 주요 생산품목은 고무신이었으며 자본금 30만원의 큰 규모로서 당시로 보면 목포창고금융주식회사와 함께 칠 수 있을 정도였으며 사장은 김상섭이었다. 김상섭은 목포 굴지의 자산가로 호남은행, 목포창고금융주식회사 등에 수산의 아버지 김성규와 함께 주주로 참여하고 있었으며, 1920년에는 중도 개량적이던 목포청년회의 초대회장을 역임하기도 하고, 1927년에는 목포 부협의원에 선출되기도 한 친일유지였다. 얼핏 보면 강영원과 다소

인접한 인물이기도 하다.[81] 그런데 3막에서 이르면 기일이네는 명순에게 결혼하지 말라고 권유하며 다시 고무공장을 거론한다.

기: 아이고 간을 내여 깨무러도 이가 딱딱 갈일 놈들! 너는 부듸 시집가지 마라. 촌 가트면 몰라도 목포서야 누가 욕을 할 거시냐. 미워를 할 거시냐. 여편네라도 제가 버러서 제가 먹으면 그만이지. 머슬 어더 먹것다고 왜 딴 사내놈한테 미여 지낸다냐. 고무공장에는 삼년만 지내면 칠십전식(七十錢式) 준단다. (『전집』 I, 66면)

여기서 수산은 여자가 일할 만한 공장으로 '고무공장'을 생각한다는 것을 알 수 있다. 여성의 경제적 자립을 매우 중요하게 생각했던 수산이었으므로 명순의 자립을 위한 제안이라 하겠다. 그러나 수산이 여공의 실제 생활에 대해 정확히 아는 것 같지는 않다. 그렇다면 수산이 노동운동에 대해 아는 것은 저널리즘적인 정보에 다른 것이었을 터이다.

1920년대 여성노동자의 파업투쟁중 대표적인 것이 1923년에 있었던 경성고무공장 여성노동자 파업이었다. 1923년 7월 경성 광희문 밖에 있는 해동, 뇌구, 경혜, 동양 등 4개 고무공장 여성노동자 150여 명은 임금 인하 반대, 여성노동자의 인권을 유린한 공장감독의 해고라는 두 가지 요구조건을 내걸고 일제히 동맹파업에 돌입했다. 파업이 발생하자 조선노동동맹회는 간부를 파견하여 조사작업을 했으며 노동조합의 조직화를 지원했다. 5일에는 한성고무공장까지 새로 파업에 참가하였고, 이들은 경성고무여직공조합을 조직하고 조선노동동맹회에 가입하였다. 이들은 이를 알리기 위한 연설회를 개최하였고, 이 파업이 알려지자 양화직공조합, 양말직공조합, 양복직공조합 등이 직업별 조합과 토요회, 서울청년회, 무산자동맹 등은 이를 지지하여 여론을 일으키고 음악회를 열어 동정금을 모집하는 등 여러 방면으로 지원하

---

81) 박찬승, 앞의 글 197면.

였다. 조선노동동맹회는 '고무여직공의 동맹파업 전말서'를 제작하여 전국 각 노동단체에 배포하였고, 이들은 파업기금을 모집하고 동정연설회를 개최하는 등 노동자대중의 계급적 연대를 강화해 나갔다. 이들의 파업은 일본까지 알려져 오오사까 조선노동동맹회와 일본 노동총동맹 칸또오대회에서도 격려 전보와 동정금이 답지하였으며, 일본 관서노동동맹 기관지『노동자 신문』도 동정금 모집을 호소하였다. 즉 이는 전 조선의 좌파 단체들뿐 아니라 일본 노동단체까지 지원했던 파업이었다.[82]

그러나 영녀의 죽음과 함께 이 작품은 더 나아가지 못하고 미완으로 끝나고 수산이 꿈꾸고 구상하던 새로운 인간, 인간다운 인간의 구상도 더 나아가지 못한다. 영녀와 같은 어머니는 오늘날에도 끝없이 재생산되고 있지만 명순의 미래를 우리는 알지 못한다. 낭만적인 구상만으로 헤쳐가기에 시대의 족쇄는 너무 견고하였고 수산에게는 어두운 환멸의 시간이 닥쳐오고 있었기 때문이었다.

---

82) 한국여성연구회 여성사분과 편, 앞의 책 130~131면.

제5장

환멸과 해체

1. 환멸의 시작

「난파」와 함께 흔히 수산의 자전적 경험을 반영한 작품으로 거론되는 「두데기 시인의 환멸」은 자유연애와 애정 없는 구식 결혼, 즉 신구 애정관의 충돌이라는 방식으로 다소 안이하게 해석되어왔다. 시인 이원영과 박정자의 자유연애, 이원영과 처 경순의 애정 없는 구식 결혼의 대립이라는 것인데, 이 작품을 꼼꼼히 살펴보면 박정자와 이원영의 관계가 자유로운 연애관계도 아닐뿐더러 이원영과 처 경순의 관계도 애정 없는 구식혼의 잔재가 아니다. 이원영의 처 경순과 신여성 박정자는 같은 여학교 출신의 동창이고 이원영과 경순의 결혼 또한 「인간과 초인」의 앤 화이트필드와 같이 경순의 집요한 구애 끝에 달성된 것이었다. 이같은 상황을 고려하여 이 작품이 박정자와 이원영의 갈등구도 속에서 시인 이원영의 위선을 드러낸 작품이라 평가하고 박정자가 자유연애를 부르짖는 신여성이 아니라 시인의 위선을 비판하는 양심과 정의의 목소리를 내고 있다고[1] 분석하기도 한다.

물론 이같은 대립적인 해석이 가능한 텍스트라는 점에서 「두데기 시인의 환멸」이 더 흥미로워지는 것도 사실이다. 그러나 이 작품은 그렇게 단순하지 않다. 박정자가 근대적 가족과 부부관계를 미화하며 그 책임과 의무를 강조하는 것은 맞지만 수산이 여기에 동의하는 것은 아니다. 수산은 대체로 박정자보다 이원영 편에 서 있으며 이 작품에서 두드러지는 것은 아무도 이해하지 못하고 아무와도 소통하지 못하는 근대 가족과 부부의 견고한 제도성, 폭력적인 구속성이다. 그리고 무엇보다도 수산의 작품전개, 사유의 흐름에서 처음으로 내적인 환멸의 지점에 도달한 작품이라는 점에서 다른 각도의 고찰이 필요하다.

1925년 오월(Société mai)을 결성한 수산은 동인지 제3집(1925. 9)에 「창작

---

1) 양승국, 앞의 책 161~62면.

을 권함내다」를 실었다. 여기에서 제안하는 창작 테마는 첫째, 계급, 둘째, 윤리, 셋째, 여성, 넷째, 인생철학이었다. 이 중 셋째 테마에 대해 수산은 다음과 같이 말하고 있다.

> 1. 성적(性的)으로, 이건 다시 말할 것도 업시 연애, 결혼, 모성, 여성의 경제적·사회적 문제올시다. 나는 더 거듭 여긔서 연설할 바가 업슬 만큼 보편적인 테-마닛가 고만두겟슴니다. (『전집』 II, 68면)

연애와 결혼, 모성 등 여성의 제 문제에 대한 창작이 대단히 중요하며 부연할 필요가 없을 만큼 사회적인 합의에 도달해 있다는 수산의 인식은 수산 자신의 창작방향에도 그대로 적용됨 직하였다. 그래서 나온 것이 「이영녀」이고 「두데기 시인의 환멸」이라 할 것이다. 특히 빈민층 여성의 자기발견과 희생 과정을 그림으로써 리얼리즘 문학의 계급적 이해의 계기를 열어놓은 「이영녀」보다 「두데기 시인의 환멸」은 중산층 부부의 위기와 갈등을 배경으로 삼는다는 점에서 또다른 차원의 현대적 의의가 발생한다. 그러나 「이영녀」와 달리 수산은 이 작품에서 「이영녀」에서 유지하고 있던 균형을 지키지 못한다. 이는 「이영녀」보다 자신의 위치와 이념이 더 직접적으로 반영되면서 생겨난 파탄이라 할 수 있겠다.

박정자를 흠모하여 그녀를 기다리며 시를 읊고 있는 이원영은 박정자가 자신과 소통할 수 있는 대상이라고 생각한다. 소통 가능한 여성은 근대 이후 모든 남성의 로망이었다고 해도 좋을 것이다. 이는 일찍이 타야마 카따이의 「이불」에서 토끼오가 꿈꾸었던 것이며, 하우프트만의 『외로운 사람들』에 포착된 요하네스와 안나, 투르게네프의 『그 전야』에 형상화된 인사로프와 엘레나 같은 관계들로서 수산조차도 이 욕망에서 예외는 아니었다. 박정자를 대하는 시인 이원영의 욕망은 바로 여기에 위치한다. 그러나 결핍에서 발전한 욕망은 달성 불가능한 것이다. 자유연애적 관계, 남성의 본능을 파헤치고

258

파멸을 향해 돌진하게 하는 원시적 생명력의 담지자, 요부에게 희망을 거는 낭만주의적 애정관의 허구성을 이 작품은 가차없이 폭로하며 아울러 소통 불가능한 근대적 남녀관계의 허구성을 전면에 드러낸다.

박정자는 전형적인 신여성이다. 박정자를 사모하던 '황해훈'이란 남성이 구애에 실패하여 자살에 이르렀다고 소개되고 있는데, 이는 윤심덕에게 실연한 끝에 자살하고 말았던 '박정식'이란 사람의 일화를 환기한다는 점에서 윤심덕의 분위기가 물씬하다. 더욱이 화려한 외양보다 가족을 부양하느라 온갖 구설까지도 감당해야 했던 윤심덕의 상식적인 위치를 생각하면 남성을 파멸하게 하고 자살이든 타살이든 죽음으로 인도하는 '팜므 파탈'의 형상이지만 보수적인 남녀관, 부부관에서 한 발도 벗어나지 못하는 박정자와 윤심덕의 유사성은 더욱 두드러진다. 즉 서구 자본의 변방, 방금 공적 세계에 진입한 동아시아의 여성에게 그같은 기대는 때 이른 것이었다. 사제관계를 매개로 때로 이상적인 남녀관계를 추구하기도 하지만 그같은 계몽주의적 전략이 지닌 남성우월성과 추상성은 수산에게는 애초부터 고려대상이 아니었다.

막이 오르면 시인 이원영은 건넌방에서 시를 낭독하고 있고, 박정자는 대청마루 기둥에 기대어 이를 엿듣고 있다.

아하 맛낫서라 우연히/물결 놀고 바람치는
해변가에서 님을 맛낫서라
　　오냐 물결아 놀어라/바람아 쒸어라/
　　보다 어엽부게 놀고/보다 힘잇게 쒸일/님 한 분을 맛낫거딘
아하 세상은 재미잇서라/겨울이 못 가서 봄이 오고
가슴이 식기 전에 님이 왓서라
　　오냐 물결아 놀어라/바람아 쒸어라/
　　보다 어엽부게 놀고/보다 힘잇게 쒸일/님 한 분을 맛낫거던
아하 두데기 냄새에 무슨 걱정/안방에는 아히 우름소리
거는방에는 시인의 노래

오냐 물결아 놀어라/바람아 쒸어라… (『전집』 I, 16~17면)

낭만적인 사랑을 노래하며 "오냐 물결아 놀어라"를 후렴으로 반복하고 있는데 3연에서 내용과 어조가 달라진다. 두데기 냄새, 아이 울음소리, 건넌방 시인과 같은 구절이 나열되면서 이 시의 성격은 자조적인 것이 된다. 이것은 낭만적인 열정이 일상과 어떻게 충돌하는지 보여준다. 이때 이미 시인은 "화려하고 아첨 섞인 연모의 말들로 수식하는 형형색색 껍데기"에 안주하는 일조차 수월하지 않은 상태가 된다.[2] 시인을 둘러싸고 있는 온갖 너저분한 것들이 더이상 감춰지지 않고 시 속으로 뛰어드는 것이다.

이때 안방에서 들려오는 아이 울음소리, 이를 달래는 처의 소리가 들리고 시인을 나무라는 모친의 소리에 시인은 더욱 목청을 높인다. 이렇게 더 큰 목소리로 시를 읽는 장면에 이르면 이 작품의 희극성이 어디에 근거하고 있는지 분명해진다.

급기야 모친이 뛰어나와 방문을 열고 호통을 친다.

모: (거는방에서) 애야, 좀 조용해라. 애써 잠드려 논 것을(어린애 얼니는 처의 소리)

원(元): (더 소리를 높혀)

　　오냐 물결아 놀어라

　　바람아 쒸어라…

모: 조용히 하라닛가. 안들니늬. 개도 참.

원: (여전히)

　　보다 어엽부게 놀고/보다 힘잇게 쒸일/님 한 분을 맛낫거던

모: (쒸여나와 문을 열고 드려다보면서) 저녁에 웬일이냐. 밥도 안 먹고 웬 말 기운이 그리 나늬. 제발 애 좀 자게 하려무나. 님을 맛낫으면 맛낫지 왜

---

2) F. 니체 지음, 정동호 옮김 『차라투스트라는 이렇게 말했다』(책세상 2000) 213면.

그렇케 소리치라는 법이라드니? 님도 님이지만 어린 자식도 좀 생각을 해
야지. (드러가려다가 밧게 인정기를 채리고) 에그 그게 누구요? (원영이가
급히 영창문을 열고 내다본다.) 난 깜작 놀랫거든 누구 차저 왓소? (『전집』
Ⅰ, 17~18면)

밥도 안 먹고 웬 말기운이 그렇게 나며, 님을 만났으면 만났지 왜 그렇게
소리를 치느냐는 꾸지람은 사랑의 낭만성을 더이상 돌아볼 수 없이 산산이
조각낸다. 이제 과장된 어조와 음성으로 사랑을 부르짖어 노래하는 것은 아
이의 잠이나 깨울 뿐 어울리지 않는 허사이다. 게다가 아늘의 일이라면 늘
자애와 온유함으로 감싸주어야 할 '자친'의 이미지도 간데없이 사라졌다. 이
원영의 모친은 아들뿐 아니라 아들을 찾아온 박정자에게까지 "조용히 하라"
고 명령하며 아이를 다시 깨워놓는다면 쫓아내겠다고 경고한다. 낭만적 사
랑보다는 어머니와 어린 자녀에 기초를 둔 근대적 핵가족의 본질이 다시 강
조된다고 보아도 좋을 정도이다.[3]
　그런데 박정자와 머리를 맞대고 앉은 이원영은 시를 낭독하며 기다리고
있던 때와는 딴판으로 다정한 이야기를 주고받는 것이 아니라 시비를 차리
며 비꼬기 시작한다.

원: 아 요런 흉측한 앗씨 밧나. 벌서붓허 와서 엿듯고 잇섯든 게로군. 그리다가
　　는 가택침입죄(家宅侵入罪)가 되지 안나.
정: 고발하구려. 난 어린애 안면방해죄(顔面妨害罪)로 고발할 테닛가.
원: 흥 당신이 내 누의 동생이나 되면 모르거니와 무슨 관계람. 아니 그럴 게
　　아니라 내 누의 노릇하구려. 그럼 고맙다고 고발당해 드릴 테니. (『전집』
　　Ⅰ, 18면)

---

3) 서울사회과학연구소, 앞의 책 152면.

이는 이 관계의 실상을 보여준다. 단순한 교제관계든 친밀한 연애관계이든 이들은 서로의 진심을 교류하는 사이는 아니다. 애인 대신 누이라는 상투적인 관계의 변용 또한 하우프트만의 『외로운 사람들』로부터 학습된 것이지만 그마저도 이들에게는 쉽지 않은 일이다. 즉 이들의 관계는 순리적이지 못한 것으로 소통 불가능의 가학적 관계, 바로 근대적 인간관계인 것이다. 여기에서도 가택침입죄, 안면방해죄 등의 근대적 법이성이 판단기준이 되고 있으며, 내용 없는 시비와 공격으로 시종일관 대화가 이어지고 있다. 이것은 바로 현대인의 언어이며 대화이다. 우리는 이러한 대화의 형식을 이 작품뿐만 아니라 「이영녀」와 「산돼지」, 근대문학의 중심으로 평가되는 염상섭의 인물들에서도 전형적으로 발견할 수 있다. 이는 숭배와 예찬, 가르침과 복종으로 이어지는 이광수 류의 계몽적 연애 풍경, 계몽적 인간관계에서는 발견할 수 없는 것이다. 이는 당대 여타의 희곡에서도 마찬가지이다. 그러나 오늘날의 대화방식과 인간관계를 연상하게 하는 관계맺음 방식은 수산의 희곡에서 이미 적실히 포착되고 있다.

물론 시인은 포기하지 않고 박정자에게 끈덕지게 구애한다. 그런데 시인이 박정자에게 구애하는 이유가 재미있다. 시인에게 박정자는 젊고 어여쁘고 부모형제 없어 자유롭고 자식 남편 없어 귀찮지 않아 자유롭게 천하의 재사명인과 교제할 수 있는 '자유' 그 자체이다. 이는 시인의 처지와는 정반대이며 이것이 바로 시인이 꿈꾸는 이상적인 생활이라 할 것이다. 그러나 박정자의 입장에서 보자면 박정자에 대한 시인의 동경은 오해에 지나지 않는다. 능숙하게 이원영을 놀리던 박정자는 결정적인 순간에 멈추어 양심과 도리를 내세운다.

정: 저거두 난 희생자를 내긴 실혀요. 불상한 사람을 눈압헤다가 두고 양심 업
　　는 짓은 못해요.
원: 불상하긴 무얼 불상해. 걱정 마러요 불상한 것도 업고 무서운 것도 업스닛까.

정: (아주 천賤히 녁이는드시) 저런 몰인정한!

원: (비우스며) 인정(人情) 문제가 아니라 인생 문제야. 더 살기 위해서 더 힘 잇게 살기 위해서 양심도 중(重)하겟지 인정도 중하겟지. 허나 결국은 자기 생활을 위해 허는 일이 아니요. (『전집』 I, 20~21면)

박정자가 말하는 희생자란 결국 이원영의 부인을 의미하는 것인데 부인이 있는 유부남과 혼외관계를 맺는 것을 양심 없는 짓으로 파악하는 박정자에게 연애는 이미 결혼을 위한 '사업적 관계'로 수용되고 있음을 알 수 있다. "양심 속에서 자연스럽게 우러나고 자기를 잊는 겸손한 사랑, 이것이 악착스러운 세상에서 가장 귀하고 가치있는 것"이라는 주장을 보면 가부장제 사회에서 희생하고 헌신하는 여성의 역할을 이상화하고 있음을 확연히 알 수 있다. 요컨대 박정자는 시대를 앞서가는 새로운, 소위 신여성은 아니다.

이에 비해 이원영은 이러한 양심이나 인정과 같은 가치는 결국 부차적이며 모든 것은 자기 생활을 위한 것이어야 한다고 주장한다. 시인은 박정자가 여기에 속한 인물이라 생각해서 동경했던 것이다. 정자도 결국 "낡은 탈 쓴 '신여성'에 불과"했던 것이니 박정자가 근대적인 상식의 수준에서 한 발도 벗어나지 못하며 머뭇거리는 데에서 시인은 정자의 한계를 인식하고 결국 "생식(生殖)에 능(能)하고 두골(頭骨)에 결핍(缺乏)한 여자"라고 탄식한다.

그런데 이 순간 의외의 전환이 발생한다. 이원영의 처 경순은 박정자와 여학교 동창 사이이다. 박정자는 이 사실을 알고 경순을 만나기 위해 일부러 원영에게 접근했다는 것이다. 이 전환이 중요한 것은 이원영의 처 경순이 낭대에 흔한 가문혼의 희생자도 무식한 구여성도 아니라는 사실 때문이다. 애초 원영이 처 경순을 염오하면서 박정자에게 구애하는 것은 아내가 '자유' 그 자체인 박정자의 정반대 위치에 서 있었기 때문이었다.

원: (불쾌한 얼골노 변해지며) 글세 고만두어요. 저게 사람인가 사람 탈 쓴 허

수아비지. 내 말 드러요. 사람 성미가 다 각각 잇겟지만 저런 인형 것흔
허수애비는 다시 업슬걸. 화를 내도 네 네, 까닭 업시 나무래도 네 네, 욕
을 해주어도 네 네, 심지어 싸구를 붓처도 네 네 네, 기끗해야 '애매한 나
를 웨 이래요'라지. 이게 사람이 당할 노릇이요. 손끗흐로 건다리기만 해
도 꿈틀거리는 벌거지를 못 보앗소. 차라리 벌어지와 동거하는 게 낫지.
(『전집』 I, 21면)

'화를 내도 예, 욕을 해도 예, 따귀를 때려도 예'밖에 할 줄 모른다면 끔찍
할 것이다. 이원영이 처 경순에게 가진 불만은 아내가 '인형 같은 허수아비'
라는 점에 있는 것이다. 더구나 원영의 처가 이같은 모습인 것은 그녀가 구
여성이기 때문도 아니라면 멀쩡한 여학교 출신, 적어도 새로운 교육의 수혜
자였던 경순이 이처럼 소극적이고 인형 같은 허수아비가 된 것은 무엇 때문
일까?

> 원: (처의게) 너는 저리로 가! 네 천직은 어린애 포유(哺乳)하는 대 잇서!
> …
> 원: 가정이란 감옥이란 게 내 주의(主義)야. 아모러한 여자일지라도 한번 처가
> 되면 사람으로서의 자유는 업서지는 게야. 여성의 영원한 생명은 이곳에
> 잇단 말야. (『전집』 I, 28~29면)

이로써 이원영의 모순된 결혼관이 폭로되고 이 부부의 진정한 질곡이 무
엇인가가 드러난다. 경순의 끔찍한 소극성은 바로 이같은 원영의 폭력적인
결혼관에 의해 강화되었을 것이다. 원영은 아내에게 집 밖으로 나가는 것을
금하고 어린애를 키우는 것이 천직이라고 윽박지르며 처가 되면 사람으로서
의 자유는 없어지는 것이고 여성의 영원한 생명은 가정에 있다고 강변한다.
이같은 결혼환경에서 경순이 벌레만큼의 저항도 없는 인형 같은 허수아비로
퇴보해가는 것은 피하기 어렵다. 물론 이러한 폭력적인 결혼관은 실상 거북

스러운 것이다. 그러나 당시 이같은 결혼관과 결혼환경은 현실이었다. 이는 수산 개인의 문제 혹은 이원영 개인의 현실이 아니라 당대의 일반적 상황이라 보는 것이 옳다. 그리고 그 반대 입장에서 온갖 미사여구로 주부의 신성함을 예찬하는 박정자의 논지 또한 현실이었다.

한편으로 노라를 예찬하면서 한편으로는 노라를 가정 속에 한정하는 여성전략은 당시 모순으로 이해되지 않았다.[4] 이광수는 양백화 번역의 『노라』(영창서관 1922)에 다음과 같은 서문을 붙여주었다.

아아 노라는 마츰내 세계의 모든 쌀들을 후려내고야 말랴나 봅니다.

불러내어라. 노라야! 쌀들을 넓은 마당으로 모두 불러내기는 내어라. 마는 노라야! 너는 그네에게 장차 무엇을 주려하느냐. 너는 그네의 손에서 바늘과 인함박과 어린아기를 쌔앗엇거니와 그 대신에 무엇을 주려하느냐. 그네에게 참정권을 주고 분필을 주고 전차, 자동차의 운전기를 주고 심지에 총과 칼써지도 주엇다. 노라야 너는 이리하야 남자와 쏙가티 되는 것으로 네 목적을 삼느냐. 이제 머리를 싹고 남복을 닙고 권련을 피어물고 술이 취해 비틀거리며 대도상으로 다니게 될 째에 너는 비롯오 네 개성의 해방을 완성하엿다고 개가를 부르랴느냐.

아니다. 노라야! 너는 한 가지를 더 쌔달아야 한다. 네가 ‘나는 사람이다!’ 하는 쌔달음은 하느님도 능히 막지 못할 당당하고 당연한 쌔달음이다. 그리해서 네가 세계의 쌀들을 모두 사람들이 모이는 넓은 세계의 마당으로 쓸어낸 것은 민년을 가더라도 역사가 모두 나저버리지 못할 큰 공이다. 그러치마는 너는 한거름을 내켜서 ‘나는 계집이다!’ 하는 자각을 어더야 되고 인하아 ‘나는 안해다!’ ‘나는 어미다!’ 하는 자각을 어더야 된다. 이에 비롯오 네 개성이 완성하는 것이다![5]

---

4) 『인형의 집』의 수용과 번역에 관한 진실을 성정치학적으로 분석한 다음 논문은 이같은 당대의 역사적 현실에 대한 중요한 인식적 단초를 제공한다.
　이승희 「번역의 성 정치학과 내셔널리티」, 민족문학사연구소 기초학문연구단 편 『한국 근대문학의 형성과 문학 장의 재발견』(소명출판 2004) 207~43면.

이같이 모순적인 이광수의 논지는 당대에 일반적인 수준에서 합의되고 있었으니 바로 여기에서 가정을 신성한 것으로 주부의 희생을 거룩한 것으로 칭송하는 박정자의 견해가 비롯된 것이다. 즉 이러한 모순된 여성관은 근대의 '가정'이라는 제도와 자유로운 인간에 대한 근대의 이데올로기적 이상(理想)에서 이미 예비되어 있었던 것이다. 이원영은 이를 반영하고 대변하는 인물일 뿐이다.

> 원: 그럿치 나는 시인야 두데기 시인이래도 조와. 여하간 시인야.
> 다만 이런 여자로 해서는, 가정을 맨든 게 저게 불행이라면 그것이 즉 제 운명야. 왜 사내란 사내만 보면 고인지 잉언지 죽자 살자 해! 그것도 제게 맛당한 점을 가진 사내를 골너내지 안쿠. 시 좀 써서 소위 유명하다닛가, 달녀드러서 날 홀려낸 게지. 이것이 그째 정사(情死)라도 허자구 햇슬 것 갓트면 나도 넉넉히 정사를 햇을 터이지. 그러나 이 천치는 그것두 실쿠, 꼭 가정을 맨드러야만 헌다지! 해서 소위 스위트홈이란 게 되고 보닛가 이 모양이야. 이것도 다 네 운명인 줄노만 알어라! 한번 발 디러노면 쌜 수 업는 운명의 길노만 알어! (『전집』 I, 29~30면)

이로써 이원영과 그의 처의 전사(前事)가 드러난다. 이원영의 처 경순은 시인 이원영을 사랑하여 마치 앤 화이트필드가 존 태너를 포획하듯이 자신의 생명력으로 시인을 획득하였다. 버나드 쇼의 「인간과 초인」은 바로 여기에서 끝난다. 그러면 그렇게 결합한 앤과 태너는 어떻게 되었을까? 행복했을까? 수산은 「Man and Superman」을 로맨스가 결여된 작품이라 비판하였지만 낭만적인 열정으로 결합한 남녀가 만일 그 열정과 사랑을 유지할 수만 있다면 지속적으로 원만하고 행복할 수 있는가. 여기에서의 행복이란 통제가 내면화된, 다시 말하면 정자의 표현대로 '양심'이 있는 인간, 즉 일부일처

---

5) 이광수 「노라야」, 양백화 옮김 『노라』(영창서관 1922) 5~6면.

제로 요약되는 근대적 부부계약을 능동적으로 수용하고 그 가치를 내면화하여 자신을 통제할 수 있는 인간을 의미하는 것이 아닌가.

근대 체제 내에서 가정이라는 사적 영역이 여성 젠더의 영역으로 규정되는 한 여성에게 희생으로서의 가정은 피할 수 없다. 즉 정자의 말대로 경순이 '희생 위에 존재하는 훌륭한 여자'이기에 시인의 가정이 유지될 수 있었던 것이다. 그러나 그 위대한 가정이 반드시 지켜져야 한다는 도그마를 잠시 벗어두고 생각해보자. 누군가의 희생 위에서만 존립 가능한 가정이란 결국 이원영의 주의(主義)로 인해 생겨나는 살등이라기보다 체제 자체에서 발생한 것이었다. 여성의 생명력에 이끌려 가정을 이룬 그 순간에 그 가정은 여성뿐 아니라 시인까지도 옭아매는 억압의 사슬이 되었다. 이들에게는 함께 죽는다는 것이 오히려 쉬운 일이다. 따라서 이 속에서 깨어 있고 갈등하는 인간, 그 안에서 떠벌이며 고통을 과장하고 거만을 떠는 인간[6]은 속절없이 이 제도를 겪으며 갈등하고 고통스러울 운명이다. 이같은 억압이 더욱 절망적인 것은 그녀들이 이미 '노라'를 알고 있다는 것이다.

> 정: (못 들은 체하고 처의게) 아—니 그럿케, 자유 업는 게 사실이니? (손을 붓잡으며) 노라 쏜을 왜 본밧지 안늬? 경순(瓊順)이도 세상 달은 여자와 항상 갓흐라는 법이 어디 잇늬?
> 원: 흥 노라만한 자격이나 잇으면 벌서붓허 자유는 고만두고라도 타란테라 댄스라도 갈저쥬잇겟다. (『전집』 I, 29면)

어린애의 보육에 의무를 한정하고 아내의 바깥출입조차 제한하면서 노라만한 자격이 있다면 자유는 고만두고 댄스라도 가르쳐 준다는 말은 무슨 뜻인가. 시인을 견딜 수 없게 만드는 것은 과도하게 온순한, 자의식이 결여된 여자이다. 그녀는 왜 그같이 부당한 남편의 행위를 인내하는가. 그녀는 노라

---

6) F. 니체 지음, 정동호 역, 앞의 책 213면.

를 알면서도 왜 노라처럼 가출하지 않는가. 노라보다 더한 비인간적 취급을 받으면서 그녀는 왜 자신을 찾아 가출하지 않는가.

시인의 절망은 깊어간다. 그러나 이것뿐이라면 그저 절망일 뿐이었을 것이다. 그러나 시인 이원영 처한 진정한 곤경은 감각적인 쾌락에 빠진 그에게 당연히 어울리는 '생식에 강하고 두뇌에 결핍된 여성'을 견디지 못한다는 사실에 있다. 강력한 생명력으로 자신을 사로잡았던 아내는 물론이고 겉모습만 신여성일 뿐 낡은 인습에 빠진 박정자도 이원영이 원하는 여성은 아니다. 이원영이 원하는 여성은 어떤 모습인가. 자아를 추구하고 이를 완성하기 위해 투쟁하는 여성인가. 무엇 때문에? 작중에서 이원영이 원하는 여성은 한갓 자신의 욕망과 본능을 부인하지 않고 이원영과 함께 성적 쾌락을 누리는 것으로 족하다. 이원영은 요하네스가 아니며 인사로프가 아니다. 박정자와 함께 철학을 논하고자 하는 것도 아니고 혁명을 꾀하는 것도 아니다. 그런 그에게 생식에 강하고 두뇌에 결핍된 여성은 짝으로 충분히 걸맞다. 그러나 이원영은 이 여성들을 원하지 않는다.

결국 시인이 처한 내외적인 모순은 좌절을 넘어 시인을 환멸에 빠뜨리고 만다. 위안이나 구원을 꿈꿀 수 없음은 물론이요, 자신의 위선까지도 직시할 수밖에 없는 시인의 현실, 이것은 곧 전복하고 반항할 수밖에 없는 시간에 시인이 직면했음을 뜻한다. 시인의 눈초리가 두데기를 쓰는 추악한 자신을 향하면 독자 또는 관객을 원하던 허영심은 쓸모없는 것이 된다. 이것은 수산이 예상했던 결론은 아닌 듯하다. 결국 이렇게 해서 환멸에 도달한 시인은 정신의 참회자, 즉 자신을 극복해야 하는 존재가 되었기 때문이다. 그러나 시인이 발 디딘 그 땅 위에서는 불가능한 일이었다.

시인의 상황을 추적하기에 앞서 박정자의 후일담을 먼저 언급해두자. 그녀는 어떻게 되었을까? 「산돼지」의 정숙은 정자의 진화형이다. 최원봉의 영향을 받아 자유로운 개성과 의지에 눈떴고 덕분에 용감하게 최원봉을 떠나 다른 남자와의 출분을 감행했지만 예상과는 다른 생활에 결국 고향으로 돌아온다. 주더만(Hermann Sudermann)의 작품 『고향』(*Heimat*, 1893 상연)에서 불명예스럽게 떠나온 작은 시골마을인 고향으로 돌아가 그곳에서 자신의 과거와 맞닥뜨리게 되는 마그다는 바로 그녀의 원형이라 할 만하다.[7] 정숙이 원봉과의 재회에 실패하고 다시금 고향을 떠나게 된다는 설정은 비루한 현실에 정착하는 데 결국은 실패하는 수산 자신의 결정에 잇닿아 있다. 평민 이광수는 비루한 현실을 고상한 체 회칠하며 성가를 누리고 평민 염상섭은 그 비루한 현실 속에서는 '지상선'을 성취할 수 없음을 간파하고,[8] 한층 더 비루한 방법으로 돌파하며 반 발자국씩 전진해가지만 고귀한 수산은 현실을 오해하지도 현실을 감당하지도 못하여 자신의 귀소본능에 배반당하며 결국 지상의 어느 곳에도 정착하지 못하고 마는 것이다.

2. 존재와의 투쟁

사랑과 쾌락에 빠져 있던 「두데기 시인의 환멸」의 이원영——시인이 자신의 현실을 대면하고 현실 속에서 사랑과 구원을 추구하는 것이 불가능하다는 사실을 깨닫게 되었다면 시인은 어떻게 해야 할 것인가.

'일상'이라는 구체적 상황에서 '환멸'을 겪고 생의 질곡을 받아들이는 것은 실상 전 존재를 걸어야 할 만큼 위험스러운 것은 아닐 것이다. 그러나 낡은 영역에 한 발을 걸치는 인간이 이념적으로 변혁을 추구할 때 「산돼지」의 차혁이나 청년회 인물들에게서 볼 수 있듯이 쉽게 부패하고 타협하며 고식

---

7) 「산돼지」에 정자의 귀향에 비교되는 「프로디갈썬의 귀향」이 어떤 작품인지는 아직 확인되지 않았다. 혁의 대사에 "자네로서는 넓다란 가슴을 열어서 사랑하는 자식(子息)의 귀향으로만 알고 무정한 짓은 아니하는 게 조을 것 갓네"라는 구절로 보아 '돌아온 탕아' 류의 작품으로 추정된다. 『전집』 I, 153~54면.
8) 염상섭 「지상선을 위하야」, 『신생활』(1922. 7) 71~72면.

적인 행동을 할 수 있다. 즉 현실에서 부닥친 문제가 자기 자신을 규정하는 모든 관계에 연계되어 있고, 이를 버리거나 혹은 다시 규정해야 한다면 이를 극복하기 쉬운 일이 아닐 것이다. 인습이나 전통이 개인 바깥에 존재하는 것으로 이해한다면 이러한 문제의식은 발견되기 어렵다. 그러나 한 개인의 내면은 어떤 근원적인 독자성을 지닌 공간, 즉 프로이트 식의 독자적인 '무의식'으로 구성된 것이 아니라 '관습'의 축적을 통해 신체에 저장된 '인습의 무의식'인 것이다.[9] 따라서 마르크스의 정의대로 "인간은 사회적 관계의 총체이고 생산양식에 의해 규정된다"라는 것을 수용한다고 해도 이 사회적 관계의 총체인 인간이 단순히 사회적 관계의 반영물로서 생산양식이 변화하면 곧 거울처럼 변화하여 사회적 양식을 반영하는 인간이 되는 것은 아니다. 즉 생산양식으로 환원되지 않는 독자적인 주체생산의 영역에서 움직이는 인간이라 할 것이다. 즉 여기에서 사회관계란 외적인 정치·경제적 생산관계 일반은 물론 각 개인이 내포하는 도덕과 인습의 영역까지도 포괄한다고 보아야 할 것이다. 따라서 변혁이란 각 개인의 몸에 저장된 도덕과 신체의 구석구석에 이르는 치밀하고 섬세한 삶의 영역에서 굳은 분절의 선을 바꾸는 끊임없는 투쟁이며 모든 곳에서 끊임없이 새로운 삶의 방식을 창조하는 '즐거운 긍정'인 것이다.[10]

이러한 맥락에서 보면 일상의 차원에서 시인의 위선을 폭로하는 「두데기 시인의 환멸」에서 자신의 내면 특히 가족애라는 굴레와 자신을 규정하는 내밀한 욕망을 대면하고 투쟁하는 「난파」로 이행되는 경과를 이해할 수 있다. 즉 「두데기 시인의 환멸」에서 자신의 소통 불가능한 일상에 절망하는 시인을 보여주었다면, 「난파」에서는 자신, 그 자체와 투쟁하는 시인을 보여주는 것이다. 그런 의미에서 「난파」는 필연적으로 가장 자전적이다. 사실 작품 연구 과정에서 수산의 제 작품을 수산의 직접 발화로 해석하는 경우는 적지

---

9) F. 니체 지음, 김태현 옮김 『도덕의 계보』(청하 1982) 91~93면.
10) 이진경 『맑스주의와 근대성』(문화과학사 1997) 19~25면.

270

않으며, 이는 일정부분 불가피하기도 하지만 「정오」 「이영녀」는 물론 「두데기 시인의 환멸」도 시인의 상황을 직접 반영하는 것은 아니다. 이는 「산돼지」에서도 그렇다. 그렇지만 「난파」는 좀더 직접적인 방식으로 자신을 문제로 삼고 있다.

「난파」의 1막은 아버지와 혈통을 절연하기 위한 갈등, 2막 1장은 구원의 여성에 대한 갈망의 좌절, 2막 2장은 치명적 여성—요부와 그 동지적 관계 속의 인간들과의 절연을, 3막은 신과 희생적 도덕에 대한 거부를 각각 다루고 있다 하겠다.

1막에서 주로 형상화되는 시인의 존재적 약속을 상기시키며 결단을 촉구하는 어머니의 형상과 장손의 도리와 자식으로서의 역할, 즉 가족의 의무를 강요하는 아버지의 형상, 그리고 그사이에서 갈등하고 고통받는 시인의 모습이다. 이 중 아버지와의 갈등은 수산의 가족사와 연관지어 가장 이해하기 수월한 부분이라 할 것이다.

> 부(父): 그럿소. 아들아, 내 가슴속을 알어다우. 나는 충군보국(忠君報國)도 못한 죄인인데 어머의게 철천지한(徹天之恨)을 먹음게 한 불효자로구나. 충군보국—요새 말로 사회봉사할 유의지인(有爲之人)은 너 외에도 오늘 사회 다른 청년들 중에서두, 또는 우리 자손 중에서두 잇게지만 오늘 너는 내 아들, 원한(怨恨) 먹음은 네 할머니의 손자가 아니니?
> 신주(神主): 이들아. 손자야. 너의들은 다만 아들 노릇, 손자 노릇이 첫 의무다.
> 『전집』 I, 78~79면)

아버지는 충군보국을 못한 죄인으로 불효까지 저질렀다. 그런데 '효'는 '충신' '치천하'의 근원이므로 충군보국, 사회봉사의 임무는 다른 사람들도 할 수 있으나, 효도의 의무는 저버릴 수 없고 아들 노릇, 손자 노릇이 첫 의무여야 한다는 것이 아버지의 생각이다. 시인은 물론 이에 반발하고 이를 거부하고 있다.

여기에서 흥미로운 것은 어머니의 역할과 어머니가 제시하는 가치관이다. 우선 어머니는 시인을 '낳고도 미워하는' 존재이다. '낳고도 미워한다'는 것은 어머니에 대한 애증이 교차·병존하는 시인의 심리상태를 보여준다.

시인: (소리를 버럭 질느며) 난 어머니를 욕하오. 저주하오. 이 인간을 왜 이 모양으로 만들어냇소. 당초에 그만두든지 그럿채느면 어엽부게 곱게 흠 업게 모든 것에 꼭 드러맛두룩 맨들어보지. 그러구두 어머니라 하오?
모: (우스며) 글새. 내 말을 그래도 못 아러 듣는군. 내가 너를 낫키 전에 아이를 즉 네 형을 둘이나 나서 죽엿대도 그래. 그 두 아이야말로 너보다는 잘 나고 어엽부고 튼튼하고 똑똑하고 영리하고 귀여웟지. 그러기에 내가 너를 낫쿠 나서는 산욕 우에서 너를 보고서 엇지 역증이 낫든지 고만 돌나누엇 버렷구나. 졋두 안 쥬구 고만 돌나두어 버렷구나.
시인: (픽 우스며) 그래서 개나 물어가라구 워ー리 햇구려. 못나고 어엽부지 안코, 약하고 어리석고, 밉고 한 아들을! 왜 그때 개 아구리에다 집어넛치 안엇수?
모: (만져 쥬며) 그럿케 빗꼬운 소리를 들으면 내 맘은 더 흡족해지는구나. 너를 그럿케 만들어낼녀고 네 형을 둘이나 죽엿다. 모든 것이 약속이 잇다. 약속 밋헤서만 고통이 잇지. 고통이 잇서야 인생이 아니냐? 그 증거로는 네 동생 동복제를 보렴. (『전집』 I, 72면)

어여쁘고 곱게 흠 없게 모든 것에 꼭 맞도록 완전하지 않음을 원망하는 시인에게 어머니는 그렇게 시인을 낳기 위한 약속에서 비롯된 일이라고 답한다. 완전한 형을 둘씩이나 죽이고 흠 많고 불완전한 시인을 낳았다는 것은 무슨 의미일까? 게다가 화내고 원망하면서 비꼬는 소리를 하는 시인을 오히려 흡족히 여기는 모(母)의 의도는 무엇일까?

우선 흠 많고 불완전한 시인을 만들기 위해 형을 둘이나 죽였다는 언급의 본의를 추정해보자. "천국은 우주 창조물 중에 제일 심심한 곳"이라는 버나드 쇼의 말을 적용해본다면[11] 완전하다는 것은 선악과 미추의 구분이 없다는 것으로 심심하고 무위한 기운 빠진 생활이라는 것이다. 즉 '고통이 있어야 인생이라는 주장'과 일맥상통하는 것이다. 즉 시인은 흠 많고 불완전함으로 인생에서 고통을 겪고 쟁투해야 할 사명을 갖고 태어났다.[12] 이것이 시인에게 부과된 약속이다. 만약 시인에게 완전한 형들이 살아있었다면 시인은 '아들 노릇, 손자 노릇'이 먼저인 인생에 갈등을 겪지는 않았을 것이며, 이 갈등이 아니었다면 이러한 가문의 의무가 삶을 얼마나 억압하는지 알 수 없었을 것이다. 활달하고 정력적이던 동복제 김철진이 같은 환경이지만 수산과 완전히 다르게 사는 것, 수산과 같은 고통과 쟁투의 사명을 면제받고 있다는 것을 생각하면 이를 이해할 수 있다.

즉 불완전하고 흠 많은 인간으로 태어나 인습의 질곡을 겪으며 '강하고 완전한 사람'이 쉽게 넘어서는 바로 그 초월이 불가능했기 때문에 인습에 도전해야 할 과제가 시인에게 부과되었다. 어머니가 말하는 자신의 '의무'란 바로 이런 것이다. 시인이 스스로 자족하거나 안주하지 못하도록 끊임없이 시인을 괴롭히고 미워하는 것이다. 그렇기에 시인이 어머니를 원망하고 비난할 때 어머니의 마음은 "더 흡족해지고"(72면), 아버지와 시인이 충돌하자 "이게 내 의무야, 잘들 싸운다"(77면)고 기뻐하며, 신주가 나타나 동복제가 낫다는 아버지의 말에 반박하며 "시인은 시인되기 전에 내 손자, 내 아들의 자식 노릇을 해야 한다"고 강요하자 시인이 괴로워하는 모습을 보며 좋아 뛰는 것이다(78면). 어머니는 이같은 의도하에 배경음악으로 들리는 카로노메 소리를 근거로 이름 부를 사람을 구하라고 한다.

　시인: (벌떡 이러나 다라나려 한다. 그때 뒤에서 Verdi의 Rigoletto 중의 Aria

---

11) 버나드 쇼 지음, 조용만 역 「사람과 초인」, 『근대영국희곡선』(을유문화사 1962) 240면.
12) "母: 에잇 귓치 안은 쟈식! 불완전하닛가 싸우란 말야! 그래두 몰나?" 『전집』 I, 74면.

"caro nome"(gualtier malde! 대신에 caro nome 처음은 아주 soto voce
로. 시인은 깜작 놀내여 멀거니 서서 듯고 잇다가 고만 업드러진다.) 아
아 어머니! 져 소리가 뭬애요. 져 소리가 뭬애요.
모: (부와 '신주'는 질색을 한다. 모는 깔깔 우스며) 되엿군! 되엿서! 이것이 사
람이야. 시인아 나가서 일음 부를 사람을 구해라.
시인: (가슴이 터질 듯한 소리로. 그러나 환희에 못 익이는 듯이) 아 내게 힘만
줍시오. 힘만 모든 것을 정복식힐!
모: (조소하며) 그러면 만사가 평범하게 끗나게? 안된다. 그 대신에 어서 나가
봐라. 어서 나가 봐. (『전집』 I, 80면)

여기에서 들리는 "caro nome"는 주지하듯이 빅토르 위고의 원시에 베르
디가 곡을 쓴 오페라 「리골레토」의 주인공 '질다'가 그녀의 애인 만토바
(Mantua) 공작을 그리워하며 부르는 노래이다. 그런데 공작은 자신의 이름
을 숨기고 '괄티에르 말데'(Gualtier Maldè)라는 가명으로 질다와 사랑을 속
삭였으므로 질다는 '괄티에르 말데'라는 이름을 먼저 부른 다음 '그리운 이
름이여'라는 이 곡의 제목 부분을 부른다.[13] 그런데 지문에서는 바로 이 '괄
티에르 말데'라고 이름을 부르는 부분을 빼고 'caro nome'라는 부분부터 노
래를 시작하라고 지시하고 있으니 이로써 구체적인 인물이 배제되고 그리움
의 대상은 추상화된다.

여기에서 어머니는 다시 '힘을 원하는 시인'에게 '만사가 평범하게 끝나'
게 되므로 안된다고 거부한다. 이는 앞서 지적한 바와 같이 불완전한 것만이
쟁투할 수 있기 때문이다.

그러나 이렇게 해서 만난 백의녀는 절명하고 시인은 자살을 꿈꾼다.

---

13) 삭제되는 원문은 다음과 같다. 「난파」의 서두에 있는 노래가사는 완역은 아니지만 전
체적으로 「리골레토」의 'caro nome'를 번역한 것이다. Gualtier Malde' nome di lui
siamato ti scolpisci nel core innamorato.

274

모: 날 찔으지도 못하고 벌서 기운이 진햇니? 내가 엇더케 할 수가 잇서야지.
　　너 아버지의게 가 무러 보렴. (시인 할 수 업는 듯, 그리다가 고만 목 매이
　　려고 허리띄를 나무가지에 건다.) 네 손으로 결산 붓칠 수 잇거든 해보렴.
　　…

모: 죽은 네 형들이 얼마나 너를 보구 수워 하겟니! 그럿지만 너는 너다. 언제
　　까지든지 너다. 네가 되어야 한다. 죽든지 살든지 간에 네가 네 눈을 떠야
　　한다. (『전집』 I, 81~82면)

　자살을 하더라도 자기 자신이 눈을 떠야 한다는 것. 모는 자살을 말리는
것은 아니로되 스스로 해결한다는 것은 자기 자신을 본 다음에야 가능하다
는 것을 알려준다. 시인에게 간단한 초월은 없다.

　또 아버지가 주는 술에 취해 비의녀에 빠져 있기도 한다. 이는 시인이 데
카당에 빠졌음을 의미한다. 동복제는 시인 친구들을 대동하고 비비를 인도
하며 비의녀를 탐닉하는 시인에게서 비의녀를 떼어낸다. 비의녀는 아버지가
주는 금잔의 술에서 비롯되었다. 이것은 삶으로부터의 도피, 말초적인 쾌락
에 대한 탐닉을 의미한다. '시인'이란 존재의 '실재'가 중요한 아버지에게는
시인이 더이상 세상과 불화하지 않고 차라리 술과 여자의 쾌락에 빠진 것이
나을지 모른다. 이는 데카당의 순환이다. 그러나 이러한 도피적이고 치명적
인 쾌락보다 더 파괴적인 것은 '이기주의'적인 삶, 일상적이고 표면적인 껍
데기의 관계를 맺고 예의에 어긋나지 않는 친절과 온정으로 살아가는 삶이
다. 전자의 쾌락은 워낙 현저한 것이므로 그만큼 비판되기도 쉬운 것이지만,
냉소를 이면에 감춘 후자의 방법이란 느리고 차갑게 사람들의 관계를 왜곡
하고 파편화하는 것이기 때문이다.

비비: 이기주의랫지? 온정이랫지? 일음은 무엇이든지 뜻소. 나 모양으로 어머
　　　니는 윈나에 가 잇거나 브다페스트에 가 잇거나, 브룻셀에 가 잇거나,
　　　상관할 게 뭣애요. 어머니 대신에 기숙사, 사랑 대신에 씨가——나로 해

서는 그러면 고만 아뇨? 어머니보다, 가정보다 기숙사의 생활이 엇더케
자미잇다구. 난 오노리아 법률사무소에 드러가서도 이럿케 지낼 테애요.
시인: 엇더케?
비비: 외출까지도 운동이라는 목적 외엔 아니하겟소. 노동해서 싹 바더 먹어야
지. 몸이 피곤해지면 소파에 들어누어서 씨가나 피우고 위스키도 좀 마
시고 탐정소설이나 일구, 야단시럽고 못 아라들을 음악회나 전람회 대신
에 알기 십구 재미잇는 활동사진이나 구경 다니구. (『전집』 I, 87~88면)

비비는 완벽하게 속물적인 소시민의 전형이다. 노동과 임금의 관계를 인
정하고 산문적인 생활을 기꺼이 즐기며 야단스럽고 알아듣지 못할 고상한
시민문화, 음악회나 전람회 따위보다는 대중적이고 통속적인 영화나 보면서
살고자 한다. 이 인물은 긴 시간을 건너뛰어 1990년대 한국사회의 문화적
환경을 보여주는 듯하다. 더 구체적으로는 이렇게 냉소적으로 현실과 완벽
하게 거리를 두고 속물적인 개인의 욕망 안에서 사는 인간, 이처럼 고립되고
파편화된 인간형은 1990년대 한국 문학에서 비로소 전형화되었다고도 할
수 있겠다. 여기에서는 '현실과의 쟁투'라는 어머니의 과제는 무의미해진다.
  그래서 3막이 되면 어머니는 "비비인가 바본가 웬 양고자년이 나오더니
이 에미는 모른 척"한다고 염려한다. 오히려 아버지는 이에 느긋하게 "기대
리고 잇스면 자연히 동양 성현의 가르침에 굴복할 때가 잇"다고 돌아선다.
이렇게 자본주의적인 쾌락에 빠진 시인에게 이복제는 신에 대해 묻는다.[14]

---

14) 작품 속의 '이복제'는 수산의 계제 익진을 지칭한다고 하겠다.
  계제 익진은 와세다 중학을 거쳐 뻬이징대학 언어학과를 졸업한 가톨릭 문학인이다.
  왜관의 순심중학교 교장, 김천의 성의중학교 교감, 경주 근화여중 교감 등을 역임했고
  6·25 이후에는 가톨릭 분야에서 『레지오 마리애 직무수첩』 등을 번역하였다(서연호
  『김우진』 21면).
  수산 집안은 이후 전반적으로 가톨릭에 귀의하는 것 같다. 해산 최해동을 세례명 바울
  (Paul)로 호칭하는 것으로 보아 가톨릭과 연관을 맺는 것은 더 오랜 일일 수도 있다. 특
  히 수산의 부인 정점효는 성취원(수산의 집 택호)을 천주교회에 기부하였고, 이에 그의

시인은 자신은 무신론자이므로 신과 사랑이라는 인생의 두 개의 암초 중 신은 문제가 되지 않는다.

남은 암초의 하나인 사랑을 넘어서는 것이 출가한 비비, 카로노메와의 결별이다. 속물스러운 소시민 비비가 출가하여 카로노메로 전신하는 것은 미묘하다. 소시민이 자신의 일상을 깨고 출세간(出世間)한다면 무엇으로 재탄생하는가. 각성한 노동자, 대자적인 화이트칼라로 거듭나지 않을까? 카로노메로 변신한 비비가 나타나자 시인은 다시 열정에 빠지지만 카로노메가 비비와 같은 어법으로 현실 속에서 힘써 살기를 권하며 인생이란 그렇게 '군두 뛰는 것'이므로 부표를 잡아야 한다고 주장하자 열정에서 깨어난다. 카로노메가 말하는 부표란 카로노메 자신이다. 시인은 카로노메를 잡기에는 첫째, 때가 너무 늦었고, 둘째, 빵 구하는 이에게 돌처럼 딱딱하고 먹을 수 없는 전혀 다른 존재이기 때문에 불가능하다고 말한다. 시인에게 카로노메가 실재가 아니었음이 각성된 것이다. 그러므로 인생이란 일종의 '히니꾸(ひにく)'인 것이다. 하나의 비꼼이며 야유, 나아가 역설이다.

이제 약속은 끝났다. 시인을 둘러싼 가족과 욕망의 쟁투는 끝나고 시인은 시인이 속한 세계의 난파를 바라본다. 암초 아래에는 "난파한 쪼각나무"가 있고 "그 밑헤는 사람과 재물(財物)과 사랑과 희망(希望)과 정인(情人)과 구수(仇讐)" 등이 묻혀 있다. 시인을 둘러싸고 있는 세계의 난파를 바라보는 것은 고통이지만 그것은 행복이다. 시인은 아버지와 계모와 동생들을 모두 버리고 혼자 난파한다.

난파는 하나의 세계가 종료되었음을 의미한다. 수산을 둘러싼 낡은 세계를 난파시킴으로써 그 삶에서 벗어난다. 이는 그에게 부여된 오랜 약속이 종

집은 현재 목포 북교동 천주교회로 자리하고 있다. 이곳 관계자에 의하면 북교동 천주교회의 본당과 본당 옆의 사제원은 교회 창립시기부터 있었던 건물이라고 한다. 또한 이 교회 안에는 오래된 늙은 나무들이 있고 작은 연못까지 조성되어 있는데 본래의 성취원 저택에 있던 것인지도 모른다.

료되었음을 의미하며 수산의 오랜 타나토스의 충동이 문학적으로 극상에 이르렀음을 의미한다. 종료된 세계, 만료된 약속하에 머물지 않는 것은 당연한 일이다. 난파한 세계, 그 물속으로부터 뛰어올라 '산돼지'가 되기 위해 수산이 '출가'를 단행하는 것은 당연한 일이었다.

3. 비루한 현실, 타락한 동지를 넘어

앞장에서 수산이 목포의 청년들과 오월(Société mai)을 결성하고 활발히 집필에 종사하며 목포와 서울, 양편에서 평론을 발표하고 있었던 사정을 기술했지만 1926년에 들면서 수산의 지면은 확실히 중앙문단에 집중되고 있었고 목포라는 삶의 공간에서 평정을 잃은 흔적이 역력하다. 대체로는 가문과의 대립이 중심이었지만 단지 집안 사정에 국한되었던 것은 아닌 듯하다. 그의 「자유 의지의 문제」를 보면 흥미로운 언급이 나온다.

또는 동무와 이약이하다가 감정 끗헤 구론(口論)이 생기고, 심지어 평소붓허 호의를 갓든 그 친구의 속한 당파의 증오에까지 진화하겟지. 그래서 하눌청년회는 지옥보다 더한 해독단체(害毒團體)로 선언하는 이론이 생겨 나오며 동풍회(東風會), 일요회(日曜會)는 다시 업는 사기단체(詐欺團體)라고까지 아모 것도 몰으는 민중을 들먹일 테지. (『전집』 II, 402면)

여기에 거론된 하눌청년회, 동풍회, 일요회는 집필 상황으로 보아 실재하는 단체이거나 최소한 이러한 단체의 모델이 있었다고 추정할 수 있다. 비슷한 이름으로는 서울청년회, 북풍회, 화요회 등 당시 쟁쟁한 사회주의 단체를 들 수 있다.

팔봉 김기진의 회고에 따르면 『동아일보』가 창간된 후 전국 방방곡곡에 이 '청년회'가 생겨났고, 각 지방에 생겨난 청년회가 뭉친 것이 '청년회연합회'였다. 또 이들과 다른 노동공제회가 있었는데, '청년회연합회'는 주로 서울지구에 있는 서울 청년회가 중심이었고, '노동공제회'는 청년회연합회에서 탈퇴한 사람들이 만든 모임이었다.[15]

목포지역도 예외는 아니어서 여러 '청년회'가 조직되는데 크게는 두 가지로 구분될 수 있었다. 하나는 '유지' 계열의 지식인층이 벌이는 계몽운동 차원의 활동이었고, 다른 하나는 사회주의 사상의 지도하에 결성되어 여러 직업별 노동조합운동에 참여하는 등 노동운동 단체였다.

전자는 계몽적인 것으로 이 청년운동은 1920년 5월 9일 목포청년기성회의 발기총회를 하면서부터 시작하였다. 이렇게 출발한 목포청년회는 상층 엘리트들인 목포의 유산자 지배층에 속하는 지식청년의 모임이었고, 회의 목적도 "지식계발(知識啓發), 돈의(敦誼), 친목(親睦), 체육장려(體育獎勵)"에 두었고, 이를 위해 ① 신문, 잡지, 기타 도서를 비치하여 회원에게 이를 종람(縱覽)케 함, ② 강연 및 토론회를 수시로 개최함, ③ 잡지를 간행함, ④ 지육(智育)에 필요한 오락기구를 비치함, ⑤ 본 회원 중 경사(慶事)나 질고(疾苦)가 있을 때는 치하(致賀) 위문(慰問)함. 단 금전이 필요하다고 인정될 때는 10圓 이내로 함, ⑥ 본 지방에 내거(來居)하는 명사를 위하여 환영 또는 송별의 의식을 행함,[16] ⑦ 정구, 야구, 축구 등의 운동을 수시로 힘써 행하되 매년 봄가을로 두 차례 대운동회를 개최함 등의 사항을 실행하도록 하고 있었다.

여기에 참여하는 인물의 면면을 보면 회장 김상섭, 부회장 김택현, 총무

---

15) 김기진 『김팔봉문학전집 II』(문학과지성사 1988) 128∼29면.

16) 「산돼지」에서 영순이 분개하는 대사를 보면 수산은 이들의 활동에 비판적이었던 것 같다. "왜 이광은이 따위가 떠나는대 송별연이니 무엇이니 그리 야단을 칠 필요가 어듸 잇서요. … 그런대다가 백어원식 쓰는 돈은 하눌서 떠러진 돈이람닛가?" 『전집』 I, 109면.

차남진, 재무 차대균·정영회, 서무부장에 이상빈, 지육부장에 김영하, 체육부장에 송우식 등이었고, 평의원으로 나정균, 문재철, 지형오, 김건식, 남궁훈, 이돈성, 김연식 등이었다. 이 가운데 회장 김상섭은 1903년경 목포에서 경무관으로 근무한 바 있으며 이후 상업에서 대성하여 굴지에 자산가가 되었고, 부회장 김택현은 변호사였고, 총무 차남진은 무안 삼향리의 대지주 차성술의 아들로서 일본 메이지대학 법과를 졸업하였으며, 그밖에 김선식·이상빈은 의사였고, 김연식은 신문사 지국장, 문재철은 암태도의 지주였다. 그 외에 수산의 부친 김성규, 호남은행을 창립한 현준호의 부친 현기봉, 차남진의 부친 차성술 등은 고문이었다. 이들은 매월 강연회 등을 개최하였고, 1921년에는 노동야학회를 개설하였으며, 1922년에는 연극 「악마의 저주」를 상연하기도 하고 재토오꾜오 고학생을 돕기 위한 활동사진대를 조직하여 전국 각지를 순회 상영하기도 하였다.

그러나 목포청년회는 회관 건립 등의 당면현안을 해결하지 못하는 등 활동이 침체되어 있었으니 이에 청년회 내의 일부에서는 청년회개혁단을 조직하여 1922년 9월 임시총회를 소집, 회장 김상섭이 불참한 가운데 간부불신임안을 통과시켰다. 이어서 신임 간부진을 선출하였는데, 회장 문재철, 부회장 차남진, 총무 김상억 등이었다. 그러나 이들 또한 회관 건립 문제를 해결하지 못하였고, 따라서 1923년에는 이사제로 직제를 개편하여 총이사에 차남진, 상무이사에 임현실, 유중길 등을 선출하였다. 또한 이 해 11월 총독부의 지방제도 개정과 함께 치르는 부협의회 의원 선거가 다가오자 내부 논의를 거쳐 일종의 예비후보로 김상섭, 김봉로, 이윤원, 김원선, 유중길 등을 선출하였다. 이때 누가 선출되었는지는 분명하지 않지만 1927년의 부협의원으로 김상섭이 선출되었던 것은 앞장에서 거론한 바와 같다. 그러나 1923년 하반기 전국적으로 기존의 부르주아 청년운동이 비판되면서 사회주의적 청년운동이 시작되고 있었던바, 목포청년회도 다소간 침체를 겪고 있었고, 1924년 3월 사회주의적 청년운동의 중심체인 조선청년총동맹에 가입 여부를 두고 논의가 있었지만 결국 불참 결정을 내린다. 목포부협의회 선거에 적극적으로 참여하고 조선청년동맹에 불참한다는 결정에서 목포청년회의 보수적·체제참여적 성격이 잘 드러난다.

1924년에 접어들어 목포청년회는 숙원사업인 회관 건립에 박차를 가하여 1925년 3월 목포 남교동에 건평 57평의 석조건물을 마련하고 낙성식을 거행하였다. 청년회관이 준공되자 목포청년회는 강연회, 토론회, 웅변대회 등을 열면서 1925년 한때 비교적 활발하게 활동하였다.[17]

그러나 목포청년회가 이같이 보수적인 성격을 유지하는 동안 이러한 개량주의적인 청년운동을 비판하면서 무산청년회(無産靑年會, 1924), 무목청년연맹(務木靑年聯盟, 1925) 등이 창립되었다. 이들은 사회주의 영향을 받아 결성되었으며 이와 연계하여 노동운동에도 힘을 써 1926년을 전후해서는 가히 절정기라 할 정도로 지도조직의 결성과 활동이 활발하였다.

이런 두 흐름의 청년운동은 본래 이념이나 운동의 방향에는 큰 차이가 있었다. 그리고 여타 지역의 경우 대부분 사회주의적인 노선 전환을 택했던 것과 비교하면 특이점이라고도 할 수 있다. 그러나 목포도 이같은 양자의 대립적 구도는 사실 그다지 뚜렷한 것이 아니었다. 특히 인적 관계에서 그렇게 먼 거리를 두지 않는 독특한 상황이었다.

1925년 6월 목포청년회가 주최한 강연회에서는 무산청년회 계열의 김영식과 오도근이 강사로 나섰다. 김영식은 목포 출신으로 와세다대학 재학시 사상단체 일월회의 간부로 활동한 바 있었다. 일월회는 1920년대 결성되었던 흑도회가 아나키즘 계열의 흑로회와 볼셰비즘 계열의 북성회로 분립한 후 볼셰비즘 계열의 북성회의 중심세력이 서울로 거점을 옮겨 북풍회를 조직, 여기에 주력하게 되자 잔류한 북성회 계열이 북성회를 해소하고 결성한

---

17) 1925년에 개편된 집행위원에 김상규라는 이름이 보인다. 김상규는 앞장에서 언급하였듯이 김상섭의 동생으로 이후 신간회 목포지부 등의 간부로 수산의 아우 김철진과 함께 그 이름이 자주 등장한다. 수산의 벗, 추성 김상규가 아닐까 추정중이다.

사회주의 계열의 사상단체였다. 일월회는 결성 직후 "대중본위의 신사회의 실현을 도(圖)함, 착취·압제에 대하여 계급적·성적(性的)·민족적 차이를 민중과 같이 조직적으로 싸울 것, 엄정한 이론을 천명하며 민중운동에 자공 (資供)할 것" 등 3개 항의 강령하에 조선 내의 각 사상단체에 대해서는 엄정 중립을 표방하면서 사회주의 운동진영의 전선통일을 주장했다. 이들은 재일 조선인의 대중운동과 학생운동 등에 일정한 연계를 맺고 있었으니 토오꾜오 무산청년동맹회, 재일본조선유학생학우회 등을 지도단체로 꼽을 수 있었다.

이러한 이력의 김영식이 귀국 후 한편으로는 사상단체 '전위동맹'을 결성 하는 데 앞장섰던 것은 당연한 일이라 할 수 있다. 그러나 한편으로는 목포 청년회에 가입하여 활동하였고, 1927년에 이르면 이 또한 그에 의해 주도된 다. 즉 인적 인접성에 의지하여 진보적 청년운동의 인자들이 개입하여 조직 을 장악해간 경위가 선명하게 포착된다.

이같은 이중적 연계를 지닌 구성원에 수산과 그의 아우 철진 또한 해당한 다고 볼 수 있다. 출신 성분으로 보아 당연히 전자의 개량적인 목포청년회에 속해 있을 이들이 사상적으로 무산청년회나 무목청년연맹에 더 긴밀한 연관 을 지니고 있었기 때문이다. 수산 유고 당시 목포청년회관에서 그의 추도회 를 개최했다는 사실을 염두에 두면 수산 또한 목포청년회와 어떤 식으로든 연관을 맺고 있었다고 볼 수 있고,[18] 아울러 한편으로 그가 부두노동자들의 생계를 도왔다는 회고는 후자에 연관되어 있었음을 의미한다. 목포에서는 1920년대 초부터 서울 등지에서 개입해온 노동운동가와 지역의 지식인 노 동운동가들의 협력하에 노동운동이 전개되어왔으며, 1925년에는 차광필 등 의 주도로 해륙노동조합(海陸勞動組合)이 결성된 바 있었고, 1925년 9월의 '전위동맹'은 목포지역의 노동운동을 통일적으로 지도하는 데 역점을 두어 9월 말 제유공조합(製油工組合), 면업노동조합, 정미노동조합, 방직노동조

---

18) 『동아일보』, 1926. 9. 21.

합, 자유노동조합, 선하(船荷)노동조합, 하차노동조합, 도매상노동조합 등이 결성되어 10월에는 8개 단체 조합원 1,770여 명이 참가한 가운데 목포노동 총동맹이 창립되었다. 그리고 이들은 1926년 벽두부터 노동쟁의, 파업 등을 조직한 바 있었다.

그리고 이같은 활기는 청년운동 분야에도 이어져 1927년 8월 이래 목포 청년회는 그때까지 청년운동의 분산적이고 배타적인 성격을 청산하고 전 민 족적 각층을 통일, 망라하는 중앙집권적인 대중적 청년운동으로 전환하기 위하여 해체를 결정한다. 그리고 이어 목포와 무안으로 한 군(郡) 전체의 단 일청년동맹을 조직하기 위하야 목포청년동맹 창립준비위원회를 발족하였으 니 이 대회를 주도하고 있던 인물이 바로 수산의 중제 김철진이었고, 이후 최고 책임자인 집행위원장으로 선출되어 이 단체를 이끌었다. 아울러 김철 진은 한국근대사 유일의 좌우합작 경험이라고도 할 수 있는 신간회의 목포 지회 간부이기도 했다.[19)]

수산이 오월회를 조직하고 활동할 즈음 목포의 상황은 이러했다. 수산이 적극적으로 활동한 흔적은 찾아보기 어렵지만 인적 구성 등을 고려할 때 수 산이 이들의 활동을 주시하고 있었음은 분명하다. 그런데 여기에서 우선 지 적해야 할 사실이 있다. 각종 단체가 조직되고 자리를 잡는 과정에는 분쟁과 정치적 조작의 혐의가 제기되기 쉽다. 더구나 당시 이들은 사회주의 노선을

---

19) 이후 김철진은 이 지역의 주요 사회운동 인사로서 활발히 활동하였다. 김철진은 제3 차 소선공산당 목포지역 세포책임자이기도 했다. 이후 임제의 사상탄압, 신간회의 해소 등의 여파로 청년동맹의 활동도 주춤하였다. 그러다가 1932년경부터 청년회관 수축 문 제를 제기하면서 활동을 재개하였고, 김철진은 1935년 『호남평론(湖南評論)』을 창간하 면서 전적으로 그 편찬에 몰두하였다. 1930년대 목포 지식인 유지의 활동에 『호남평론』 이 미친 역할은 매우 컸다. 1940년에는 목포부회 의원이 되었다.

이상의 목포 사회운동과 노동운동에 관한 내용은 다음을 참고하면 된다. 고석규 「목포 도시 1세대들의 삶과 고민」, 『근대도시 목포의 역사 공간 문화』(서울대학교출판부 2004) 160~64면; 박찬승 「1920·30년대 목포의 민족운동과 사회운동」, 목포개항백년 사 편찬위원회 『목포개항백년사』(목포백년회 1997) 220~25면.

따르고 있다고 해도 기초적인 민주적 절차와 형식을 충분히 훈련받지 못한 상태였고 조직운영 경험 또한 일천하였으며, 그 합의의 수준도 그다지 높지 않았다. 따라서 이 단체들의 미숙한 운영과 내분은 거의 상시적이었다.[20] 분명한 운동적 목표란 차라리 이같은 내적 한계를 극복하는 과정을 포함하는 것이라 할 수 있었다.

그러나 타이쇼오 데모크라시의 자장 안에서 다소 관념적으로 성숙한 시민정신을 전제로 자율적이며 주체적인 인간을 이상으로 삼고 있으면서 동시에 예민하면서도 비타협적인 원칙을 견지하고 있던 수산이 근거리에서 이같은 지역과 조선 내의 상황을 관찰하면서 귀국 초기의 의욕을 지켜가기란 어려운 일이었을 것이다. 그는 지적이고 신중하며 자부심은 드높았지만 결국 오랜 세월을 외국에 있었던 상층 부르주아 출신의 서생에 불과했으며, 그의 경험은 일천하였고 인간관계 또한 협소했다. 요컨대 그의 상식과 가치기준은 현실적이지 않았다.

「산돼지」의 1막, 원봉이 처한 동지 '차혁'이라는 현실은 과장이 아니었다. 막이 오르면 원봉과 차혁은 바둑을 두고 있다. 셋째, 승부의 끝판이지만 원봉은 차혁에게 수가 미치지 못하여 판판이 지고 있다.

혁(嚇): (기가 난 듯이 다리를 세우며) 홍, 끗판에 한번 탁 대들어본다. 오냐, 대들어봐라. (바둑을 놓는다.)
원: (냉연하게) 네가 말 아니해도 벌서 이렇게 대들어 채지 안 엇니? (놋는다.) 이리로 막어버리면 네 길이 어대냐?

---

20) 이같은 경향은 앞서 1922년 목포청년회의 회장단 개편을 회장 부재중에 강행했다는 기록에서도 짐작할 수 있지만 다소 고질적이어서 서울지역에서 투입되어온 노동운동가 등이 지역토호 등의 견제로 후퇴하거나 병이 들고 심지어 사망한 사례까지도 찾아볼 수 있고 후일 신간회 목포지회 결성 과정 등에서는 이론적인 투쟁 차원에 머물지 않고 인신공격과 파행 운영으로 치닫게 되니 후술할 「산돼지」의 장면은 마치 예언 같은 느낌마저 없지 않다.

혁: (노며) 또 이리로 막어버리면 네 길은 어대고.

원: (우스며) 이 넓은 세상에 길 업슬가 봐. (웃는다.)

혁: 아, 이놈 보게. (생각한 뒤에 웃는다.)

원: 이 넓은 세상에 길 업슬가 봐. 넓은 세상에 길 업슬가 봐. (웃는다.) 넓은
　　세상에….

혁: (웃으며) 길만 찻지만 하는 수가 잇니. 다 죽어가는 놈이. (웃는다.)

원: 죽드래도 죽을 때까지. (웃는다.)

혁: 이 애가 왜 이 모양이야. (웃는다.) 셋 집 다 결단낫는대.

원: 죽드래도 죽을 때까지. 죽드래도 죽을 때까지. (생각한 뒤에 웃는다.)

혁: (노며) 이러면 이 집도 날러갓다.

원: 날너가는 것은 날너가거라. (웃는다.)

혁: (승리의 환희) 그리고 남는 것은 목 베인 항우(項羽)만.

원: 목 베여도 살 수 잇스닛까 항우란다. 이놈! (웃는다.)

혁: (더 큰 환희) 이러면 영영 죽엇지. (노며) 쟈, 인제 고만 두자. 다 되엿는대.
　　내기한 것이나 얼는 내놔라.

원: 이거 왜 이래. 세기나 다 세이고 난 뒤에 졸느럼. (세인다.)

혁: 죽는 놈 마지막 청(請)이구나. 제 송장 꼴 볼녀고. 예쉰 일흔 아흔. 스무
　　집이나 달니지 아닛니? (『전집』 I, 104~105면)

‘바둑’이라는 일상적 소재로 원봉과 차혁의 성격을 드러내는 이 도입부분
은 제법 재치있다. 셈 바르지 못한 원봉은 외곬에 가깝다. 패배가 예상되는
상황에서도 피해를 최소화한다는 타협적인 전술 따위는 고려하는 일 없이
포기를 모르는 채 파국으로 내달린다. 원봉의 성격을 항우에 비하는 것도 의
미심장하다. 패배했어도 그 이름을 남긴 항우, 그 기개나 전투력은 대적할
자가 없었지만 유방의 교묘한 전술은 감당하지 못했다. 그러나 중국 문학에
서 항우가 여전히 현재형인 점을 환기한다면 “목을 베이고도 살아있는 항
우”라는 아름다운 상상은 타협을 반생명, 반자유로 이해하던 수산에게는 자

연스러운 일이었다. 이들의 바둑대결은 말하자면 이들의 현실대응 능력의
은유이다.

원봉은 어떤 모임의 상무간사(常務幹事)로서 이 모임에서 주최한 바자의
수입금 회계가 맞지 않아 불신임안이 상정되었고, 이것이 통과는 되지 않았
지만 그 뒷일을 어떻게 처리할 것인가를 판단해야 하는 상황이다. 강직한 원
봉은 자신의 과실이 분명하지 않은 가운데서도 자신의 잘못을 인정하고 받
아들이려 한다.

원: 바사에 회계(會計) 축난 오십여 원 돈이란 것은 내가 써버린 것이 사실이
　　다. 놀낼 일이지? 현금과 출납부 새이에 축나는 것은 돈이 사실로 업서젓
　　거나 그러치 안으면 장부 기입이 잘못되엿거나 하는 외에는 틀닐 까닭이
　　업지 안니? 그런대 장부 기입 맛튼 서무(庶務)는 확실히 기입 착오가 업다
　　고 하는 대서야 엇더케 말할 여지가 잇니? 내가 꼴에 맛지 안는 현금 출납
　　을 맛텃든 것이 죄이지.
혁: 허지만 사실대로만 발표하면 양해(諒解)가 잇슬 것 아니니? 더구나 장부
　　기입하는 이와 현금 출납하는 이가 별다른 이가 되어 노앗스닛가 그만한
　　과실이야 얼마든지 양해가 설 것 아니니? 그만한 것이야 총회(總會)에 붓
　　칠 것도 물론 업고 간부회에서 의논할 일이지.
　…
혁: (그의 얼굴을 한참 드려다 보고 잇다가) 너 엇지다가 돈 축이 낫니?
원: 축난 것이란 부주의라는 죄가 아니니? 그뿐이야. 그뿐.
혁: 축난 돈이란 대부(貸付)로 이월(移越)해 노으면 고만 아니겟니?
원: 무슨 명목으로?
혁: 글세.
원: 쓸대업는 궁리(窮理)는 내지도 마라. 여하간 내가 좀 헙히 쓴 것은 사실이
　　야. 그러나 지금 숫자상으로 오십여 원이나 될 것은 참 나도 놀냇다. (『전
　　집』 I, 113~14면)

이에 따르면 원봉은 금전 출납의 경위를 제대로 파악하지 못하고 있다. 지출을 하고도 기록을 소홀히 하여 장부와 잔액이 맞지 않는다. 그러고는 자신이 돈을 면밀히 따질 줄 몰라 헤프게 지출한 까닭이라고 잘못을 시인한다. 사실 이런 경우에는 경위야 어찌되었든 그 해결책이란 상무간사가 도의적 책임을 지고 훼손분을 변상한 후 간사직을 사퇴하고 그 경과를 전체 총회에 보고하는 형식이어야 할 것이다.

그러나 차혁의 의견은 다르다.

혁: 애 듣기 실타. 그것이 무슨 주의니? 아무러한 장대하고 위대한 주의라도 오늘 우리의게 필요한 것은 하나뿐이야. '목적을 위해서는 무엇이든지' 하는 신념이 잇서야 한다. 일을 위해 또는 성공을 위해서는 굴종이나 치욕이나 심지어 위선까지도 사양치 아니해야 한다. 알아듯니? 그래서 너는 네 얼굴에 똥칠을 해가면서 회를 휘지부지 맨들겟다는 말이니? (『전집』 I, 114면)

목적을 위해서는 무엇이든지 용인하겠다는 신념, 일을 위해서는 굴종, 치욕, 위선까지도 사양하지 않겠다는 차혁의 태도에서 단호한 정치가의 면모가 엿보인다. 차혁이 말하는 이 절대화된 '목적'의 실제 내용은 분명하지 않더라도 '회'를 흐지부지 만들겠느냐는 반문에서 차혁의 중요한 목표 중 하나가 '회'를 유지하는 것이라는 사실을 확인할 수 있다. 차혁의 판단에 '회'의 존립에 가상 큰 위협이 되는 것은 '불투명한 회계' 따위가 아니다.

혁: 그 문제보다도 이 불신임안(不信任案)이 제출되게 된 원인을 캐서 폭로(暴露)를 식혀야 할 것시지요. 왜 그런고 허니 한 회(會)의 상무간사(常任幹事)로서 안즌 책임이 잇는 이닛가 설영(設令) 회계에 축이 낫다고 하드래도 제가 무러내면 고만일 게 아니냐 말이야. 그런 걸 가지고 일반 회원들의 사실상 신임을 무시하고서는 상임간사의 불신임안이라니 말이 되는가.

　　자기 회(會)를 자기가 똥칠하는 그런 무식하고 무정견(無定見)한 짓이 어
　　대 잇겟소. 이 내용을 조사해서 확약(確約)한 증거를 제출하지 않으면 안
　　되네.
원: 설영 증거를 자버낸다면 무슨 소용잇니?
혁: 너 또 그런 소리 내놋는구나. 너 그러다가는 성인군자박게 안된다. 그 생각
　　을 좀 해봐. 남의 회(會)의 더구나 일개인(一個人)으로 안즌이에게 분푸리
　　좀 하려고 그 회(會)의 간부들을 매수하다십히 한 그런 악랄한 자식들이
　　어대 잇서! 이런 악독한 놈들을 대소독(大消毒)을 식혀버리지 안코 엇지쟌
　　말이야. 첫재로는 이런 바칠우스 소독하기 위해서 둘재로는 처지와 주장이
　　태평양만큼 떨어져 잇는 저 적군을 전멸하기 위해서 이번에 이런 조은 기
　　회가 어대 잇서! 이 기회를 천재일우(千載一遇)의 이 조흔 기회는 쟈네가
　　몰은 척하고 안질 테이면 그것은 한 가지의 죄악일세. 모르고 행하는 악행
　　보다도, 주의주장이 달너서 행하는 악행보다도 더 큰 죄악이라고 할 수 잇
　　서. 쟈네는 쟈네의 개인의 사정으로만 이걸 생각해서는 안되네. (『전집』 I,
　　110~15면)

　　차혁의 의견에 따르면 원봉이 참여하는 '회'에서 이러한 사건이 생기게
된 것은 다른 청년회에서 이 모임의 간부를 매수하다시피 했기 때문이라는
것이다. 즉 차혁과 원봉의 '회'와 대립중인 청년회에서 이 모임들에 타격을
가하기 위해 어수룩한 원봉을 표적으로 삼고 장부관리자를 매수하여 회계
손실을 일으킨 다음, 이 문제를 폭로하여 상무간사의 불신임안을 제출하여
그 '회'의 도덕성에 심각한 충격을 가했다는 것이다.
　　사실 이러한 사건이 실제 발생했다면 가장 의심스러운 것은 장부상의 결
백을 주장하는 장부관리자일 것이다. 그리고 올바른 대처방안이라면 담당자
의 책임있는 자세뿐이다. 그러나 차혁은 완전히 그들과 같은 방법으로 사태
를 무마하고자 한다. 게다가 이를 '바실루스' 같은 반대파 간부놈들을 소독
할 천재일우의 기회로 보는 차혁의 눈은 능란한 전략가이다.[21] 이쯤까지는

288

그의 정치적인 판단으로 용납할 수도 있다. 그런데 그만한 일은 총회에 부칠 것도 없고 간부회의에서 의논한 후 '대부'로 처리하여 유야무야 넘어가자는 의견에 이르면 당시의 단체들이 얼마나 고식적으로 운영되었으며 이 과정에서 발생하는 횡령이나 협잡에 얼마나 무감하고 안이했는가를 알 수 있다. 목표가 올바르면 과정의 부도덕도 용납될 수 있다는 식이다. 사건을 축소·은폐하자는 타락한 조직관리 방식에서 이미 지식인의 운동참여가 부패하는 증후가 역력하다.[22]

이러한 차혁에게서 한 명의 당대 인물이 연상된다. 수산이 탈고한 「산돼지」를 조명희에게 보내면서 첨부한 편지에는 다음과 같은 구절이 있다.

주인공 원봉은 추상적 인물이요. 조선 현대 청년의 중의 엇던 성격과 생명

---

21) 사회문제를 병리현상으로 비유하는 차혁의 대사는 병에 대한 그의 근대적 인식태도를 보여준다고 하겠다. 바실루스(bacillus) 균이란 간상균으로 수산이 각막헤르페스에 걸렸을 때 알게 된 세균인 듯싶다. 포괄적으로 세균의 의미로도 사용한다.

22) 앞장에서 「이영녀」의 명순의 미래를 위해 고무공장의 여공을 제안하는 수산의 입장을 들어보았지만 이 여직공들의 단호했던 결단도 그의 호의적인 태도에 일조했던 것 같다. 이 경성고무의 파업을 지원했던 것은 조선노동동맹회였다. 이는 노동자 중심의 프롤레타리아 국제주의를 표방하고 계급전선을 분명히 밝혔으며 직업별 노동조합과 일부 소작단체의 연맹체로 조직되어 있었다. 그러나 이들의 지원을 받았던 경성고무여직공회는 파업이 종결된 지 두 달이 못되어 노동연맹회에서 탈퇴하는데 그 이유는 다음과 같다. "공장주와 가정에서 사회주의의 위험한 단체라 하여 혐의받는 일, 동정금에 대한 노동연맹회 측의 처리빙법에 대한 불만, 고무여직공조합이라는 것을 여성노동자들의 의견 수단으로 유지코자 함"이었다. 첫째, 사회주의 단체로 혐의받는 일을 피하고자 했던 것은 아직 이 여공조직의 계급의식이 취약한 까닭이었을 것이다. 그런데 둘째 불만은 각 단체에서 쏟아진 파업 동정금을 의미하는 것인데, 그 회계 관리가 투명하지 않아 반감을 샀다는 것이니, 어떤 모임이든 회계 관리가 투명해야 한다는 기본 원칙이 제대로 지켜지지 않고 있었다고 볼 수 있다.
수산이 이 사실을 두고 경성고무여직공회의 결단을 지지했던 것으로 보아도 무리는 아닐 것이다.
한국여성연구회 여성사분과 편, 앞의 책 131면.

력을 추상해본 것이요. 그 성격 중에는 형도 일부분 들고, 김복진 군도 (이야기 들은 대로) 일부분 든 것 갓소이다. (『전집』 II, 529면)

이 구절에 따르면 원봉은 추상적 인물, 즉 순수한 가상인물로서 원봉의 성격 안에 조명희와 김복진의 성격이 들어 있는 것으로 읽힌다. 그러나 작품의 내용을 염두에 두고 읽으면 조명희와 김복진의 성격이란 이 작품의 등장인물 일반의 성격과 연관되어 있는 듯싶다. 즉 "조선 현대 청년의 중의 엇던 성격과 생명력"의 주어는 "이 작품의 등장인물은" 정도인데 생략된 것이 아닌가 한다.

조명희가 사회주의 이념을 수용한 카프계열의 작가였던 점을 생각하면 「산돼지」에서 취급하고 있는 현실운동의 모델이 어떤 것인가를 추측할 수 있다. 더욱이 김복진을 고려하면 이 모델의 색깔은 한결 선명해진다.

그런데 김복진이란 인물이 어떤 인물인가를 살펴보면 이 인물은 오히려 원봉보다는 차혁에 가깝다는 인상을 지울 수가 없다. 김복진은 팔봉 김기진의 친형이다. 1920년대 초반 김기진은 서울지역에 난립해 있던 청년회 중 하나인 '서울청년회'의 정백과 안면이 있었고, 그를 통해 신일용을 만났다고 하였으니 팔봉의 사상적 동지들은 이렇게 해서 모이게 되었던 것이다.[23] 이때 김복진은 마르크스-레닌주의에 갓 입문한 김기진이 이성태, 신일용, 정백 등과 어울러 토론하는 것을 듣고 이를 반박하기 위해 사회주의 이론을 학습하기 시작하여 결국 김기진보다 더 철저한 무산계급 예술론자가 된 사람이었다. 1925년 조선 프롤레타리아 문학동맹의 창립 멤버이며 1926년 12월부터 1927년 3월까지 전개된 박영희-김팔봉 간의 문학논쟁에 개입하여 '박영희의 이론에 질 것'을 종용, 팔봉이 자신의 노선이 옳다고 믿으면서도 철회하게 한 사건의 배후이다. 이는 물론 「산돼지」가 발표된 이후에 일어난

---

23) 김기진, 앞의 책 128~29면.

사건이지만, 이 사건에서 목적을 위해서는 굴종이나 위선까지도 받아들여야 한다고 주장하는 차혁의 형상, 즉 좀더 '공식주의'적인 당대 마르크스주의자의 면모가 포착되는 것은 피할 수 없는 일이다.[24]

이에 부연할 수 있는 사람은 그 중제(仲弟) 김철진이다. 앞서 언급한 바와 같이 김철진은 목포지역의 유력한 마르크시스트로서 수산이 「A Protesro」에서 "가정 처리, 인간교제에 재능이 잇"다고 말하고 있으며 「난파」에서도 부(父)의 대사에 "허기는 개가 너보다는 낫지. 꾀잇구 약 발느구 눈치잇구 남비위 쟐 맛치구"라고 언급되어 있다. 또 「난파」에서는 수산의 대변하는 극적 인물, 시인에게서 비의녀(緋衣女)를 떼어내는 역할을 동복제가 감당하는 점도 고려해둘 만하다. 「난파」의 자전적 성격과 수산이 한때 폭음을 했다는 회고를 염두에 두면 이러한 타락한 생활도 실제 사건을 근거로 한 것일 가능성이 크다. 그렇다면 비의녀, 즉 퇴폐에 빠진 시인을 구해내기 위해 아우 철진이 고육책을 썼을지도 모를 일이다. 그러나 계책을 쓰는 일에 대해 수산이 지닌 생래적인 거부를 염두에 두면 가까이 있는 철진의 정치적 면모는 차혁과 같은 맥락에서 수산의 반감의 대상이 되었을 것이다.

이 때문에 원봉은 차혁과 더욱 동행할 수 없다. 수산이 「자유의지의 문제」에서 예견하는 반동·보수화하는 지식계급의 기회주의라 할 수 있다.

정치적 쟁투시대에 들어가서는 수가 느러가고, 한 당(黨)이 되고 한 지방, 한 민족, 맨끗헤 가서는 지방별·인종별이 업시 한 파(派)가 되어가지고 싸운다. 이때에는 P(사회운동가)는 점점 융성해오는 C(공장노동자)의 수의 단결에 따라 그 힘이 무소용하게 된다. 여긔에서 P는 이슬 모양으로 사라지는 동시에, C는 봄 쟌듸 솟아나오듯 지평선상에 낫하난다. P는 하로사리 죽어가듯 그 생명의 짜릅고, 또 위험시럽고 타협적이지만 C는 그 생명이 막지 못하게 지속되여가고 철저하고 절대적이다. 이 까닭은 P가 안 가진 자유의지 그것을 직접 가

지고 잇기 까닭이다. 이 증거로는 정치적 투쟁시기에 들어가서 볼 수 잇다. 엄정한 의미의 우도 아니오. 좌도 아닌 중성적 C, 온건파라는 단결이 생겨 나오는 것은 이 시대이다. 이 중성 C의 무리는 대개 소부르죠아 혹은 반동적 C에 불과한 사실로 보아서는 P의 변형체에 불과하다. 중성 C의게는 자유의지가 업기 때문이다. 그러기에 타협과 고식과 안이만이 잇다. (『전집』 II, 404~405면)

강단적 사회운동가란 결국 우도 좌도 아닌 중성적 C로 소부르주아 혹은 공장노동자 C의 반동에 불과하다. 극단적 좌편향 속에 실제적으로는 타협과 고식과 안이함만이 자리하고 있던 1920년대 청년운동의 실체가 여실하다. 이는 이념상으로는 변혁을 부르짖고 사회적으로 그같은 실천적 대열에 속하더라도 개인에게 내면화된 인습적 가치가 쉽게 극복되는 것은 아니기 때문인데 이에 대한 문제의식이 바로 수산의 실천적 핵심이라 할 것이다.

수산은 이러한 당시 사회운동의 내부 문제를 잘 알고 있었고, 그 때문에 더욱 계급투쟁의 구호에서 멈출 수 없었던 것이다. 또한 이러한 문제는 운동 주체로서의 개인이 운동목표를 어디에 두고 있는가와도 밀접하게 연계되는 것이기도 하다. 프롤레타리아 정권이 수립되기만 하면 모순이 사라진 사회가 도래한다는 당대 좌파운동의 공식주의적 편향은 각 개인의 반동성이 이렇듯 목표의 정당성으로 환원되는 가운데 역력히 실재하고 있었던 것이다. 그러나 모순은 사라지지 않는다. 그래서 수산은 '대립'을 인간생활의 본체로 파악한다.[25] 자연과 인간, 인간과 인간의 대립에서 '계급의 대립'을 이끌어내고 계급투쟁의 역사를 인간의 역사로 인정하지만, 그러나 곧이어 이러한 정확한 계급인식의 차원에서 상식적으로 뒤따르는 계급투쟁 승리라는 목표를 강조하는 대신 독특하고도 문제적인 발언을 한다.

계급의 대립에서 우리들은 버서나지 못한다. 계급은 영구한 인간 생활의 실

---

25) 『전집』 II, 284면.

상이다. 엇던 이상주의자들은 오늘의 이 계급 선의 피안에 계급과 대립과 쟁투
와 피아를 버서난 절대와 영원과 평화 안식이 잇는 나라를 꿈꾼다. 그러나 그
는 몽상에 끈칠 뿐이다. 우리는 생이 끗날 때까지 계급에서 버서나지 못한다.
사회주의자들이 '기록된 역사' 이전, 혹은 원시 공산제도의 사회에서는 이 계
급의 대립과 쟁투가 업슬 사회주의 나라를 꿈꾼다. 그러나 나는 그것을 믿지
못한다. (『전집』 II, 285면)

여기에서 수산은 헤겔에서 마르크스적 사회주의 공동체로 전이되어온 '절
대가치' '절대기준'을 전면적으로 부인하고 있다. 계급과 같은 상대적 억압
은 영원하고 진보의 개념은 완전히 해체된다. 그러면 생을 추동해가는 것은
무엇인가. 그것을 수산은 '개인의 생의 역(力)'이라 한다. 이는 앞서 수산이
능동적인 '주체'로서 노동자들과 연대하듯이 고립·파편적인 개인이 아니라
민중과 일체가 된 개인이며 이를 '불가리한 동체'로 규정한다. 자신의 주인
인 '주체', 이것이 바로 수산이 구상하던 이상적 인간, '초인'에 다름 아니다.
　　결국 원봉은 '과실을 인정하겠으며' 이러한 사죄는 '승리를 얻은 장군 이
상으로 넉넉한 일'이라 주장하고 차혁의 정치적인 조언을 최종적으로 거부
한다.

　　원봉: 나도 그 전에는 너와 뜻이 맛고 또 너와 갓히 일해 나갓다만 인제는 못
　　　　하겟다. 너의들이 나의 재능과 손을 빌녀고 내 과실을 용서해준다는 그
　　　　런 더러운 동성은 내게 뚱보다도 더럽게 생각된다 나는 내 뜻대로 일하
　　　　려면 그 전에 몬저 갓치 일할 원 사회를 적진으로 모라낸 뒤에 일이 되
　　　　겟다. (『전집』 I, 115면)

　　"재능과 손을 빌녀고 내 과실을 용서한다"는 것을 용납하지 못하는 원봉
의 태도를 통해 조직이라는 가상의 주체가 구성원을 수단이나 도구로 만드
는 권위주의적인 관계의 실상이 날카롭게 폭로된다. 아울러 그같은 모든 사

회적 현실을 적으로 삼은 다음에야 일이 되겠다고 선언하는 데에서 원봉의
앞날은 결정된다. 「산돼지」의 2막에서 부모와 사랑하는 동생이며 연인인 영
순, 3막에서 동지적인 연인이었던 정숙까지 모두 결별하는 원봉의 행로는
이미 공개되고 있는 것이다.

4. 낙타에서 사자로, 다시 어린아이로

「산돼지」의 주요 인물로는 중심인물인 원봉과 원봉의 부모, 양모 최주사
댁, 여동생 연순, 애인 정숙, 친구 차혁 등이 있다. 그러나 원봉의 입장에서
원봉과 함께 사유하고 행동하는 인물은 전혀 없으며 원봉에게 사랑을 맹세
한 영순조차 결국 혁을 선택하고 보면 원봉은 모든 인물과 충돌하고 불화하
는 인물이다. 더욱이 이 작품은 온건하거나 우회적으로 갈등을 다루는 것이
아니라 직접적으로 부딪치는 전투의 현장이라 할 만하다. 즉 이 작품의 주인
공 최원봉은 「두데기 시인의 환멸」이나 「난파」에서의 시인과는 달리 주변
관계에서 패배하면서 진실을 대면하게 되는 것이 아니라 스스로 싸움을 걸
고 진실을 폭로하며 관계를 규정해 나가는 적극적인 인물이다.
　「산돼지」에는 흥미로운 설화가 하나 소개되어 있다. 이는 원전을 찾기 어
려운, 말하자면 설화의 양식을 지닌 창작물로서 하나의 비유담(parable)이라
할 수 있다. 최주사댁과의 대화중에 삽입된 설화는 표면적으로는 영순을 차
혁과 맺어주려는 최주사댁의 의도를 비판하기 위한 것으로 보이지만 원봉을
관리하고 지배하려는 최주사댁의 의도를 염두에 두고 읽으면 강력한 정치적
메타포로 읽힌다.

　　원봉: … 녯날녯적에 상놈 하나가 잇는대 죽을 때 친구 되는 양반의게 삽살개
　　　　한 머리를 선사로 쥬엇드래요. 이 양반님은 그걸 바더 가지고 엇지 귀여

운지 보물과 음식 너둔 고간(庫間) 엽헤다가 매두고 도적놈을 직히라고
햇드래요. 그런데 그 놈의 삽살개는 도적직힐 쥴을 아러야지요. 도로혀
도적놈한테 몽뎅이만 어더맛고 짓지도 못하고 잇섯드람니다. 그러니 그
양반놈의 속이 엇더케 상해올 것이요. 호령을 해 가로대 "삽살개에도 양
반 상놈이 잇구나. 너는 도적 직킬 쥴도 모르니 쟈버서 개장이나 해먹겠
다." 하고 나서는 불일내(不日內)로 그 개 목숨이 떠러지게 되엿드람니
다. 그 개는 그래도 목숨이 악가워서 다시는 아니 그리겟스니 살녀만 나
고 애걸복걸한 끗에 다시 보화고간(寶貨庫間) 문직이 노릇을 하게 되엿
드람니나. 그린대 그 기기 그때에야 비로수 정신을 채리고 보니 제가 직
히고 잇다는 고간(庫間) 안에 별별 보화(寶貨)와 산해진미가 드러잇는
쥴을 알게 되엿소 그려. 해서 하로밤에는 문을 뜨더 열어재치고 들어가
서 한번에 모다 내 것을 맨들녀고 햇드니 이번에는 도적놈이 나서서 방
해를 치지 안켓소. 그 양반 주인이 이걸 보고서는 엇지 분(憤)이 낫든지
고간문(庫間門)을 죄 열어재치고 그 안에 든 것을 죄다 도적놈의게 내헛
쳐 쥬엇드람니다. (『전집』 I, 130~31면)

이 이야기를 보면 「산돼지」의 배경 중 하나인 동학혁명의 좌절이 외세에
의한 것이었다는 사실을 다시금 상기하게 된다. 처음 동학란을 진압하기 위
해 고종은 청에 원군을 요청하였고, 이것이 빌미가 되어 일본인 상인의 보호
를 핑계 삼아 일본군이 진주하게 된 사정은 널리 알려져 있거니와,[26] 황현의
기록에는 주목할 만한 부분이 있다.

이에 임금이 몹시 근심하여 원세개를 맞아다가 중국의 원조를 청했다. 세
개가 처음에는 어렵게 여기더니, 임금이 더욱 힘써 청하자 세개는 드디어 천진
에 전보를 쳤다.
임금이 민영준을 불러 원조를 청한 뜻을 말하니, 영준은 놀라면서 말하기를,

---

26) 황현 지음, 이민수 옮김 『동학란』(을유문화사 1985) 136면 이하.

"근일 공법의 조약에 한 나라가 원조를 청하면 각국이 군사를 내게 되어 있습니다. 청국이 우리를 돕는 것은 악의가 없다는 것을 보증할 수 있사오나, 왜인이 틈을 엿보는데 만일 공법을 빙자하여 외병이 모두 움직인다면, 범을 막느라고 이리를 맞는 격이 되어 뒷일이 좋지 못할 것입니다. 만일 갑자기 오면 어찌하오리까?"

하니, 임금은 멍하니 이를 중지시키게 했다. 영준이 세개를 보고 임금의 뜻을 전하자, 세개는 말하기를 "이미 청원를 했소이다. 귀국의 군신은 어찌해서 외모는 그럴듯하지만 마음은 그렇게 미련하오?" 한다.

홍계훈이 역에서 올린, 적이 보낸 초토문이 대궐에 도착하자, 중궁이 이를 읽어보고 국태공에게 바치고 나서 영준을 돌아보고 꾸짖기를,

"용렬한 놈! 내가 차라리 왜놈의 포로가 될지언정, 차마 다시 임오년의 일은 당하지 않겠다. 내가 패하면 너희들도 죽을 것이니, 많은 말을 하지 말라."

하니, 영준은 하는 수 없이 여기에 좇았다. (강조는 필자)[27]

"왜놈의 포로가 될지언정", 즉 보물과 산해진미를 도적에게 내줄망정 키우는 개와 같은 비속한 백성의 무리에게 다시 쫓기지 않겠다는 명성황후의 일갈이 「산돼지」에 삽입된 이야기의 결말과 방불하다. 그러나 실상인즉 양반의 보화란 본디부터 백성의 것이 아닌가. 그러니 양반의 곳간에 가득한 보물을 차지하고자 하는 '개'의 각성은 동학도의 각성에 대응한다 할 것이며 이로써 집에 잡아 매여 있던 위치에서 벗어나 산으로 뛰어올라 양반을 향해 공격을 개시한 동학도의 모습이 '산'돼지로 규정되는 것은 당연한 일이라 할 것이다.

우선 원봉은 당대의 권위주의적인 마르크스주의자의 면모를 지닌 차혁과 충돌하여 자신의 의견을 관철한다. 표면상 바둑에서 패배하듯 패배한 듯이 보이는 이러한 쟁투의 결과로 원봉은 오히려 자신이 원하는 것을 더욱 분명히 알게 된 것이다. 조직의 요구에 따라 수동적인 도구가 되는 인간이란 말

27) 같은 책 136면.

296

하자면 니체 식으로 표현하면 낙타와 같은 인간이다. 조직을 위해서 스스로 위선의 짐을 지고 희생해야 한다는 생각, 가치관은 여기에 해당되는 것이다. 그러나 원봉은 이를 거부함으로써 자기 잘못을 인정하는 인간으로서 스스로 자기행동의 주인이 되기를 꾀한다. 그리고 이로써 원봉은 투쟁하는 존재, 사자의 영역으로 진입한다.

이는 속중들이 알아주지 못하고 비웃는 산돼지 면모로 형상화된다. 원봉은 이를 자조적으로 받아들이고 있다. 실상 어떤 경로로 산돼지의 이미지가 동학을 의미하게 되었는지는 불분명하다. 그러나 '산돼지'의 '산(山)'이 야생성을 의미하며 집에 있는 집돼지와 같은 더 비속한 대응물을 지닌다는 점에서 산야(山野)의 자유로운 존재의 이미지로 해석하는 것이 옳을 것이다. 그런 산돼지가 집에 갇혀 있으므로 해서 갈등과 쟁투가 산출되고 있는 것이다. 그렇다면 결국 산돼지에 대해 자조적인 것은 집에 갇혀 자신의 산야를 되찾지 못하는 현실 때문이지 자신에 대해 몰이해한 자들의 비웃음이나 산돼지의 탈을 벗고 싶은 갈망 때문에 자조적인 것은 아닐 것이다. 이는 3막에서 스스로 산돼지 탈을 받아들이는 데에서도 알 수 있다.

이렇게 시작된 싸움은 최주사댁과 갈등으로 이어진다. 사실 「산돼지」에서 상식적으로 가장 이해하기 어려운 것은 원봉과 최주사댁의 갈등일 것이다. 원봉은 최주사댁과의 사이에서 영순은 물론이고 차혁이나 정숙 정도의 일치점도 보여주지 않으며 생부 박정식에게서 비롯되는 일방적인 강요까지도 받아들이는 수긍의 자세도 없이 유독 양모에게만은 시종 부정적 태도로 일관하고 있다. 더욱이 최주사댁의 입장을 고려하면 원봉의 분노는 얼핏 이해하기 어려운 부분이 있다.

최주사댁은 원봉을 낳고 곧 사망한 원봉이네 대신 핏덩이 원봉을 기른 사람이다. 인간적으로 힘들고 어려웠지만, 자식으로 받아들여 정성껏 키워왔다. 방종한 정숙과의 교제도 원봉을 생각해서 반대하였고 영순 부의 유언대로 영순과 원봉을 맺어주고자 영순에게 접근하는 차혁마저 밀어내면서 노력해왔다. 그런데 원봉은 영순을 사랑하고 차혁과 영순을 맺어주는 것을 반대하면서도 최주사댁에 대해서만은 전혀 타협하는 자세를 보이지 않고 있다. 이것은 상식적으로 잘 이해되지 않는 일이다. 최주사댁은 갖은 어려움을 겪으며 원봉에게 은혜를 베풀었다. 그렇다면 원봉은 이러한 은혜를 갚기 위해서라도 양어머니 최주사댁의 소원을 이루어주어야 하는 것이 아닌가. 그것이 도리이다.

바로 이것이 원봉이 최주사댁을 용납할 수 없는, 용납해서는 안되는 부분일 것이다. 이러한 상호주의는 낙타의 윤리이다. 나는 너에게 구원을 베풀므로 너는 나에게 복종해야 한다는 노예적 도덕이다. 이제 야생의 존재—산돼지로서 투쟁하는 인간, 스스로 주인인 인간으로 변화한 원봉이 다시 이러한 윤리를 받아들인다면 낙타의 짐을 평생 벗을 수 없게 된다.

게다가 최주사댁이 가진 의도는 오랜 세월에 걸쳐 구축된 단단한 것이다. 우선 원봉의 애인 정숙이 다른 남자와 일본으로 달아나자 최주사댁은 정숙의 집에 다녀온다. 최주사댁은 '체면' 때문에 아들 원봉이 정숙을 완전히 잊었으며 결혼 같은 것은 꿈도 꾸지 않고 있다고 거짓말을 하고 온다. 원봉은 이 점에 일차적으로 반발한다. 자신의 이익을 위해 거짓을 말하는 것, 이것은 자신의 처지에 얽혀 속박당하는 지름길이다.[28] 둘째로 최주사댁은 정숙이 청루 계집보다도 더 '더러운 것'이기 때문에 용납하지 못한다. 그러나 원봉은 '정(淨)하고 정(淨)치 못한' 것을 무엇으로 판단하느냐고 반문하고 '여자란 것만 보고' 내린 판단이라고 비판하며 자신에게만은 정(淨)한 곳이 있다고 주장한다. 이러한 최주사댁의 가치관은 반여성적인 이데올로기로서 전통에 한 발을 담그고 다른 한 발을 근대 사회의 성차별 의식에 두고 있다고 할 수 있다. 그러나 사실 최주사댁이 정숙을 반대하고 원봉과의 사이를 갈라

---

28) 이 '거짓'은 원봉이 가장 경계하는 것이기도 하다. 동생 영순을 배려하여 거짓을 말할 때마다 어머니의 거짓말 버릇을 배우지 말라고 경고한다.

298

놓으려고 한 것은 앞서 언급한 바와 같이 영순과 결합하게 하기 위해서이다.
환몽중의 원봉과 정숙은 최주사댁에 대들며 이를 비판한다.

> 원봉: 영순이를 위주해서 날 생각하는 것이 미워요. 그리고 정숙이를 미워한
> 것도 그만큼 미워요. 미워요! 미워요! 미워요! 그것이 안 미우면 엇던 것
> 이 미운 것이 잇겟소!
> …
> 정숙: (정숙이가 뛰어 드러와서 주사댁 압헤 대들며) 미워요! 미워요! 미워요!
> 내가 몹슬 년이기 때문에 욕한 게 아니고 녕순이 생각한 끗헤 날 떼이려
> 구 햇다구 바로 대여요! (『전집』 I, 149면)

원봉이 최주사댁을 비판하는 이유는 최주사댁이 영순을 중심으로 다른 사
람을 타자화하는 근대적인 나눔과 배제의 원칙에 기반을 두고 있기 때문이
다. 영순과 원봉을 맺어주기 위해 정숙을 부당하게 비판하고 트집 잡는 행동
이란, 다시 말하면 자신의 이익을 위해 타인을 소외시키는, 자기 물건을 팔
기 위해 다른 물건을 폄훼하는 자본주의적 폭력에 근사하다.

이러한 최주사댁이 철저하게 영순을 중심으로 생각하며 영순의 이익에 기
반해서 움직이는 것은 원봉이 앓아누워 진실을 파헤치자 사위감을 차혁으로
바꾸는 것으로 분명해진다.

이를 잘 알고 있는 원봉은 무엇보다도 자신을 양육한 최주사댁의 저의에
대해 비판하고 있다.

> 원봉: … 이런 산돼지를 내낫스면 왜 제멋대로 산에다가 기루지 안엇담. 져멋
> 대로 뛰여다니면서 놀다가 제멋대로 색기를 배가지고 제멋대로 죽어가
> 게 왜 산에다가 길으지 안엇섯담! … (『전집』 I, 125면)

최주사댁이 이렇게 원봉을 기르지 않은 것은 물론 영순과 혼인하게 하기

위함이었다. 그것은 영순 생부의 뜻이기 했던바, 이를 타이르는 최주사댁에게 원봉은 더욱 거세게 반발한다.

> 원봉: 그게 벌서 실업슨 계획이요. 당신 집 종으로나 맨드러서 대대 은혜 입혀
> 가면서 아모것도 몰으게 맨들 게지, 홍. (『전집』 I, 147면)

이렇게 해서 현재 원봉을 억압하는 제약은 완성되었다. 산돼지인 원봉을 집안에 가두었으며, 그 가둠의 내용은 영순과 혼인하게 하여 영구히 집안에 머물게 하는 것이고 그 형식은 20년 전부터 원봉을 위해 세워 온 바로 이 '계획'인 것이다.

'계획'이란 무엇인가. '계획'이란 말하자면 미래를 현재화하는 것, 즉 미래를 선취하여 현재에 편입시키고 미래를 편입시킨 현재를 지배하는 계획을 세우며, 또다시 미래를 향해 움직여 가는 것이라 할 수 있다.[29] 즉 최주사댁에게 원봉과 영순의 미래는 '두 사람이 결합해 행복한 시간을 누리는 것'으로 결정되어 있으며, 이러한 결정을 관철하기 위해서는 당연히 정숙이나 차혁의 접근이 금지되어야 하며, 그리하여 이들의 미래를 현재로 도래시키려 하는 것이다. 이것만으로도 원봉이 느끼는 억압의 일단을 충분히 해명할 수 있다. 그러나 여기에서 한 걸음 더 나아가 보면 이는 어떤 절대화된 목표에 따라 인간이 도구가 되고 희생되는 근대적 생산방식과 같은 것이며, 동시에 한 인간을 버리고 다른 인간을 선택해도 절대로 멈추는 일없이 지속되는 근대적 작동원리에 맥이 닿아 있는 것이다.

산돼지인 원봉이 집안에 갇혀 있다고 할 때 이 '집'은 세계이다. 그런데 이 세계는 주어진 계획에 따라 움직일 것을 강제하고 있으며, 그렇게 움직이는 동안에 산돼지로서의 원봉의 존재는 실현될 수 없다. 만약 원봉의 원

---

29) 이마무라 히토시 지음, 이수정 옮김 『근대성의 구조』(민음사 1999) 75면.

망대로 '종'으로 키워졌다면 원봉의 삶은 전혀 달라졌을 것이다. 이것이 바로 원봉이 끝내 최주사댁과 화해할 수 없었던 소이며, 원봉이 처한 진정한 곤경이다.

원봉과 원봉의 생부 동학도 박정식의 관계를 고려해보자. 원봉에게 동학은 곧 아버지이며 역사적 굴레이다. 여기에서 동학도를 은유하는 '산돼지'라는 단어는 지속적으로 원봉을 비하하는 말로 쓰이고 있으며, 원봉 자신 또한 자학적으로 '산돼지'임을 자임한다. 그러나 앞서 언급했듯이 이러한 자학은 산과 집의 불일치 속에서 해명되어야 한다. '산돼지'가 문제가 있는 것, 비웃음의 대상이 되는 것은 원봉이 위치한 곳이 '산'이 아니기 때문이다. 그렇다면 '산'이란 공간은 무엇을 의미하는가. 여기에서 분명한 것은 '산돼지'가 동학도를 의미한다는 사실과 원봉이 이를 긍정적으로 받아들이고 있지 않다는 것인데 이것이 기왕의 연구에서 수산의 역사의식의 한계로 지적되어왔던 것이다.

그러나 원봉이 동학을 기꺼이 받아들지 않고 있다고 해서 그것이 한계라고 말할 수는 없다. 한 인물이 어떠한 역사적 사명 혹은 숙명적인 굴레를 긍정할 때 그것은 기꺼운 것이기보다는 고통스러운 것이게 마련이며 역설적으로 고통스럽지 않고는 그 진정성이 의심스러울 수밖에 없다. 따라서 구체적으로 무엇 때문에 고통스러운가를 살펴보면 동학에 대한 원봉의 태도가 더 선명해질 것이다.

원봉: … 나는 어머니만큼이나 아버지도 원망이요. 아버지도! 자기는 동학인가 무엇에 들어가지고 나라를 위해, 중생을 위해, 백성을 위해, 사회를 위해 죽엇다지만 결국은 집안에다가 산돼지 한 마리 가두어 놋코 만 셈이야! 반백이 된 머리털이 피스줄기 선 부릅뜬 눈 우에 헛트러져 가지고 이를 악물고서는 대드는구려. "이놈 네가 내 뜻을 바더 양반놈들 탐관오리들 썩어가는 선배놈들 모도 잡아 죽이고 내 평생소원이든 내 원수를 갑지

않으면… <u>ㅎㅎㅎㅎ</u>, 산돼지 탈을 벳겨쥬지 안켓다"고! 저승에 들어가서
라도 그 산돼지 탈이 벗겨지지 안케 얼굴에다가 못박어두겟다고 대어들
면서 부젓가락만한 왜못에다가 주먹만한 철추를 가지고 템벼드는구려!
아버지 뜻을 받어 사회를 위해 민족을 위해 원수 갑고 반역하라고 가리
쳐 주면서도 산돼지를 못나니만 뒤글는 집안에다 모라넛코 자바매여 두
는구려. 울안에다가 집어넛코 구정물도 변변히 주지 안으면서! <u>ㅎㅎㅎㅎ</u>
<u>ㅎ</u>! (『전집』 I, 125~26면)

　이상으로 보면 원봉은 동학을 선택했던 아버지가 "나라를 위해, 중생을
위해, 백성을 위해 죽었다"는 것을 알고 있다. 그리고 이러한 아버지의 뜻이
원봉에게 '산돼지 탈'이 되어 원봉을 억압하고 있지만 원봉은 그 탈 자체를
거부하고 벗어버리겠다는 것보다 "산돼지를 못나니만 뒤글는 집안"에 가두
어 놓고 있다는 사실에 더욱 깊은 절망을 느끼고 있다.
　문맥을 다시 따져보자. 원봉은 동학을 "나라를 위해, 중생을 위해, 백성을
위"한 것으로 인식하고 있다. 그런데 이 동학이 원봉과 연관되는 방식은 산
돼지 '탈'을 통해서이다. 존재를 표현하는 '탈'이란 동전의 양면과 같이 이
중적인 의미를 지니고 있게 마련이다. 우선 본 모습을 감추는 기능이 그 하
나이며 이는 그대로 가면이 표상하는 존재로의 전환이다. 원봉이 산돼지 탈
을 쓰고 있을 때 이것은 그 산돼지 탈이 지닌 대의나 당위와는 무관하게 원
봉에게는 억압이며 분열일 수밖에 없다. '동학'이란 대의가 지닌 그 정당성
이 원봉의 고통을 당연히 제거해주는 것은 아닐 뿐만 아니라 오히려 그 대
의 때문에 원봉의 갈등과 원봉이 받아들이는 억압은 더욱 큰 것일 수밖에
없다.
　더욱이 그나마 원봉이 이러한 대의를 받아들인다면 그 실천은 용이한가.
미완의 그리고 대부분의 실제 역사에서 미완일 수밖에 없는 어떤 혁명적 상
황이 그 이념만을 남겨두고 실체를 잃게 될 때 그것은 남은 자에게는 심각

한 억압이 되게 마련이다. 동학란은 이미 완료되었고 더이상 동학운동과 같은 실체는 얻을 수 없다. 인용에서 볼 수 있듯이 원봉은 동학을 '나라, 중생, 백성, 사회'를 위하는 것으로, 구체적으로는 "양반놈들 탐관오리들 썩어가는 선배놈들을 모도 잡아 죽이"는 반봉건의 과제로 인식하고 있는 것이다. 그렇다면 이것은 일제에 대한 저항으로 승화되기에는 근원적인 한계를 내장하고 있다고 할 것이다. 엄존하는 이념적 당위성과 실종된 구체적 실천 사이에서 원봉이 이념을 파악하는 방식은 주관적 추상적일 수밖에 없을 터이며, 따라서 구체적 실천방법의 부재 속에서 억압은 한층 증폭될 수밖에 없다. 따라서 아버지 뜻을 받아 사회와 민족을 위해 반역하라고 해도 그에게는 방법이 없으며 이러한 대의는 직접 부여되는 자양분이나 실체 없이 원봉을 억압하는 것이다.

더욱이 원봉은 만삭으로 아버지에게 버림받았으며 병정에게 겁탈당한 상처 받은 어머니에게서 태어났다. 2막의 환몽중에 보이는 아버지와 어머니의 관계는 이념이 어떻게 폭력이 될 수 있는가를 보여준다. 박정식이 뿌리친 원봉이네가 쓰러지고 어두워진 무대가 다시 밝아졌을 때 원봉이네가 쓰러진 그 자리, 그 자세로 원봉이 쓰러져 있는 것은 원봉에게 주어진 운명이 마치 원죄처럼 시작부터 폭력적이었음을 보여주는 것이다. 이렇게 보면 '산돼지 탈'로 표현되는 동학은 탈을 쓴 원봉에 의한 계승의 의미뿐만 아니라 이렇게 강제되는 운명의 폭력성까지도 동시에 포착하고 있다고 할 것이다.

그런데 수산은 왜 동학에 주목하게 되었을까? 천도교에서 발행한 잡지 『개벽』은 동학의 이념을 지속적으로 전파하고자 노력하였다. 수산이 동학의 역사적 의미를 이해하는 것이 이상한 일은 아니다. 그러나 수산에게는 좀더 개인적인 이유도 있었다.

수산의 부친 김성규는 1894년 동학혁명기에 고창현감으로 임명되며 전라감영의 총서로서 전라감사 김학진을 도와 정부와 농민군 사이의 중재역을 담당하고 자신의 개혁의지를 실천하고자 하였다. 집강소 설치 등의 개혁정

책에는 찬성하였지만 농민군의 급진성에는 반대하였으며, 이 과정에서 동학
군에게 잡혀 있다가 쓰고 있던 안경을 수직이에게 주고 풀려나 겨우 도망친
사연이 있었다. 이는 수산 자신이 정리한 『초심정실기(草心亭實記)』에 실려
있는 내용이므로 그 스스로 잘 알고 있었을 것이다.[30]

작품 내에서는 이러한 상황이 전도되어 나타난다. 수산의 아버지는 이 작
품 안의 배역으로 보자면 원봉을 태중에 품은 어머니를 능욕한 병정 편에
서 있는 사람 아닌가. 그리고 생명의 위협을 느끼고 봉변을 당한 쪽은 그 당
시 농민군의 아내가 아니라 병정 쪽이었다. 그런데 수산은 관군과 농민군의
아내를 압제자와 피압제자로 역사를 바로 세우며 대신에 아버지의 경험을
뒤집고 있다.

아버지 쪽에서 좀더 생각해보자. 김성규는 이날의 사건을 어떻게 생각하
고 있었을까? 혹시 자신을 위협했던 이 무지한 민중을 증오하고 있지는 않
았을까? 김성규는 생애 전반을 출중한 능력으로 관직과 이재에서 실패하는
일없이, 또한 늘 반듯하고 옳은 입장에서 살아왔다. 그 흠 없는 그의 인생에
한 가지 약점을 짚는다면 어떤가. 당시로서는 비적의 난리에 지나지 않던 동
학운동의 의미는 시간이 지날수록 그 혁명적 의의가 강화되었고 그 이념 또
한 인간중심적이고 민중적이었음이 분명해지고 있었다. 즉 변혁에 있어 민
중의 역할을 잘 아는 수산은 아버지가 그 순간 반역사적 위치에 있었음을
깨닫게 되었을 것이다. 바꾸어 말하면 그 아버지 김성규의 인생에서 이 순간
은 날것의 폭력에 노출되어 목숨이 위태롭던, 그래서 비굴하게 목숨을 위해
술책을 써야 했던 진정으로 곤궁한 순간이었으며, 대의에 의해서 위로받지
못하는 수치스러운 찰나였던 것이다.

이 순간을 골라 그 아들이 오히려 동학도의 아들로 자처하며 역사와 진보
의 대의를 위해 싸움을 자청하고 있다. 즉 동학의 역사적 대의를 수용하면서

---

30) 양승국, 앞의 책 195면.

수산은 아버지를 부정하고 스스로 민중의 자식으로 거듭난다. 이 중층적인 억압이 지배하는 일상은 암울하다. 원봉은 능동적으로 관여했던 모임에서도 배척당하고 좌절하며 친한 벗 차혁과의 관계도 불편해지는 가운데 누이 영순마저 잃게 되며 애인 정숙도 원봉을 배신하고 도망치고 양모 최주사댁 또한 사윗감으로 원봉 아닌 차혁을 선택한다. 이로써 원봉은 모든 인간관계에서 실패한다. 이러한 원만치 못한 고립되고 소외된 인간관계가 근대적 인간관계의 본질임에는 의심할 나위가 없다. 비틀리고 왜곡된 인간관계는 소외로 정의되는 근대 모든 인간의 존재 형식이며, 이는 주어진 환경과 관계 맺는 과정에서 다양한 방식으로 드러난다.

그러나 원봉은 이러한 갈등관계에서 단순히 좌절하고 상처 입는 인물이 아니다. 무엇보다도 원봉은 자신의 의지 바깥에서 자신에게 개입하는 인간관계를 거부하고 있다. 원봉이 참여했던 회는 불신임안을 부결했지만 이는 신뢰에 바탕을 둔 것이 아니라 인간의, 원봉의 이용가치에 따른 것이었으므로 거부하며 영순과도 친남매가 아니지만 환몽 후 영순이 지닌 구원의 가능성을 거부한다. 이것은 워즈워스가 "애인 비스럼한 누이동생과 동서(同棲)" 하며 혁명 과정에서 이탈하여 스코틀랜드의 호숫가에서 반혁명적으로 시만 쓰다가 죽었다는 것, 이광수가 그와 흡사하게 사는 바와 대조를 이룬다.[31] 뿐만 아니라 평등하고 동지적 관계를 이룰 가능성이 있는 여성, 정숙이 돌아왔지만 이 또한 다시 떠나보낸다.

이러한 과정과 결정은 더욱이 실병의 고통과 함께 전개된다. 이 질병은 죽음과 생명이 함께 공존하는 공간으로서 부정과 파괴를 통한 긍정의 조건 그 자체다. 원봉에게 강제되는 질서와 관계에 원봉은 반발한다. 일상으로 떠오르는 갈등과 그 갈등의 심화 과정인 1막과 2막의 내용이 그러하다.

그러나 질병을 겪고 난 3막에 이르러 원봉은 전혀 다른 어조를 보여준다.

---

31) 『전집』 II, 297면.

원봉: … 그러나 존재 이유는 가졌드래도 변태현상은 변태현상으로 보아야 한
다. 이 변태 현상이란 점을 보지 안으면 사람의 노력이란 아모 가치 업
는 것으로 밧게 안된다. … 그러나 이것이 변모현상이로구나 하는 의식
이 없는 이상 앞으로 더 큰 해방은 얻지 못하게 된다. 우리는 어느 것이
올은 것이고 어느 것이 그른 것인지 몰은다. 다만 올코 그르다는 것은
우리와 아모 관계 업는 하누님 눈에만 뵈일 게지만. 다만 변태이군 하는
의식만 잇스면 반드시 그곳에서, 엇던 더 큰 힘이 나온다. (『전집』 I, 158
~59면)

변모한 현실에서도 '변태'라는 의식만 있으면 반드시 더 큰 힘이 나온다
는 것은 동일성으로 환원되지 않는 차이, 즉 통합되지 않는 영원 회귀의 현
실 속에 작용하는 '힘에의 의지'와 유사한 것이다. 들뢰즈는 니체가 옳고 그
른 것, 참과 거짓의 요소를 해방시켜 힘들의 해석과 힘의 가치 평가로 바꾸
었다고 하였다. 여기에서 원봉은 옳고 그른 것에서 벗어나 변화한 상황, 어
쩌면 그 힘의 관계에 주목하고 있다. 이에 원봉은 '천분과 재능에 맞는 본
길'을 언급하면서 "현실의 가치와 새 의식을 찾으려고 애쓰는" 점에서 비평
가에 근접하며 산돼지 탈을 쓴 현실을 직시한다. 또한 고통스럽다고 피하지
않으며 고통조차도 받아들이는 것이 이 작품이 보여주는 순수한 긍정의 차
원이다.

원봉: 그것이 사실일지도 모르지. 하지만 나는 이 현실 속에 떨어지면서붓허
이 탈을 쓰고 나왔다. 이것을 버슬려고 하는 것도 헛 애쓰는 것이지만
동시에 그것을 안 볼려고 피하는 것도 가짓뿌렁이다. (『전집』 I, 162면)

탈을 벗으려고도 피하려고도 하지 않겠다는 원봉의 결단에서 비통하지만
당대의 역사적 현실과 만나는 식민지 지식 청년의 면모를 엿볼 수 있다. 이
로써 원봉은 '산돼지 탈'의 역사적 의미를 긍정하고 절망과 갈등에서 빠져나

와 자신의 길을 찾기 위한 한 발을 내딛는 것이다. 억압적 현실을 직시하면서 이를 벗어날 수 없다고 인식하는 것에서 하나의 데카당을 만나게 된다. 그러나 그것을 보지 않으려고 피하는 것도 거짓이라는 판단에서 데카당을 겪지 않고는 데카당을 극복할 수 없었던 니체의 철학적 행보가 연상된다. 이에 정숙과도 실상 진정한 화해의 면모를 보여주지는 못하면서도 사적으로 부과했던 여성운동의 책무를 능동적으로 직시할 것을 권유하는 것이다.

"현실의 가치와 새 의식을 차지려고 애쓰는 것"[32]으로 비평가의 길이 가능하다는 판단은 말 그대로 수산이 말하는 '출발점'의 의미가 생생하다. 그는 「아관 계급문학과 비평가」에서 스스로 말했듯이 일대의 민중의식, 계급투쟁의 선봉이 되어 뽑을 것 뽑고 가꿀 것 가꿔서 신원야(新元野), 신경작지(新耕作地)를 만들기 위해 나선 것이다.

이렇게 해서 세계와 전투를 벌이는 우리에게 어떤 희망이 있을까? 주제의 차원에서 인용된 조명희의 시 「봄 잔디 밧 우에」는 세계의 금기에 도전하는 디오니소스적 도취와 합일, 유희의 분위기로 충만해 있다.

> 내가 이 잔디밧 우에 쒸노닐 적에
> 우리 어머니가 이 모양을 보아주실 수 업슬가
>
> 어린 아기가 어머이 젓가슴에 안겨 어리광함갓치
> 내가 이 잔디밧 우에 짓둥그를 적에
> 우리 어머니가 이 모양을 참으로 보아수실 수 입슬가
> 밋칠 듯한 마음을 건데지 못하여
> "엄마! 엄마!" 소리를 내엿더니
> 땅이 "우애!" 하고 한울이 "우애!" 하옴에
> 어나 것이 나의 어머니인지 알 수 업서라.

---

32) 『전집』 Ⅰ, 162면.

하늘과 땅, 어머니와 자식이라는 분열된 대상들이 노래하는 시인의 자아 속에 능동적으로 일체가 되고 있다. 이러한 완전한 일치의 순간, 드디어 투쟁하던 사자는 어린아이가 된다. 어린아이는 천진난만이요, 망각이며, 새로운 시작, 놀이, 스스로의 힘으로 돌아가는 바퀴, 최초의 운동, 거룩한 긍정이다. 봄 잔디밭에 이르러 주체는 드디어 자신과 화해하고 아무 두려움 없이 존재가 이끄는 새로운 길을 상상할 수 있게 되었던 것이다. 그러나 이같은 상상은 포석 조명희의 것이었지 수산의 것은 될 수 없었다. 이들은 지기였고 동지였지만 말 그대로 하나가 될 수는 없었다. 이들 사이에는 같은 양반계급 출신이라고 해도 몰락한 사족의 일원으로서 경제적 이유로 유학을 중단해야만 했던 포석과 거만의 재산을 지닌 관료 출신의 지주 집안의 장자 수산이라는 엄청난 거리가 있었다. 그리고 그것은 비속하고 타락한 현실에서 탈출했으나 지상에서 자신의 거처를 마련하지 못했던 수산과 멀리 시베리아에서 자신의 혁명적 이상을 실천하고자 했던 포석의 차이만큼 먼 것이었다. 그 때문인지 이 시를 낭송하는 원봉과 정숙의 분위기는 봄빛 충만한 내용과는 달리 쓸쓸하고 우울하다. 수산에게 그같은 결단은 그저 관념적 사건인 까닭이었다.

그리고 그의 임박한 죽음을 고려하여 다른 편에서 보면 이는 소중했던 자신의 지기(知己) 포석에게 바치는 경애로운 헌사 같기도 하다. 이는 포석뿐만 아니라 해성 홍주식에게도 마찬가지이다. 「산돼지」에 쓰인 타 작품으로는 포석의 시 「봄 잔디 밧 우에」 이외에 삽입곡으로 '나흐다질 노래'가 있다. '나흐다질 노래'는 고리키의 「밤주막」(Na dne, 밑바닥)의 삽입곡이었으니 「밤주막」은 1924년 10월 그의 또다른 지기 홍해성이 쯔끼지 소극장에 입단하여 처음 출연하였던 작품이었다. 이 작품에서 '나흐다질 노래' 또는 '나흐다질 죄수의 노래'는 2막의 도입부분과 연극의 마지막 부분 4막의 끝에서 두 번 불린다. 두 번 모두 홍해성이 맡은 타타르인이 등장하여 대사하는 장면인데 희곡상으로는 노동자 죠프와 모자장수 브부노프가 부르는 것으로 되어 있으나 연출에 따라 트럼프를 즐기고 술을 마시며 싸움을 벌이는 거칠고 역동적인 노동자계급이 합창하는 형식으로도 만들어낼 수 있다. 대체로 느리고 음울한 곡이지만 살인을 범한 페페르와 바실리카가 잡혀가고 루카가 떠나고 배우가 자살하는 음울한 상황에서도 노래를 잊지 않는 밑바닥 인생의 꺾이지 않는 생의 의지를 음악적으로 표현하는 곡이기도 하다. 수산은 평소에도 이 곡을 좋아했고,[33] 이 곡에 의지하여 원봉의 출생을 향해 나아간다. 그러나 그 역시 자신도 모르는 사이에 부르게 된 사세가(辭世歌)였던 것은 아닐까.

---

33) 홍해성 「최후의 대화와 회상」, 앞의 책 320면.

제6장

수산, 이후

수산 김우진은 1897년 초정 김성규의 장남으로 태어나 유능한 관리이며 재산가인 아버지의 봉건적인 가치관과 갈등을 겪었다. 또한 일찍이 어머니를 여읜 심적 외로움은 그의 문학세계의 기반에 죽음과 친연한 경향과 현실적 가치의 부정이라는 굳센 반항적 기질을 남겨 두었다. 그는 1924년 와세다대학 영문학과를 졸업하고 귀향하였으나 타락하고 비루한 현실에 적응하지 못하였고 결국 1926년 6월 '출가'하여 결국 관부연락선 덕수환에서 대한해협에 투신하였다.

그는 전통적인 양반계급의 일원으로서 어려서는 전통적인 한학 교육을 받았고, 이는 그가 태생적으로 지도자로 양성되었음을 의미한다. 그러나 식민지 조선에서 전시대 지배계급의 감수성은 용인될 수 없었고, 이는 그가 자신의 영토를 생산하는 데 결정적인 장벽으로 작동하였다. 요컨대 수산은 보잘것없는 근지에 열등감을 느끼던 이광수와 같이 계몽주의 그늘에서 현실을 호도하는 무지도 범할 수 없었고, 중인 출신으로 새로운 시대의 주역으로 성장하여 타락한 세계에서 타락한 방법으로 투쟁하는 염상섭의 미적 결단도 없었으며, 이 땅을 떠나 새로운 세계를 개척하려 했던 조명희의 용기도 가지지 못하였다. 굳이 비유하자면 그는 양반 이인화라고 할 수 있을까?

그는 1913년 첫 소설 「공상문학」에서부터 낭만적 취향을 드러낸다. 이것은 그의 가족적 관계에서 비롯된 생래적이라 할 만한 것으로, 이는 그의 문학세계에 낭만적 여성관으로 잔존한다. 이는 그의 여성관이 현실적이기보다 추상적인 것이있음을 의미하는데 그의 작품 속에 등장하는 빈번하게 여성들은 모성적이거나 요부(Femme Fatale)의 면모를 지닌다. 그러나 이 여성늘은 작중인물의 변화나 결단에는 개입하지 못하는 인물들로 결국 수산은 어떤 구원이나 결단의 실체를 여성에서 찾고 있지 않음을 알 수 있다.

수산의 이러한 낭만적 성향은 3·1운동을 겪으면서 낭만적 민족의식으로 연결된다. 타이쇼오 데모크라시의 한복판에서 민주주의에 대해 각성하는 한편 타이쇼오 문단의 풍요로운 토양의 세례를 받으며 타이쇼오 문단의 맹주

시라까바파와 비슷한 맥락으로 성장한다. 여기에서 수산은 민족어를 발견하고 일상어의 문학화라는 과제 속에서 '희곡' 장르를 선택하게 된다. 또한 이 시기의 민요·속요·전설 등의 채록과 응용이라는 문학적 과제는 그의 문학에 일정한 영향을 미치며 특히 『춘향전』에 대한 관심은 여성의 삶에 대한 연대기적인 관심을 촉발하여 희곡 「이영녀」의 집필에 일정한 영향을 미친 것으로 보인다.

이후 수산은 이러한 낭만적 문학관에서 이탈하여 변혁에 필요한 개인의 각성과 계급투쟁에 주목하게 되며 그의 뛰어난 평론 「아관 계급문학과 비평가」에서 이러한 인식을 바탕으로 당대의 계급문학적 과제를 탁월하게 정식화하였다. 또한 「이광수 류의 문학을 매장하라」에서 당대 계몽적 문학관을 통렬히 비판함으로써 그의 날카로운 비평적 안목을 보여주었다. 또한 극예술협회를 조직하여 집단적인 문학적 실천을 모색하였으며 이들은 동우회에서 주관하는 '순회연극단'으로 참여하여 이 땅의 소인극 운동에 지대한 영향을 미쳤다. 수산의 조직 참여는 이에 그치지 않고 와세다대학 졸업 후 목포로 귀향한 다음에는 목포지역 청년회와 그 지역 노동운동에도 관심을 기울였다.

그는 역사발전의 근본적 주체로 노동자를 상정하였고 그들의 생명력을 변화의 가장 근본적인 동력으로 설정하였다. 그러나 이에 대한 현실적 인식은 암울하며 그의 작품에서 형상화된 현실 또한 엄혹하기 그지없다. 근대적인 삶의 질곡으로 일상화된 통제, 가학적인 근대적 인간관계, 도달할 수 없는 근대적 욕망에 끝없는 착취를 감내하며 삶을 소진해가는 빈민층 여성의 삶 등은 그의 이러한 현실인식 속에서 포착된 것이다. 즉 흔히 그의 작품세계를 전통과 근대의 충돌로 설명해오던 것과 달리 수산이 문제로 삼는 주요한 현실적 측면은 폭력적인 당대 근대적 현실이었으며 전통은 오히려 개인의 내면에 잔존하고 있는 도덕적 범주에서 작동하였다.

여기에서 그의 문학적 실천은 당대의 프롤레타리아 문예운동이 지닌 실천

314

적 한계를 지적하며 더 본질적인 '생명력'에 의해 추동되어가는 '영원한 투쟁'이란 니체의 철학적 관점을 적용하여 설명할 수 있다. 인간을 사회적 관계의 총합으로 규정할 때 변화한 세계에서도 각 개인의 신체 속에 내장된 생산관계로 환원되지 않는 주체의 문제는 현실 속에서 인습적인 타협으로 나타난다. 이 때문에 당대 조직운동 대부분이 공식주의적이며 권위주의적인 오류에 빠져 있었던바, 수산은 작품 속에서 이러한 보이지 않는 인습에 투쟁하는 비평가를 새로운 인간형으로 제시한다. 즉 그의 인물은 비판적이고 주체적인 개인의 공공태로서 의미를 획득하며 그럼에도 당대 현실에서 이 인물들에 어떻게 패퇴해가는가를 보여준다.

그의 작품세계는 기본적으로 이미 일상화된 근대적 통제의 현실을 발견하는 「정오」, 한 개인이 어떻게 착취당하고 몰락하는가를 관찰하는 「이영녀」, 이렇게 대면한 현실을 직시함으로써 역설적으로 일상의 질곡을 폭로하는 「두데기 시인의 환멸」 등이 있고 이렇게 해서 도달하게 된 환멸의 세계를 극복하기 위한 치열한 내적 투쟁의 결과로 「난파」를 꼽을 수 있다. 「난파」에서 시인은 기존의 모든 가치를 버리고 난파함으로써 역설적으로 새로운 삶을 시작할 수 있는 동력을 얻는다. 이것이 형상화된 것이 「산돼지」이다. 「산돼지」의 원봉은 니체적인 의미의 투쟁의 제 단계를 거치며 발전하는 새로운 인물형으로서 특히 모든 기존 가치와 불화하고 투쟁하는 '사자 단계'의 인간으로 등장한다. 「난파」에서 보여주었던 내적 투쟁이 현실화된 것으로 볼 수 있는데 이렇게 전개되는 부생은 조명희의 시 「봄 잔디밧 우에」를 통해 우주적 일치를 보여주는 '어린이 단계'로의 도약을 암시한다.

즉 수산의 문학은 당대 사회적 억압과 이미 일상화된 통제의 현실을 폭로하고 여기에서 노동자계급의 투쟁을 역사발전의 동력으로 파악하는 한편, 이러한 투쟁은 내면화된 인습과 도덕을 극복한 초인적 개인들의 결합 속에서 본연의 생명력에 충실함으로써 이루어질 수 있다고 보았다. 이는 노동자계급의 집단적 투쟁을 하나의 단위로 삼고 있던 당대 프롤레타리아 문예운동의 추상성을 극복하고 진정한 의미의 탈근대적인 근대 극복의 인간형을 제시했다는 점에서 하나의 해결책이며 생산양식의 변화에 따라 인간의 변화를 환원적으로 확정짓던 당대 계급인식에 대한 비판이라 할 것이다.

즉 수산의 문학은 기존의 리얼리즘이나 모더니즘이란 단선적인 근대문학사적 인식을 넘어 이들의 회통을 일정하게 구현하고 있다는 점에서 진정한 근대문학의 한 시작을 이루고 있으며 나아가 새로운 인간을 통하여 이를 극복하고자 시도한다는 점에서 한국 근대문학사의 새로운 가능성을 제시한다 할 것이다. 뿐만 아니라 당시의 사회·문화의 운동과도 일정한 연속점을 이루고 있었으니 이 또한 앞으로 수산 연구에 있어 반드시 고려되어야 할 지점이다.

3·1운동은 을사늑약과 한일병합 이후 전개된 국권회복운동의 중간결산이면서 이후 전개되는 민족해방운동의 시작점이었다. 당시 조선 민중의 독립의지와 역량을 확인하는 데 3·1운동은 모자람이 없는 민족사적 쾌거였지만 그 정치적 결과물에는 회의적일 수밖에 없었다. 결국 독립은 실현되지 않았고 '자치론'라는 타협적 구상조차 사실은 일제 당국으로서는 고려해본 적조차 없는 일종의 미끼였을 뿐이었다. 그런 맥락에서 1920년대 민족해방운동이 내부적 반성과 세계사적인 조류에 병진하여 사회주의 이념에 접속되는 것은 필연적인 일이었으며, 따라서 한국 문학사에서 카프문학사의 주류성은 회의되기 어려웠다.

그러나 다른 한편으로 1920년대의 조선은 일본 제국주의의 식민지로서 여전히 근대의 전형적 국가형식이라 할 수 있는 부르주아 민족국가에 미달한 상태였으며, 따라서 현실적으로 계급문학에 대한 이해 및 동의와는 별도로 조선의 독립과 민족국가의 창설을 역사적 필연으로 수용하는 흐름 역시 역사적 개연성을 담지한 채로 실재하고 있었다. 이 흐름은 이들은 정치적으로는 신간회의 창립을 주도한 중간파의 입장에 유사하며, 프롤레타리아 문학은 물론 국내의 비교적 자생적인 국학파 또는 국민문학과도 일정한 거리

316

를 유지하고 있으면서 문학사적으로는 외국문학의 선진적 도입과 번역을 통한 조선어의 새로운 개척의 성과를 축적해간 절충파 문학론, 희곡 및 연극사적으로 토월회와 홍해성, 유치진 등의 연극인과 해외문학파의 제휴로 결성된 극예술연구회에 연속된다. 이들은 대체로 일본 유학의 경험을 지닌 중상층 지식인 계층의 외국문학 전공자로서 서구와 일본의 근대문학을 매개로 상상된 주체적 능동성과 높은 윤리의식, 즉 '시민성'의 이념적 기반 위에서 당대의 민족적·문학적 과제를 구상하고 있었다. 이들은 계급문학에 대해서는 상당한 인식 수준을 보여주면서도 이들과는 일정한 거리를 유지하였고 얼핏 보기에는 당대 자본주의 현실의 타락한 일상을 벗어나지 못하고 서투른 서구 탐닉의 차원에 머무는 듯하다.

그러나 이들의 문학은 당면한 부르주아 민족국가의 건설이라는 근대의 목표와 그 주체인 부르주아 시민의 문학 구상에 연속되어 있었다. 이는 수산의 문제의식과 인접한 것으로 특히 외국문학의 연구와 번역을 통해 당대 문단에 중요한 논제를 제기했던 이들의 역할을 간단히 검토하는 것만으로도 조선에 조선말은 없다고 전제하고 조선어를 부흥하고 개량하며 이를 통해 우리 민족의 특수한 문화적 이상을 이룩하기 위해 수산이 제시했던 네 가지 과제 중 하나였던 외국문학 번역의 요구와 같은 맥락에서 이들의 문학적 실천이 수행되었음을 알 수 있다.

요컨대 수산은 당시 문전 제정과 사전 편찬, 구비전설과 민요·동요의 수집, 외국문학의 번역, 신문·잡지의 대중화 등 네 가지 방안을 제시했으니 이는 제한적이었지만 1920년대의 중요한 문화사적 성과에 접속되고 있었다. 우선 주시경 등 조선어 학자들의 열정적인 연구를 통하여 각종 문법서와 문전이 발표되었으며 식민지 경영의 요구와 밀접하기는 했으나 경성제국대학을 중심으로 광범위한 민속학 조사가 진행되었다. 또한『동아일보』『시대일보』등 일간지를 비롯하여『개벽』『조선문단』『조선지광』등의 잡지가 발행되었다. 그리고 수산이 유명을 달리한 지 불과 5개월 후 토오꾜오 외국문학연구회의 『해외문학』이 발간되었다.

기관지 『해외문학』 덕에 '해외문학파'로 알려진 이 일군의 젊은 외국문학 전공자들은 외국문학의 번역과 이를 기반으로 한 창작의 지원을 통해서 새로운 조선 문학을 구축하고자 했던 시도를 수산과 공유하고 있었다.[1] 또한 수산과 같은 일본 와세다대학 출신으로 당대에 필요한 문학이 무엇인가를 지적하면서 이광수의 「중용과 철저」에 반박하여 수산 또한 강조했던 '시대정신'을 거점으로 논쟁하였던 양주동이 1년 뒤 일본의 외국문학 전공자들이 모인 외국문학연구회의 기관지 『해외문학』에 제기했던 번역방법에 대한 논쟁을 시작하고,[2] 이 논쟁이 해외문학파가 자신들의 번역관을 정립해가는 중요한 계기로 작동했던 점, 양주동이 당시 중간파 문학이론의 근간을 제공하고 있던 점 등을 고려하면 수산의 피지 못한 구상이 단시 일회적인 사건에 그치지 않는다는 사실을 확인하게 된다.

물론 해외문학파가 유학한 시기는 1920년대 중반 일제가 토오꾜오대진재 이후 불안한 민심의 방향을 돌리기 위해 2차 대역사건 등을 조작하고 조선인 학살을 저지르던 싯점, 사실상 타이쇼오 데모크라시가 종료되었다고 할 수 있는 싯점이었으며 1929년 세계대공황을 예고하던 토오꾜오발 공황의 경제적 위기가 발생했던 정치적 혼란이 가중된 시기였다. 즉 이같은 경색일로의 사회 분위기는 해외문학파의 사유를 직간접적으로 제약한 요소였으며, 따라서 이들의 입장 또한 급격히 위축되어 비판성을 잃고 개량주의로 후퇴하였다. 당시 이들을 '소부르주아적'이라 비판했던 것이 과장만은 아니었다.

그리고 이 동인에는 일찍이 수산이 시대와 대면하고 이를 돌파해 나가는 힘을 지닌 전범으로 간주했던 표현주의와 그 인접 작품에 주목하였으며 일찍이 토월회의 상연 레퍼토리였던 체호프의 「곰」「구혼」 등의 작품을 번역하고 염군사에 참여하여 파스큘라와 통합하여 카프를 이끌어낸 구성원이었

---

1) 편집인 「창간권두사」, 『해외문학』(해외문학사 1927) 1면
2) 양주동 「『해외문학』을 읽고」, 『동아일보』, 1927. 3. 1∼3. 3.

318

던 김온(金蘊)과 함께하고 있었다. 이렇게 보면 김온이 의학으로 전공을 바꿔 이탈한 후에도 대부분 기자 또는 교사 등으로 활동하던 이들이 윤백남 등 원로 연극인의 지원하에 동반자 성향의 유치진과 일찍이 수산과 함께 신극운동을 구상했던 홍해성과의 제휴를 통해 극예술연구회를 조직하고 「우리 신극운동의 첫길」의 사적 실천을 견인했던 것이 우연만은 아니었던 것이다.

수산을 한국 희곡과 연극사는 물론이요 문학사 일부로 다루려는 시도는 이제 막 시작한 셈이다. 개별 장르와 작품에 대한 탐구가 통합된 사적 연관 속에서 해명되어야 한다는 것은 상식이지만 수산은 그렇지 못하였다. 개별 장르사를 넘어 카프문학의 주류성을 진정으로 해소하고 한국 문학사의 본령을 구성하는 도정에서 수산의 이름은 반드시 재조명되어야 할 것이다.

【참고문헌】

1. 기본 사료

김우진『김우진전집』Ⅰ·Ⅱ·Ⅲ, 연극과인간 2000.
______『김우진전집』Ⅰ·Ⅱ, 전예원 1982.
『개벽』『학지광』『조선지광』『해외문학』『동아일보』『조선일보』『시대일보』

2. 논문

가와세 키누「김우진과 윤심덕의 죽음──당시 일본의 자살관으로 본 새로운 측면」,
      경상대학교 일본문화연구소 편『일본학보』, 1997.
______「윤심덕 '情死' 고」, 한국연극학회 편『한국연극학』11집, 1998.
권순종「김우진 연구(Ⅱ)」,『우리의 연극』2, 중문출판사 1988.
______「김우진 희곡 연구」, 무천극예술학회 편『무천』3, 1987.
______「김우진의 연극관과 희곡「이영녀」」, 영남어문학회 편『영남어문학』13,
      1986. 9.
김기진「피투성이 된 푸로 혼의 표백──계급문학 시비론」,『개벽』, 1925. 2.
김동식「낭만적 사랑의 의미론」,『문학과사회』2001 봄호, 문학과지성사.
김두영「한국연극에 끼친 유진 오닐의 영향」, 중앙대 석사학위논문 1989.
김만수「1930년대 연극운동연구」, 서울대 석사학위논문 1989.
김미도「1920년대 리얼리즘 연극 연구」, 고려대 석사학위논문 1988.
______「1930년대 한국 희곡의 유형에 관한 연구」, 고려대 박사학위논문 1993.
김미라「김우진 희곡 연구──자연주의극에서 표현주의극으로」, 단국대 석사학위
      논문 1991.

김방한 「김우진의 로맨틱한 최후, 부자평전 1」, 『세대』 87, 1970. 10.

김성진 「초성 김우진의 문학과 현실인식」, 중앙대 석사학위논문 1992.

김성희 「김우진·유치진 희곡의 기호학적 연구——「난파」 「산돼지」 「토막」」, 단
      국대 박사학위논문 1991.

______ 「김우진의 표현주의 희곡에 나타난 현대성과 그 의미」, 한양여자전문대
      학 편 『논문집』 20집, 1997.

김용관 「김우진 연구」, 충남대 석사학위논문 1984. 2.

김유진 「메타드라마의 요소를 통해 본 김우진 희곡 연구」, 이화여대 석사학위논
      문 1995.

김익두 「희곡 「산돼지」에 나타난 갈등의 해석」, 전북대 국어국문학회 편 『국어
      국문학』 25, 1985.

김일영 「1920년대 희곡의 특징에 관한 연구」, 서울대 석사학위논문 1985.

김정희 「극작가 김우진 연구」, 이화여대 석사학위논문 1985.

김호연 「극예술연구회의 연극론 수용 양상 연구」, 홍익대 석사학위논문 1995.

문수경 「김우진 3막 희곡의 연구」, 성균관대 석사학위논문 1986.

민병욱 「김우진의 「이영녀」 연구——갈등구조를 중심으로」, 부산대 석사학위논문
      1987.

______ 「김우진의 부르조와 개인주의적 세계관 연구 I——그의 비평담론을 중심
      으로」, 『어문교육논집』, 부산대 국어교육과 1988.

박기석 「김우진의 「산돼지」 고찰」, 『강릉대 대학원 논문집』 5, 1983.

박명진 「김우진 희곡의 기호론적 분석——「산돼지」를 중심으로」, 중앙대 석사학
      위논문 1987.

박혜령 「극작가 김우진 연구——자전적 희곡을 중심으로」, 이화여대 석사학위논
      문 1985.

서연호 「극작가 김우진론」, 고려대 인문대학 편 『인문론집』 26, 1981. 12.

______ 「김우진의 동경유학기 체험과 문학사상」, 한림대학교 한림과학원 일본학
      연구소 편 『한림일본학연구』 2집, 1997. 11.

손필영 「김우진 연구」, 국민대 박사학위논문 1999.

______ 「김우진 희곡 연구——표현주의 사조와 관련하여」, 국민대 석사학위논문

1986.

______「김우진의 「공상소설」 연구」, 국민어문연구회 편 『국민어문연구』 제7집, 1999.

신아영 「1920∼1930년대 한국 희곡의 극적 구조와 수용에 관한 연구──김우진, 채만식, 유치진의 작품을 중심으로」, 이화여대 박사학위논문 1996.

신용님 「김우진 희곡 연구」, 연세대 석사학위논문 1984. 8.

신희교 「부친콤플렉스와 모태로의 회귀──김우진의 「산돼지」를 중심으로」, 고려대 국어국문학연구회 편 『어문논집』 26, 1986. 3. 10

심상교 「1920년대 희곡의 특성고(1)」, 고려대 한국학연구소 편 『한국학연구』 8, 1997.

양승국 「1920∼30년대 연극운동론 연구」, 서울대 박사학위논문 1992. 8.

______「김우진 재론」, 한국극예술학회 편 『극예술연구』 7집, 1997. 6.

양혜숙 「표현주의 연극의 이론과 상연」, 한국연극학회 편 『한국연극학』, 1981.

염상섭 「지상선을 위하야」, 『신생활』, 1922. 7

유민영 「선각자 김우진의 연극 실험」, 단국어문학회 편 『단국어문논집』 1, 1995.

______「초성 김우진 연구(상)」, 『한양대논문집』 5, 1971.

______「초성 김우진 연구(하)」, 한국국어교육연구회 편 『국어교육』 17, 1971.

______「표현주의극의 한국 수용」, 한국연극학회 편 『한국연극학』, 1985.

유일용 「김우진 희곡 연구」, 전남대 석사학위논문 1989.

유진월 「김우진 희곡의 여성인물 연구」, 경희대 국어국문학과 편 『경희어문학』 14, 1994.

윤진현 「김우진 희곡 「정오」의 창작 연대」, 한국극예술학회 편 『한국극예술연구』 18집, 2003. 10.

______「김우진의 문자의식과 문학어의 성립 과정」, 한국극예술학회 편 『한국극예술연구』 23집, 2006. 4

______「인천 공원, 그 계몽의 기원을 넘어」, 한국민족예술인총연합 인천지회 편 『인천문화비평』 16호, 2004. 12.

______「포석 조명희 희곡 연구」, 인하어문연구회 편 『인하어문연구』 3집,

1997. 6

이광수 「노라야」, 양백화 옮김 『노라』, 영창서관 1922.

이규수 「3·1운동에 대한 일본 언론의 인식」, 『역사비평』, 2003년 봄호, 264~
    81면.

이규식 외 2인 「최동의 생애와 학문」, 대한의사학회 편 『의사학』 13-2, 2004.
    12.

이덕기 「김우진 희곡에 나타난 근대적 개인의 추구양상과 의미」, 경북대 석사학
    위논문 2001. 12.

이미원 「김우진 희곡과 표현주의」, 경희대 국어국문학과 편 『경희어문학』 7,
    1986. 9.

이은경 「김우진 희곡 연구——표현주의 작품을 중심으로」, 숙명여대 석사학위논
    문 1986.

______ 「수산 김우진 연구」, 숙명여대 박사학위논문 1995.

이은자 「「이영녀」 연구」, 한국극예술학회 편 『한국극예술연구』 1, 1991.

______ 「김우진 희곡 연구」, 서울대 석사학위논문 1987.

이종대 「김우진 창작희곡 연구——좌절된 혁명과 훼손된 사랑」, 동국대 석사학위
    논문 1989. 8.

이직미 「김우진 희곡의 비교문학적 연구」, 연세대 석사학위논문 1984.

이현식 「한국 근대 문학 형성의 사회사적 조건」, 민족문학사연구소 편 『민족문
    학과 근대성』, 문학과지성사 1995.

장원재 「아일랜드 희곡의 수용과 문화적 오해——로드 던세니의 경우」, 『한국문
    학이론과 비평』 22집, 2004. 3.

정대성 「김우진에 의한 블레이크 시의 일본어 번역」, 서울여자내학교 인문학연
    구소 편 『인문논총』 14집, 2005. 12.

______ 「새로운 자료로 살펴본 와세다대학 시절의 김우진」, 한국극예술학회 편
    『한국극예술연구』 25집, 2007. 4.

주유순 「김우진 연구——그의 작품에 나타난 여성상을 중심으로」, 단국대 석사학
    위논문 1987.

차범석 「1920년대 대표적 극작가의 작품세계」, 『한국현대문학사』, 현대문학사

1990.

최범순 「우치다 로한(內田魯庵) 톨스토이 번역의 위상」, 동아시아일본학회 편 『일
　　본문화연구』 13집, 2005. 1.

하정일 「복수의 근대와 민족문학」, 민족문학사연구소 편 『민족문학사연구』 17
　　호, 2000.

홍창수 「김우진 연구──수상을 포함한 문학평론과 희곡의 관련성을 중심으로」,
　　고려대 석사학위논문 1992. 2.

──── 「김우진의 작가의식과 죽음에 관한 연구」, 한국근대문학회 편 『한국 근
　　대문학연구』 1권 2호, 2000.

Kloslova Zdenka 「김우진과 까렐 차뻭」, 민족문학사연구소 편 『민족문학사연구』
　　4호, 1993. 12.

3. 단행본

강신용 『한국근대도시공원사』, 조경출판사 1995.

고석규 『근대도시 목포의 역사 공간 문화』, 서울대학교출판부 2004.

김기진 『김팔봉문학전집 Ⅱ』 문학과지성사 1988.

김방한 『한 언어학자의 회상』, 민음사 1996.

김봉모 『국어정서법』, 세종출판사 1994.

김성희 『한국현대희곡연구』, 태학사 1998.

김용섭 『한국근대농업사연구』, 일조각 1982.

김우진 『김우진전집』 Ⅰ · Ⅱ, 전예원 1985.

김윤식 『염상섭 연구』, 서울대학교출판부 1987.

──── 『한국근대소설사연구』, 을유문화사 1986.

김인덕 『식민지시대 재일조선인운동 연구』, 국학자료원 1996.

김정진 『기적 불 때(외)』, 범우사 2006.

김종대 『독일희곡이론사』, 문학과지성사 1986.

김종회 · 최혜실 편 『문학으로 보는 성』, 김영사 2001.

목포백년사 편찬위원회 『목포개항백년사』, 목포백년회 1997.

무정부주의운동사편찬위원회 편『한국아나키즘운동사』, 형설출판사 1989.

문규현『한국천주교회사』, 빛두레 1994.

민병욱『한국근대희곡론』, 부산대학교출판부 1997.

민족문학사연구소 기초학문연구단 편『탈식민의 역학』, 소명출판 2006.

______『한국 근대문학의 형성과 문학 장의 재발견』, 소명출판 2004.

박석분·박은봉『인물여성사』, 새날 1994.

박찬기 편『표현주의 문학론』, 민음사 1990.

배봉기『김우진과 채만식의 희곡 연구』, 태학사 1997.

백낙청『민족문학과 세계문학』, 창비 1978.

서연호 편『한국대표희곡전집』1, 태학사 1996.

서연호『김우진』, 건국대학교출판부 2000.

______『한국근대희곡사연구』, 고대민족문화연구소 1988.

서울사회과학연구소『근대성의 경계를 찾아서』, 새길 1997.

성대경 편『한국현대사와 사회주의』, 역사비평사 2004.

손정연『무송 현준호』, 전남매일신문사 1977.

신동준『근대일본론』, 지식산업사 2004.

신창순『국어근대표기법의 전개』, 태학사 2003.

양승국『김우진 삶과 문학』, 태학사 1998.

양주동 외『평론선집』Ⅰ, 삼성출판사 1981.

양주동『문주반생기』, 범우사 2002.

______『세계기문선』, 탐구당 1955.

엄상섭『만세전』, 창비 1993.

우형식『국어정서법』, 부산외국어대출판부 1995.

유길준 지음, 허경진 옮김『서유견문』, 서해문집 2004.

유민영『한국근대연극사』, 단국대학교출판부 1996.

______『한국현대희곡사』, 홍성사 1982.

______『현해탄에 핀 석죽화』, 안암문화사 1983.

윤효정『한말비사』, 교문사 1995(영인).

이광수『이광수전집 10』, 삼중당 1971.

이두현 『한국신극사연구』, 서울대학교출판부 1990.

이미원 『한국 근대극 연구』, 현대미학사 1994.

이진경 『맑스주의와 근대성』, 문화과학사 1997.

정경숙 『버나드 쇼』, 건국대학교출판부 1996.

정신문화연구원 『한국구비문학대계』 8-8, 고려원 1983.

조동일 『한국문학통사 5』, 지식산업사 1994.

지명렬 『독일 낭만주의 총설』, 서울대학교출판부 2000.

최원식 『근대문학을 찾아서』, 인하대학교출판부 1999.

______『문학의 귀환』, 창비 2001.

______『생산적 대화를 위하여』, 창비 1997.

한국극예술학회 『김우진』, 태학사 1996.

한국여성연구회 여성사분과 편 『한국여성사』, 풀빛 1992.

한국역사연구회 『한국역사입문 3』, 풀빛 1996.

허우성 『근대 일본의 두 얼굴: 니시다 철학』, 문학과지성사 2000.

홍난파 『최후의 악수』, 춘추각 1985.

홍해성 『홍해성 연극론 전집』, 영남대학교출판부 1998.

황현 지음, 이민수 옮김 『동학란』, 을유문화사 1985.

가노 마사나오 지음, 김석근 옮김 『근대 일본 사상 길잡이』, 소화 2004.

가라타니 코오진 지음, 박유하 옮김 『일본근대문학의 기원』, 민음사 1997.

가라타니 코오진 외 지음, 송태욱 옮김 『근대일본의 비평』 1, 소명출판 2002

구노 오사무·쓰루미 슌스케 지음, 심원섭 옮김 『일본근대사상사』, 문학과지성사
        1994.

나카무라 미쓰오 지음, 고재석·김환기 옮김 『일본 메이지 문학사』, 동국대학교
        출판부 2001.

니시다 기타로 지음, 서석연 옮김 『선의 연구』, 범우사 2001.

다야마 가타이 지음, 오경 옮김 「이불」, 소화 1998.

미야카와 토루·아라카와 이쿠오 엮음, 이수정 옮김 『일본근대철학사』, 생각의
        나무 2001

스즈키 토미 지음, 한일문화연구회 옮김 『이야기된 자기』, 생각의 나무 2004.

아리시마 다케오 지음, 유은경 옮김『어떤 여자』, 향연 2006.

야마다 쇼지 지음, 정선태 옮김『가네코 후미코, 식민지 조선을 사랑한 일본 제국의 아나키스트』, 산처럼 2003.

요시미 슌야 외 지음, 연구공간 수유＋너머 일본근대와 젠더 세미나팀 옮김『확장하는 모더니티』, 소명출판 2007.

이마무라 히토시 지음, 이수정 옮김『근대성의 구조』, 민음사 1999.

이에나가 사부로(家永三郎) 지음, 연구공간 수유＋너머 일본근대사상사팀 옮김『근대일본사상사』, 소명출판 2006.

우스이 요시미 지음, 고재석·김환기 옮김『일본 다이쇼문학사』, 동국대학교 출판부 2001.

하루오 시라네·스즈키 토미 편, 왕숙영 옮김『창조된 고전』, 소명출판 2002.

大笹吉雄『日本現代演劇史』(明治·大正篇), 白水社 1985.

三宅周太郎『演劇五十年史』, 鱒書房 昭和17年.

A. 알바레즈 지음, 최승자 옮김『자살의 연구』, 청하 1982.

바나드 휴이트 지음, 정진수 옮김『현대 연극의 사조』, 홍성사 1986.

버나드 쇼 지음, 조용만 옮김「사람과 초인」,『근대영국희곡선』, 을유문화사 1962.

E. 고든 크레이그 지음, 남상식 옮김『연극예술론』, 현대미학사 1999.

C. 롬브로조 지음, 조풍연 옮김『천재론』, 을유문화사 1976.

F. 니체 지음, 김태현 옮김『도덕의 계보』, 청하 1982.

F. 니체 지음, 김훈 옮김『선악을 넘어서』, 청하 1982.

F. 니체 지음, 송무 옮김『우상의 황혼』, 청하 1984.

F. 니체 지음, 정동호 옮김『차라투스투라는 이렇게 말했다』, 책세상 2000.

G. 단눈치오·모라비아 지음, 문일영 옮김『죽음의 승리/경멸』, 금성출판사 1990.

G. 루카치 지음, 반성완·임홍배 옮김『독일문학사』, 심설당 1987.

G. 베르디 지음, 이문근 옮김『리골레토』, 태림출판사 2000.

G. 하우프트만 지음, 윤순호 옮김『외로운 사람들』, 양문사 1960.

J. L. 스타이안 지음, 윤광진 옮김『표현주의 연극과 서사극』, 현암사 1988.

J. L. 스타이언 지음, 원재길 옮김『상징주의와 초현실주의 부조리 연극』, 예하 1992.

I. 투르게니에프 지음, 고석구 옮김 『부자/전야/첫사랑 외』, 정음사 1973.

M. 푸코 저, 이규현 옮김 『성의 역사 I-앎의 의지』, 나남 1990.

R. S. Furness 지음, 김길중 옮김 『표현주의』, 서울대학교출판부 1985.

S. 프로이트 지음, 김석희 옮김 『문명 속의 불만』, 열린책들 1997.

S. 프로이트 지음, 윤희기 옮김 『무의식에 대하여』, 열린책들 1997.

T. 하디 지음, 정병조 옮김 「환상을 쫓는 여인」, 『세계단편문학전집』 영국편, 삼
    진사 1972.

Virginia M. Allen, *The Femme Fatale——Erotic Icon*, The Whiston Publishing
    Company, Troy, New York 1983.

서남동양학술총서

조선 시민극의 구상과 탈계몽의 미학
수산 김우진의 생애와 문학

초판 1쇄 발행/2010년 1월 4일

지은이/윤진현
펴낸이/고세현
책임편집/김도민 신선희
펴낸곳/(주)창비
등록/1986년 8월 5일 제85호
주소/413-756 경기도 파주시 교하읍 문발리 513-11
전화/031-955-3333
팩시밀리/영업 031-955-3399 · 편집 031-955-3400
홈페이지/www.changbi.com
전자우편/human@changbi.com
인쇄/상지사P&B

ⓒ 윤진현 2010
ISBN 978-89-364-1317-0 93800